光文社文庫

山狩

笹本稜平

光　文　社

目次

山狩……5
解説　西上心太《にしがみしんた》……531

第一章

1

　よく晴れた六月の最初の日曜日、鋭く立ち上がった伊予ケ岳《いよがたけ》南峰の狭い山頂に立ち、小塚《こづか》俊也《としや》は大きく深呼吸した。頂上からは三六〇度の眺望が開け、周囲には緑濃い南房総《みなみぼうそう》の丘陵地帯がたおやかに広がる。

　県内最高峰で標高四〇八メートルの愛宕山《あたごやま》をはじめ、御殿山《ごてんやま》、富山《とみさん》、鋸山《のこぎりやま》、鹿野山《かのうざん》など県内を代表する山々が一望できる。東京湾を隔てた対岸には三浦《みうら》半島が横たわり、その背後には富士山も顔を覗《のぞ》かせる。海から吹き上がる風はかすかに潮の香を含んでいる。妻の裕子《ゆうこ》が声を上げる。

「凄《すご》いじゃない。千葉って海しかないと思ってたけど、山も馬鹿にしたもんじゃないわね」

「うん。馬鹿にしたもんじゃないよ。でも僕には楽勝だったけどね」

小学一年生の息子の翔太《しょうた》が生意気な口を利《き》く。小塚は笑った。

「でも鎖場《くさりば》じゃ泣きそうな顔をしてたぞ」

「嘘《うそ》だよ。ぜんぜん平気だったよ。次はエベレストだって登れるよ」

むきになる翔太の髪を揉《も》みしだきながら小塚は言った。

「そうか。頼もしいな。そのときはぜひパパも連れてってくれよ」

「うん。ちゃんとついてこられるように、それまでしっかりトレーニングしておいてね」

翔太は大口を叩《たた》きながら鎖を張った柵から身を乗り出して、眼下の断崖を恐る恐る覗き込む。

麓《ふもと》の登山口からここまで一時間弱で、中腹まではのどかなハイキングコースだ。しかし山頂近くには何ヵ所もの鎖場があり、左右がすっぱりと切れ落ちた岩稜《がんりょう》もあって、スリリングなフィールドアスレチックコースとしても楽しめる。

千葉県は全国の都道府県で唯一標高五〇〇メートルを超す山がない。最高峰の高さで言えば日本一低い県なのだが、かといって山が少ないわけではない。房総半島の南部には標高三〇〇メートル台の山がいくつも連なり、その山間部を縫《ぬ》うワインディングロードを車で走れば、県外から来た人々はいかにも山国《やまぐに》にいるという印象を受けるだろう。

伊予ヶ岳の標高は三三六メートル。頂上は千葉のマッターホルンとも呼ばれる岩峰《がんぽう》で、「岳」のつく山名《さんめい》をもつのは県内でこの山しかない。

小塚は十年前に千葉県警に奉職し、一昨年《おととし》までは千葉市内の交番に勤務していた。生まれが千葉県で、こちらこそ本家の「山なし県」だとかつては思っていた。そのせいか幼いころから高い山に憧《あこが》れをもち、高校時代はワンダーフォーゲル部に所属して、北アルプスや南アルプスにも出かけていたが、警察に奉職してからは足が遠のいた。

二十四時間勤務の翌日は非番で、その翌日は休みという交番勤務はいかにも自由時間が多そうだが、非番の日は前日の分の睡眠不足をとり戻さなければならないし、そのうえ非番でも突発的な事件が起きれば駆《か》り出されるから、遠出をすることは禁じられている。

つまりまともに休みなのは月二日ないし三日で、それも細切れにしか使えないから、一泊二日程度の山行《さんこう》もままならない。それでもしばらくは有給休暇をとって一泊、二泊程度の山行は続けていたが、結婚し子供ができてからは、家族のためにもと巡査部長への昇任試験の勉強に励むようになり、自然に山から足が遠のいた。

一昨年試験に合格し、警察学校での研修を経たのち、配属されたのが安房《あわ》警察署の生活安全課だった。階級が上がれば職場も異動になるのが警察組織では決まりだが、そうだとしても別の交番か、県警本部の地域課の内勤か、あるいは自動車警ら隊あたりだと思っていたら、発せられた辞令は房総半島のほぼ南端の所轄の、しかも畑違いの部署への異動だった。

生活安全課が扱う分野は、風俗営業の規制、詐欺商法やサイバー犯罪の取り締まりから、ストーカーやDV（家庭内暴力）、少年非行の防止まで、ある意味で地域課以上に地域に密着している。赴任先の生活安全課長から聞いた話だと、課内に欠員が生じ、本部に補充を要請したところ、交番勤務のキャリアが長く、地域の苦情処理などで評判がよく、県警本部長賞を授与されたこともある小塚に白羽の矢が立ったという。

制服勤務から私服勤務に変わって、生活パターンもだいぶ変わった。大きな事件がなければ普通のサラリーマン同様の週休二日で、休みの日には家族連れで南房総一帯をドライブしたりもできる。そして気づいたのが、房総半島には穴場ともいえる山がけっこうあることだった。

ふと思い立って一人で幾つか登ってみた。いずれも朝早めに官舎を出れば、午後早くには帰宅できるくらいの山だ。高さだけで言えば丘という程度だが、針葉樹の林や灌木《かんぼく》の藪《やぶ》を縫う山道には深山《しんざん》の気配が横溢《おういつ》し、頂上からの展望も素晴らしい。

一人でちょくちょく出かけては、道中で撮った写真を見せているうちに、翔太が自分も行きたいと言い出した。最初は尻込《しりご》みしていた妻も翔太と小塚が盛り上がるのを見て、だったらダイエットのためにと気が変わり、それなら次は家族三人でという話になった。

天気予報では、きのうに引き続いてきょうも一日晴れるというので、妻が弁当を用意して、朝七時に家を出た。

伊予ヶ岳は南房総市の北部にあり、市内中心部から登山口の神社まで車で二十分ほど。この山に登るのは小塚は二度目だった。神社の駐車場に車を駐《と》め、鬱蒼《うっそう》とした竹林や杉林を縫う山道を登りだした。駐車場に駐まっていた車は四台ほどで、その全員が山に登るわけではないだろうから、鎖場で渋滞する心配はなさそうだった。

初夏の強い陽射《ひざ》しも杉林に遮《さえぎ》られ、林が途切れる中腹部に出れば海からの涼風が肌に滲《にじ》んだ汗を飛ばしてくれる。翔太は木の根の張り出した山道を走るように登っては、早く来いというように立ち止まる。

頂上近くの岩場では、調子に乗ってバランスを崩し、背後にいた小塚がなんとか支えて落下を食い止めた。落ちても大怪我《おおけが》をするような場所ではなかったが、翔太はいまにも泣き出しそうで、その後は決死の形相で鎖に摑《つか》まり、なんとか無事頂上にたどり着いた。

低山だといっても千葉県の山は馬鹿にできない。山での遭難は年間十件前後は発生し、何名かの死者が出る年もある。

登山道は比較的整備されているとはいえ、地形が複雑で、ちょっとルートを外れれば道に迷って救助要請を余儀なくされる。崖から転落して大怪我をしたり死亡したり、季節によっては疲労凍死することもある。見通しの悪い山林や藪に覆われ、入り込んで道迷いしやすい獣道《けものみち》も多く、決して侮《あなど》れる山ではない。

「お父さん。あそこにだれかいるよ」

翔太が声を上げる。指差す方向を見ると、二〇メートルほど下の断崖の岩棚に横たわっている人の姿が見える。女性のようだ。動いている気配はない。小型のデイパックを背負い、服装はチノパンにポロシャツの普段着で、履物はごく普通のスニーカー。本格的な登山用の服装ではないが、千葉の山をフル装備で登る者はまずいない。

頂上は鉄の支柱に鎖を張った柵で囲われ、普通に行動して落下するとは考えにくい。しかし遭難者であることは間違いない。小塚は携帯で一一〇番に通報した。

2

「ああ、小塚君。元気でやっているか」

千葉県警生活安全部の生活安全捜査隊第一班主任、山下正司《やましたまさし》警部補は明るい声で電話に応じた。

生活安全捜査隊は、一時期頻発したストーカー殺人事件などで、初動の遅れが取り返しのつかない事態を招いたことをきっかけに全国の警察本部に新設された部署で、緊急性の高い事案での初動体制を強化するため、本部が扱う事案のみならず、各所轄《しょかつ》からの要請を受けての共同捜査も行う。

そのため、平時でも所轄の生活安全課とは情報交換や捜査技術の共有のための連絡会議を持つ。小塚とはまだ実際の捜査で行動をともにしたことはないが、先月、安房署の生活安全課との連絡会議があり、山下も生活安全捜査隊副隊長の大川達夫《おおかわたつお》とともに参加した。

小塚は一昨年着任したばかりで、いまはまだ勉強中だと謙虚なところを見せていたが、ストーカーやＤＶの事案には強い関心を示した。

地縁、血縁にもとづく人間関係が濃密な地域性もあって、地方の所轄ではそうした事案に甘い対応をする傾向がある。民事不介入という警察社会に根付いた悪《あ》しき慣習はいまも拭《ぬぐ》われず、訴えがあっても、その多くを簡単な聞き取りや経過観察といった安易な対応でお茶を濁す。そんなやり方に小塚は批判的で、課内でも煙たがられている気配が感じられたが、山下も大川も小塚のそんな姿勢に期待を寄せて、問題があればいつでも相談して欲しいと本人には直接言っていた。

「じつは不審なことがありまして。先日、うちの管内の伊予ヶ岳で起きた遭難事件についてなんですが――」

小塚は深刻な調子で切り出した。

「僕があの遺体の発見者なんです。たまたま家族と伊予ヶ岳に登っていまして」

「じゃあ、警察に通報したのは君なんだな。しかし岩場から転落して死亡したという結論だったんだろう」

山下は怪訝《けげん》な思いで問いかけた。小塚はわずかに声を落とした。

「遺体は地域課と刑事課が回収し、所持品から、身元は市内在住の村松由香子《むらまつゆかこ》さん、二十三歳と判明しました。検視の結果は、なんらかの理由で崖から転落して頭部骨折と内臓破裂で死亡したもので、死後一日経《た》っているとのことでした。現場には他殺を疑わせる遺留物も痕跡もなかったため、安全柵を越えて景色を眺めていて足を滑らせたか、もしくは自殺か、いずれにせよ事件性は認められないということで、本署の刑事課は捜査を打ち切りました」

「それで、不審なこととは？」

「その女性は、一ヵ月ほど前にうちの部署にストーカー被害を訴えてきていたんです」

「つまりストーカー殺人の可能性があると？」

山下は不穏なものを覚えて問いかけた。

「それで気になって、ご遺族に話を聞いてみたんです――」

小塚は続ける。遺体が見つかった前日の朝七時ごろに、女性は伊予ヶ岳に登ると言って家を出た。両親は不安だからやめるように言ったが、すでに警察に相談して相手に警告を出してもらっており、その後ストーカー行為は鳴りを潜《ひそ》めていた。だからもう心配はないと、忠告を振り切って女性は久しぶりに山へ出かけたという。

市内の会社に勤めていたが、もともと山が好きで、ゴールデンウィークや夏休みなど長期の休暇がとれれば、日本アルプスや北海道の山にも足を運ぶほどだった。長い休みがとれないときは、トレーニングだと言って頻繁に近郊の山に登り、伊予ヶ岳もお気に入りのコースの一つだったらしい。

ところが夜になっても帰ってこず、携帯電話も通じない。不安に思って警察に通報したが、夜間の捜索は無理だし、山に慣れている娘さんなら伊予ヶ岳程度で遭難するとは思えない。あすまで様子を見て、それで帰ってこなかったら捜索隊を組織するとの返事だった。

安房署に限らず、県内に常設の山岳救助隊をもつ所轄はない。そもそも県警本部にもその種の組織はなく、山岳遭難が発生した場合は所轄の地域課を中心に、地元の消防団の協力も得てその都度チームを編成する。母親からの話で娘が登山を趣味にしていると聞いたせいもあってか、地域課は遭難の可能性は少ないとみて、一般的な成人の失踪事件として扱いたがり、捜索に乗り出すことには消極的だったという。しかし翌日、警察から家に来た連絡は娘の訃報だった。

両親と祖父はストーカー行為を働いていた男に殺されたのではないかと疑った。刑事課の捜査員にそれを訴えると、刑事課はその男を事情聴取したが、女性が死亡したとみられる日、男は仕事で東京都内にいたと言い、会っていたという相手からも裏付けがとれたという。警察から警告を受けてからは、女性には一度も近づいていないし、電話やメールも送ったことはないと男は釈明した――。

「だったらストーカー殺人の線は消えたわけだ」

山下は拍子抜《ひようしぬ》けしたように応じたが、納得できないように小塚は続ける。

「気になるのは彼女の祖父の証言なんです。彼女が家を出た直後、その男が家の近くにいるのを見かけたと言うんです」

「だったらアリバイは崩れたんじゃないか」

山下は興味をそそられた。しかし小塚は力なく言う。

「ところが刑事課のほうでは、その証言は信憑性《しんぴょうせい》がないとみたようです。祖父は八十歳で、視力にも疑問があり、そのとき見たという男との距離は三〇メートルは離れていたと――。祖父は視力にはいまも自信があり、自分は元警察官で、見間違うはずはないと主張したんですが」

「お祖父《じい》さんは元警察官なのか」

「そのようです。県内の所轄の副署長まで勤め上げたそうです」

「それでも、証拠能力はないとみなされたわけだ」

「ええ。しかし理由はもう一つあるんです――」

小塚はさらに声を落とした。

その祖父はストーカー行為を働いた男の実家に遺恨をもっていたという。不動産の所有権に絡《から》む争いで、民事裁判になったが、けっきょく敗訴した。五年ほど前の話らしいが、男の父親は関東一円でいくつものゴルフ場を経営していて、地元では名の知れた実業家らしい。そのため一時はゴシップ好きな週刊誌も記事にして、いまでも知る人ぞ知る話題のようだ。

「つまりその意趣《いしゅ》返しに、相手の息子に殺人の濡《ぬ》れ衣《ぎぬ》を着せようと偽証したと？」

「そういう見方も一概に否定できないところが厄介《やっかい》です。もしそれで警察が捜査に乗り出して、犯行が立証できなければ、祖父は虚偽告訴罪に問われることもあり得ます。あるいは名誉毀損《きそん》で民事訴訟を起こされるかもしれません」

「しかし元警察官ならそこまで馬鹿な真似《まね》はしないだろう。一般人と違ってある種の捜査勘《かん》も働くだろうし。もしその証言が本当なら、その男のアリバイは怪しくなる」

「そうなんです。警告だけで済むんならストーカー規制法なんて要《い》らないわけですから」

警察から警告を受けた場合、八〇パーセントから九〇パーセントの対象者はストーカー行為をやめる。しかし残りの一〇パーセントから二〇パーセントは警告を無視する。あるいはしばらく大人しくしていても、ほとぼりが冷めたころにまたぶり返す。その場合は都道府県の公安委員会から禁止命令が出され、それに違反すれば懲役もしくは罰金刑が科される。

しかし禁止命令を出すまでには当人からの聴聞《ちょうもん》など一定の手続きが必要で、対象者によってはその間に凶悪化して、暴行や殺人等の行為に走る場合もある。一気に逮捕、実刑にまで持ち込めないぶん扱いにくい犯罪類型で、山下や小塚たち取り締まる側も、気を抜かず監視や注意喚起《かんき》を行うことが求められる。

「けっきょく所轄の刑事課としては捜査打ち切りというわけだ。刑事捜査の部署としては妥当な結論かもしれないが、おれたちの感覚としては消化不良なところが残るな」

山下は嘆息した。ストーカー行為が比較的軽微な犯罪と認識される傾向は少なからずある。一般社会でもそうだし、警察内部でもストーカー事案を中心となって扱う生活安全部の専門部署を除けば、重大事犯とみなす空気はやはり希薄だ。

そんな事例の最たるものが桶川《おけがわ》ストーカー殺人事件で、被害者の女子大生は度重なる脅迫や殺害予告に怯《おび》え、地元の上尾《あげお》署の生活安全課に何度も相談したが、とり合ってもらえず、告訴をしようとすればその告訴状を取り下げろと警察から圧力までかけられた。その結果、被害者は桶川駅前で刺殺された。

いま小塚が疑念を抱いている事案とも符合することが一つあり、そのとき被害者を殺害したのは依頼を受けた別の人物で、本人はアリバイづくりのために沖縄に出かけていたという点だった。犯人はその後北海道で自殺したが、結末が悲惨であったと同時に、警察にとっては恥晒《はじさら》しもいいところというべき事件だった。

相談を受けていち早く警告書を出した安房署生活安全課の対応はその点では適切だった。被害者の訴えに耳を傾け、上司に積極的に働きかけたのが小塚だったらしい。

問題は今回の事件を所管する刑事課の対応だ。山下は殺人事件に関わったことはないが、ストーカー殺人の可能性が完全に否定されたわけでもないのに、妙にあっさり捜査を打ち切ったことには違和感がある。そこは犯人を捕まえることが使命の刑事課と、最悪の事態を未然に防ぐことが使命の山下たちの力点の違いかもしれない。小塚の思いを受け止めるように山下は言った。

「わかった。おれのほうはいま大きな事案は抱えていないから、あすそっちへ出かけるよ。

被害者、と言っていいのかどうかまだわからないが、その女性のご両親やお祖父さんから話を聞いてみたいし、現場も見てみたい。せっかく事件性なしで決着がついているのに、それを洗い直すと言えば刑事課がへそを曲げるかもしれないが、ご親族にすれば納得がいかないところがあるだろう。もし刑事課の見立て違いなら、桶川のケースのように、今度は千葉県警が大恥を晒しかねない」

「来ていただけるんですか。それはありがたい。こういう事案だと刑事課の縄張り意識が強くて、我々の言うことにはなかなか耳を貸してもらえないんです。かと言って、はい、そうですかで済ませられる話でもなさそうですので」

安心したように小塚は応じた。刑事課の縄張り意識もあるのかもしれないが、それ以上に、ストーカー事案やDV事案に熱を入れる小塚のような刑事は、所轄の生活安全課内部でも孤立しがちだろう。本部でも所轄でも、生活安全部門は警察内部でもっとも多くの許認可権や監督権を握る部署だ。銃砲刀剣類所持許可や質屋・古物営業の許認可はもちろん、風営法関係の取り締まりという、大きな声では言えないが「宝の山」を抱えている。

そこにはパチンコ・パチスロ、麻雀《マージヤン》屋から、キャバクラやホストクラブ、さらにはラブホテル、ソープランドやファッションヘルスまでが含まれていて、監督・取り締まりという権限を利用して業者と癒着《ゆちやく》し、饗応《きようおう》や賄賂《わいろ》を受けとる連中も少なからずいる。恥ずかしい話だが、そうした恩恵に与《あずか》る機会のないストーカーやDV、少年事案は、所轄の生活安全課にとってモチベーションの湧《わ》きにくい分野なのだ。

　山下はかつては組織犯罪対策部の薬物銃器対策課に所属していた。奉職して間もないころは捜査一課に憧れていたが、性分に合っていたのか、おとり捜査やコントロールドデリバリー（泳がせ捜査）といったスリリングな手法を駆使する薬物銃器関係の仕事には大いにやりがいを感じていた。

　ところがそういう捜査に携《たずさ》わる刑事には賞味期限がある。商売相手の密輸業者や売人のあいだで、いずれは面《メン》が割れてしまうからだ。八年前に警部補に昇任したのをきっかけに、それを理由に生活安全部の保安課に異動の辞令が下った。

　そこはまさしく風俗営業やパチンコ・パチスロなどを取り締まる部署で、課内に蔓延《まんえん》する生温《なまぬる》い空気や、取り締まり対象の業界にべったりの体質には辟易《へきえき》した。

　そんなときストーカー規制法が改正・強化され、それに伴って生活安全捜査隊の人員が拡充されることになった。山下は自ら手を挙げた。仕事はきつく金にもならない捜査隊に、好き好んで異動する馬鹿がいると周囲からはしらけた目で見られた。

　しかしいつ凶悪化するかわからないストーカーやＤＶ常習者に対峙《たいじ》する新しい仕事には心が躍った。殺されてしまった人の弔《とむら》い合戦をするのが捜査一課殺人班の仕事なら、こちらは生きている人の命を守るのが仕事だ。山下はそこに誇りを持っている。勇気づけるように山下は言った。

「わかるよ。おれたちが動き出せば署内の空気も変わるはずだ。すべてを君一人で背負《しょ》い込む必要はない。不審なことがあるようなら本部事案として取り上げる。気になるのはその祖父の証言だな。とりあえずいまわかっている範囲でいいから、詳しい事情を教えてくれ」

3

「どう思う、その事件?」

県警本部近くのティールームで、山下は北沢美保《きたざわみほ》巡査部長に問いかけた。

北沢の所属は生活安全部の子ども女性安全対策課で、ストーカーやDV、児童虐待などを専従的に取り扱う。山下が所属する生活安全捜査隊も、そうした事案への初動対応を主眼に置いているため、北沢の部署とは一緒に仕事をすることがたびたびある。

北沢の姉は数年前、夫からひどいDVを受けて重傷を負い、夫は傷害罪で刑務所送りになったが、その後も姉はPTSD(心的外傷後ストレス障害)に悩まされ、いまも病院通いをしているという。

そのDVにしても、姉は所轄の警察署にたびたび相談していたが、民事不介入を建前にしてなかなか腰を上げてもらえず、ようやく動いたのは最悪の結果を招いてからだった。

その事件をきっかけに、北沢は当時発足した子ども女性安全対策課への異動を希望した。

それが叶《かな》って交通部から異動してきたのが三年前で、以来ストーカーやDVの予防に執念を燃やし、捜査の現場でも山下とはいいチームを組んでいる。

ストーカーやDVの事案で、ことが大きくなりそうなケースでは山下の部署の出番になるが、相談レベルだけでみれば、その分野が専門の北沢のほうが場数を踏んでいる。生活安全捜査隊の場合、出動要請があれば、ストーカーやDV以外にも、経済犯罪やサイバー犯罪なども守備範囲に入ってくるから、ストーカー事案の情報の入口という面で北沢の豊富な知見は頼りになる。

「週刊誌の記事で読んだことがありますよ。そのストーカーの父親、門井健吾《かどいけんご》という人でしょう。ゴルフ場とかレジャー施設を開発する会社を経営していて、業界ではかなり名の知れた人物のようですね。詳しいことはよく覚えていませんけど、県内のゴルフ場用地の買収で問題のある取引が行われ、本来の所有者に民事訴訟を起こされたんじゃないですか。記事の内容は門井という人にかなり批判的でしたけど」

「そうなんだ。話はややこしいんだが――」

山下は小塚が女性の祖父謙介《けんすけ》から直接聞いたという話を北沢に説明した。

謙介は南房総市内に山林を所有していた。代々受け継いできたもので、面積は広かったが、山林ではほとんど値がつかないし買い手もいない。父親が亡《な》くなったときそれを相続し、名義を変更していたが、その後は存在さえ忘れているくらいだった。

ところが五年前のある日、市内の山間部で新しいゴルフ場の建設が計画されているというニュースを新聞で見た。その計画地域には、謙介が所有する山林がそっくり含まれていた。開発会社は門井健吾が社長を務める房総レジャー開発だった。

謙介は房総レジャー開発に問い合わせた。応対した担当者は、その土地は三年前に会社が買い取ったもので、移転登記も適法になされている。法的になんの問題もないと門前払いを食らわせた。

謙介は慌《あわ》てて法務局に足を運び、その山林の登記内容を確認した。確かに名義は房総レジャー開発となっている。しかし売却した覚えはない。履歴をたどると、その四年前に弟の名義に書き換えられ、翌年にさらに房総レジャー開発に移転登記されていた。しかし弟に土地を売却した覚えも贈与した覚えもない。書類の偽造や架空の売買契約など不正な手段を使って勝手に登記したとしか考えられない。

弟とは仲が悪く、父親が亡くなったときにも相続で揉めた。かといって出入り禁止にしていたわけではなく、その気になれば登記簿謄本や実印はいつでも持ち出せたはずだった。弟はいったん自分の名義に書き換えて、その翌年に房総レジャー開発に売却していたことになる。ところがその弟は一年前に死んでいて、事情を確認するすべもない。

地元の不動産業者に訊《き》くと、房総レジャー開発がそのゴルフ場の建設を計画し、用地の買収に乗り出したころから一帯の山林の地価は上昇し、謙介が所有していた土地は広大だったため、その時点で数千万円の値がついていただろうという。

弟がそれをいくらで売却したかはわからない。しかしただ同然だと思っていた土地がそこそこの値段で売れたのは間違いない。弁護士に委任し、法務局に再確認を申し立てたところ、弟が登記手続きをとった際に提出した兄との売買契約書は偽造されたものだと認定された。

弁護士は弟への移転登記の抹消を請求し、それは認められたものの、房総レジャー開発の登記に関しては抹消が認められなかった。謙介は弁護士を通じて、虚偽の登記をもとにした所有権の移転は無効であり、本来の登記状態に戻すよう要求したが、たとえ買った土地が虚偽の登記によるものでも、そのことを知らずに行った取引は善意の第三者としてのものであり、取引は有効であるといって拒絶された。

謙介は登記の無効を求めて民事訴訟を起こした。しかし房総レジャー開発側は金にあかして腕の立つ弁護士を雇い、善意の第三者だという主張を変えなかった。そのときの事情を知る弟は死亡し、それを覆《くつがえ》す材料が謙介側にはなく、二審まで争ったがけっきょく敗訴した。

その後、房総レジャー開発を辞めた元社員から、虚偽の移転登記が行われた時期に、弟がしばしば会社にやってきて役員と話し込んでいたという証言が出てきたが、ときすでに遅しで、謙介には上告する経済力もなく、弁護士からも、もししたとしても棄却されるのが落ちだと言われ泣く泣く諦《あきら》めたという。

「お祖父さんの落ち度だと言えなくもないですが、恨《うら》み骨髄だという気持ちはわかりますね」

北沢は同情するように言うが、逆に言えばそれが孫娘を殺害したかもしれない人物を目撃したという証言の信憑性を薄めてしまったとも言える。

「お祖父さんは孫娘を溺愛《できあい》と言っていいほど可愛《かわい》がっていたらしい。ストーカー行為をしていたのは門井健吾の次男の門井彰久《あきひさ》という男なんだが、ストーカー行為が始まる前に、一度娘さんが家に連れてきたことがあって、それで顔を知っていたんだそうだ。そのときは門井健吾の息子だとは知らなかったが、へらへら調子のいい態度が気に入らなくて、あんなのと付き合うのはやめろと言っていたらしい」

「結果的には、その見立てが正しかったわけですね」

「孫娘さんもまもなく、異常に嫉妬《しっと》深くて強圧的な性格に気づいて距離を置き始めた。すると執拗《しつよう》なストーカー行為が始まったらしい。つきまといや待ち伏せはもちろん、殺害をほのめかすような電子メールも受けとったそうなんだが」

「お祖父さんにすれば、二重の恨みでしょうね」

「だからといってその報復に、門井彰久を殺人犯に仕立て上げることになっても困るけどな」

「でもその男の容疑は濃いと思いますよ。その彰久という人物、お金には不自由してないんでしょう」

「まだ三十五歳だが、房総レジャー開発の専務を務めているそうだ。二つ上の兄が副社長らしい。つまり同族経営だな」

「だったらお祖父さんの山林の売買に関わったのは、そのどちらかの可能性がありますね」

たまたま当時読んだ週刊誌で先入観を植え付けられているのか、北沢は祖父のほうに肩入れする。山下は言った。

「まあ、それはそれとしてだが、門井彰久のアリバイはやはり臭《くさ》いな」

「お祖父さんは、朝七時ごろ彼を見かけたと言うんでしょう。南房総から東京までは車で一時間半もかかりません。遺体の発見が翌日の昼で、死亡推定時刻が前日なら、十分アリバイがあるという話になりますから、たぶん実行犯は別の人間でしょう。彼女が山支度をして家を出たことを自分で確認し、だれかに殺害を指示したと考える余地は十分あるんじゃないですか。もっとも東京に行っていたというのがそもそも嘘で、会っていたという相手が口裏を合わせたとも考えられますがね」

北沢はいかにも確信ありげだ。水を差すように山下は応じた。

「予断は禁物だ。ストーカー事案のすべてが凶悪犯罪に結び付くわけじゃない。刑事課の見立てのように、転落事故ということもあり得るわけだから」

しかし北沢は引こうとしない。

「警告を受けていったん大人しくなったケースが案外危ないんです。我慢していたぶん、怨《えん》恨《こん》や憎悪《ぞうお》のエネルギーが溜《た》まりますから。殺害予告めいたメールが送られたりしていたんでしょう。それって、単なる脅しじゃなく、凶悪化するサインだと考えるべきなんです」

4

翌日山下は、北沢を伴って安房署に出かけた。

挨拶《あいさつ》に出向いた生活安全課長はいかにも迷惑そうで、できれば刑事課とのあいだで厄介事を起こして欲しくなさそうなニュアンスを滲ませた。

「いまのところ刑事課の管轄事案だから、我々が勝手に動くわけにはいかないんだよ。うちのような小さな所轄では、そういうところに神経を使わないと署内の和が保てないんでね」

事件の真相究明より署内の和が優先するという理屈にはうんざりだが、そういう人間にとって署内の和よりもさらに優先するのが我が身の安泰で、だからこそ組織内に波風を立てることをとことん嫌う。そんな人間は所轄のみならず県警本部にも掃《は》いて捨てるほどいる。山下は穏やかに応じた。

「刑事課の捜査結果を軽んじているわけじゃないんです。ただ我々には我々の領分がありますから、そこで出てきた疑念はしっかり検証しておかないと、今後の捜査のあり方にも影響が出てきますので」

「しかし殺人じゃないと刑事課が答えを出したわけだから、下手《へた》に横槍《よこやり》を入れれば、捜査規律にも問題が出てくるだろう」

「そこまで大袈裟《おおげさ》にする気はありません。ただ、ストーカー行為で警告を受けていた者にその後どういう行動の変容があったか、今回の女性の死と彼の行動になんらかの因果関係がなかったか、我々としては今後のために知見を蓄積しておくべきですし、刑事課は自殺の可能性もあると見ているようですから、それとの関連も気になるところでして」

「だからといって自殺そのものに犯罪性はないからね。遺書もなかったから、そっちの事案との繋《つな》がりもはっきりはしないわけだし」

課長はなおも言い訳をする。このタイプの上司を説得し、門井彰久に対する警告書を署長名義で出させるうえで、小塚がどれほど苦労したかは想像に余りある。北沢が身を乗り出す。

「こちらの署長さんの名前で警告が出ていたんですから、ただちに無関係と結論づけるのは無理があるんじゃないですか」

「しかしそのあとは、ストーカー行為は止《や》んでいた」

「たった一ヵ月では止んだと判断するのは無理です。何ヵ月かしてぶり返すことはよくあります。そういうケースでは、むしろ凶悪化することが多いんです」

「要するに君たちは、なにがしたくてわざわざ本部から乗り込んできたんだね」

課長は苦虫を嚙《か》み潰《つぶ》したように問いかける。所轄はむろん警察本部の下部組織だが、世間で思われている以上に独立意識は強い。

殺人などの凶悪犯罪の場合、所轄に捜査本部が設置され、本部の捜査一課が出張《でば》ってきて、所轄の捜査員と一体になって捜査を行う。その方式は生活安全や交通、組織犯罪対策の各部門も同様で、捜査本部の名称は使わないまでも、重大事案に限っては、本部と所轄が一体で捜査を行う。

しかしそれ以外の小さな事案に関しては所轄単独で捜査を進め、本部はそこに口を挟まない。そもそも本部が乗り出すような事案は所轄レベルではめったに起きない。そのため本部の介入を嫌う傾向は思いのほか強い。山下が所属する生活安全捜査隊にしても、所轄に対して指揮命令する立場にはなく、あくまで必要に応じて応援要請を受けて捜査に加わることになる。課長の嫌味な口ぶりは、その点を意識してのものだと了解できる。

「各所轄で起きた事案に関して適宜《てきぎ》状況を把握しておくのも我々の任務の一つです。そのために定期的に連絡会議の場も設けています。今回もそうした活動の一環とご理解ください」

ここは下手《したて》に出ておくに限る。今後、厄介になりそうなのは所轄の刑事課だが、この段階で揉めごとを起こす必要はない。刑事課にはあえて挨拶に出向かなくても、とりあえず所轄に仁義を通したかたちにはなったので、あとは勝手に話を聞いて回るだけだ。

「刑事課との鞘《さや》当てだけは勘弁してくれよ」

すがるような調子の課長に、山下は請け合った。

「ご安心ください。我々の仕事は殺人捜査ではありませんから、そちらの領域には踏み込みません。あくまで門井彰久のその後の動向についての調査で、そこを押さえておけば、今後、彼が別の相手に同様の行為を行った場合、速やかに対応できますので」

5

その日の午後四時過ぎに訪れた村松家はひっそりと静まり返り、いまは訪れる人もないようだった。

犯罪の被害者であれ自殺者であれ、そうした死者に対し、人々は同情の仮面の下で好奇の目を向ける。両親も祖父もそんな眼差《まなざ》しを意識して、弔問の申し出があってもすべて断っているとのことだった。

しかし小塚がきのう、県警本部の者がより詳しい事情を聞くためにお邪魔したいと伝えると、電話に出た祖父は、ぜひお出《い》でいただきたいと即座に応じたという。

所轄の刑事課には強い不信感を持っているようだったが、小塚には信頼を寄せている様子で、その小塚が本部から引っ張ってきた山下たちにも、胸襟《きょうきん》を開いてくれているらしいことに安堵《あんど》した。

両親に悔《く》やみの言葉を言い、仏壇の白木の仮位牌《いはい》に手を合わせる。そのあと誘《いざな》われた応接間には、村松由香子の祖父の村松謙介が憮然《ぶぜん》とした表情で待ち構えていた。

父親の則夫《のりお》は地元の中学校の教頭で、母親の佳代子《かよこ》は専業主婦。祖父の謙介は六年前に妻に先立たれ、いまは独り身だという。面識はないが、山下からすれば県警の大先輩にあたる。やや緊張しながら山下は切り出した。

「このたびの突然のご不幸、心よりお悔やみ申し上げます。所轄の刑事課は事故もしくは自殺との結論のようでしたが、お孫さんがそれ以前にストーカー被害を受けていたという情報を得まして、今回の事件がそれとまったく無関係だとは考えにくいものですから、こうしてお話を聞きにお邪魔した次第です」

村松謙介はそこだというように身を乗り出した。

「刑事課の連中は、私を二十年前に引退した老いぼれとみて端《はな》から馬鹿にしやがってね。あいつらは人が死のうが物が盗まれようが、できるだけ事件化させないのが仕事だと思っているらしい。私が現役のころは、警察もそこまで腐っちゃいなかったんだが」

「耳の痛いお話です。しかしここにいる小塚君のように、強い正義感を持って職務にあたっている警察官もいますので」

「ああ。この人は本当によくやってくれた。県警本部にもあんたたちのようなまともな刑事がいてくれて私も安心したよ。しかし今回の件に関しては、本業の刑事課があの体《てい》たらくじゃあね」

村松は切ない表情で言う。頭髪は真っ白だが、御年《おんとし》八十歳にしてはかくしゃくとして肌の色艶《いろつや》もいい。眼光は鋭いが、その奥には柔和な光も感じられ、酸《す》いも甘いも噛みわけた人情味のある人柄を窺《うかが》わせる。山下は問いかけた。

「お孫さんが山に向かわれたとき、家の近くで門井彰久氏の姿を見かけられたとのことですが、そのときの状況を詳しくお聞かせ願えませんか」

「三〇メートルほど先のコンビニの前の路上から、うちのほうを見張っているようだった。孫は家の前の停留所からバスで登山口のある神社に向かったんだが、その行き先から伊予ヶ岳に登るのがわかったんだろうね。そのあとすぐにコンビニの駐車場から車が走り出して、彰久が運転しているのが見えた。向かったのは孫の乗ったバスとは逆方向で、東京方面に向かう道だったが、途中で曲がればそっちからも登山口へは行ける」

「だとしたら本人が主張しているアリバイも怪しいですね」

「そのあと東京へ向かったとすればアリバイは成立するが、そんな時間にそこにいたという点がそもそも怪しい。アリバイなんて口裏合わせをすればいくらでもでっち上げられるし、もし本当だとしても、だれかに頼んでやらせた可能性もある」

北沢が指摘したのと同じことを考えているようだ。苦々しい表情で村松は続ける。

「ところが刑事課の馬鹿どもは、三〇〇メートル先じゃ証言は当てにならないと言いやがる。しかし、私は地元の猟友会に入っていて、いまも現役だ。三〇〇メートル先のイノシシだって見逃さない」

村松は部屋の片隅に設置された縦長のロッカーのようなものを目で示した。法令で義務付けられたガンロッカーで、所持する猟銃を他人が持ち出せないように保管しておくためのものだ。山下は訊いた。

「だとしたら、山にもお詳しいですね」

「いまだって若い連中には負けないよ。山で遭難者が出れば、救助隊に参加することもある。孫が山好きになったのも、子供のころ私が近隣の山を連れ歩いたからなんだ。いまとなっては、それが良かったのか悪かったのかわからんが」

村松は悔やむような口ぶりだ。宥《なだ》めるように山下は言った。

「でもそのお陰で、お孫さんは山という世界に触れ、多くの喜びを得たんだと思います。山が彼女を不幸にしたわけではありません。もし犯人がいるとすれば、憎むべきはそちらです」

「あんた、私の言うことを信じてくれるのかね」

感極まったように村松は応じる。両親も驚いたように顔を見合わせる。山下としては思わず口を滑らせたかたちだが、それはある手応《てごた》えを感じてのことだった。山下は頷《うなず》いて言った。

「じつは先ほど、小塚君の案内で伊予ヶ岳に登ってみたんです」

当初からそのつもりだったから、県警本部を出るとき、山歩きができるスニーカーと普段着のポロシャツやチノパンを用意していた。安房署の生活安全課長に挨拶したあとそれに着替え、小塚の案内で伊予ヶ岳に向かった。快晴ではなかったが、雲は高く、雨が降りそうな気配はなかった。

とくに山歩きに慣れていない山下と北沢の足でも、頂上まで一時間もかからなかった。鎖を伝って登った頂上は、狭く切り立った崖に囲まれていたが、落下防止用の安全柵が設置され、意識してそこを乗り越えない限り転落する惧《おそ》れはない。そんな感想を伝えて、山下は母親に問いかけた。

「お嬢さんには、自殺を考えているような気配はありましたか」

母親は大きくかぶりを振った。

「警察からの警告でストーカー行為がなくなって、とても明るくなっていました。来月には夏休みをとって北アルプスに出かけると張り切っていたんです」

「性格的にはとても強い子でね。ひどいストーカー行為を受けていた時期にも、自殺をほのめかすようなことは一度もなかったんですよ」

父親も口を揃《そろ》える。吐き捨てるように村松が言う。

「ろくに捜査もされずに不審死体が自殺や事故で片付けられるケースがどれだけあるか。私も警察官だった時代、おかしな話は何度も耳にしたよ」

「私も殺人は専門外ですが、彼女は登山歴も豊富です。あの場所で事故を起こすようなことはまずあり得ない。自殺を考える可能性もないとしたら——」

山下の言葉の続きをもぎとるように、村松は決めつける。

「ほかに考えようがない。あいつがやったに決まってる」

父親の則夫が慌てて口を挟む。

「お父さん。そこまで断定するのは——」

「いまはSNSとかいうのがあるんだろう。私は使い方がわからんが、これから勉強して、それで世間に公表してやったっていい。名誉毀損で訴えると言うんなら受けて立つ。とことん法廷で争ってやる」

しかし勝負は伸《の》るか反《そ》るかで、村松はゴルフ場の土地売買の件では敗訴している。そのときの相手が門井一族が経営する房総レジャー開発だったことを思えば、負けないという保証はない。むしろ負けた場合には門井彰久はシロだと認定された印象を与えることになるから、その点ではやはり危険な賭けと言うべきだろう——。

そんな考えを説明すると、切ない口調で村松は応じる。

「たしかにそうかも知れないが、私だって元警察官だし、最愛の孫娘を奪われた老い先短い人間だ。門井彰久のような極悪人を野放しにしてあの世へ旅立つ気にはとてもなれないんだよ」

「我々だってそうです。ストーカー殺人は突発的な事件じゃありません。十分予兆があり、未然に防ぐことが可能な犯罪です。そこを見通せなかったとしたら悔やんでも悔やみ切れません」

山下は苦い思いを嚙み締めた。これまでいくつもストーカー事件には関わってきたが、今回の事案が殺人にまで至ってしまったのだとしたら、それは山下にとって初めての経験だ。だからといってストーカー行為をする人間を、すべて殺人予備軍として扱うわけにもいかない。北沢が身を乗り出す。

「門井彰久という男、これで収まるとは思えませんよ。今回は警告だけで禁止命令まで行かずに済みました。それを破って逮捕され、懲役や罰金を科されていればしばらく大人しくなったかもしれませんが、警告だけなら本人は痛くも痒《かゆ》くもないでしょう。懲《こ》りなければまた別の相手にストーカー行為を働きます」

「だったら由香子のような犠牲者がまた一人出かねない。なんとしてでも彰久の犯行を暴《あば》き出さんとね。由香子の命は還《かえ》らないが、彰久のような男を野放しにすることになったら、私はあの世で由香子に合わせる顔がない」

村松は声を震わせる。姉のＤＶ被害をきっかけに、子ども女性安全対策課に異動した北沢は、ストーカーやＤＶ事案になると極端に入れ込む。この事案に関しては山下も十分共感するが、一方で思い詰《つ》めたような村松の態度にも不安を覚える。ここで性急な行動を起こされたら取り返しのつかないことになる。あまり煽《あお》るなというように北沢に目配せをして、冷静な口調で山下は言った。

「我々にお任せください。安房署の刑事課ともこれから接触してみます。現場で採取した物証は彼らが持っているはずです。そこになにか見落としたものがあるかもしれません。もちろん我々も、彰久本人から事情聴取してみるつもりです」

「見落としているというより、見て見ぬ振りをしているんじゃないのかね」

村松は含みのあることを言う。山下は怪訝な思いで問い返した。

「なにか心当たりが？」

「門井一族の影響力は、この土地じゃ馬鹿にならない。裁判所だって怪しいもんだ」

例の土地売却の裁判に絡めて言っているのかもしれないが、自分が負けた裁判を、公正な裁判だと認める者はまずいない。要は裁判所や警察も含め、この土地の官公署はすべて門井一族の影響下にあると言いたいわけだろう。

そういう話は地方の所轄のみならず、県警本部にだってある。露骨に賄賂や饗応を受けるわけではないが、第二の人生としての天下り先を確保するために、定年が近い警視や警部クラスは、そういう付き合いを密にする。

所轄の署長や副署長クラスなら、地元の企業や団体に天下れば、取締役や部長の椅子《いす》を用意してもらえることもある。生活安全課長の及び腰な物言いにも、たぶん似たような力が働いているのだろう。意味はわかるというように山下は応じた。

「十分注意します。あまり刺激すると、あらぬところから圧力がかかってきかねませんので」

自嘲するように村松は言った。

「ああ。私だって偉そうなことは言えない。門井の世話になったわけじゃないが、警察のコネで定年退職後に地元の警備保障会社に取締役の椅子を用意してもらってね。五年ほどの腰掛けだったが、退職時の倍くらいの給料をもらったよ。いまは恥じ入るしかないがね」

6

「なんだか、一筋縄ではいかない気配になってきましたね」

村松の自宅を辞して、内房線《うちぼう》の富浦《とみうら》駅へ向かうタクシーの車中で北沢が言う。たしかに慎重に動いたほうがよさそうだ。この件で所轄の生活安全課が積極的に動いてくれるとは思えない。おそらく頼れるのは小塚だけだろうし、彼にしても一人で動き回れば風当たりが強いだろう。

「おれたちがしゃしゃり出てきて、署内で君が気まずい思いをしても困るしな」

山下が言うと、然《さ》もない口調で小塚は応じる。

「心配要りません。そのへんはもう慣れましたから。こちらは服務規程に則《のっと》って仕事をしているだけで、それを阻害するような動きがあれば、いつでも監察に通報してやりますよ」

小塚は気の強いところを見せる。自分をひけらかすわけでもなく、力が及ばないことがあれば謙虚に支援を要請してくる。そんな好ましい性格も、むしろそういう気性に裏打ちされたものでもあるだろう。そうは言っても警察という組織では、小塚のような人間は異端といえる。

そしてあらかたの警察官にとって警察とは、正義を貫く場である以前に、飯を食うための場でもあり、それならできれば楽をして美味《うま》い飯を食いたいわけで、そういう職場を防衛するのが暗黙の職務だと心得る連中もいる。それは一般の会社でも警察以外の役所でもおそらく同様で、むしろ警察が例外ではないというだけだ。

「無理はするなよ。村松さんが言っていたのは大袈裟な話じゃない。生活安全課長は、どうもこの件に首を突《つ》っ込みたくないようだ」

山下は慎重に言ったが、小塚は怯《ひる》む気配もない。

「そこは覚悟のうえですよ。警察が門井一族に忖度《そんたく》するようじゃ、上級国民は悪さをし放題ということになるじゃないですか」

山下は小塚ともう少し話したくなった。いま午後六時を過ぎたところで、平常時の勤務時間は終わっている。小塚に声をかけた。

「そろそろ晩飯どきだ。せっかく南房総にきたんだから、美味い魚でも食って帰りたいな。いい店を知らないか」

「いいですね。このまま帰るんじゃもったいないですよ。美味《おい》しい地酒もありそうだし」

北沢が張り切りだす。大の日本酒好きで、飲みに誘って断られたことがない。小塚とも前回の連絡会議のあと、同行した副隊長や生活安全課の面々と一献傾《いっこんかたむ》けたが、なかなかいける口のようだった。駅近くの気の利いた海鮮料理の店に小塚は案内してくれた。

漁港で水揚げされたばかりの新鮮な海の幸と房総の地酒に舌鼓を打ちながら、それでも話題は事件の方向に向かっていく。

「門井彰久という男、問題を起こしたのは初めてなの?」

北沢が問いかけると、小塚は首を横に振る。

「村松由香子さんから相談を受けたとき、僕も気にかかって犯歴を調べたんです。大学生のとき、準強制わいせつ罪で逮捕されています。当時流行《はや》っていたイベント系サークルのメンバーで、合コンやディスコパーティーを名目にした男女の交流イベントをセットして、その会費で収益を上げていたんですが、そこで羽目《はめ》を外してみだらな行為に及び、多数の被害者が出て警察の手が入ったんです。主催者数名が逮捕され、なかには実刑を受けた連中もいたんですが、彰久は示談が成立して起訴猶予になっています。そのサークルは活動期間も長く、おそらく余罪はもっとあるはずです」

「地元に戻ってからは？」

「警察沙汰になるようなことはとくに起こしていなかったようですが、女癖は悪かったようで、五年前に不倫騒動を起こして奥さんとは離婚しています」

「警告書を出す前に事情聴取はしたんだね」

「しました。被害者の申立をすべて否認しましたが、被害者の携帯の通話履歴にはある時期から一日に数十回着信した記録があり、着信拒否をしても別の携帯からかけてくる。電子メールも届くしLINEも届く。そのすべての履歴が女性の携帯に残っていたので、それが証拠になりました。そのなかには殺害を予告するような文言《もんごん》も含まれていました」

「つきまといや待ち伏せは？」

「もちろん執拗に繰り返されたようです。それも本人は否認しましたが、被害者は恐怖のあまり、一時は勤めていた会社を休まざるを得なくなったそうです。そのうえお父さんの勤めている学校にも、差出人不明の誹謗《ひぼう》中傷の手紙が届いた。近所の郵便受けにも似たようなビラが投げ込まれたそうです」

「典型的なストーカーね。でもそこまで悪質なのに、警告だけでいったん収まったのが不思議といえば不思議よね」

北沢は首を傾《かし》げる。小塚は種を明かした。

「じつは本人に送付した警告書のコピーを、父親の門井健吾と兄の孝文《たかふみ》にも送ったんです。

私が勝手にやったことで、正式な手続きじゃありませんが、それが功を奏したんじゃないかと思います」

「なかなか大胆だな」

山下は唸《うな》った。北沢は当然だという表情だ。

「私なんか警告書以前の段階でも、ストーカー行為が判明したら電話や手紙で家族にも注意を呼びかけてるわよ。人のプライバシーに土足で踏み込んでくるような人間のプライバシーを警察が守ってやる必要なんてないもの。案外それって効果的なのよ。ただし門井彰久の場合、我慢しすぎてリバウンドがきちゃった可能性が高いわね」

「じゃあ、僕にも責任があることになりますね」

小塚は不安げに問いかける。北沢はかぶりを振った。

「そんなことないわよ。そういうタイプは遅かれ早かれ行くところまで行っちゃうものなの。警告がなかったらまさに野放しで、一気に凶悪化していた可能性もあるわけだから。ただ学生時代の示談にしても、ストーカー行為がばれていったん大人しくなったのも、今回のことがまともに捜査もされずに蓋《ふた》をされちゃったのにも、父親や兄による陰でのリカバリーがあったのは間違いないと思うのよ」

「たしかにな。房総レジャー開発の御曹司《おんぞうし》がストーカー行為で禁止命令を受けるようなことになれば、会社の体面が丸潰れだ」

山下は頷いた。金で示談に持ち込んだり、説諭してストーカー行為を一時的に止めさせたりまでなら親族としてやってやれないことはない。しかしそれが殺人にまで発展したとしたら、彼らの力では手に負えない。

彰久のストーカー行為の対象が不審死を遂げたという情報に接し、彼らはそれが彰久の犯行の可能性が高いと見た。あるいはそうだと確信できる材料なり本人の告白があったのかもしれない。そこでいよいよ伝家の宝刀を取り出した——。村松の話を聞いたあとでは、そんな読みが、あながち外れではないような気がしてくる。

そのとき二つほど離れたテーブルに、背広姿の三人の男がやってきた。品書きを眺めながら、こちらにちらちらと視線を向ける。小塚は知らない素振りで冷酒のグラスを傾ける。

男の一人が立ち上がり、こちらのテーブルにやってくる。頭は丸刈りでガタイがよく、いかにも強面《こわもて》だ。しかしヤクザにしては着ている背広がしょぼくれている。男は小塚に声をかけた。

「早い時間から一献とはいい身分だな。おまえ、伊予ヶ岳の一件を県警にチクったそうだけど、どうも噂《うわさ》は本当らしいな。こっちのお二人は県警の人だろう。どこかで見たことがあるよ」

男は山下の顔を睨《ね》め回す。山下は面識がないが、警官は本部と所轄のあいだをしばしば異動する。どこかで顔を知られていたとしても不思議はない。いまの言い草からすれば単なる山勘《やまかん》で見当をつけたような気もするが、ここで身分を隠す必要はない。かといって喧嘩《けんか》を売る必要もないから、立ち上がって慇懃《いんぎん》に名刺を差し出した。

「県警生活安全捜査隊の山下です。故《ゆえ》あってきょうはこちらの所轄にお邪魔しました」

「あっ、こりゃどうも失礼を。私、刑事課の川口《かわぐち》と申します」

男はわざとらしく慌てて名刺を手渡した。フルネームは川口啓二《けいじ》。肩書は安房署刑事課の主任で警部補。続けて北沢とも名刺を交換し、断りもなしに空いている小塚の隣に腰を下ろして、嫌味な口調で切り出した。

「まさか、村松の爺《じい》さんの話を真《ま》に受けたりしていないでしょうね。いやね。あの人にはほとほと困ってるんですよ」

やはり腹に一物《いちもつ》あって接近してきたようだ。山下は身構えた。

「なにか問題が？」

「昔、どこかの所轄の副署長を務めたという経歴をひけらかして、あることないこと警察に文句を言ってくる。要するにたちの悪いクレーマーなんですよ。地方紙が書き散らしたガセネタをもとに、署に乗り込んできて担当の課長や係長を叱り飛ばす。警察の大先輩だと思って最初のうちは丁寧《ていねい》に応対していたんですが、あまりに目に余るもんですから、近ごろは出入り禁止にしてるんですよ」

「今回の事件でも、村松さんのほうから接触が？」

「例の目撃証言でしょう。うちのほうにもしつこく電話がかかってきましたよ。しかし対象者にはアリバイがあった。現場からも事件性を疑わせる物証は出ていない。県警本部の捜査一課も、自殺か事故で事件性なしという報告に異論はなかったんですよ。それを畑違いの生活安全部がしゃしゃり出てきて管内をうろちょろする。それは越権というもので、所轄としては面目丸潰れなんですよ」

川口は明らかに喧嘩を仕掛けてきている。まだ安房署の刑事課とは接触していなかったが、すでにこちらの動きは伝わっていたらしい。この店で会ったのも偶然とは思えない。だったら受けて立つしかない。挑むように山下は応じた。

「殺人の捜査は我々の仕事じゃないんだけど、ストーカー事案に関しては見逃すことはできないんでね。それもストーカー殺人の疑いがあるとなるとね」

第二章

1

川口との遭遇で酒が不味《まず》くなったので、とりあえず頼んだ分を平らげてから河岸《かし》を変えることにした。小塚が案内してくれたのは、こぢんまりした田舎《いなか》家風の構えの、なかなか落ち着けそうな店だった。

「どういう奴《やつ》なんだ、あの男？」

注文を終えたところで山下は訊いた。渋い表情で小塚は言う。

「刑事課と言っても彼はマル暴担当ですよ。県警本部では組織犯罪対策部は刑事部とは別立てになっていますけど、所轄ではごちゃ混ぜですから――」

暴力団の取り締まりは、警視庁を含む警察本部でいえば、以前は刑事部捜査四課が担当していた。いまは全国の警察本部でかつてのマル暴の四課は組織犯罪対策部門に統合されているが、それ以後も、警視庁を始めいくつかの警察本部では組対《そたい》四課としてその名称が使われ、千葉県警もその一つ。つまりそれだけ伝統のある部署だと自他ともに認めていることになる。

所轄では組対は刑事課と一体化され、警視庁では組織犯罪対策部の呼称が用いられているが、そんな長い名前は一般に馴染《なじ》みがないし、言うにも舌を嚙みそうだから、千葉県警を始め多くの本部は刑事課のままで通している。つまり所轄では、母屋《おもや》（警察本部）のマル暴担当部署が刑事部捜査四課だったかつての時代と似たような編成なのだ。

「たしかに所轄の刑事課はなんでも屋だからな。殺しから空き巣から詐欺から、母屋の刑事部の領分をすべて担当するうえに、組対の領分も押し付けられているわけだから、どうしたって人手が足りない」

山下は頷いた。母屋の組対はマル暴関係のみならず、かつては生活安全部門の領域だった銃器薬物対策や外国人犯罪まで扱う。当然それらも所轄の刑事課の仕事に加わるわけで、かといってそのぶん人員が増えるわけでもない。

そもそも日本の警察では、本部の捜査一課が関与する殺人や強盗などの凶悪犯の検挙率は八〇パーセントを超え世界最高レベルでも、認知事件全体の検挙率は三〇パーセント台で、諸外国と比較しても低水準だ。それをすべて所轄のせいにするのは気の毒だが、窃盗《せっとう》や詐欺、破廉恥《はれんち》犯など、所轄のみで捜査に当たることになる事案の認知件数は圧倒的に多い。

だから所轄では、面倒な事件が起きればマル暴だ窃盗だという垣根にこだわってはいられない。その意味で、殺人事件の可能性が考えられた伊予ヶ岳の事案に川口が首を突っ込んできたのは不思議ではない。

「ただ、地元で評判が悪いのは、村松さんじゃなく、むしろ川口さんのほうなんですよ——」

小塚は意味ありげに声を落とした。

「地場の暴力団の鬼塚《おにづか》組とツーカーで、暴力団排除条例なんてないも同然で、みかじめ料の徴収を黙認するわ、事務所の賃貸契約で口利きをするわ、悪い噂があとを絶たないんです」

「人を印象で判断するのは問題があるが、あの川口に関しては、印象と中身にほとんど食い違いがないようだな」

「今回の村松さんの件でも、そのあたりの事情が絡んでいるんです」

「というと？」

山下は身を乗り出した。小塚はさらに声を落とした。

「村松さんが署に乗り込んで苦情を言ったのは、その件でだったんです。かつて所轄の副署長だったというキャリアもあり、長年民生委員を務めていて人望も厚い。そんなこともあって、本来民生委員の仕事の範囲じゃなくても、地元の人たちから相談を受けることがよくあるそうで」

「それが川口の行状についての相談だったわけだな」

「そうなんです。地元の飲食店が、鬼塚組からみかじめ料を要求されて困っていると川口さんに相談すると、逆に払うように勧められるそうで。そうしておけば、たちの悪い客や半グレに絡まれても鬼塚組が始末をつけてくれるから安心だ。警察も忙しくて、なかなかそこまで手が回らないからと」

「呆《あき》れた話だな。警察が暴力団排除条例違反を勧めるとは」

「いまの鬼塚組の事務所にしても、地元の不動産業者が、条例違反になるから賃貸契約はできないと拒んだそうなんです。そこへ川口さんが割って入って、契約を申し込んだ人物は組を抜けて警察にも離脱届を出しているから問題ない。かたぎになって頑張ろうという人間に力を貸してやってくれと言われた。それでやむなく契約に応じたら、一月《ひとつき》もしないうちに鬼塚組の連中が住み着いて、看板は出さないまでも、立派な組事務所に様変わりしていたそうです」

「ズブズブだな。それで村松さんが動いたわけか」

「ええ。何度も警察署に乗り込んで、苦情を言ったそうなんです。しかし刑事課長は知らぬ存ぜぬで、川口さんも身に覚えがないの一点張り。村松さんにしてもすべて他人《ひと》の口から聞いた話で、告発できるほどの証拠はないし、したとしても警察が握り潰すのは間違いない。それでも何度も署に乗り込んでは課長に談判《だんぱん》していたらしいんですが、そのうち多忙を理由に会ってもくれなくなって、事実上門前払いの状態らしいんです」

「さっき川口が言っていた話とほぼ一致してはいるな。ただし矛先がまるで逆になっているが」

先ほどの川口の態度と、きょうじっくり話をした村松から受けた印象で比較しても、川口の分《ぶ》が悪いのは一目瞭然だ。川口は村松の行動をひたすら口汚く罵《ののし》った。かつての経歴を笠《かさ》に着た威力業務妨害だとさえ言っていた。だからといって具体的な事例を挙げたわけでもない。こちらがそのときの事情を知らないのをいいことに、ひたすらモンスタークレーマーの印象を植え付けようとしたとしか思えない。

「はっきりいって刑事課内部でも川口さんは厄介者とみなされていますが、怒らせるとパワハラのし放題で、若い連中は敬して遠ざける。課長も見て見ぬふりをする。署内に鬼塚組の支部があるようなもので、課長も長年黙認してきた手前、それが表沙汰になることを嫌い、川口さんを処分するどころか、村松さんを事実上出入り禁止にしてことを収めようとしたようです」

「今回の件に首を突っ込んできたのも、そのへんの絡みがあってのことなのか」

訊くと小塚はかぶりを振った。

「必ずしもそういうわけではなさそうです。山下さんたちがこちらに出張ってきたのは、べつにマル暴絡みの話じゃなかったわけですから」

「だとしたら、どういう理由で？」

「門井健吾と鬼塚組の組長の繋がりについて、地元では以前からいろいろ噂が流れているんです」

「ただならぬ話ね」

興味深そうに北沢が身を乗り出す。小塚は続ける。

組長の鬼塚有吉《ゆうきち》と門井は幼馴染《おさななじみ》で、中学生のころはどちらも地元で評判のワルだった。門井のほうは創業者で父親の門井勘太郎《かんたろう》が地元の名士で、警察沙汰になりそうになると裏で動いて揉み消してしまう。

一方の鬼塚はそういう恩恵には与れず、少年院や少年刑務所に入ったり出たりを繰り返すうちに地元の愚連隊の頭目に成り上がり、やがてある広域暴力団の傘下《さんか》に入り、鬼塚組を結成した。

二人の親交はいまも続いていて、房総レジャー開発が手掛けたゴルフ場建設の際の地上げでは鬼塚組が大きな役割を果たし、その清掃や備品の納入業務には鬼塚組のフロント企業が参入するなど、いまも持ちつ持たれつの関係が続いている。

お陰で暴対法や暴力団排除条例で弱体化するヤクザの世界でいまもそれなりの資金力を維持し、その余勢を駆って近隣に積極的に縄張りを広げているという。

「だとしたら門井健吾は侮れないな。警察から裁判所まで、この土地の官公署にはみんな門井の息がかかっているようなことを村松さんは言っていたが」

山下は唸った。慎重な口ぶりで小塚は応じる。

「裁判所までというのは村松さんの考えすぎという気がしますが、警察に関しては、あながち外れではないでしょうね。今回の件でわざわざ川口さんがしゃしゃり出てきたこと自体が、門井彰久の件と無関係とは思えませんから」

「あんな口を叩いて、私たちがビビると思ったら大間違いよ。むしろ事件の背後になにかあると疑わせただけじゃない」

北沢は笑って地酒の冷酒を美味そうに啜《すす》る。山下もあの程度の恫喝《どうかつ》で今後の捜査に手心を加える気は毛頭ない。しかし警戒感を隠さず山下は言った。

「そういう動きがすでにあるとなると厄介だぞ。当日のアリバイにしても事件現場の物証にしても、彰久に疑惑が向くような事実を、無視するだけではなくさらに隠蔽《いんぺい》までしているかもしれない。おれたちの目からは彰久が真っ黒だとしても、それを立証するための壁は厚そうだな」

「そもそも殺人事件の捜査となると、僕らの仕事じゃなくなるわけですから」

小塚もその点については不安を漏《も》らす。しかし北沢は確信ありげだ。

「私たちが動き出したことにそこまで神経質になっている点が、まさに馬脚を露《あら》わしたということじゃないですか。ストーカー行為に関しては警告は出ていましたけど、被害者が死亡したからすでにその効力はない。それなのに川口という人が凄みを利かせてきたのは、やはり単なる事故とか自殺ではなく、事件に彰久が関与していることを知っているからですよ」

「だとしたらなおさら、向こうはこっちに協力なんかしてくれないぞ」

苦々しい気分で山下は言った。警察も検察もあちこちでよく冤罪《えんざい》をつくるが、その逆がないわけではないし、むしろそちらのほうがはるかに容易だ。証拠は捏造《ねつぞう》するより隠蔽するほうが手間がかからない。現場がグルになって見て見ぬふりをすればいい。今回の事案でも、現場に不審な遺留物がなにもなかったとは考えにくいし、同時刻に伊予ヶ岳に登っていた者がいたかもしれない。

小塚は遺体の発見者でも、畑違いだからその後の捜査活動には加われない。発見時の状況は刑事課の捜査担当者に説明したが、いかにも事件性なしの方向に話を誘導されているようで、あとで問い合わせても捜査らしい捜査はした様子もなく、自殺もしくは事故という結論で早々に手仕舞《てじま》いしたようにも受けとれたという。

死亡した女性の名前や住所を聞いて、それが門井彰久のストーカー行為の対象者であることは伝えたが、けっきょく門井本人へのおざなりな事情聴取でお茶を濁されて、村松の目撃証言は無視された。殺人事件の捜査に携わったことのない山下から見ても、いかにも不審感の拭えない決着のつけ方だった。北沢が訊いてくる。

「県警本部の捜査一課は、この事案には関与していないんですか」

「本部の検視官が出張ったわけだから、事件を認知していなかったということはあり得ない。

その結果と安房署からの報告で、彼らも事件性なしで了解してしまったんだろう。そもそも安房署の刑事課が、本部にどういう報告をしていたかだよ」

「だったら捜査一課にそのあたりの事情を訊いてみたらどうですか」

北沢が背中を押してくる。山下は首を傾げた。

「連中も口が堅いからな。刑事部屋で隣り合わせの班同士でも、捜査中の事案については機密扱いだそうだ。それに事件発生の第一報が行くのは第一強行犯捜査の現場資料班で、そのトップの庶務担当管理官が帳場（捜査本部）を立てるほどの事案じゃないと判断すれば、本部はタッチせず、あとは所轄任せということになる」

「現場資料班に、だれか知り合いはいないんですか」

「いないこともないが、それほど親しいわけじゃない。警部補に昇任したとき警察学校で講習をうけた同期だが、そのあとは年に一、二度飲むことがあるくらいだ。二年前にそっちへ異動しているんだが」

「会って探りを入れてみるくらいはしてみたらどうですか。そのときの表情や態度で、捜査一課の腹のうちが読めるかもしれないし」

北沢は積極的だ。山下は頷いた。

「できるだけのことはやってみるべきだな。彰久のストーカー行為や村松氏の目撃証言をぶつけてやれば、前向きであれうしろ向きであれ、なんらかの反応は示すだろう」

2

翌日、山下は捜査一課第一強行犯捜査第二係の西村毅《にしむらたけし》警部補に電話を入れた。たまたまいまは暇なようで、西村は鷹揚《おうよう》な調子で応じた。

「久しぶりだな。元気でやってるか」

「ああ。おまえのほうは部署が部署だから忙しいだろうと思って、飲みに誘うのをつい遠慮しているうちにずいぶんご無沙汰してしまった」

「おまえだって暇じゃないだろう。児童虐待やらDVやらストーカーやら、近ごろは気が滅《め》入《い》るような事件ばかりで、なにかと出番が多いんじゃないのか」

「おれたちのところで取りこぼすと、そのままおまえたちの扱いになっちまうからな。被害者が死体になって出てきたら、それはおれたちの敗北だ」

「たしかにな。おれたちはホシを挙げれば手柄になるが、おまえたちのお陰で死体にならずに済む人も大勢いるわけだから」

親身な調子で西村は言う。そんな社交辞令に付け入るように、山下はすかさず切り出した。

「ところでおれが聞きたいのは、先日、安房署管内の伊予ヶ岳で転落死した女性の件についてなんだが」

「ああ、あれには本部の捜査一課は関わっていない。地元の初動捜査の結果、自殺か事故死という結論だった。検視官も殺人の可能性はとくに指摘しなかったし」

西村はどこか言い訳がましい。山下は不審なものを覚えた。

「現場資料班は、そのとき現地に乗り込んだのか？」

「事件発生当時、たまたま別のところで死体遺棄事件が発生してね。管理官の判断でそっち優先ということになり、おれも管理官と一緒に現地に乗り込んだ。現場の状況から明らかに殺人とみられたため、その旨《むね》、捜査一課長に具申《ぐしん》して、急遽《きゅうきょ》帳場が立てられた。初動が良かったため容疑者はすぐに特定され、すでに逮捕送検されている」

「それで、伊予ヶ岳のほうは後回しになったのか」

「後回しと言うより、所轄からの報告が事件性なしというもので、とくに異論を挟む余地もないと判断したからだ。所轄はその後も補充捜査をしたが、けっきょく結論は変わらなかった。こっちも報告された捜査内容は精査したが、とくに問題はなさそうだったんで、捜査終結を了承したんだが」

「じゃあ、こういう話は聞いているのか——」

山下は語って聞かせた。死亡した村松由香子がストーカー事件の被害者で、死亡する一ヵ月前に安房署の生活安全課に被害届を出し、加害者の門井彰久にストーカー規制法に基づく警告が出されていたこと、その門井を事件が起きた日の朝に、被害者の祖父の村松謙介が自宅近くで目撃していたこと――。

慌てた様子で西村は応じた。

「ちょっと待ってくれ。あとでこちらから電話する。いや、どこかで会って話したほうがいいな――」

西村は本部庁舎の近くにある喫茶店を指定した。一時間後にそこで会おうと言う。その前にだれかと相談する必要でもあるのだろう。だったらこちらはストーカー事案に詳しい部署の者を同席させていいかと訊くと、とくに断る理由を思いつかなかったのか、それでかまわないと西村は言った。北沢に連絡すると、もちろん同席すると張り切って応じた。

一時間後、北沢とともに指定された喫茶店で待っていると、西村は五分ほど遅れてやってきた。

「済まん、済まん。急ぎの書類仕事があって、すぐに動けなかった」

西村は言い訳をする。刑事はたしかに書類仕事が多い商売で、なにか事件を扱えば、必ず調書やら報告書やらがついて回る。しかしそれは気の進まない用事を避けるための便利な口実でもあって、この場合は上の人間に相談するための時間稼ぎではないかと勘ぐれる。

「こちらは子ども女性安全対策課の北沢巡査部長。ストーカー事案に関してはおれよりずっと経験豊富なんで、貴重なアドバイスが聞けると思ってね」

山下は北沢を紹介した。二人は名刺を交換し、さっそく西村は訊いてきた。

「さっきの話、本当なのか？」

山下は眉《まゆ》に唾《つば》をつけながら、意外だという表情で応じた。

「所轄からは報告がなかったのか？」

「ああ、なにか情報の行き違いがあったのかもしれん。これから事情を確認しようと思うんだが」

「いますぐやったほうがいいぞ。おれたちは門井のストーカー行為で被害者から相談を受けた生活安全課の刑事からも事実関係を聞いている。さらに被害者の祖父からも、先日じかに話を聞いてきた」

「おまえはその門井彰久という男が犯人だと見ているわけか」

「まだそこまでは断定していない。ただそういう事実関係が背後にあるのに、所轄の刑事課も捜査一課も疑問すら抱かずに事件性なしと片付けた。その手続きには問題があると思うんだが」

「しかし現場からは犯罪性を窺わせる物的証拠は出てこなかったし、検視の結果からも他殺を疑わせる要素は見つからなかったと聞いている。その女性はもともと山好きで、だれかに拉致《らち》されたとか、誘《おび》き出されたとかいう事実はなかったわけだろう」

西村は探りを入れてくる。門井のストーカー行為にしても村松の目撃情報にしても、報告を受けていないというのはやはり怪しい。まさか本部の捜査一課にまで門井健吾の影響力が及んでいるとは考えたくないが、別件の死体遺棄事件にかまけて、もう一つの殺人事件を見落としたということになれば、捜査一課上層部の失態になる。できれば蒸し返さずに、このまま穏便に済ませたい。それが現場資料班を配下に置く捜査一課の筆頭の庶務担当管理官の思惑なのではないか――。

そんな疑念は腹に仕舞って、山下はさらに踏み込んだ。

「門井彰久が、彼女が山に向かうのを確認して尾行した可能性も否定し切れないだろう。安房署の刑事課はその目撃情報には信憑性がないと一蹴《いっしゅう》したらしいんだが」

「理由は？」

「わからん。そこをおまえのほうで確認して欲しいんだよ」

山下は空とぼけた。アリバイの件も含め、こちらから詳細な話を聞かせるより、安房署の刑事課に西村自身に確認させて、その結果を報告してもらうほうが相手の嘘の吐《つ》きっぷりがわかる。西村が訊いてくる。

「門井という男のアリバイは？」

「あるという話なんだが、おれのほうで確認したわけじゃない。相手と口裏を合わせればいくらでもでっち上げられる程度の話のようだ。それに桶川のストーカー殺人事件のように、代行殺人という可能性も否定できないわけだから」

「おまえはそういう情報をどこから耳に入れたんだ」

西村は興味を隠さず訊いてくる。山下はさりげなく答えた。

「安房署の生活安全課の刑事からだよ。じつはその遺体を見つけたのが彼でね。たまたま休日に家族連れで伊予ヶ岳に登ったときに発見して警察に通報した。ところがその遺体が、自分が担当していたストーカー事案の被害者だった――」

当然、彼は事件に関心を持ったが、刑事課はたとえ遺体の発見者でも、生活安全課の人間に詳細な捜査情報は教えない。辛《かろ》うじて漏れ伝わってきたのがそこまでの話で、不審を抱いた彼が自分に相談してきたのだと、嘘ではない程度に、詳細はここでもぼかしておいた。

「おれたちは殺人事件は畑違いだから、その件で捜査に乗り出すというわけにはいかない。だからといって、門井彰久が犯人の可能性があるとしたら、そういう人物を野放しにしておくのは、今後のことを考えれば極めて不安なんだよ」

そのとおりだというように北沢が身を乗り出す。

「ストーカー傾向のある人物というのは再犯性が高いんです。殺人まで犯すほど凶悪な性向の持ち主なら、新しい被害者を出さないように監視を怠るわけにはいきません。その意味から、私たちも今回の安房署の対応には看過できないものを感じているんです」

「そちらが納得いかないのもわかるよ。ただ検視の結果でも、現場で争いがあったような所見はなかったらしい。門井のアリバイや目撃証言についてはおれのほうで所轄の刑事課に確認をとる。そのあたりはとりあえずこちらに任せておいて、おまえのほうで捜査に動くのは控えてくれないか」

西村は困惑を滲ませる。やはりなにか具合の悪い事情があるらしい。山下はかぶりを振った。

「そういうわけにはいかないんだよ。事故か自殺か殺人かはまだわからないが、うちのほうはこの間の門井の行動をチェックする必要がある。殺人ではなかったとしても、もし自殺だとしたら、門井のストーカー行為と無関係だとは限らない。そこをしっかり押さえておくのがおれたちの仕事だから」

「しかしそれじゃ下手に横槍を入れるようなことになる。現場を混乱させるだけだろう」

「だったら、捜査一課として動いてくれるのか。べつにいますぐ帳場を立てろと言ってるんじゃない。現場資料班として乗り込んで、ここまでの捜査の仕切り直しをして欲しいんだよ」

「そう言われてもな。一度決着のついた事案を蒸し返すのは手間がかかる。それに、おまえが言っている話はすべて伝聞で、そういう解釈も可能というレベルの話だ。上のほうにはもう少し具体性のある事実を提示しないとなかなか動いてはもらえない」

「庶務担当管理官の体面に関わるというわけだ」

皮肉な調子で山下は言った。西村は気色《けしき》ばむ。

「そういう言い草はないだろう。事件性の有無を判断することにかけてはおれたちはプロだ。不審死体を見つけたらなんでもとりあえず事件にしていたら、人手が足りなくて仕事にならない。その結果、より重要な事案を取りこぼしたんじゃ本末転倒だ」

「それはわかるよ。だからなおさら、この事案に関しては手を抜かないで欲しいんだよ。おまえたちの仕事は、殺された被害者のいわば弔い合戦をするようなものだが、おれたちはこれから起きるかもしれない凶行を未然に防ぐために毎日汗をかいている。門井彰久がもし犯人だとしたら、見逃せばそれがふたたび起こり得る」

「おれたちだって、殺人犯を取り逃がさないことが凶悪な犯罪の抑止に繋がると信じて仕事をしている。だからといって、明らかに他殺を疑わせる物証や証言が出たのならともかく、門井という男がストーカーで警告を受けていたことも、現場とはまったく別の場所で目撃されていたことも、おれたちの基準で言えば状況証拠として不十分だ」

西村は不快感をあらわにする。ここにもなにやら怪しげな捜査の壁があるのを山下は感じた。

「捜査一課に喧嘩を売っているわけじゃない。連携すべきところは連携すべきだと言ってるんだよ。犯罪を抑止したい思いはおれたちも変わりない。しかし殺人捜査はおれたちの領分じゃない。逆に捜査一課が目配りできないところにも、おれたちは目が届く」

渋々という調子で西村は言った。

「だったらとりあえずここは任せてくれないか。所轄の初動がどうなっていたか、おれのほうで確認するよ。不審な点があれば再捜査するように指示を出すし、必要ならおれが現地に出張ってもいい」

「その結果によっては、見直すこともあるんだな」

「殺人の可能性が高いという、強い心証が得られればな」

「おれたちには強い心証があるから言ってるんだが」

「殺人というのは重罪だ。心証だけで容疑者にするわけにはいかないんだよ。下手をすれば容疑をかけるだけで、相手の人生を破壊することもあるわけだから」

「やるべきことをやらずに野放しにすれば、べつの人間の人生を破壊することもあるだろう」

「だからといって、見込み捜査はおれたちの仕事ではご法度《はっと》だ。過去にはそれが冤罪の温床になって、警察に対する信頼が大きく崩れた。殺人事件というのは世の中の注目を集めやすい。ただ怪しいというだけで、捜査に着手するわけにはいかないんだよ」

西村はしきりに予防線を張る。適当な再捜査をするだけで、やはり事件性は認められなかったとお茶を濁そうとしている気配が濃厚だ。

言っていることは正論だ。しかし事件の端緒はある種の直感に基づくものであることが多い。山下も組対部の薬物銃器対策課にいたときは、気配だけで行確《こうかく》を開始して、薬物密売の証拠を摑んだことが何度もある。

捜査一課にしても、逮捕に至らなくても任意の事情聴取までなら積極的にやっているはずで、そこを手控えて凶悪な犯罪者を見逃すようなら、警察が存在する意味はない。西村のガードは無視して山下は言った。

「期待しているよ。ストーカー事案なんて、捜査一課の殺人班から見たら軽犯罪の一種くらいにしか見えないのかもしれないが、それがエスカレートしたときどうなるか、おれたちはよく知っている。桶川、三鷹《みたか》、逗子《ずし》、館林《たてばやし》のストーカー殺人事件。さらに未遂や強姦《ごうかん》も含めれば凶悪化した事例は数え切れない。所轄の生活安全課はしっかり仕事をしてくれていたが、それでも最悪の結果が防げなかったのだとしたら、それはおれたちの敗北だ。その犯人を逮捕もできずに終わったら、この先、第二、第三の被害者を出すことにもなりかねない」

3

西村は上と相談すると言って話を切り上げ、逃げるように帰っていった。山下たちは喫茶店にそのまま居残った。北沢が呆れたように言う。

「捜査一課って、あのレベルなんですか。心臓にナイフが刺さっていたり、頭を銃弾が貫通していたりしないと、殺人事件とは見做《みな》さないみたいですね」

「まあ、検視官が殺しじゃないと見立てたんだから、それだけのことならこっちも引き下がるしかない。しかし村松氏の目撃証言を無視したり、彰久の怪しいアリバイを鵜呑《うの》みにしたり、挙句《あげく》の果てはきのうの川口の態度だよ。所轄の刑事に恫喝されたのはおれも初めてだ」

「きのう小塚君から聞いた鬼塚組と門井健吾の繋がりにしても、怪しい匂いがプンプンですよ。そのことも西村さんに言ってやればよかったのに」

「いや、西村だってどこまで信用していいかわからない。とりあえずこちらの手札は広げずに反応を見ようと思ったんだよ。川口たちとツーカーで事件に蓋をした可能性だってなきにしもあらずだから」

捜査一課に門井健吾の力が及んでいるとまでは考えたくないが、どうもつまらない縄張り意識が働いているようで、彼らを本気で動かすには一手間かかりそうだ。そもそも捜査一課には独特のエリート意識があって、生活安全や組織犯罪対策など他部門の刑事を見下す傾向がある。

警視庁の場合、捜査一課員だけが金枠付きの赤バッジを着け、そこに書かれているのは「S1S mpd」。S1Sは「サーチ・ワン・セレクト」の略だとのことで、その意味は「選ばれし捜査一課員」だというから聞いて呆れる。

警視庁以外の警察本部ではそこまでお高く止まってはいないが、かつて組対本部の薬物銃器対策課に配属されていたとき、売人組織同士の抗争で死者が出たことがある。そのとき山下たちはその上部の大規模密売組織の内偵を行っていたが、捜査一課はそこのけそこのけで割って入り、せっかく泳がせていた中堅クラスの売人にわざわざ事情聴取をし、結果的に大規模組織の大物をバラしてしまった——。

そんな話を聞かせると、腹を括《くく》ったように北沢は言った。

「あまり期待しないほうがよさそうですね。我々で動けるところは動いたほうがいいような気がします」

「とりあえず、彰久の携帯の位置情報を調べてみるか」

「ああ、そうですね。ストーカー事案では基本中の基本ですね」

北沢は乗ってくる。最近は携帯電話の位置情報を、相手に知られずにリアルタイムで取得することができるように法改正されたが、それには裁判所の令状が必要でハードルが高い。しかし過去の通話記録の取得なら、捜査関係事項照会書で用が足りる。強制力のない単なる協力要請に過ぎないが、応じてくれるケースは比較的多い。

「事件が起きたと推定される時刻に東京都内以外での発着信があれば、本人が主張しているアリバイは崩れるからな」

「安房署の刑事課は、その方法で裏をとらなかったんでしょうかね」

「普通はすると思うんだが、小塚君からは聞いていなかったな。どのみち彰久の携帯電話番号を教えてもらわなきゃいけないから、いま電話を入れてみるよ」

山下は携帯を取り出して小塚を呼び出した。張り切った声で小塚は応じた。

「きのうはお疲れさまでした。捜査一課の反応はいかがでしたか」

「なんだか煮え切らない態度でね――」

西村との話の内容をかいつまんで伝えると、小塚は落胆をあらわにした。

「やっぱりそうですか。あまり期待はしていなかったんですが」

「どう動くか反応を見ようと思うんだが、こちらでできることはとりあえずやっておこうと思ってね――」

彰久の携帯の通話履歴を取得する件を話すと、小塚は強い興味を示した。

「いいんじゃないですか。うちの刑事課はそこまでやっていないようなんです。彰久が東京で会っていたという人物に電話で確認しただけで、直接出向いたわけではないようですから」

「手抜き捜査というより、あらかじめ出来上がっていた筋書きで捜査を終了させようという意図が明白だな。通話履歴でアリバイが崩せれば、捜査一課も頬《ほお》かむりはできなくなる。ストーカー事案としてなら、うちのほうにも捜査権がないわけじゃない。門井彰久の携帯の番号はわかるか」

「わかります。被害者にかけてきた通話の記録が残っていますので――」

小塚は三つの携帯の番号を伝えた。ストーカー行為のピーク時には、着信拒否を設定されると彰久はすぐに別の携帯に切り替えていたという。いまも複数の携帯を使用しているとしたら、そのすべてをチェックする必要があるだろう。

「うちの副隊長に相談するよ。捜査関係事項照会書を書いてもらう必要があるから」

山下は言った。書けるのは警部以上の階級の警察官だ。小塚のことは副隊長の大川も気に入っている。この事案に関してはまだ大川には報告していないが、山下が捜査に着手することにおそらく反対はしないはずだ。

所轄の生活安全課や北沢が所属する子ども女性安全対策課と連携して動くのが生活安全捜査隊の職務の柱で、管理監督業務が主体の生活安全部でもっとも中心的な実動部隊でもある。所轄の課長から正式に出動を要請されたわけではないが、いま動いているのは生活安全課の小塚からの要請によるもので、細かいことを言わなければ、捜査隊の運用規定に抵触はしない。

「それと、門井彰久のアリバイを証言したという、東京の知人だか取引先だかの人物の身元はわかるか」

山下は問いかけた。もし通話記録から偽証がばれたら、その男に事情聴取して理由を問いただす。そこから彰久の犯行を疑わせる、より明白な糸口が見えてくるかもしれない。小塚は残念そうに言う。

「刑事課に訊いたんですが、個人のプライバシーに関わることだからと教えてくれないんですよ。ひょっとして、僕らに裏をとられるのを嫌っているんじゃないですか」

「だとしたら、そのこと自体が大いに怪しいな。まあ、そこはなんとかするよ。きょうのおれの話で、本部の捜査一課もかたちだけは動くと言っているから、そっち経由で所轄に情報を開示させる手もある」

「ほかにもまだ、隠しているネタがあるかもしれませんよ。捜査一課にはそれを開示させてもらえれば十分です。あとは我々の手でけりが付けられそうじゃないですか」

小塚は一転して強気な口ぶりだ。とりあえずアリバイさえ崩せれば、あとは村松の目撃証言と、警告まで出るに至った彰久の執拗なストーカー行為の合わせ技で、捜査一課が動かざるを得ない状況はつくれるだろう。


副隊長の大川は、報告を聞いて強い興味を示した。

「ここで見て見ぬ振りをしたら、生活安全捜査隊の存在意義がなくなる。被害者は死亡しても、ストーカー事件の監視対象者だった門井彰久は生きている。それどころかいまは安房署が出した警告書も効力がないわけで、事実上の野放し状態だ。もし殺人を犯すほどの凶悪なタイプなら、再犯の可能性は否定できない」

「私もそれが心配なんです。もし彼が犯人だとしたら、ここで捜査対象にならずに済んでしまえば、次はさらに大胆になるかもしれません」

「それを予防するのがおれたちの仕事だ。捜査一課が動かないんならおれたちがやるしかない。向こうはいまのところ彰久を捜査対象にしていないわけだから、ストーカー行為の監視という名目でおれたちが動いても、捜査管轄のうえでの問題はない。彰久が契約しているキャリアと携帯の番号は？」

小塚から聞いたキャリアの名称と番号を告げると、大川はその場で捜査関係事項照会書を書いてくれた。どの番号もキャリアは同じで、本社は東京都内にある。あすにでもそれを携えて出向くことにした。

西村が所轄から話を聞いてくれるというので、その際、アリバイ証言をした都内在住の人物の住所や氏名もわかるかもしれない。それなら通話履歴を取得したあと、その人物のところに出かけていって、直接話を聞くこともできるだろう。

さっそく小塚に電話で伝えると、そのときは自分も同行したいと言ってきた。地元の情報に詳しい小塚がいてくれれば、こちらが気づかないようなところにも目が届くかもしれない。北沢は子ども女性安全対策課の本来の業務をそうは抜けられないので、山下は自分の配下の捜査員を同行させるつもりでいたが、捜査一課がこの先こちらの動きに過敏になりそうな気配で、いまはあまり大袈裟な動きにはしたくない。その意味でも小塚の同行は願ったり叶ったりだ。

4

夕刻、西村から電話があった。

「伊予ヶ岳の件なんだが、会って相談したいことがあってな。できればおまえ一人で来て欲しいんだが」

「いわくありげだな。具合が悪いことでもあったのか」

山下は皮肉な調子で問いかけた。午前中に会ったときも、なにやらよからぬ方向に話が向かいそうな気はしていた。

「そういうわけじゃないんだが、上のほうにもいろいろ考えがあるようで――」

西村は歯切れが悪い。山下は突っ込んだ。

「人に聞かれたくないわけだ」

「捜査上の機密にも関わるから」

「なにか耳寄りな話が出てきたのか」

「ああ。気になることがいろいろあって」

「じっくり話したいんなら、どこかで一献傾けるか」

「それがいいな。落ち着ける店があるから、個室の予約を入れておくよ。時間は六時過ぎでいる。

いいか」

「ああ、それでいい。どこの店だ？」

訊くと西村は、JR千葉駅近くの繁華街の居酒屋を指定した。山下も何度か行ったことのある店で、値段はやや高めだが、たしかに落ち着いていて、それも個室なら内緒話に向いている。

午後六時にその店に向かうと、西村は先に着いて待っていた。西村はどこかそわそわしている。言いにくいことを言わざるを得ない立場に置かれているようだ。適当に肴《さかな》を注文し、とりあえずのビールで乾杯をし、山下は切り出した。

「どうなんだ。安房署の刑事課は、相変わらずやる気がないのか」

「まず、被害者の祖父の目撃証言なんだが――」

西村が続けたのは、想像していたとおりの話だった。目撃証言をした村松がモンスタークレーマーで、ことあるごとに捜査のやり方にクレームを付けて、安房署では彼を出入り禁止にしていること、彰久の父親の門井健吾が経営する房総レジャー開発に対し、村松が土地売買のことで民事訴訟を起こし敗訴していること――。

「それで彼の目撃証言が信頼できない。門井一族に遺恨を持っていて、それを晴らすために虚偽証言をしたと言うんだな」

「どうもそういうことのようだ。死亡したのが門井彰久のストーカー行為の被害者だったのは確かだが、彼女の死と彰久を結びつける材料は祖父の証言しかない。そのうえ検視の結果でも、他殺を疑わせる材料はまったくなかった」

「それを丸ごと信じたわけか」

呆れたように山下は言った。心外だというように西村は言い返す。

「おれが直接、安房署の刑事課から話を聞いたんだ。もちろん向こうは彰久のアリバイも確認したそうだ」

「知り合いのアリバイ証言をなんの疑問もなく信じたとしたらプロの仕事じゃない。しかも安房署の刑事課は、それを電話で確認しただけだそうじゃないか」

「そこまで知っているのか。どうして最初に言わなかった」

西村は苦い表情で問いかける。山下は言った。

「悪いが試させてもらったんだよ。捜査一課がどのくらい本気で動いてくれるか」

「どういう意味だよ」

西村はテーブルを拳《こぶし》で叩く。山下は詳細に説明した。房総レジャー開発と村松の係争について。さらに地場の暴力団の組長、鬼塚有吉と同社社長の門井健吾との密接な関係。その鬼塚組と安房署刑事課の川口の癒着。加えて鬼塚組の便宜を図るような川口の行動について苦情を言った村松に、刑事課長がモンスタークレーマーの汚名を着せ、署への出入りを禁止したこと——。

「村松さんとはおれも会っている。かつて県内の所轄の副署長を務めた人で、正義感と人間味を兼ね備えた立派な方だという印象を受けた。その一方で、事実関係を確認しようと出かけた安房署管内の居酒屋で、川口という刑事がおれに恫喝めいた接触をしてきた。伊予ヶ岳の事件に、これ以上首を突っ込むなとね」

「そういう話が耳に入っていて、おれには黙っていたわけだ。それで鬼の首をとったような気でいるんだな。呆れた話だよ」

いかにも不愉快だと言いたげに西村はビールを呷《あお》る。怯むことなく山下は続けた。

「所轄から事情を聞くと言っていたから、その程度の探りは入れると思っていたんだよ。ずいぶん手ぬるい対応をしたもんだ」

「そこまでの話を知っていたら、おれだって突っ込んで話を聞いていた。要するにおれを子供の使いにしたわけだ」

「現に子供の使いだったじゃないか。いったい所轄のだれに話を聞いたんだ」

まさかと思いながら問いかけると、具合悪そうに西村は答えた。

「いまおまえが言っていた、川口という男だよ」

「知らなかったのか。川口というのはマル暴担当で、殺しの事案は畑違いだぞ」

「伊予ヶ岳の事案の担当をと言ったら、そいつが出てきたんだよ。ああいう小さな所轄じゃ、大きな事案となれば総掛かりで、担当分野なんてあってないようなもんだから。しかしおまえが言っている話だって、どれも伝聞に過ぎないんだろう。村松という人物についての話も、あくまでおまえの印象でしかない」

「ああ。いろいろ裏をとる必要はある。捜査一課が気乗りがしないんなら、おれのほうで進めるから心配しなくていい」

「それじゃ捜査規律が乱れる」

捜査規律というわけのわからない言い草が、一課の領分に手を出すなという暗黙の意味だとは察しがつく。

「そのあたりがおまえの上司の意向なわけだ。手を引けという話なら、安房署の川口と同類だな」

「殺しの可能性があるとみたからおれに話を持ってきたんだろう。だったら捜査管轄権はうちにある。事件性の有無を判断するのは我々の仕事だ」

「一課の縄張りを侵そうというわけじゃない。おれたちが知り得た情報を提供しただけだ。それが有難《ありがた》迷惑だと言うんなら、無理に動いてくれなくてもいい。おれたちはおれたちの仕事をするから」

「生活安全部には、殺人捜査を行う権限はないぞ」

「殺人捜査をするとは言っていない。そもそも一課は殺人事件と認定していないわけだから、こっちがなにをしようと勝手だろう。おれたちはあくまで門井彰久のストーカー事案の追跡捜査だ。被害者が死亡したからって、門井のストーカー性向が改まるわけじゃない。むしろ図に乗ってさらに悪質化する惧れだってあるわけだから」

「なにをするつもりだ?」

「やるべきことはいろいろあるよ。基本的にはここ最近の門井の行動確認で、必要なら事情聴取もする」

「いまは警告や禁止命令が出ているわけじゃないだろう」

「そういう性向のある人間を追跡捜査するのは、おれたちにとって大事な仕事だから。そっちが殺しの領分に手を出すなと言うのなら、こちらもストーカー事案に関しては、捜査一課に口出しをされるいわれはないという話になる」

山下は鋭く言い切った。哀願するように西村は応じる。

「なあ、わかってくれよ。おれだって所轄の捜査が十分だったとは思っていない。だからといって他殺だと認定するだけの物証もない。今回の事案は、すべての情報を勘案《かんあん》して庶務担当管理官が判断した。それを覆すに足る証拠が出てこない限り、おれだってできることはなにもない」

「捜査一課のやることも、しょせんはお役所仕事というわけだ」

「そこまで言わなくてもいいだろう。同じ捜査一課といっても、千葉県警は警視庁あたりと比べればはるかに規模が小さい。そのなかでなんとか人員をやりくりして、いまも複数の帳場を回している。検視の結果でも他殺の可能性は認められなかった。捜査一課としての判断が不当なものだとは思わない」

「まさか、庶務担当管理官にまで、門井健吾の息がかかっているなんてことはないだろうな」

山下は露骨に猜疑《さいぎ》を滲ませた。西村は気色ばむ。

「言っていいことと悪いことがあるぞ。捜査一課にゴルフ場業界と利害の接点はない。門井にとっても、捜査一課と癒着するメリットはなにもない」

「じゃあ、教えてくれないか。門井彰久のアリバイを立証したという人物の名前と連絡先を」

「なにをするつもりだ？」

「おれのほうで話を聞いてみる。所轄が電話で話を聞いただけでアリバイ成立というんじゃ、いくらなんでも杜撰《ずさん》すぎないか」

「村松という人の目撃証言の信憑性や検視の結果を勘案し、現場検証の結果等を含めた総合的な理解のもとに、それ以上の確認は不要だと考えた。向こうは善意で証言してくれたのに、嘘だろうと追及するわけにはいかんだろう。捜査のあり方として妥当な判断だと思うが」

「それはあくまで捜査一課の理屈で、おれたちは違う見方をしている。もちろん伊予ヶ岳の一件に事件性がなく、門井彰久がそこに関わっていないとすればけっこうな話だ。しかしおれたちにとっていちばん重要なのは、これから起きるかもしれない事件であり、これから出てくるかもしれない被害者だ。その可能性がわずかでも認められるなら、いまやらなければならないのはそれを未然に防ぐことなんだよ」

「しかしプライバシーの問題もあるし、おれたちサイドで言えば捜査上の機密でもあるわけで――」

西村は言うだろうと思っていた話を持ち出した。山下は言った。

「プライバシーなんてものを気にしていたら、警察はあらゆる捜査活動ができなくなる。それに捜査一課はすでに事件性なしで捜査を終結したわけだから、捜査上の機密もとくにないはずだ。おれたちは殺人事件の捜査ではなく、あくまでストーカー事案の追跡捜査だ。それは、場合によって人の命にもかかわることなんだよ」

「再犯の可能性が高いと見ているのか？」

「ああ。警告が出たあとは収まっていたが、それまではすこぶる悪質だった――」

小塚から訊いた彰久の行状を聞かせると、西村は頷いてポケットから手帳を取り出した。

「わかったよ。ただし、おれから聞いたとはだれにも言うなよ」

「その程度の情報をおれに渡すのが、そんなにやばいことなのか」

山下は怪訝な思いで問いかけた。西村は慌てて応じた。

「そういうわけじゃない。それがおれたちの普段のやり方でね。他部署との連携の悪さは捜査一課の持病のようなものだから」

5

翌日の午前十時に、ＪＲ千葉駅の総武《そうぶ》線上り快速のホームで、山下は小塚と落ち合った。通勤ラッシュの時間帯はすでに過ぎていて、乗車した電車も始発だから、楽々座ることができた。

「けっきょく僕の考えすぎだったんでしょうか。西村さんの言うこともあながち外れてはいません。村松さんの目撃証言以外に門井の犯行を示唆《しさ》する材料はないし、村松さんの見間違いの可能性も完全に否定はできないわけですから」

昨夜の西村との話の内容を聞かせると、小塚は落胆を隠さない。強い調子で山下は言った。

「答えを出すのはまだ早い。所轄は村松氏の証言を端から否定して、本来調べるべきことをすべてスルーしている。携帯の通話記録を調べれば嘘がバレるかもしれないし、そもそものくらいのこともやらずに捜査を終結したとしたら明らかな手抜きだよ。それに村松氏が門井を目撃したのはコンビニの店の前にいたときなんだろう。コンビニなら駐車場にも防犯カメラが設置されているかもしれない。その映像をチェックすれば、門井彰久本人やその車がちゃっかり映っているかもしれないぞ」

「調べたとは聞いていません。意図的にかどうかは別にして、最初から村松さんをモンスタークレーマーと決めつけていたようですから」

そこにもある種の不作為を感じざるを得ない。山下は言った。

「だったらますます怪しいな。いまの時代、防犯カメラのチェックは刑事捜査の基本中の基本だ」

「僕のほうでやればいいんですが、捜査関係事項照会書をうちの課長が書いてくれるかどうか」

小塚は首を傾げる。山下は請け合った。

「嫌がるようなら、おれのほうで用意するよ。うちの副隊長に書いてもらえば文句なしだろう」

「じゃあ、お願いします。とりあえず、彰久のアリバイ崩しですね。犯行時刻に彰久が別の場所で携帯を使っていれば嘘がバレますから」

小塚は期待を滲ませた。苦い思いで山下は言った。

「ああ。とにかく臭いのはおたくの署の川口だよ。西村が責任者を出せと言ったらしゃしゃり出てきて、都合のいい話ばかりを聞かせたらしい。本当にあいつはあの事案の捜査を担当したのか」

「当初の捜査担当者は強行犯捜査係の刑事です。ただ歳《とし》が若くて刑事課内部では古参の川口さんの風下に置かれていましてね。得意のパワハラで横車を押してその座を奪ったんじゃないですか」

「まさか県警本部の捜査一課にも、怪しげな力が働いているということはないだろうな」

「そういう噂はとくに聞いていませんが、村松さんが言っていましたね。この土地の官公署には、すべて門井健吾の息がかかっているようなことを」

「まあ、そこまで考えるときりがなくなる。捜査一課に限らず、大半の部署はもともとストーカーやDV事案には関心が薄いからな」

「民事不介入という考えが、警察官の頭にはいまも染み付いていますからね」

「ところがおれたちが扱う事案はまさに民事そのものだ。その意味では日々壁を感じているよ。生活安全部のなかでも、ある意味でおれたちは浮いた存在だから」

山下の愚痴《ぐち》に共感するように小塚は嘆息した。

「僕だってそうですよ。わざわざ騒ぎ立てて余計な仕事をつくるなという圧力が陰に陽にかかってきてますから」

携帯キャリアの本社の総務部は、捜査関係事項照会書を提示し、ストーカー事案に係《かか》る捜査で殺人に繋がる可能性があると説明すると、即座に対応してくれた。

ストーカー事件の当時、彰久が使っていた携帯番号のうち、本人名義のものは一つだけで、残りの二つはどちらも名義が異なり、いわゆる飛ばしの携帯の可能性が高いと担当者は言う。

事件が起きた当日の日中、彰久の携帯には合わせて十五件の発着信があった。そのうち五件は契約者名義が門井彰久になっている番号のものだった。

いずれも通話相手は事前に小塚が調べておいた房総レジャー開発の固定電話の番号で、そちらは仕事がらみの通話だと解釈できる。しかし残りの十件については、すべて飛ばしと見られる不審な名義の番号の一つに集中して発着信があった。

GPS機能をオフにしてあったのか、いずれの履歴からも詳細な位置情報は把握できないが、基地局情報による大まかな位置は特定できた。都市部では周囲数百メートル、田舎では数キロといった精度だが、目的はアリバイの確認だからこちらにとってはそれだけで十分だ。

しかし結果はこちらの思惑どおりにはならなかった。彰久の携帯の発着信履歴はいずれも東京都内でのものだった。つまり事件が起きた日の日中には、彰久は都内にいたことになり、アリバイはとりあえず成立する。ただし問題は通話相手の位置だった。本人名義ではない携帯の発着信すべてが同一の番号とのもので、かつその位置はいずれも南房総市内だった。

とくに注目すべきは午前十時から正午までの二時間のあいだのもので、位置は伊予ヶ岳を含む周囲二キロの圏内だった。村松由香子が午前七時に家を出たとすれば、伊予ヶ岳の山中にいたのはほぼそのくらいの時間帯だったと推定できる。

その日以前の一週間の記録にもその相手との通話が何度かあり、いずれも同じ携帯番号が使われており、その翌日にも二度ほどあった。

桶川の事件でも、実行犯は委嘱《いしょく》を受けたべつの人物だったし、館林の事件のように協力者がいたケースもある。ストーカー殺人を単独犯によるものだと決めつけるのは早計だ。

通話履歴のプリントアウトを受けとり、礼を言ってその場を辞して、キャリアが入居している高層オフィスビル地下のコーヒーショップに腰を落ち着けた。困惑を隠さず小塚が言う。

「けっきょくアリバイは崩せませんでしたね。だからといって、彰久の容疑は、晴れるどころかより色濃くなりました」

「問題はこの先、どう攻めていくかだな。通話した相手の身元が突き止められればいいんだが」

キャリアが異なっているため、そちらの本社へもう一度出直すしかないが、おそらくそれも飛ばしの携帯の可能性が高い。そうだとしたら身元の特定はまず不可能だ。

「とりあえずアリバイ証言をした人物に、これから話を聞きに行ってみますか。いろいろ突《つつ》いてやれば、ボロを出すかもしれませんから」

「ああ。どういう人間なのか、とりあえず確認する必要があるな」

山下は頷いた。きのう西村が教えてくれたその人物の名前は寺岡和史《てらおかかずし》。都内の高輪《たかなわ》で不動産賃貸業を営む寺岡エステートという会社のオーナーだという。だとしたらいかにも仕事上の付き合いがありそうで、その人物によるアリバイ証言の信用度は低い。しかも彰久の発着信履歴のなかに、高輪を含むエリアでの記録はなかった。

そのとき小塚の携帯が鳴った。小塚はディスプレイで発信元を確認し、遅滞なく応答した。

「小塚です。先日は有難《ありがと》うございました。なにか気になることでも？」

そう応じて、小塚は相手の話に聴き入った。ときおり相槌《あいづち》を打ちながら、その表情が次第に硬くなる。通話を終えて、慄《おのの》きを隠さず小塚は言った。

「村松さんのご自宅に不審な宅配便が届いたそうです。中身は切り落とされた鶏《とり》の首と鋭利なナイフで、メッセージはなにもないとのことです」

第三章

1

村松宅に送られた宅配便は、中身が生物《なまもの》だからと気を遣《つか》ったのか、クール便で届いたという。

送り主は「三《み》つ葉《ば》ネットライフ」という通販業者を思わせる名称で、宛先《あてさき》は被害者の父親の則夫。妻の佳代子はネット通販をよく利用しており、そのときはたまたま外出していて、荷物を受けとったのは祖父の謙介だった。謙介は佳代子が注文した品物だと疑わず、冷蔵品だから冷蔵庫に仕舞わないとまずいと思って箱を開けたらしい。

鶏の首は腐敗しておらず、ごく最近切断されたもののようだった。同梱《どうこん》されていたナイフに付着していた血糊《ちのり》は本物で、塗料などの人工物ではないと謙介はみている。狩猟が趣味の謙介は鳥類を捌《さば》く機会が多く、そのあたりについては精《くわ》しい。

同梱されていたナイフはドロップポイントと呼ばれるハンティングナイフだという。ハンティングナイフには止《と》め刺し用や皮剝用《かわはぎ》などいくつかの種類があるが、ドロップポイントは汎用的《はんよう》なタイプで、狩猟にとくに関心がなくても、ナイフマニアならコレクションとして所有しているケースは多いとのことだった。

謙介の見立てでは、鶏の首の切断の仕方は食肉業者のようなプロの手によるものではなく、自分のように狩猟に慣れた者の手際とも違う。おそらく素人《しろうと》の手によるものだろうという。

メッセージは入っておらず、意図を直接明示するものはない。送り主の住所は千葉市内となっているが、書かれていた番号に電話を入れてみると、その番号は使われていないという応答があった。インターネットで検索してみても、「三つ葉ネットライフ」という店はネット上にもリアル店舗にも見つからず、おそらく偽名だろうと村松はみている。いずれにせよ送られたものの性質からして、なんらかの脅迫の意図があるものだと解釈せざるを得ない。

村松は一一〇番には通報せず、小塚に直接伝えることにしたという。ここまでの地元所轄の動きからして、一一〇番通報してもおざなりな対応で誤魔化される惧れがあると考えてのようだった。

山下は小塚と相談し、いまこちらは東京都内にいるので、被害届は小塚が口頭で受理したかたちをとり、急いで安房署生活安全課の者を向かわせる。それを証拠物件として提出してもらい、指紋の採取を含む鑑識作業を行うように手配すると村松に伝えた。この事案に関しては、刑事課に渡すわけにはいかない。小塚はそのあとさっそく気心の知れた後輩の刑事に村松宅に向かうように指示をした。

ナイフで断ち切った鶏の首を送りつけるのは暴力団がよく使う手口だ。しかし過去のストーカー事件でも、相手が不快感や恐怖を覚える品物を送りつけるケースはしばしば見られる。鬼塚組の仕業《しわざ》か、あるいは門井彰久本人の仕業か。いずれにせよ山下たちの目から見ればその意図は明らかで、伊予ヶ岳の事件にこれ以上口を挟むなという恫喝だ。

小塚は村松に、東京の携帯電話キャリアに出向き、事件があった当日の彰久の通話記録を取得し、さらにこれから彰久のアリバイを証言した人物のところへ出かけて話を聞く、その結果についてはのちほど報告すると先ほどの電話で伝えておいた。

たとえ被害者の遺族とはいえ、捜査情報を外部の人間に漏らすのは禁じ手だが、今回の事案に関しては事情が異なる。村松はかつて所轄の副署長まで務めた人物で、警察という組織の体質を山下たちより遥《はる》かに知り尽くしている。

それ故に別の不安もある。ここまでで露わになった安房署刑事課の姿勢に、村松はつくづく愛想をつかしているようだ。それが警察の捜査に対する絶望に繋がり、自らなんらかの行動に出るのではないかという危惧《きぐ》を、先日会ったとき山下はかすかに感じていた。自分のことを最愛の孫娘を奪われた老い先短い人間だと言い、門井彰久のような極悪人を野放しにしてあの世へ旅立つ気にはとてもなれないと慨嘆《がいたん》した。

その言葉が意味しているのが単に警察の不甲斐《ふがい》なさに対する憤《いきどお》りだけではないとしたら、このさき彼の言動をより慎重に見極めていく必要があるし、そのためにはできる限り秘密をつくらず、こちらの捜査に不信感を抱かせないことが重要だ。安房署刑事課、とりわけ川口という腐り切った刑事の恣意《しい》で捜査が捻《ね》じ曲げられている。それは山下から見れば単なる印象というより明白な事実だ。もし自分が村松と同じ立場に置かれていたら、警察をどこまで信用できるか。

一昨日《おととい》の村松の言葉を思い起こせば、そこに自らの手で決着を付けたいという意思が滲み出ているように感じられてならない。だからこそ、この事案では村松の気持ちにできるだけ寄り添わなければならないと、小塚や北沢とも話し合っていた。

「村松さんは行動力のある人です。蚊帳《かや》の外に置くようなことをしたら、予想外の動きを始めないとも限りません。とくに鶏の首を送り付けるような恫喝を受けたあとですから、こちらも十分気配りをしないと」

小塚もその点については慎重だ。山下は大きく頷いた。

「そして伊予ヶ岳の事件のホシは、なんとしてでもおれたちの手で挙げないとな」

携帯の通話記録から見ると、すでに彰久は真っ黒に近いグレーだ。鶏の首の件にしても、先方はわざわざ馬脚を露わしてくれた。たぶん指紋などは残していないだろう。しかし送り主の名前は虚偽でも、荷物の追跡番号で取り扱った集配店は特定できる。荷物を扱った担当者が持ち込んだ人物を覚えているかもしれない。そこから彰久に繋がる糸口が出てこないとも限らない。

2

寺岡和史の会社は、JR品川駅から徒歩五分ほどに位置する、第一京浜《けいひん》沿いの中層のオフィスビル十階にあった。事前に電話を入れようかと思ったが、警察だと名乗れば居留守を使われる惧れがある。もし不在なら出直せばいいと割り切って、アポイントメントなしで出向くことにした。

こちらに来る途中で小塚がスマホでインターネットを検索し、寺岡エステートのホームページを見つけたが、簡単な会社概要が紹介されているだけのごくあっさりしたものだった。その記載によると、都内各所にオフィスビル数棟を所有し、その賃貸を事業の中心にしている会社のようだった。現在オフィスを構えているビルもそのうちの一棟で、どのビルも都内の一等地にある。

不動産業といってもさまざまな業態がある。マンションやアパート、オフィスの賃貸や売買の仲介など一般顧客を対象とする業務なら人の目に付きやすい路面店を構えるが、自らビルを所有し、仲介業者に委託して賃貸収入を得る大家タイプの業態もある。寺岡エステートは後者のようだった。

会社の設立は昭和三十年で、現在社長を務める寺岡和史は二代目。先代の名前は寺岡幸吉《こうきち》で、父親が築いた事業を受け継いだ御曹司タイプの経営者のようだ。写真を見ると三十代半ばという印象で、門井彰久と同年輩だろう。父親が築いた資産を賃貸して左団扇《うちわ》の暮らしをしているとしたら、父親の会社の重役の椅子に座ってなに不自由なく暮らしている彰久と似通った境遇とも言える。

オフィスは手狭だが、ドア周りの構えはそこそこ洗練されている。ロゴ入りの全面ガラスの自動ドアを開けて足を踏み入れると、近くのデスクにいた女性社員が立ち上がって「どちら様ですか」と訊いてくる。山下は警察手帳を提示して、訊きたいことがある、社長さんはいらっしゃいますかと応じた。

室内には十台ほどのデスクが置かれ、その半分ほどを埋めた社員たちが事務作業をしている。窓を背にした正面のデスクに身なりのいい男がいる。女性社員は一瞬そちらに顔を向け、戸惑った様子で「どういうご用件でしょうか」と訊いてくる。

男は山下たちに険《けわ》しい視線を向けている。デスクで仕事をしている社員たちは、一瞬こちらに目を向けてから、ちらりと男の顔を盗み見る。アポなしの訪問作戦は成功のようだった。

慇懃な口調で山下は言った。

「千葉県警生活安全部の山下と申します。社長さんにお伺いしたいことがありまして。門井彰久さんに関係したことだと言っていただければおわかりになると思います」

女性社員は男のデスクに歩み寄り、二言三言言葉を交わす。男は不機嫌そうに立ち上がり、傍《かたわ》らにあるドアを開けて別室に入っていった。女性社員は山下たちのところに戻り、「ご案内します」と言って二人をその別室に誘った。

狭い小部屋のなかはソファーセットを設《しつら》えた応接スペースになっていた。男は警戒心剝《む》き出しで二人を迎え、ソファーから立ち上がりもせずに問いかける。

「なんの用ですか」

いかにも無礼な態度を意に介さず、名刺を差し出して自己紹介をし、小塚もそれに倣《なら》う。男も億劫《おっくう》そうに立ち上がって名刺を差し出した。寺岡エステート代表取締役社長、寺岡和史とある。

寺岡はソファーを勧めるでもなく、自分だけどっかと座り込む。山下と小塚も遠慮なく向かいのソファーに腰を下ろした。

「六月六日の土曜日、都内で門井彰久さんと会っていらっしゃったとのことですが、その件について確認させていただきたいことがありまして」

「もう話したじゃないですか。何度、同じことを訊くんですか」

「ちょっと確認不足な点がありましてね。まず門井さんと会った時刻を伺いたいんですが」

「それも話したはずだよ。正午から午後二時くらいまでだ」

「こちらのオフィスで？」

「たまたま昼飯どきだったから、近所のレストランで飯を食ったよ」

山下は内心してやったりとほくそ笑み、素知らぬ顔で問いかけた。

「お会いになったのは、どういう用件でしたか」

「そんなこと、あんたに言う理由はないだろう」

寺岡は素っ気《そけ》ない。こういう口の利き方をする人間がまともなビジネスの世界で通じるとは考えにくいが、どんなろくでなしでも然《しか》るべきポジションにつけばそれなりに権勢を得てしまう。安房署刑事課の川口にも同様のことが言えるだろう。慇懃さを保って山下は応じた。

「アリバイ証言というのは正確を期す必要がありまして、なにしろ犯罪捜査に関わるものですから」

「おれの証言が嘘だと言ってるように聞こえるが」

「そこまでは言っていません。門井さんとはどういうご関係で？」

「単なるビジネス上の付き合いだよ」

「具体的には？」

「企業間の取引にはお互い守秘義務ってものがある。警察がそこに踏み込む権利はないだろう」

「そうですか。房総レジャー開発と御社とは長いお付き合いがおありで？」

「もしあるとしたら、あんたたちの単純な頭では、おれの証言が嘘だということになるんだな」

「証言の客観性に信頼が置けなくなりますので。門井さんとのお付き合いはビジネス上のものだけですか」

「そういうプライバシーに関わることを、なぜ答えなきゃいけない？」

寺岡は鼻を鳴らす。腹を見透かすように山下は言った。

「つまりプライベートなお付き合いもあるという理解でよろしいですね」

「勝手に邪推《じゃすい》したらいい。しかしおれのほうに嘘をつかなきゃならない理由はない」

「ところが、あなたはすでに嘘をついています。我々は門井さんの携帯の通話記録を取得していましてね」

山下は切り札をとり出した。表情を強張《こわば》らせて寺岡は応じる。

「なにが言いたい。あの日、彼とは携帯で話をしていない。会うことは数日前にすでに決まっていた」

「そんなことは言っていません。その通話記録によると、あなたと会っていたはずの午後一時少し前に、門井さんはある人物と通話しています。我々が取得できる通話記録からは、そのときの位置情報も把握できるんです。そのとき彼がいたのは銀座《ぎんざ》三丁目付近でしてね。高輪とはずいぶん距離が離れていると思うんですが」

足元を見透かすように山下は言った。寺岡は慌てふためいた。

「あ、ああ。おれの記憶違いだった。高輪の行きつけのレストランだと思っていたが、彼のほうから別の店がいいと言い出してね。うちのオフィスでいったん落ち合ってから、タクシーでそっちへ向かったんだよ。たしか銀座三丁目のあたりだった。食事中に彼がだれかと電話していたのを覚えているよ」

「五日前の話ですよ。忘れるなんてことがありますか」

「仕事がらみで人と会食することが多いんだよ。日に何度もそんな機会があれば、つい記憶が混乱してね」

「よろしければ、その店の名前を教えてもらえませんか」

「あんたもしつこいな。彼に案内された店だから、名前までは覚えていないよ」

寺岡は苛立《いらだ》ちを隠さない。山下は遠慮することなく踏み込んだ。

「そこが重要なポイントなんですよ。門井さんには殺人の容疑がありましてね」

「そんな話、おれは聞いていないよ。先日安房警察署から問い合わせを受けたときも、向こうはそんなことは言っていなかった」

「いずれにせよ、あの日あなたは、門井さんとは会っていなかったということですね」

山下はだめ押しするように言った。観念したように寺岡はうなだれる。

「ああ。会ってないよ」

山下は穏やかに問いかけた。

「どうして偽証されたんですか」

「そう言ってくれって頼まれた。くだらないことで濡れ衣を着せられそうで困ってるってね」

「くだらないことというのは？」

「おれに訊くなよ。あんたたちが百も承知の話だろう」

「それについてアリバイを偽証しないと、彼が困った事態に陥《おちい》るとあなたは理解したわけだ」

「アリバイなんてだれだって簡単に証明できるもんじゃない。あんたらだってなにかの容疑をかけられて、そのときのアリバイを明らかにするなんて不可能じゃないのか。だれでも一人でいる時間はあるし、警察は家族や知人のアリバイ証言は認めないと聞いてるぞ。現にその点でおれの証言が怪しいとみて、こうやって出向いてきたんだろう」

「おっしゃるとおりです。しかしそれは偽証をした言い訳にはならない。今後、彼が殺人罪で逮捕された場合、あなたには犯人隠避《いんぴ》の罪、場合によっては幇助《ほうじょ》の罪が適用される可能性があります」

寺岡は血相を変えて言い訳をする。

「そんな大袈裟な話じゃないだろう。本人は身に覚えがないと言ってるんだし、たとえ無実でも、逮捕されれば事業にも差し障《さわ》りがある。おれだってこういうビジネスに携わっている身だからよくわかる。電話一本で済む話ならと、軽い気持ちで引き受けたんだよ」

山下はさり気なく問いかけた。

「そのときの安房署の担当者はだれですか」

「刑事課の川口とか言ってたな。あっさりしたもんだった。あんたみたいにしつこく揚げ足とりはしなかったよ」

寺岡は嫌味を忘れない。意に介すことなく山下は訊いた。

「川口刑事から電話があったのはいつでしたか」

「六月八日の午前中だったね」

遺体が発見されたのは六月七日だ。その翌日に川口が動いていたとしたら、かなり早い時期から捜査に加わっていたことになる。きのう西村が事情を問い合わせたときも、対応したのは川口だった。川口にとって殺人捜査は本業ではない。単に人手が足りなくて駆り出されたというような話ではなさそうだ。

「門井さんから、アリバイ工作についての依頼があったのは？」

「六月七日の夜にメールでね」

「そのメールは残っていますか」

「削除したよ」

「なぜ?」

「それがやばい話だってことくらい、おれにだってわかるよ」

言いながらも、寺岡には悪びれるところがない。山下はさらに訊いた。

「そういうリスクを伴う依頼に応じるということは、単にビジネス上のお付き合いがあったからだけではないと思うんですが」

「さっきも言っただろう。それはプライバシーに関わることで、あんたたちが扱っている事件とは関係ない」

「こちらもさっき言いましたよ。門井さんが逮捕された場合、あなたにも犯人隠避や幇助の疑いがかかりかねないと。隠しごとが多ければ多いほど、こちらの心証は悪くなるんですがね」

「あいつは、逮捕される可能性があるわけか」

寺岡は身を硬くする。「あいつ」という言い方ですでに馬脚を露わしている。山下は突っ込んだ。

「単なるビジネス上のお付き合いだけじゃないようですね」

「大きなお世話だよ。アリバイ証言が嘘だったことはもうわかったわけだろう。だったらこれ以上プライバシーに踏み込まないでくれよ。だれにだって黙秘権というものがある」

「つまり、知られると具合が悪いようなお付き合いがあると理解していいんですね」

「その言い方は脅迫に相当するんじゃないのか。千葉県警はそういう汚い手口を使うわけか」

「凶悪犯罪の摘発に手心を加える気はありません」

動じることなく山下は言った。開き直るように寺岡は応じる。

「だったらやってみたらいい。門井には逮捕状が出ているわけでもないようだし、伊予ヶ岳の件は事件性なしということで決着がついたと聞いている。どういう理由で蒸し返そうとしているのか知らないが、そもそも担当しているのは生活安全課じゃなくて刑事課だろう。あんたたちが出る幕はないはずだ」

捜査状況について馬鹿に詳しい。単に門井からメール一本で依頼されたという程度の話ではないだろう。本人は喋《しゃべ》る気がなさそうだが、門井とは深い親交があるものとどうしても考えたくなる。そこを明らかにすれば、門井の事案に切り込んでいくための新たな材料が得られるかもしれない。山下は挑むように言った。

「扱う領域が刑事課とは違うんです。ご存じだと思いますが、門井さんは、我々が被害者と見ている女性に対するストーカー行為で警告を受けていました。ストーカー殺人となると我々の仕事ですので、安房署の刑事課とは一線を画すものになります」

3

寺岡のオフィスを出て、いったん状況を分析しようと近くのコーヒーショップに立ち寄った。飲み物を受けとってテーブルにつくと、小塚が身を乗り出す。

「想像していた以上に臭い男だったじゃないですか」

「ああ。仲間はたぶん門井だけじゃない。その父親や兄弟、川口や鬼塚組——。全員がグルだというような気がしてきたよ」

山下は頷いた。寺岡と会っていたというのは嘘だとわかったが、通話履歴からみれば、殺害が行われた当日、門井が東京にいたのは間違いない。となると実行犯は別にいたことになる。桶川ストーカー殺人事件で代行殺人を引き受けたのは犯人の知り合いの元暴力団員だったし、さらに数名の仲間が現場の下見や移動用車両の運転などの幇助を行っている。

この間の川口の不審な動きやその背後で蠢《うごめ》いている鬼塚組の影、門井一族の地元への隠然たる影響力——。それらを総合して考えれば、寺岡もそんなチームの一員なのだろう。かといって門井の逮捕にまだ漕《こ》ぎ着けていない現状では、隠避や幇助の名目で事情聴取するわけにもいかない。小塚が言う。

「寺岡のあの横柄《おうへい》な態度からは、なにかろくでもない過去がありそうな気がしませんか。父親はあれだけの事業を興《おこ》したわけですから、まずまず立派な経営者だったんでしょう。でも跡を継いだのは彰久と同様のドラ息子だった――。僕の偏見かもしれませんけど」

「あながちそうでもなさそうだ。彰久は学生時代におかしなサークルをつくって、みだらな行為で検挙されたという話だったな。寺岡は年格好が彰久と同じくらいだろう。ひょっとしたらそのときのお仲間ということはないか」

「あるかもしれませんね。例のサークルの事件で彰久の仲間は全員検挙されたと聞いていますから、警察庁の犯歴データベースをチェックすれば、名前が出てくるかもしれませんよ」

「ああ。帰ったらやってみよう。いろいろ面白い材料がでてきそうじゃないか」

意を強くして山下は言った。そのとき小塚の携帯が鳴った。小塚はすぐに応答し、しばらくやりとりをして通話を終え、その内容を報告した。

「村松さん宅に届いた荷物、さっそく署に持ち帰って、鑑識に預けたそうです。ナイフや箱の内側からは、指紋は採取できませんでした。外側からは複数の指紋が採れましたが、いくつかは村松さんのもので、他の指紋はおそらく宅配便業者のものと思われます。指紋データベースで照会しても、該当するものはなかったそうです」

「ナイフについていた血は？」

「人間のものではなさそうです。これから詳しく鑑定しますが、おそらく鶏の血だろうということです」

「問題は、だれがどこから発送したかだな。わかりそうか」

「伝票番号から追跡できました。集荷したのは館山《たてやま》市内にある大手宅配便業者の直営店です。直接そこへ持ち込まれる場合もあるし、荷主のもとへ集荷に出向く場合もあるし、契約しているコンビニに持ち込まれる場合もありますが、クール便の場合、コンビニで集荷するということはないので、送った人間を特定できるかもしれません」

「いずれにしても伝票の送り主欄に書いてあった千葉市内の会社が偽だったのは間違いないな」

「そういうことになりますね。うちの部署の者が、これからその店に出かけて話を聞いてくるそうです。送り主の住所が千葉市内で、持ち込まれたのが館山市内の直営店だとすると、案外担当者の記憶に残っているかもしれません」

小塚は声を弾《はず》ませる。鶏の首と血のついたナイフを送ってきた行為が脅迫罪に当たるかどうかは微妙だが、迷惑防止条例や軽犯罪法での摘発は可能だろう。送り主が特定できれば、どんな微罪でも事情聴取できる。拒否する場合は逮捕も可能だから、そこで締め上げれば、事件の背後関係に迫ることができそうだ。

「思っていたより、間抜けな連中だと思いませんか」

小塚は拍子抜けしたように言う。たしかに寺岡の偽証にしても鶏の首の件にしても、頭隠して尻隠さずで、利口なやり方だとはとても思えない。かといって、そこから彰久の犯行の立証まで一気に手は伸ばせない。

　寺岡の偽証についてはあくまで門井の犯行の立証とセットで、門井を検挙できなければそちらにも手を付けられないし、そもそも門井を検挙できるようなら、わざわざ手間をかけて寺岡を追及する意味はない。

　鶏の首を送ってきた件にしても、もしやった人間が特定できたとして、とくに脅迫と受けとれるメッセージが同梱されていたわけではない。その意図があったことはこちらから見れば明白だが、そんな気はなかったとしらばくれられれば、門井に繋がる糸は断ち切られる。

　そこまで考えれば、必ずしも間抜けだとは言い切れない。一つ一つは破れる壁でも、数が増えればこちらも消耗し、捜査を妨害する役目は十分果たせる——。

　そんな考えを聞かせて、山下は続けた。

「背後で父親の門井健吾や鬼塚組、さらに寺岡の人脈に繋がるろくでもない連中が蠢いているとしたら、よほど慎重にことを進めないと、いつどこで地雷を踏むかわからないな」

「そう考えれば、相手はあなどれない布陣ですね。門井健吾は地元で権勢をふるい、川口さんのような不良警官を通じて安房署内部にも影響力を行使する。鬼塚組の組長の鬼塚有吉は門井健吾の盟友で、経済的にも門井が経営する房総レジャー開発と密接な関係にある。鬼塚組には組長の命令なら刑務所に入ることも辞さない鉄砲玉予備軍がいくらでもいるでしょう」

「ああ。最近はヤクザも飯が食いにくくなっている。下っ端《したっぱ》の組員には、刑務所を居心地のいい無料宿泊施設くらいに思っているのもいるという話だからな」

「門井一族に忖度するのは、川口さんだけじゃないですよ。刑事課長にしてもそうですが、うちの課長だっていつ寝返りを打つかわかりません」

小塚は猜疑を隠さない。たしかに先日挨拶に出向いたとき、安房署の生活安全課長は、山下たちが動き出したことがはた迷惑だという態度を露骨に見せていた。

「こちらが想定していたのとは別の意味で、厄介な捜査になりそうな気がするな」

山下は嘆息した。まさかその連中と繋がっているとは思わないが、捜査一課の西村の態度にも腑《ふ》に落ちないものを感じる。いずれにせよ寺岡のアリバイ証言が偽証だったことは伝えておく必要がある。

その場で電話を入れて、そのことを報告すると、西村は慌てて問い返す。

「だれに頼まれて偽証したんだ？」

「彰久からだよ。遺体が発見された日の夜だそうだ」

「二人はどういう関係なんだ？」

「プライバシーに関わることだからと黙秘した」

「その男のフルネームと年齢を教えてくれないか」

「名前は寺岡和史で、年齢は三十代の半ばといったところだが、生年月日まではわからない」

「わかった。おれのほうで洗ってみるよ」

「犯歴データベースでか？」

山下は訊いた。西村もこちらと似たようなことを考えているらしい。もちろんだというように西村は言う。

「おまえから聞いた寺岡の印象だと、なんらかの過去のある人間ではないかという疑念を持たざるを得ない。そこから門井彰久との繋がりが見えてくるかもしれないからな」

「おれたちもそこに関心があるんだよ。携帯の通話履歴からすると、彰久は実行犯じゃないことになる。ところが――」

通話時の彰久の位置情報とその時の相手の位置情報の関係を説明すると、西村は深い溜め息を吐いた。

「やはり単独での犯行じゃなかったわけだ」

「ストーカー事案が暴行や殺人に発展したケースで、共犯者がいたケースは珍しくないんだよ――」

桶川の事例を含めそんなケースをいくつか語って聞かせると、西村は唸った。

「寺岡と門井はただならぬ仲なのかもしれないな」

「ああ。おれたちのほうで確認した情報だと――」

彰久が大学時代のサークル活動で不祥事を起こして逮捕され、示談で訴追を免《まぬが》れていた話を教えると、そのとき逮捕訴追されたメンバーについても西村のほうでチェックするという。もし寺岡がそこに含まれていたら、彰久も含めた犯行グループの姿が浮かび上がる。

さらに村松宅に送付された鶏の首と血の付いたナイフのことを教えると、西村は不快感を滲ませる。

「メッセージがとくにないから脅迫事案としては扱えない。しかし送られた品物そのものが被害者の遺族にとっては明白なメッセージになるわけだ。そのあたりの呼吸をよく知っているのがヤクザだよ」

「鬼塚組が怪しいと見ているのか」

「おまえを恫喝した安房署の川口が鬼塚組と懇《ねんご》ろなんだろう。そのうえ組長が彰久の父親と幼馴染で、いまも深い関係が続いているそうじゃないか」

「やっと動いてくれる気になったのか」

山下は皮肉な調子で問いかけたが、西村の反応はまだ鈍い。

「まずはおまえたちが動いてくれないか。おれのほうで調べられる情報は提供するが、捜査一課としてはまだ動けない」

「これだけ怪しい材料が出てきてもか」

「たぶん庶務担当管理官は首を縦に振らない」

「まさか門井一族と繋がっているわけじゃないだろうな」

「それはないと信じたいんだがな。とにかく伊予ヶ岳の事案にはさっぱり関心を示さないんだよ」

「捜査一課は手いっぱいなのか」

「待機番まで出払っているような状況じゃない。安房署に帳場を立てるくらいの余力はあるんだが」

「なにが気に入らないんだ」

「わからない。変にプライドが高い人だから、自分が事件性なしと判断したことが誤りだったと認めたくないんじゃないのか」

「そんなつまらないプライドで、殺人事件が闇に葬られるようなことがあっていいのか?」

不快感を隠さず山下は言った。西村は苦衷《くちゅう》を滲ませる。

「そうは言うが、殺人事件の認知で重視されるのは現場での物証や検視結果なんだよ。そこで事件性なしとの結論が出れば、よほどのことがない限り捜査本部設置を上に具申できない」

「よほどのことが今回起きたとは考えないのか」

「それでは自分の判断が誤っていたと認めることになるからな」

「誤っていたとわかったら、認めて改めるのが当然の対処じゃないのか」

「それはそうだが、まだ誤りだと言い切るまでには至っていない。いま聞いた話はすべて状況証拠でしかない。門井彰久の行動に関するなにかを隠蔽しようという動きがあるのは確かだが、そのなにかが殺人かどうかは断定できない」

「おまえはどう見るんだ」

苛立ちを覚えながら山下は訊いた。困惑を滲ませながら西村は言った。

「九九パーセント、殺しだな」

「それでも帳場を立てる気はないんだな」

「おれにはそういう権限はない」

「そんなことはわかっているよ。庶務担当管理官を説得できないのか」

「おれから見たら雲の上の人間だ」

「だったら係長に動いてもらえないのか」

「管理官に楯突《たてつ》けるような度胸のある人間じゃないんだよ」

「つまり、おまえと同類なわけだ」

山下は素っ気なく言った。西村は反発する。

「そういう言い方はないだろう。捜査一課というのは、おまえたちのように現場の一存では捜査に着手できない運用になっている。庶務担当管理官の判断で捜査本部開設の具申を行い、それを受けて捜査一課長がさらに刑事部長に具申する。刑事部長名で捜査本部開設電報が発出されて、初めて帳場に乗り込んで捜査に着手できる。偉そうな口を利くわけじゃないが、殺人を含む凶悪犯を扱う捜査一課というのは、なにかにつけて特別なんだよ」

「ひょっとして担当した検視官、節穴《ふしあな》だって評判じゃないのか。現場の鑑識だって、本部から出張ったわけじゃないんだろう」

「検視官はその道二十年のベテランだ。現場を扱ったのは所轄の鑑識係だよ。検視では事件性が認められなかったわけだから、そっちについてもごく普通の対応だ」

「その結果、千葉県警捜査一課は明白な殺人事件を見落として、凶悪な犯罪者を野放しにしてしまうわけだ。そのことにおまえはなにも感じないわけか」

「こうなると、たしかにその可能性がないとは言えない。おれのほうでも、入手できた情報はおまえに知らせる。だから済まんが、しばらくはより自由度の高いおまえたちのほうで捜査を進めてくれないか」

西村は哀願するような口ぶりだ。先日会ったときのように、捜査規律がどうのこうのとややこしいことは言わないが、まだ腰が引けているのは間違いない。山下は確認した。

「動かぬ証拠が出てきたら、庶務担当管理官に働きかけてくれるのか」

「もちろんだ。殺人犯に手錠をかけるのが捜査一課の本業だからな。庶務担当管理官も、見《み》栄《え》やプライドで殺しを見逃すわけにはいかないだろう」

「そう願いたいがね。じつは見栄やプライド以外の理由があるんじゃないのか。背後にこれだけ怪しい連中が蠢いているとなると、伊沢《いざわ》庶務担当管理官と門井一族とのあいだに、やはりなにかあるんじゃないかと勘繰りたくもなるんだよ」

庶務担当管理官の名前は伊沢昭利《あきとし》。捜査一課一筋のノンキャリアだと聞いているが、現場の刑事だった時代に、華々しい実績があったという噂は耳にしていない。庶務担当管理官と言えば捜査一課の筆頭管理官で、行く行くは捜査一課長のポジションを狙える位置だと言われているが、伊沢はすでに五十代半ばで、六十歳の定年まであまり先がない。

村松も恥じ入るように言っていたが、ある程度の地位に達した警察官は、その年齢になると定年後の再就職のことを気にするようになる。六十歳で退職して、年金の支給開始までの五年間、そこそこの収入が得られる民間企業への再就職を既得権のように彼らは考える。

地元千葉県に拠点を置き、県内のみならず関東一円でゴルフ場ビジネスを展開する。そんな房総レジャー開発のような会社が彼らの物色の対象にならないはずがない。もし門井一族から何らかのアプローチがあればそれに応じる可能性は否定できないし、逆に伊沢のほうから忖度するようなこともないとは言えない。

そんな疑念をはぐらかすように、気さくな調子で西村は言った。

「寺岡の過去については、すぐに調べてみるよ。門井彰久との繋がりが見えたら、さらにその周辺の人脈にも手を伸ばす。といっても過去のデータを洗ってみるくらいで人手を使って動けるわけじゃないが、刑事事件に関わる情報なら、おれたち現場資料班には一日《いちじつ》の長《ちょう》がある。面白い話が出てきたらすぐに連絡するよ」

4

「やはりな。あんたたちが動いてくれるのは嬉《うれ》しいが、捜査一課がやる気がないんじゃ、事件はこのまま闇に葬られる。迷宮入りならまだいいが、そもそも事件は存在しなかったことにされて終わってしまう」

午後三時過ぎに訪れた南房総市内の自宅で、この日明らかになった事実を説明すると、切ない調子で村松謙介は言った。

村松宅に届いた宅配便からは、それを送った人間を特定できる犯罪者の指紋は出てこなかった。小塚の指示で荷物を引き受けた宅配便業者の店舗に向かった刑事が聞いたところによると、荷物は店に直接持ち込まれたもので、時刻はきのうの午後三時前後。クール便の扱いは一般の荷物と比べて少ないことと、送り主の住所が千葉市内だったことから、受け付けた担当者は持ち込んだ人物を記憶していたという。

といっても顔見知りではなく、近隣の人間ではなさそうだという。二十代後半くらいの若い男で、身なりはぱっとせず、会社勤めをしているふうではない。フリーターといった印象だったと言うが、いまどきは暴力団の組員でも、下っ端の連中はまともなシノギもなく食いっぱぐれ同然の身のため、そういう風体《ふうてい》だからといってカタギの人間だとは言い切れない。

店内の防犯カメラには男の顔が映っているはずで、それを見せてもらえないかと言うと、店舗の責任者は、客のプライバシーに関わることで、こちらでは対応できない。本社に然るべき書面を提示して承諾を得て欲しいという。要は令状まではいかなくても、せめて捜査関係事項照会書くらいは欲しいということらしい。だったらそちらについても、村松が彰久を目撃したという自宅近くのコンビニの防犯カメラの映像の件と併せて、山下のほうで書面を用意することにした。

鶏の首を送ったのが鬼塚組と繋がりがある人間だとしても、それが伊予ヶ岳の事件の犯人と直接繋がるわけではない。それとは別に村松は鬼塚組と川口の癒着を糾弾《きゅうだん》していたわけで、そちらへの意趣返しだと言い逃れられれば、それ以上追及のしようがない。コンビニの防犯カメラにしても、犯行が行われたと推定される時刻に門井が東京にいたことは立証されたわけだから、いまさら急いで確認する必要もない。それでもなお、強い思いで山下は言った。

「それじゃ我々の面目が立ちません。なんとしてでも真相を明らかにして、彰久を検挙します」

切ない調子で村松は訴える。

「君たちだって想像がつくだろう。警察という組織が事件を隠蔽しようとしたら、それがいかに容易かを。それをだれかに訴えようにも、警察を取り締まる警察は存在しない。今回の件に、川口という鬼塚組の息のかかった刑事が一枚嚙んでいるのは間違いない。君たちが動いてくれるのは有難いが、とりあえずアリバイは成立してしまったし、現場で採取した物証はすでに廃棄されているだろう」

「しかし彼らの防御は過剰でした。寺岡の偽証にしても鶏の首の送り付けにしても、かえって馬脚を露わしたのは確かです」

「そうは言っても、脚が見えただけで胴体も頭も見えていない。門井健吾というのはじつに狡猾《こうかつ》な男だよ。私の土地の場合は弟が虚偽の登記をして一儲《ひともう》け企《たくら》んだせいだ。しかし房総レジャー開発が手掛けたゴルフ場の大半に関しては、建設計画は隠しておいて、だれも聞いたことのない怪しい関連会社を仕立ててあちこちの山林を二束三文で買い叩き、そのあと房総レジャー開発に転売し、ただ同然の土地取得費でゴルフ場やホテルをつくった。そのあと地価は高騰した。売却に応じた連中は騙《だま》されたと怒ったがあとの祭りで、商取引上の不正にも当たらない。そんなやり方であそこまでの会社に成長させた。そんな詐欺まがいの地上げの裏で、鬼塚組が動いていたという噂が地元ではいまも絶えない」

「だとしたらなおさら、お孫さんの殺害には鬼塚組の人間が絡んでいる可能性があるでしょう」

「桶川の事件では、実行犯は暴力団と関係のある男だったらしいね」

「二千万円の報酬で引き受けていました。食いっぱぐれのチンピラにとっては涎が出るような話でしょう」

村松はしみじみした口ぶりで語りだした。

「孫娘は私の宝だった。由香子がいたから、私はきょうまで生きてこられた。君たちもいずれ感じるようになる。警察官であれ普通の公務員やサラリーマンであれ、定年というのは辛《つら》い試練だ。自分という存在がまったく無価値なものに思えてくる。だれにとってもそうなのかどうかはわからない。しかし私にとってはそうだった。現役時代は警察官以外の人生というものを考えたことがなかった。だから退職してしばらくは鬱《うつ》状態に陥ってしまった——」

そんな村松の心に、新たな人生への希望を与えてくれたのが、当時小学生だった孫娘の由香子だったという。退職するまでは仕事漬けで、由香子と触れ合う時間もほとんどなかった。村松は退職後、年金が受けとれる六十五歳までの五年間、地元の小さな警備保障会社の取締役を務めたが、それ自体はフルタイムの仕事ではない。家にいる時間が増えた村松を、いちばん喜んでくれたのが由香子だった。

村松の唯一の趣味が狩猟だったが、県警本部の管理官から県内の所轄の副署長へと出世の階段を上るにつれて仕事は多忙になり、ガンロッカーに仕舞いっぱなしのライフルは銃身が錆《さ》びつくほどだった。

ある日、ふと思いついて、村松は由香子を山歩きに誘った。そのときは禁猟期だったから銃は携行しなかったが、自宅周辺の山は馴染んだフィールドだった。

由香子は大いに楽しんだようだった。それからも毎週のように山歩きをせがまれた。どうして自分にそれほど懐《なつ》いてくれたのか、村松にもよくわからない。由香子は軽度の自閉スペクトラム症で、知的能力や言語能力に問題はないが、教師やクラスメートとのコミュニケーションが上手《うま》くいかず、不登校に至ることもしばしばあった。

両親もときに手を焼くことのあった由香子にとって、村松はなぜか相性のいい大人のようだった。理由はよくわからない。思えば自分も、なにごとにつけて融通の利かない、空気の読めない人間だとよく言われていた。それがなければもっと出世して、所轄の署長か県警本部の課長クラスまで行けただろうと言うかつての同僚もいる。

だからといって空気を読んで上に忖度するようなことにさらさら興味はなかった。鬼塚組と癒着した川口の行動について、安房署に抗議してモンスタークレーマー扱いされたのも、あるいはそういう性格ゆえかもしれないと自らを省みるが、それが自分という人間なのだと、村松は納得するしかない。

由香子が周囲と上手く付き合えなかったのも、そんな自分の血を受け継いだせいではないかと村松は思った。二人で房総の山野を歩き回るうちに、強い心の絆《きずな》が生まれていた。由香子にとって祖父はこの世界で唯一心を通わせ合える友だったらしい。それは村松にとっても同様だった。思えばかつての同僚たちとはもちろん、自分の息子とさえ、村松はある種の壁を隔てて付き合っていた。

「そこに思い至ったとき、自分も知らずにしがみ付いていた魂の軛《くびき》から自由になったような気がしたんだよ。自分がその日まで送ってきた人生が、かけがえのない私の個性そのものだったことに。おそらくそれは由香子にとっても同じだった――」

由香子は次第に世間と折り合うすべを学んだ。空気を読み、相手に合わせるというのではなく、むしろ闊達《かったつ》に自分の考えを表に出すようになった。それを周囲は好ましい個性として尊重してくれた。

村松の心にも似たような変化が起きた。あるがままの自分の性格に誇りを持てるようになった。警察社会では心の奥に秘めてきた偽りのない自分の思いを、真剣に語れば人が理解してくれることを知った。民生委員を引き受け、地域社会のためにわずかでも貢献できることが新しい人生の励みになった。

「私と由香子は、ただの祖父さんと孫の関係じゃなかったんだよ。由香子は私にいろいろなことを教えてくれた。私も世間から逃げるのではなく、積極的に折り合いをつけていくコツを由香子に教えた。理屈ではなく以心伝心でね。由香子は学校にも通えるようになり、友達もつくり、大学を卒業して地元の会社に就職した。そして私たちがいつでも伸び伸びと心を触れ合える場所が山だった――」

あの日も久しぶりに一緒に行こうと由香子から誘われていたという。たまたま民生委員協議会の会合があって付き合えなかった。そうでなければ、あんな不幸な事態は起きなかったと村松は無念さを滲ませた。

「その由香子をあいつはあんな目に遭《あ》わせた。そうなることがわかっていたら、私が先に殺していた。ストーカー行為が酷《ひど》くなったとき、本気で私は殺意を抱いた。小塚くんが頑張って警告書を出してくれたお陰でいったんは鳴りを潜めて、ようやく一安心していたところだった。だから許せないんだよ。あんな男がこれからのうのうと世間を渡っていくこと以上に、そいつに引導を渡すこともできずにいる自分がね」

村松の話が剣呑《けんのん》な方向に向かっていく。そんな思いを宥めるように山下は言った。

「もし彰久をこのまま野放しにして終わるようなら、まさしく警察の敗北です。その隠蔽に警察組織の一部まで関与しているとしたら、我々にとっては二重の敗北です。由香子さんへの村松さんの思いを我々は想像すらできませんが、その悲しみと怒りの片鱗《へんりん》だけでも、彰久とその一味に法の裁きを受けさせるためのモチベーションとして十分です」

「法の裁きなんてどうでもいい。老い先短い身だ。私は彰久と刺し違えてでも、由香子の恨みを晴らしてやりたいんだよ」

思いつめたような表情で村松は言う。山下は慌ててそれを諫《いさ》めた。

「いけません。すべて我々に任せてください。由香子さんだって、あなたが獄に繋がれるようなことは望んでいないはずです」

「冗談だよ。私もかつては警察官の端くれだった。それじゃ彰久のような人間の屑《くず》と同レベルになってしまうからね。君が言うように、由香子だってそんなことは望まないだろう」

村松は苦い笑みを浮かべた。それでも山下は不安を拭えない。もし自分たちの力が及ばず、門井彰久の犯行を暴けなかったとき、果たして村松がどういう行動に出るか。そのとき彼が抱くのは、自らの古巣である警察という組織への限りない絶望だろう。

もし自分がそんな立場に置かれたらと山下は思った。自分にも小学生の娘がいる。その命が何者かに奪われ、警察まで絡んだ隠蔽工作で犯人が法の裁きを免れたとしたら、涙を呑《の》んで諦めることが果たしてできるか。警察の不作為に対して訴訟を起こしたとしても、勝てる見込みはない。法権力を持たない一般人が、犯行の事実を立証することはまず不可能だ。決定的な証拠はすべて警察が握っており、そこは一般人がアクセスできない領域なのだ。

5

本部へ戻ってすぐ、副隊長の大川にそこまでの経過を詳しく報告した。携帯の通話履歴でアリバイが成立しているにも拘《かか》わらず、門井は寺岡に虚偽のアリバイ証言を依頼した。屋上屋を架すその行動自体が、まさしく代行殺人の可能性を強く示唆しているという点で大川の考えも一致した。しかし問題はその先をどう攻めていくかだ。

「こうなったら事情聴取するしかないでしょう」

勢い込んで山下は言った。大川は思案げに応じる。

「まだ早いと思うがな。アリバイが成立している以上、こちらは実際に代行殺人が行われたことを立証しなければ、逮捕にまで繋げることはできない。これほど周到に防御を固めての犯行だ。下手に突けば、向こうはさらに厄介な妨害工作に出てきかねない」

「たしかに。殺人事件となれば、最終的には捜査一課の出番になります。ところが伊沢庶務担当管理官が食指を動かさない。よほどガチな供述を引き出さないと、ここまで出てきた状況証拠も説得力を持ちませんからね」

「伊沢さんにも、門井一族に嫌われたくない事情があるのかもしれないしな。歳からいって、そろそろ次の身の振り方を考え始める時期だろう」

大川もそのあたりを気にしているようだ。いまは直接的な繋がりがないとしても、門井健吾は千葉県内の財界に大きな影響力を持つ人物だ。そんな相手の恨みを買って得することはなにもない。

「その程度の話なら、我々が忖度する必要はないでしょう。こちらががっちり証拠を握れば、動かない理由は見つけにくい。場合によっては不作為による犯人隠避にさえ問われかねませんから」

「そのときはうちの隊長や管理官からも圧力をかけてもらうよ」

「とりあえず、現場資料班の西村という刑事が、渋々ながら協力してくれそうです。伊沢さんの動きについても、探りを入れれば、ある程度のことは教えてくれるでしょう」

「その刑事はこのヤマをどう見てるんだ」

「あくまで心証のレベルですが、彰久の犯行とみて間違いないと言っています」

「だからといって伊沢さんをプッシュしてくれるわけではないんだな」

「帳場を立てるか立てないかは、捜査一課の勝手ですから」

皮肉な調子で山下は言った。大川は声を落とす。

「千葉県警あたりじゃ動員できる人員も限られるから、そういくつも帳場は立てられない。微妙なケースでは、マンパワー不足を理由に見て見ぬふりをすることもあるようだからな」

「千葉県警に限らず、だれがどう見ても他殺の疑いがあるのに、自殺で片付けられたような話はよく聞きますよ」

「小学生が両手両足を縛られて首を吊《つ》っていたり、老女が手足を拘束《こうそく》された上に漬物石《つけものいし》を背負わされて溜池《ためいけ》に飛び込んだりと、どう考えても自力で実行できないようなケースが、自殺として扱われたことが最近もあるようだ。ネットの世界では、そういうのをエクストリーム自殺と呼んで話題になっているらしい。どう考えても不審な死体でも、外傷がなかったり第三者が関与した形跡が認められないと、だいたいがそういう判断に落ち着くようだ」

「伊予ヶ岳の件にしても似たようなものですね」

「他殺の証拠がなければ、どんな不審死体でも自殺にしてしまうんじゃ警察の手抜きもいいところだ。今回の事案は絶対にそんなかたちで終わらせたくないな。状況証拠もいろいろ出てきたし、おれたちの立場からすれば、彰久には十分な動機がある。一課には一課の事情があるんだろうが」

不快感を滲ませて大川は言った。

6

翌日の午前中、西村から連絡があった。寺岡の素性《すじよう》が判明したという。山下たちが見立てていたように、やはり学生時代のサークル活動での集団わいせつ事件で検挙されたうちの一人だった。

西村はそのとき逮捕された六名全員の氏名を洗い出した。そこまでは山下たちでもできることだったが、さすがは捜査一課の現場資料班で、当時、事件を扱った警視庁管内の所轄に問い合わせてくれたらしく、犯歴データベースには含まれていない情報も探ってくれた。

六名は当時、全員が都内にある同じ私立大学の学生だったが、年齢にはいくらか幅がある。学年が違ったり浪人の有無によるものだろう。

門井と寺岡は、寺岡が一歳上だが学年は同じで、事件当時は三年生だった。どちらも準強制わいせつの容疑で逮捕されたが、いずれも起訴猶予となっている。被害者が示談によって告訴を取り下げたためだろう。

準強制わいせつ罪は現在は法律が改正されて非親告罪になったが、当時は親告罪で、被害者が告訴しない、あるいは告訴を取り下げた場合は起訴猶予になった。二人とも親に経済力があり、金に物を言わせて示談に持ち込んだとみるべきだろう。

被害者は複数いて、それぞれとの示談の成り行きによって運命が分かれたようだ。実刑判決を受けたのはリーダーと見做された水上卓也《みなかみたくや》という四年生で、こちらは示談が不調に終わったのか、あるいはその立場上、より罪が重いと見做されたのか、執行猶予のない五年の懲役刑を受けている。

ほかの三名は起訴されたが、いずれも執行猶予つきの懲役刑だった。しかし大学側は事件を重視して全員を退学処分にしたという。門井と寺岡に関しては親のバックがあるから、その後の人生にそれほどマイナスになるようなことはなかっただろう。しかしほかの四名のその後の人生は順風満帆《まんぱん》とはいかなかったはずだ。

とくに気になったのが実刑を受けた水上で、西村もそこに関心を持った。驚いたことに、水上は鬼塚組の上部団体の広域暴力団、明神会《みょうじんかい》の中堅幹部に成り上がっていた。

広域暴力団とその下部団体の構成員については、組織犯罪対策部の捜査第四課が全国の暴力団取り締まり担当部署とデータの共有をしている。今回の事案の背後にちらつく鬼塚組の影に西村は興味を惹《ひ》かれ、組対の四課に問い合わせてみたらしい。

事件前は、カタギといってもいわゆる半グレに近い連中だった。とくに水上は刑務所に入っている。そういう連中が刑務所で生まれた人の繫がりから、出所後暴力団に入るケースは少なからずある。西村はそこに着目した。あくまで山勘のレベルで、まさか当たるとは思わなかったが、それが的中したと西村は声を弾ませた。

明神会は東京に拠点を置き、千葉県を含む首都圏に勢力を広げており、鬼塚組とは強い繫がりを持っているという。最近は暴対法や暴力団排除条例によってやりにくくなったかつてのシノギに代わり、経済ヤクザの方向へのシフトを進めていて、学歴のある組員を積極的にリクルートしているという情報を警視庁の組対部第四課は得ていた。

水上は中退と言っても四年生まで在学しており、学部も経済学部で、事件が起きたときはメガバンクの一つに就職が決まっていたという。半グレ的な生活を送る一方、表の顔はある種の優等生で、メガバンクへの就職を決める程度の学力や面接で好印象を与える如才《じょさい》なさもあったのだろう。

現在は傘下のフロント企業を束ねる責任者で、切れ者だとの評価があり、警視庁が要注意人物として警戒しているとのことだった。鬼塚組も房総レジャー開発との癒着によって経済ヤクザとしての側面を強めているという。それを考えれば、水上と彰久にはいまもなんらかの交友関係があると考えるのが自然だろう。

「なかなか面白いネタを拾ったな。こうなると、水上をリーダーとするかつての不良グループのなかに、実行犯がいる可能性も出てきたわけだ」

手応えを覚えて山下は言った。ここまで材料が揃えば、彰久から事情聴取する作戦も有効だ。そこでの供述で一気に真相に迫れるとは思えないが、今回の事案にそのグループが関与している可能性は非常に高い。彰久をたっぷり揺さぶることで、彼らの連携に楔《くさび》を打ち込めるかもしれない。

第四章

1

門井彰久が車を駐めていたという村松宅近くのコンビニと、鶏の首の入った荷物が持ち込まれた宅配便業者の防犯カメラの映像の開示を要請する捜査関係事項照会書は、きのうのうちに速達でそれぞれの会社の本部に送っておいた。

この日の午前中、郵便物が到着した時刻を見計らって山下は電話を入れた。実名は出さずに、あるストーカー事案に係るもので、それが殺人事件に繋がっている可能性があると説明すると、どちらも事態の重要性を理解したようで、現場の店舗に指示をしてくれるという。

その話を受けて小塚に連絡を入れた。いずれもいまの時点では事件の核心に迫る材料としては弱いが、無視して済ますわけにはいかないし、そこから思いがけない糸口が出てこないとも限らない。小塚はさっそく動いてくれると応じたが、彼にしてもきのう西村がもたらした、学生時代に彰久が加わっていたイベント系サークルの情報により関心があるようだった。

「やはり水上という男が気になりますね。事件の背後にあるネットワークを仕切っているのが、その男かもしれないじゃないですか」

小塚は疑念を隠さない。山下は慎重に応じた。

「まったく関係がないとは思えない。ただ今回の事件と水上との直接的な繋がりはまだ見つかっていない。事件の中心にいるのが彰久なのは間違いないんだから、とりあえずそっちへ最短でアプローチできる糸口を見つけるのが先決じゃないのか」

「それなら彰久にじかに事情聴取したほうが早いですよ。寺岡にアリバイの偽証を依頼したのは間違いないんだし、事件が起きたと想定される時間帯に、現場に近い場所にいた何者かと携帯で連絡をとっていた事実も出てきました。そこを突いてやれば、簡単に落ちるかもしれませんよ」

「しかし素直に任意同行に応じると思うか」

「難しいでしょうね。下手に呼び出しをかけると、逆に警戒されて、また厄介な妨害工作に出てくるかもしれません」

小塚はあっさりそこを認める。彰久の周辺には、水上を筆頭とするかつての不良学生グループが存在する。その水上が所属する広域暴力団明神会と鬼塚組の緊密な関係や、さらに彰久の父親の門井健吾と鬼塚組の組長である鬼塚有吉の長年の繋がりを考えたとき、彰久を囲む障壁はなかなか侮りがたい。

いまのところ、伊予ヶ岳の事件に関しては状況証拠以外に材料がなく、そもそも殺人事件として正式に認知されてさえいない。殺人捜査の決め手はあくまで物証だ。それがないから、本部の捜査一課も動こうとしない。その点を考えると、山下も思いあぐねる。

「いまは状況証拠を積み上げるくらいしか、おれたちにできることはないんじゃないか。しかし川口の恫喝といい鶏の首といい、その点に関しては向こうはやらずもがなのサービスをしてくれている」

「僕らが動き出したのを知って、勝手に慌てているのかもしれません」

「寺岡の偽証がばれたことは、もう彰久には伝わっているだろう。これからさらにちょっかいを掛けてくるかもしれないな」

「だったら飛んで火に入《い》る夏の虫ですよ。まずはコンビニと宅配便業者ですね。さっそく僕のほうで動きます。コンビニの防犯カメラに彰久の姿や彼の車が映っていれば、村松さんの証言が嘘じゃなかったことになります。鶏の首が入った荷物を持ち込んだ男の身元が特定できれば、それも大きな糸口になりますから」

気を取り直すように小塚は言う。背中を押すように山下は応じた。

「頼むよ。案外、そこから掘り出し物の材料が出てくるかもしれない。荷物を持ち込んだ男が、じつは彰久本人ということだってあり得るわけだから」

「彰久は三十五歳ですが、見かけはけっこう若づくりです。服装しだいで学生やフリーターでも通るかもしれません」

「そうだとしたら、軽犯罪法で逮捕できる。そうなれば一気に自供まで持ち込めるかもしれないな」

山下は期待を滲ませた。彰久がそこまで間抜《まぬ》けだとは考えにくいが、可能性がゼロだとは必ずしも言えない。

2

昼少し前に北沢から警電で連絡が入った。

「彰久の病気がまた始まったようですよ」

本当なら決して喜ばしい話ではないはずだが、北沢は声を弾ませる。

「病気というと、つまり――」

「ついさっき、鴨川《かもがわ》市在住のある女性から、ストーカー被害の相談があったんです」

「鴨川市と言うと、南房総市の隣だな」

「そうなんです。そっちも彰久の行動範囲だったのかもしれません」

「つまりそれも彰久がやっていると？」

「その可能性が高いんです」

「だったら、まず所轄の鴨川署に相談するのが順当じゃないのか？」

「出かけてみたそうなんですが、まだその程度だとストーカー行為とは言えないから、もう少し様子を見ようと言われてけっきょく門前払い。インターネットで子ども女性安全対策課のことを知り、すぐにこちらに出向いてきたそうなんです」

ありうる話だ。安房署にしても、たまたま小塚が相談を受けたから警告書を出すところまで持っていけたわけで、べつの人間が受けていたらどうなっていたかわからない。

「賢明な判断だったな。そろそろ昼飯の時間だから、どこかで落ち合って話を聞こうか」

「そうしましょう。うな清《せい》にしませんか。最近行っていませんから」

北沢は県警本部裏手のうなぎ屋を推薦する。山下もときおり足を運ぶ地元の老舗《しにせ》だ。腕時計を見ながら山下は応じた。

「わかった。十分後に落ち合おう」


まだ昼休みには早い時間だったので、席は比較的空《す》いていた。北沢も間を置かずやってきた。どちらもうな重の上を注文すると、北沢はさっそく切り出した。

「その女性は一ヵ月くらい前にその男と知り合ったそうなんです」

「それが彰久なら、村松由香子さんの件で警告が出た時期に、もう別の女性に手を出していたわけだ」

山下は呆れて問い返した。北沢は頷いて続ける。

「手口は由香子さんの場合と似ています。その女性は地元のボランティア団体がやっている手話教室に参加して、そこで知り合って、たまに食事をしたりするようになったそうなんです」

「由香子さんの場合は、市の文化事業の写真教室で知り合ったそうだな」

「そうなんですよ。そういう場所を格好の猟場と心得ているのかもしれません。普段は温和な好青年という印象で、どっちかと言うとイケメンで人好きのするタイプらしいですから、その女性もつい気を許してしまったようなんです」

「それがだんだんエスカレートしたわけだ」

山下は嘆息した。北沢は頷いて続けた。

食事に誘われて、たまたま用事があって断ったら突然激昂《げきこう》した。女性は怖《こわ》くなって、以後、会うのをやめたという。それからしつこく電話がかかってきて、着信拒否をすると別の番号でかけてくる。待ち伏せやつきまといも始まった。やむなく通っていた手話教室もやめたらしい。

「ピンとくるものがあって彼女に彰久の写真を見せたら、この男で間違いないと言うんです」

「その男が使っていた電話番号は？」

北沢は手帳を取り出して三件の携帯番号を読み上げた。山下も手帳を開いて、小塚から聞いていた彰久の携帯番号と照合した。すべてが一致した。北沢は小躍りする。

「だったら伊予ヶ岳の件と繋がりますよ。その男は山口勝則《やまぐちかつのり》という名前を使っていたそうですが、こうなれば偽名なのは間違いないですから、いつでも事情聴取できます」

殺人容疑に関しては、安房署の刑事課と本部の捜査一課が事件性なしにしてしまったから、事情聴取の名分が立てにくい。しかし新しいストーカー事案なら、名目を一新して捜査に着手できる。山下は確認した。

「その女性の身辺の安全については？」

「千葉市内にお姉さんがいるんです。これからしばらくそこに身を寄せるそうです。そちらの住所は知られていないはずですから、当面、電話をかけてくる以上のことはできないと思います。携帯電話には留守電を設定するように言っておきました。着信した場合、そのまま留守電に転送されるようにしておけば、かけてきた電話はすべて記録されます。留守電に脅迫めいたことを録音すれば、それが証拠として残ります」

「これまでにかかってきた電話は？」

「ここ一週間ほどのぶんは、留守電に吹き込まれたものも含めて、すべて保存してあるそうです。聞かせてもらいましたが、しだいにエスカレートする様子が明らかに聞きとれます

――」

さすがに手慣れたもので、脅迫に相当する表現は巧妙に避けているが、攻撃的になるかと思えば甘い言葉ですり寄ってくる。そのあたりはＤＶ被害のケースとよく似ている。どんなにひどい目に遭わせていても、破局に向かいそうになると反省したようなふりをして、二度とやらないと誓い、しばらくは大人しくなる。しかしそれも長続きはせず、すぐにもとに戻って再びＤＶ行為を繰り返す。自分の姉が受けたのもそのケースで、ＤＶやストーカーの加害者には、先天的な人誑《ひとたら》し、女誑しの才覚があると北沢は言う。

「どうしますか。私のほうで事情聴取してもいいんですが」

「しかし、それでこちらの動きを察知されて、また危険な行動に出る心配はないか？」

山下は不安を覚えた。伊予ヶ岳の事件では、警告書が出ていたにも拘わらず彰久は大胆な犯行に及んだ。その後の鶏の首の件にしても、もし彰久が関与したものだとしたら、その目的は捜査妨害というより、警察への挑戦だとさえ受けとれる。もしそうなら、ここはより慎重にならざるを得ない。

学生時代に起こした集団わいせつ事件では、父親の財力に物を言わせて示談に持ち込み起訴を免れたが、一度は検挙され留置場暮らしを経験している。そういう連中は少なからず警察に遺恨を持っている。そもそも半グレ的な学生グループをつくって悪さをしていたこと自体に、反社会的な性向が見てとれる。彼らがやったのは金に困ってではない、それ自体が快楽であるような悪事だった。北沢も頷く。

「安房署長名の警告書を意にも介さず犯行に及び、さらにその時期にべつの女性に手を伸ばしていたわけですからね」

「そう考えると、そちらの事案にしても下手に動くと、却《かえ》って逆の目が出る惧れもある」

「ストーカー事案の場合、警察が認知しても、即逮捕とはいかないのが悩ましいところですね」

北沢もそこがこの事案の厄介な点と見なしているようだ。被害の事実が認定されたとしても、警察がまずできるのが警告書の送達で、それでも行為をやめない場合に禁止命令が出て、それに違反したときにやっと刑事罰に問うことができる。もちろん程度によっては警告の段階やそれ以前の段階でも逮捕は可能だが、その場合、訴追して有罪に持ち込むうえでのハードルがより高くなる。

そもそも警告すら出ていない段階で犯行に及んだケースが最近は多い。警察がストーカー事案として認知していないから、マスコミも情痴事件の類《たぐい》として報道しがちだが、山下たちの目から見れば、その加害者のほとんどがストーカーの要件を満たしている。

「村松由香子さんの事案にしても、見方によっては警告書が出たことがきっかけになったとも考えられる。その時点ですでに違う女性に対するストーカー行為が始まっていた。一方で由香子さんへのストーカー行為は鳴りを潜めていた。その時点で由香子さんは、ストーカー行為の対象というより、復讐《ふくしゅう》の対象に変わっていたのかもしれないな」

「伊予ヶ岳の事件は、ある意味で難しいことになっていますからね。少なくとも彰久が実行犯だという線は消えてしまったわけですから」

「鴨川の女性の名前と年齢は？」

「秋川真衣《あきかわまい》さん、二十歳。看護学校の学生です。当面、お姉さんのところに身を隠すにしても、そう長くは休んでもいられないので、なるべく早く警告書なり禁止命令を出して欲しいというのが希望なんです」

「難しいところだな。その結果、由香子さんのようなケースに進んでしまったら元も子もないからな」

山下は苦衷を滲ませた。いちばんいいのは殺人の容疑で彰久を逮捕訴追することだが、そこに至る見通しはまだ立たない。ストーカー規制法というのはあくまでストーカー行為の抑止と被害者の救済が目的で、容疑者の逮捕や訴追に関しては消極的な法律なのだ。

「警告書だけでやめてくれるケースが全体の八〇パーセントくらい。でも残りの二〇パーセントの連中にとっては、警告書なんてただの紙切れに過ぎませんから」

北沢も無力感を隠さない。つきまといや迷惑電話までなら必ずしも重大な犯罪とは見なせない。警告書や禁止命令でそうした行為が抑止できるなら、それを強制わいせつや強姦のような凶悪な犯罪と同列に扱うことには問題があるという立法の面での配慮もあるだろう。そこにストーカーという犯罪類型の扱いにくさがある。

「被害者の気持ちを考えたら、とりあえずその紙切れ一枚でも出してやるほうがいいとは思うんだが、その結果が悪い方向に向かうことは絶対に避けなきゃいけない。そこをどうするかだよ」

「彰久を徹底的に行確するという手もありますが、村松さんのケースのように、代行殺人を企てる可能性もありますからね」

「ああ。電話やメールでやり取りされたら手の打ちようがない」

「まさか、同じパターンで犯行に及ぶとも思えませんが」

「そのまさかが起きてしまったら取り返しがつかない。千葉市内のお姉さんの住所を把握される心配はないんだな」

「いまのところ大丈夫だと思います。ただDVやストーカー事案ではよくあるんですが、彼らは悪知恵が働きます。思いもかけない方法で居場所を特定されてしまうことがありますから」

「SNSに投稿した画像から居場所がわかってしまったケースもあるようだな」

「なかには私立探偵に依頼するようなのもいますから」

北沢も不安を滲ませる。躊躇《ためら》うことなく山下は言った。

「かといって相談を受けておいて放置するわけにはいかない。ここはその女性の身辺に万全の注意を払いながら、所定の手順を踏んで対応するしかないだろうな」

「つまり警告書を出すんですね」

北沢は身を乗りだす。山下は頷いた。

「こちらから出すとしたら県警本部長名義になるから、所轄の署長名義よりインパクトはあるだろう。その際は被害者の女性にも迂闊《うかつ》にSNSに投稿したり、一人で外出したりしないようにお願いするしかないな」

「それについてはすでに注意してあります」

「警告書を出してもらうには、事前の事情聴取が必要なのか？」

「携帯の番号ですでに身元は特定できました。あとは被害者の証言と携帯に残った会話や留守電メッセージが十分な証拠ですから、そちらは不要だと思います」

「そうか。いま彰久が目撃されたコンビニと、鶏の首の入った荷物が持ち込まれた宅配便業者の防犯カメラのチェックに小塚が出向いている。その結果によってどうするか考えようと思っていたんだが、鴨川の女性の件が出てきた以上、のんびり構えてもいられなくなった」

「けっきょく事情聴取するんですか？」

「ただし鴨川の女性とは別件だ。そっちはいまのところ、子ども女性安全対策課の扱いということにしておこう。おれたちはあくまで伊予ヶ岳の事件をメインに追及する。鴨川の女性については、とりあえず警告書の段階に留《とど》めておいて、しばらく泳がせておいたほうがいい」

「でも、事件の核心に迫る格好の別件になるかもしれませんよ」

「しかし伊予ヶ岳の件では、警告書が出たあと、彰久は徹底的に鳴りを潜めた。今回も同じように大人しくされたら、それ以上は追及できなくなる。もちろん不穏な行動に出ないように、行確は徹底したほうがいい。必要なら、身を寄せているお姉さんの住まいにも身辺警護の人員を張り付ける必要があるかもしれない」

「場合によっては、そっちのほうで現行犯逮捕できるかもしれませんからね」

北沢は期待を覗かせる。秋川という女性が完全に連絡を絶ち、その行方《ゆくえ》がわからないということになれば、今後、彰久の持病がさらに高じる可能性は十分ある。金も暇もある男だから、あらゆる手を使って居所を探り、接触しようとするだろう。被害者をおとりに使うような考えには抵抗があるが、もしそんな事態になれば、事件は一挙に解決する。とはいえその女性の身の安全を担保するのがここでは最重要課題で、北沢が期待するような幸運はあくまで副産物に過ぎない。

テーブルに届いたうな重に箸《はし》をつけながら、北沢は張り切って言う。

「じゃあ、さっそく係長に相談して、本部長名の警告書を出してもらうように手配します」

「そうしてくれ。おれたちはあくまで殺人容疑の線から彰久を追及する。君のほうは秋川という女性の安全確保に専念して欲しい。人手が足りなければ、生活安全捜査隊から人手を出す」

「わかりました。そのときはぜひお願いします。二つの線は必ずどこかで交差するはずです。その交点に彰久がいるのは間違いないですから」

確信しているように北沢は言った。

3

午後三時過ぎに、小塚から連絡が入った。

コンビニと宅配便の店舗の防犯カメラをチェックしたが、コンビニのほうには、駐車場に駐めてある彰久の車がしっかり映っていたという。時刻は午前六時半から午前七時くらいのあいだ。村松が彰久を目撃したのは午前七時ごろだというから、その証言と矛盾はしない。

「彰久の姿は?」

「車から乗り降りするところが映っていました――」

小塚はしてやったりという口ぶりだ。店の前の道路脇で村松宅を見張っているところは画《が》角《かく》から外れていたため確認できなかったが、車から降りたときも戻ってきたときも、駐車場から通りに出る方角で、村松が目撃したのが彰久だったのは間違いないと断言する。

「店内のカメラには映っていなかったのか」

「ええ。店には入らずに、三十分も駐車場に車を駐めていたというのも不自然です。村松さん宅を見張っていたのは間違いないでしょう」

「少なくとも村松さんの目撃証言が見間違いやでっち上げだという川口たちの言いがかりは覆せるな――」

そこで村松由香子が山に向かったのを確認して、自分は東京に向かい、そちらで実行犯に指示をした。そんな構図が浮かんでくる。それ自体が決め手になるわけではないが、彰久を事情聴取で締め上げる材料にはなるだろう――。

そんな期待を覗かせると、小塚は勢い込む。

「いよいよ任意同行するんですね」

「じつはさっき子ども女性安全対策課の北沢君から連絡があって――」

北沢から聞いた鴨川市の女性の件を伝えると、小塚は嘆息した。

「思っていた以上にろくでなしですね。そこまでいくと、普通のストーカーとはかなりタイプが違いますよ。はじめから悪質な行為を目的に接近するある種のパーソナリティ障害のある人間なのかもしれません」

「おれもそんな気がしてきたよ。こうなると、いよいよ野放しにはできない。さらに新しい被害者が生まれるようなことになったら、警察はなんのためにあるのかということになる」

「でも出さずに済む尻尾《しっぽ》を、こう気前よく何本も出してくれる被疑者というのも珍しいですよ」

「その一方で決定的な尻尾はいまも出さない。それを考えると、なにか恐ろしい怪物のような気もしてくるんだよ――」

山下は苦い思いを吐き出した。軽犯罪法なら立ち小便をしただけで逮捕できるのに、重大事件に発展しかねないストーカー事案ではそれができない。凶悪化した事件のほとんどが、警告や禁止命令を出して様子を見ているあいだに起きている。けっきょく山下たちは、法に則った捜査しかできない。しかし彰久は間抜けなようでいて法の弱みをしっかり突いている。ストーカー規制法という法律自体がある意味ではザル法だ。警告も禁止命令も、山下に言わせればそもそも必要のない手順なのだ。

「たしかに歯痒《はがゆ》いですね。でも、ここでなんとかしないと、さらに新しい被害者が出かねません」

小塚は言葉に力を込める。強い思いで山下も応じた。

「そのとおりだ。こっちも法が許す範囲で、やれることをすべてやるしかない。それで宅配便業者のほうはどうだった？」

「店頭の防犯カメラにしっかり顔が映っていましたが、残念ながら彰久ではありませんでした」

「まあ、そうだろうな。彰久もそこまで気前よくはないだろう」

「それで確認したいことがあるんです。捜査一課の西村さんがリストアップしてくれた、例の集団わいせつ事件のメンバーです。そちらで警察庁のデータベースにアクセスして、そこにその男がいないかどうかチェックしていただけませんか。逮捕時の顔写真も登録されているはずですから。うちのほうでやってもいいんですが、アクセスできるのは主任以上なので、こちらの捜査の動きが川口さんのほうに漏れてしまう心配がありますので」

「それはやってみる価値があるな。だったら鬼塚組のチンピラの可能性もあるだろう。そっちもチェックすべきじゃないのか」

「そこがなおさら問題なんです。うちの署でマル暴の担当は川口さんですから」

小塚は困惑を滲ませる。山下は言った。

「たしかにな。知っていても口を噤《つぐ》むだろうし、そもそもそんな話を持ち出せば、その情報が鬼塚組に流れる可能性がある。だったら、どっちもおれのほうで動いてみるよ。その男の画像を送ってくれないか」

「鬼塚組のほうはどうするんですか?」

「組織犯罪対策部の四課に聞いてみる。あそこなら所轄からいろいろ情報を吸い上げているはずだ。県内の主な暴力団なら、組員の顔写真はある程度揃えているんじゃないか」

「わかりました。どっちかというと、そっち関係の可能性のほうが高そうですね。よろしくお願いします」

「ああ。そこからどういう答えが出てこようが、一両日中には彰久に呼び出しをかけるつもりだよ。もし応じないようなら、殺人容疑で逮捕も辞さないと脅してやる」

強い決意で山下は言った。容疑が殺人でしかも教唆犯《きょうさはん》であるという点を考えれば、逮捕状の請求は当面は難しいだろう。しかも殺人事件の捜査となると捜査一課の縄張りで、その捜査一課がこの事案に関しては消極的だ。

しかし殺人事件が捜査一課の所管だというのはあくまで警察組織の内規に過ぎず、刑事訴訟法や警察官職務執行法で規定されているものではない。従って容疑を認知し、逮捕訴追すべき十分な証拠があったとき、それが殺人に関わるものであっても、捜査一課以外の部署が捜査権を行使することを妨げるものではない。

今後新たな証拠が積み重なり、それでも一課が二の足を踏むようなら、生活安全捜査隊が捜査に着手することには法的になんの問題もない。彰久が伊予ヶ岳の事件の真犯人であることは間違いない。ここで警察内部のしきたりや前例にとらわれて、凶悪な犯罪者を野放しにするようなことは絶対にあってはならない。

彰久の任意同行に関しては、背後関係の複雑さを考慮してここまで慎重に考えてきたが、いよいよ当たって砕けろで、正面突破を仕掛けていいころだ。鴨川の秋川という女性にしても、この先さらに彰久のターゲットにされるかもしれない被害者予備軍にしても、いま彰久の身柄を押さえなければ、その生命さえ危険にさらされる。そう考えれば、逮捕うんぬんはとりあえず三味線《しゃみせん》に過ぎないにせよ、まずは思い切って弾いてやることで圧力はかけられる。

4

小塚は防犯カメラの映像から切り出した画像をメールに添付して送ってきた。コンビニの駐車場の画像には、車から出てくる彰久と見られる人物がしっかりと映っている。山下はまだ彰久と会ったことはないが、警告書を出す過程で何度か会っている小塚は、それが間違いなく彰久だと保証した。ナンバーも写り込んでおり、それが彰久の車のものだと陸運局で確認しているという。

宅配便業者の店舗の防犯カメラの映像は正面からアップで撮影されており、発泡スチロールケース入りの荷物を持ち込む男の顔がはっきり映っていた。さっそく犯歴データベースにある集団わいせつ事件を起こしたグループの犯歴情報と照合したが、残念ながら該当する顔は見つからない。

もちろんそのときグループの全員が逮捕送検されたわけではないだろう。犯歴が記録されていない仲間もいたはずだから、小塚のひらめきが外れだとは断言できないが、事件の核心に向かう近道とはならなかったようだ。

そんな状況を説明すると、副隊長の大川も気合が入った。鴨川の女性の件はすでに伝えてあり、彰久の任意同行の腹はすでに固めていたようだ。

「組対の四課には、おれが出向いて話を聞いてくる。彰久はおまえのほうで呼び出しをかける準備を進めてくれ。班の全員を動員して構わん。ただしそのまえに、どこにいるか確認しておかないとな」

殺人のような凶悪事案では、事情聴取のための任意同行を電話で要請するようなことを普通はしない。被疑者が素直に応じる可能性はまずないし、それで逃走を図られる惧れもある。前夜のうちに居場所を特定し、人を張り付けて、翌早朝に頭数を揃えて呼び出しに向かうのが鉄則だ。

それでもあくまで任意で強制力はないから、ある程度の威圧を加えながら説得するしか方法がない。凶悪犯の任意同行というのは、逮捕状の執行よりも遥かにハードルの高いミッションなのだ。

「事前の行動確認は、安房署の小塚君に任せます。我々は所在を把握したのち、朝いちばんで呼び出しに向かいます――」

山下は迷わず応じた。事前の行確については、すでに小塚と打ち合わせてある。鶏の首の件で動いてくれた気心の知れた後輩の刑事とのコンビで受け持つ段どりで、そのあたりは現地の事情に詳しい彼らに任せるのがベストだろう。そんな状況を説明すると、大きく頷いて大川は言った。

「隊長にはおれのほうから事情を説明しておく。本来なら所轄が担当すべき事案だが、安房署の刑事課の怪しげな動きを考えたらとても預けられないし、捜査一課との縄張り争いも起こりそうだ。ここは本部事案ということで進めるのが正解だろう」

5

山下からの連絡を受けて、小塚は同僚の浅井《あさい》とともに彰久の行確を開始した。

彰久は午後六時過ぎに会社を出た。車はコンビニに駐めてあったのと同じシルバーグレーのベンツで、いまどきの若いエグゼクティブを気取ってか、服装はダークスーツにネクタイといったビジネスマンの定番スタイルではなく、ノーネクタイで、明るいベージュのサマージャケット、ジーンズにスニーカーというくだけた出で立ちだ。それでもそれなりにリッチな雰囲気を漂《ただよ》わせているところは、さすがに房総レジャー開発の御曹司だ。

自宅マンションにはそのまま帰らず彰久が向かったのは、市街地からやや離れた海を見下ろす高台にある、当地では最高級と目されるリゾートホテルだった。こちらは覆面パトカーでは見破られる惧れがあるので、使っているのは小塚のマイカーのシビックだ。

駐車場に車を駐めて、周囲を警戒する様子もなく彰久はエントランスに向かう。小塚は彰久には顔を知られている。いまは普段着に着替え、サングラスをして大きめのキャップを被《かぶ》っているが、そういう変装自体がいかにも尾行していますというサインになりかねない。ここは手分けをすることにして、浅井はエントランスから直接ロビーへ向かい、小塚は駐車場に車を回した。

しばらく待つと浅井から連絡が入った。彰久はチェックインはせずに二階にあるレストランに向かったようだ。

小塚もそちらに向かうことにして車を降りたとき、エントランスにタクシーが停《と》まった。降りてきたのはいかにも高級そうなビジネススーツを着た、彰久と同じくらいの年格好の男だ。

思い当たるものがあった。スマホを取り出し、例の集団わいせつ事件のメンバーの顔写真を次々表示した。今後、その連中とどこかで遭遇することがあるかもしれないと、行確に入る前に山下から転送してもらっていた。そのときはさして期待していたわけではなかったが、思わぬところでヒットした。事件当時の写真とは異なり黒縁眼鏡《めがね》をかけてはいるが、小塚は交番勤務の時代に見当《みあ》たり捜査の講習を何度か受けている。その男がグループの頭目の水上卓也なのは間違いない。

小塚はあとを追った。小型のキャリーバッグを引いているから、ちょっとした旅行のようでもある。水上はロビーを突っ切ってフロントに向かい、チェックインの手続きをする。いまは暴力団構成員の宿泊を断るホテルも多くなっているが、いちいち身元確認をするわけではないし、わざわざ暴力団構成員だと告げる者もいないはずだから、とくにトラブルもなくチェックインは済んだようだ。

ルームキーを受けとり、水上はエレベーターホールに向かう。素知らぬ顔であとを尾《つ》け、やってきたエレベーターに一緒に乗り込んだ。小塚は水上とは面識がないので、ここでは不審がられないようにキャップもサングラスもとっている。

水上は五階のボタンを押した。小塚は七階のボタンを押した。五階に着いて水上はエレベーターを降りた。小塚はそのまましばらくとどまって、ドアが閉まり切る直前に「開」のボタンを押した。

開いたドアから外を覗くと、エレベーターホールに背を向けて、客室が並ぶ内廊下に向かう水上の姿が見える。素早くドアの外に出て、廊下を進む水上の姿を目で追った。廊下の中ほどの部屋の鍵を開け、水上が室内に入ったのを確認し、その部屋の前に立って部屋番号を頭に入れた。

そのままエレベーターホールに戻り、やってきたエレベーターで二階に降りる。浅井に電話を入れると、レストランのすぐ近くの階段の踊り場にいるという。急いでそちらに向かい、水上を目撃したことを報告すると、浅井は驚きを露わにした。

「偶然だとは思えませんね。なにか良からぬ画策をしているのは間違いないですよ。あしたの事情聴取の追及材料として使えるかもしれません」

「かといって水上に関してはまだこれといった犯罪事実はないから、久しぶりに会って旧交を温めただけだと言い逃れられたら、それ以上は追及できないしな」

そんな話をしていると、水上がエレベーターホールからレストランに向かってくるのが見えた。階段を少し降りて様子を窺っていると、水上は迷う様子もなくレストランのなかに姿を消した。

少し間をおいて廊下に出て、素知らぬ顔でなかを覗くと、ウェイターに案内されて奥まったテーブルに向かう水上のうしろ姿が見えた。そのテーブルには彰久がいて、立ち上がって軽く手を振っている。

こちらも店内に入りたいところだが、懐《ふところ》具合に見合う店ではなさそうだ。かといってここは頻繁に人が通る場所のようで、通りすがりの従業員が不審げな目を向けてくる。一一〇番通報でもされたら厄介だから、いったん駐車場に戻ることにした。水上はともかく、彰久は宿泊するわけではなさそうだから、いずれホテルから出てくるのは間違いない。

その際すぐに追尾するには、駐車場で待機するのがいちばんいいし、ホテル側に怪しまれる心配もない。ここで行確に気づかれたらあすの呼び出しにも差し障りがある。そのままどこかへ高飛びされたら取り返しがつかないことになる。

シビックの車内に戻ったところでそんな状況を伝えると、電話の向こうで山下は唸った。

「あすの呼び出しを察知しての動きのはずはないが、いずれ来るだろうという読みがあって、なにか画策している可能性もなくはないな」

「僕らは定時に署を出てから行確に入りましたので、うちの人間には気づかれていないと思います」

「まあ、用心に越したことはないが、肝心なのは、あすに備えて彰久の所在をしっかり押さえておくことだ」

「もちろん抜かりはありません。いまのところそれを警戒している気配はありません。レストランでの様子も、親しい友人と久しぶりに会ったというような雰囲気でしたから」

「追い詰められているような危機感は、彰久には感じられなかったんだな」

「余裕綽々《しゃくしゃく》に見えました」

「寺岡和史に虚偽のアリバイ証言を依頼したことが、すでにばれていることをまだ知らないとは思えないが」

「案外、気にしていないのかもしれませんよ。伊予ヶ岳の事件が代行殺人なのは間違いないんですから、いくらでも言い逃れられると高《たか》を括っているんじゃないですか。我々をとことん舐《な》めきっているような気もしてきましたよ」

苦々しげに言うと、山下はむしろ歓迎するように応じた。

「警戒していれば呼び出しには抵抗するはずだ。案外あっさり応じるかもしれないな」

「そうだとしたら、それも厄介な話ですよ。こちらの追及をかわす自信がよほどあるのかもしれません」

小塚は不安を覗かせたが、山下は意に介さない。

「今回の事情聴取だけで自白に持ち込めるとは思っていないよ。ただし、こちらを見くびっているとしたら、少なくともその足場をぐらつかせることはできる。ここまでの動きを見れば、まだまだ馬脚を露わしてくれる可能性はある」

「そこに期待するしかないですね。そろそろ僕らも攻勢に出ないと、このまま逃げ切りを図られかねませんから」

「そうはさせないよ。おれたちが取り逃がしたら、また新しい被害者が出てしまう。安房署の刑事課や本部の捜査一課にこれ以上付き合っていたら、不作為の殺人幇助になりかねない」

意を決したように山下は言う。これから彰久はおそらく自宅に帰るが、自分たちはそのあとも張り込みを続け、山下たちが呼び出しにやってくるまで監視を怠らないと伝えて通話を終えた。

それから二時間ほどして、彰久が一人で外に出てきた。水上とはホテル内で別れたらしい。そのまま駐車場に戻って車に乗り込んだが、だれかを待ってでもいるように、すぐには発進しない。十分ほどすると、今度は水上がエントランスを出て、彰久の車に向かってくる。片手に小さな紙袋を提げている。

水上が車の傍らに立つと、彰久も外に出た。くだけた調子でなにか話をしながら、水上は彰久にその紙袋を手渡した。中を確認するでもなく彰久はそれを受け取った。そのときの二人の動作から、中身はやや重い品物のようだった。彰久は代わりに上着のポケットから取り出した封筒を手渡した。水上はその中をちらりと覗き込み、満足気に頷いてそれをポケットにしまい込んだ。

紙袋の中身はわからない。しかし彰久が渡した封筒の中身はある程度の厚みの紙幣のように思われた。だとしたら彰久は水上からなにかを購入したことになる。ホテル内ではなくわざわざ駐車場に出てきて受け渡しを行った。その代金は足のつかない現金で支払われた。だとしたら水上が手渡したのは、売買や所持が法で禁じられている類の品物ではないか。暴力団員である水上から入手できるその手のものといえば、まず思い当たるのは麻薬や覚醒剤などの違法薬物だ。

しかし警告書を出すに当たって、小塚は本人から事情聴取をしているし、周辺での聞き込みも行ったが、彰久が薬物に依存しているという感触は得られなかった。交番勤務時代に挙動不審な人物に職質《しょくしつ》をして、違法薬物所持の現行犯逮捕をしたことが何度かある。だから薬物依存の傾向のある人間は直感的にわかる。その点からも、彰久にそんな気配は感じなかった。

あの紙袋の大きさ、そして彰久が受けとったとき、ずしりと重い手応えがあったような印象を受けた点から考えると、中身はヤクザが扱うもう一つの品目かもしれない。

水上は彰久としばらく言葉を交わし、そのままホテルに帰っていった。彰久は車内に戻り、車を発進させた。ハンドルを握る浅井は、十秒ほど間をおいて追尾を開始した。小塚は携帯を取り出して山下を呼び出した。

6

小塚からの電話を受けて、山下は不快な慄きを覚えた。小塚の直感どおり、それが拳銃とそこそこの量の実包《じっぽう》だとしたら、今後のことは予断を許さない。

拳銃による殺害となれば、そのときはさすがに捜査一課も本気で捜査に乗り出すだろう。日本では殺人事件の検挙率が九〇パーセント台の半ばで、世界でも飛び抜けて高い。つまり捜査の手を逃れるのはまず無理で、父親の門井健吾や鬼塚組、水上を中心とするかつての不良学生グループの力をもってしても隠蔽するのは難しい。しかしそのときは新たな犠牲者が生まれてしまっているわけで、いま山下たちが全力を注がなければならないのは、なんとしてでもそれを阻止することなのだ。

「確実に拳銃だとは言えませんが、あすの呼び出しの際には注意したほうがいいかもしれませんね」

小塚はべつの意味で不安を覗かせる。山下もかつて組織犯罪対策部の薬物銃器対策課に所属していたとき、麻薬や拳銃の密売組織のアジトに足を踏み入れるのはもっとも危険なミッションだった。拳銃や刀剣で抵抗されるリスクは常にある。もちろん彰久はその種の連中とは違う。それにあすこちらが出向く理由はあくまで任意同行の要請で、強制力はないから暴力的な手段で抵抗する理由は考えにくい。

「もちろん注意はするが、もし彰久が入手したのがその手の危ない品物だとしたら、使い道は別にあるような気もするな」

「というと?」

小塚は怪訝そうに問いかける。山下は言った。

「ああいう男が銃を所持する理由というと、護身用じゃないかという気がするんだよ」

「彰久が命を狙われていると? いったいだれに?」

「わからない。しかし彼はいろいろ危ない連中と付き合っている。ひとつ関係がこじれたら、なにが起きるかわからない」

山下は曖昧《あいまい》に応じたが、不安を抱いているのはじつはそちらではない。この事件に関係した人間のなかに、彰久の殺害をほのめかした人物が一人いる。彰久と刺し違えてでも孫娘の恨みを晴らしたいと言っていた。どんなかたちであれ、彼が彰久に対してそんな思いを伝えていたとしたら、彰久が身の危険を感じている可能性は十分ある。

そして村松にはその目的を達成する手段がある。自宅の居間のガンロッカーには狩猟用のライフルが保管されている。長い狩猟歴を持つ彼なら、腕にはそこそこ自信があるだろう。

もちろん思い過ごしであって欲しい。しかしそんな言葉を口にしたあと村松は冗談だと言って顔では笑ったが、その目は決して笑っていなかった。小塚もそのへんの勘は鋭い。

「まさか村松さんでは？」

山下は慌ててそれを打ち消した。

「彼もかつては警察官だった。どんな犯罪であれ、それは法によって裁かれるべきだということは弁《わきま》えているはずだ」

「そうでしょうか。僕が村松さんの立場だったら、法で裁けないものなら、刺し違えてでもという考えに向かいそうな気がします。もし妻や息子がそんな目に遭ったとしたら」

小塚は危ない言葉を口にする。山下にも妻と娘がいる。もし自分が村松と同じ立場に立たされたとき、そんな気持ちに傾かないとは断言できない。いやそうでなかったら、それは妻や娘に対する裏切りだという気さえする。もちろんそれが警察官として決して抱いてはならない思いだということもわかっている。

「もし村松さんをそんな行為に走らせて、結果的に獄に繋ぐようなことになれば、それもおれたちの、いやこの国の警察の敗北だよ。十分目配りする必要はあるが、おそらく思い過ごしだろう」

「そうですね。ホテルで彰久と水上が受け渡ししたのが拳銃かもしれないというのは、あくまで僕の憶測ですから」

小塚も自分を納得させるように言う。山下は問いかけた。

「彰久は自宅に向かっているのか？」

「ええ。方向からするとそのようです。車での移動ですから、このままどこかに飲みに行くようなことはないと思います」

「だったらとりあえず、あすの呼び出しに支障はなさそうだな。受け取った荷物が拳銃なら、ガサ入れすればそちらの容疑で逮捕できるが、それだけの情報で令状はとれないし、空振りだったら足元を見られる。いまは隠し球としてとっておくべきネタだろう」

「そうですね。下手に動くと村松さんにも捜査の矛先が向きかねません。川口さんは嵩《かさ》にかかって村松さんを追及するでしょう」

「ああ。まずはあすの事情聴取に集中しよう。徹夜仕事になって申し訳ないが、行確のほうをしっかり頼む」

「任せてください。浅井と交代で仮眠がとれますから。食料や飲み物も買い込んでいますので」

小塚は力強く請け合った。通話を終え、山下は今度は村松の携帯に電話を入れた。杞憂《きゆう》だとは思いながらも、どうにも心が落ち着かない。数回の呼び出しで村松は応答した。

「夜分、申し訳ございません。ご報告することがありまして、少しお時間を取らせていただいてよろしいでしょうか」

「構わんよ。まだ寝るには早い時間だ。なにか進展があったのかね」

村松は鷹揚に応じた。あすの早朝に呼び出しに出向き、彰久に任意同行をかけるつもりだと報告し、さらに彰久の新たな標的として、鴨川市在住の女性が浮上してきた話を伝えると、村松は憤りを隠さない。

「まさしく人間の屑だな。生かしておくに値しない男だよ。だからといって、由香子一人を殺害しただけじゃ死刑台には送れない。とにかく由香子のような被害者を新たに出すわけにはいかない。私にできるのは外野席で見守ることだけだが、君たちは必ずやり遂げてくれると信じているよ」

その言葉には切ない思いが滲んではいるが、山下が不安を抱いた危険な行動の気配は感じられない。そのことにひとまず安堵して、山下は続けた。

「彰久の様々な隠蔽工作の背後関係も見えてきました。学生時代に起こした集団わいせつ事件のグループが、背後で動いている可能性があります。ガードはなかなか堅いですが、いろいろボロも出してきていますので、追及する余地は十分あると思っています――」

さらにコンビニの防犯カメラに彰久の姿が映っていたことを報告すると、村松は意気軒昂《いきけんこう》に応じた。

「安房署の薄ら馬鹿どもは私を耄碌《もうろく》した老人のように扱おうとしたが、その魂胆《こんたん》は打ち砕かれたわけだ」

「鶏の首を宅配便業者の店舗に持ち込んだ男も防犯カメラに映っていましたが、いまのところ素性は特定できていません。鬼塚組の組員の可能性が高いと思われますが、それについては組対の四課に問い合わせているところです」

「私は鬼塚組からはいろいろ恨みを買っているから、そっちの絡みでの嫌がらせだと言い逃れられれば、今回の事件に結びつけるのは難しいだろうな。実行犯は昔の悪ガキ仲間のなかにいるんじゃないのか」

「そんな気もします。じつはそのグループのリーダー格の水上卓也という男なんですが——」

水上の素性について説明し、その水上と彰久がつい先ほど南房総市内のリゾートホテルで会っていたこと、そのとき水上が拳銃かもしれない不審な品物を彰久に手渡したことを語って聞かせた。

その程度の曖昧な情報を村松に伝える必要は本来はないのだが、万が一、悪い想像が当たって村松が危険な行動に走ろうとしているとしたら、警告と受け止めて考え直してくれればいい。さらに極端なことを言えば、もしそんな行動に出てしまった場合、相手が飛び道具を持っている可能性を頭に入れておいて欲しいというぎりぎりの願いからだった。それに対する村松の答えは、新たに不安を掻《か》き立てるものだった。

「もしその拳銃で私まで葬り去ろうと思っているなら、躊躇うことなく受けて立つよ。老い先短い身だからね。あいつをあの世へ道連れにできるんなら、それは私にとっては望外の幸せだ」

山下は慌ててそれを諫めた。

「それが拳銃なのかどうかはまだ想像の段階です。いずれにせよ、すべて我々に任せてください。極刑にはできないかもしれませんが、この国の法が許容する限りの償いはさせます」

「よろしく頼むよ。できれば私も、かつて警察官だったことに誇りを持ってあの世に行きたいからね」

切ない調子で村松は言った。

7

翌日の午前五時に、山下たち総勢五名の呼び出し要員は、パトカー二台に分乗して南房総市に向かった。

彰久はあのあといったん自宅マンションに帰り、しばらくしてまた外に出てきて、タクシーで市街中心部のゲイバーに向かったという。彰久の趣味は二刀流らしい。もっとも性的な趣味がなくても、会話を楽しむ場としてそういう場所を好む人間はいるというから、どちらと決めつけるわけにもいかない。あるいは女性に対するストーカー癖をカムフラージュするための行動ではないかと小塚は疑った。

彰久は一時間ほどでその店を出て、そのあとバーやスナックを三軒はしごして、午前一時過ぎにマンションへ戻ったという。そんな無防備な行動をみれば、だれかに命を狙われているのではないかというこちらの憶測は杞憂だったとみるべきかもしれない。

小塚たちはいまも彰久の自宅マンションに張り付いている。彰久は一人暮らしで、そのあとだれかが訪れた様子はないという。マンションは五階建てで、彰久の部屋は最上階にある。平屋や低層階の場合、窓から逃走を図られる惧れもあるが、その心配はなさそうだし、そもそも逮捕状の執行や家宅捜索ではないから、無謀な抵抗をするとも思えない。

館山自動車道、富津《ふっつ》館山道路と高速を繋いで、南房総市内中心部のマンションに到着したのが午前六時半。小塚と浅井はマンションのエントランス付近に車を駐めていた。

小塚たちは万一の逃走に備えて、マンションの配置図を入手していた。もし彰久が本気で逃げるつもりになれば、ベランダにある非常用の避難はしごが使える。最悪の事態に備えてベランダ側の路上にも人を配置したほうがいいとのことだった。

幸いマンションはオートロック式ではなく、外廊下側の部屋の前までは問題なく行ける。

浅井を含む二名がベランダの下で待機し、山下を含む残りの五名が彰久の部屋に向かった。

山下がインターフォンのボタンを押したが応答はない。さらに続けて三回押すと、いかにも寝起きというような不機嫌な声が返ってきた。

「だれだよ、こんな朝早く？」

「千葉県警生活安全捜査隊の山下と申します。少しお伺いしたいことがありまして、県警本部までご同行願いたいんですが」

「県警の山下？」

彰久は驚いたような調子で問い返す。寺岡からすでに連絡が入っているのだろう。こちらの名前はとうにご存じらしい。

「先般、伊予ヶ岳で亡くなった村松由香子さんへのストーカー行為の件で、当時の事情をお聞かせいただきたいものですから」

声を抑えるでもなく山下は言った。こういう場合、相手のプライバシーに気を遣うことはない。むしろ近隣住民の耳に入るような大きな声で容疑に触れることで圧力をかけるのはよく使う手だ。あまり極端にやれば特別公務員職権濫用罪に問われる惧れもあるが、暴力的手段を使うわけではないから、あとで弁護士が文句をつけてきても十分撥《は》ね除《の》けられる。

「そんなの、もう済んでいるだろう」

不安げな様子で彰久は応じる。山下は遠慮なく押していく。

「我々の立場からすると、決して済んでいるわけではないんです。伊予ヶ岳での事件との関連で、いくつか不審な点がありまして」

「安房署の刑事課は事件性なしと判断したんだろう。それで捜査は終わりのはずだ」

「だったらどうして、寺岡和史氏にアリバイの偽証を依頼したんですか」

のっけから切り札を突きつけると、彰久は慌てた。

「ちょっと待てよ。こんなところであることないことでかい声で喋られたらえらい迷惑だ。おれは地元じゃ多少は名の知られた会社の役員で、あんたのやっていることはその名誉を毀損する悪質な業務妨害だ。場合によっては弁護士を通じて争うことも辞さないぞ」

「身に覚えのない話なら、正式な事情聴取の場できちんと釈明すべきでしょう。意味もなく拒否すると、それだけ我々の心証も悪くなりますよ」

「そもそも例の警告書を楯にとって、見込み捜査でおれを追い回しているのはあんたたちだ。あれが出たあと、おれは警告に従って一切接触を絶っていた」

「事件が起きた日、村松さん宅の近くのコンビニにいたでしょう。そして由香子さんがバスに乗ったのを確認して、あなたは車で立ち去った」

「そんなの、例の老人の見間違いだろう。所轄の刑事課もそういう認識だったじゃないか。だいたいあの爺さんはうちの会社に遺恨を持っている。すでに裁判で決着がついているのに」

彰久は予想どおりの言い訳をする。山下は追い込んだ。

「ところがそのコンビニの防犯カメラにあなたとあなたの車が映っていましてね。所轄の刑事課がそのチェックを怠ったのは明らかなミスでした」

「そ、それは——」

彰久は一瞬口ごもる。ここまでのやりとりが耳に入ったのか、隣戸の住人がドアを半開きにしてこちらを覗いている。山下は畳み掛けた。

「事実だと認めるんですね」

「しかし、そのあとおれは東京に向かっている。事件当時の携帯の位置情報を調べればわかるだろう。そのあたりはあんたたちの十八番《おはこ》じゃないか」

「もちろん調べています。その位置情報からすると、あの日、あなたは寺岡さんとは会っていませんね。なぜ偽証してもらう必要があったんですか」

携帯の位置情報をアリバイ工作の決め手だと考えていたとしたら、それがまさしく藪蛇《やぶへび》になった格好だ。彰久は慌てた。

「答える必要はない。まだおれは事情聴取に応じるとは言っていない。拒否する権利は法で認められているはずだ」

開き直る彰久を、山下は躊躇《ちゅうちょ》なく脅しにかかった。

「だったら、次は逮捕状をとって出直すことになりますよ。そうなる前に、釈明すべきことがあれば正式な事情聴取の場ではっきり釈明するのが賢明だと思いますが」

「ちょっと待ってくれ。いま弁護士と相談するから」

動揺を隠せない様子で彰久はインターフォンを切った。十分待っても応答がない。苛立ってチャイムを立て続けに押しても彰久は無視する。不安を覚えて目顔で促すと、小塚は携帯でベランダ下の道路にいる浅井に電話を入れた。わずかに言葉を交わして、小塚は首を横に振る。まだ逃げ出してはいないらしい。

弁護士と話をすると言っていたから、なにかややこしいことを相談しているのかもしれない。房総レジャー開発の顧問弁護士だとしたら、それなりに遣《や》り手だろうとは想像がつく。不動産を巡る村松の訴えをあっさり退《しりぞ》けた。当時は週刊誌でも話題になったくらいの事件で、世論は房総レジャー開発に批判的だったと聞いている。その代理人として勝訴に導いたとしたら、かなりの辣腕《らつわん》だとみることができる。

苛立ちながらさらに三十分ほど待つと、山下の携帯が鳴った。大川からの着信だ。慌てて応答すると、苦々しい調子の大川の声が流れてきた。

「呼び出しは中止だ。いますぐ引き上げてこい」

想像もしていなかったその指示に、山下は覚えず声を荒《あら》らげた。

「なぜですか。いまいいところまで追い詰めています。あと一息なんです」

「隊長からの命令だ」

「こんな時間に？　いったいなにが起きたんですか？」

「彰久の代理人だという弁護士が、警務部長を叩き起こしてねじ込んできたらしい。目に余る強引な呼び出しは特別公務員職権濫用罪に当たる。いますぐやめないと法的手段に訴えると息巻いているそうだ」

「やらせたらいいでしょう。警務部長はどうしてそんな脅しに屈するんですか」

吐き捨てるように山下は言った。ため息まじりに大川は応じた。

「その弁護士は房総レジャー開発の顧問もやってるんだが、元東京高検の検事長という超大物のヤメ検だ。法曹界はもちろん、警察行政の世界にも隠然たる影響力を持っているという話だ。そういうのを相手にすると厄介なことになると、警務部の訟務《しょうむ》課が役人根性で怖気《おじけ》づいたらしい」

第五章

1

「どうしてそんなヤメ検の言いなりにならなきゃいけないんですか。元高検検事長の威光を振りかざして恫喝をかけてくるなんて、司法警察権への不当介入ですよ」

門井彰久の任意同行を断念して県警本部に戻った山下は、副隊長の大川に憤懣《ふんまん》をぶつけた。

その弁護士の名は倉本誠治《くらもとせいじ》。若いころは東京地検特捜部で辣腕をふるい、東京地検検事正、東京高検検事長と出世の階段を順調に上り、いずれは検事総長という下馬評もあったが、そこから先の出世争いに敗れ、心機一転弁護士稼業に転身したという。

そこまでのキャリアを生かして大手企業を中心に優良顧客をいくつも抱え、企業絡みの贈賄や背任事件では、攻守ところを変えて企業側を何度か勝訴または減刑に導いた。民事訴訟にも強いらしく、村松の土地売買に関する裁判でも、房総レジャー開発の代理人を務めたのが倉本だとすれば、敵に回すと手強《てごわ》い相手だとは想像がつく。苦々しげに大川も応じる。

「警務部なんて、どこの警察本部でも役立たずの官僚の巣窟《そうくつ》だよ。警務部長を始め、上の人間はほとんどが本庁から出張ったキャリアだ。任期のあいだ大きな不祥事もなく、無事に本庁に凱旋《がいせん》するのが連中の理想だからな。特別公務員職権濫用罪でおれやおまえが告訴されたら、監督不行き届きの烙印《らくいん》を押されてその先の出世に響くと戦々恐々《せんせんきょうきょう》なんだろう」

「あんなの、被疑者の呼び出しの手順として当たり前のやり方で、それが職権濫用なら、警察は現行犯以外だれも検挙できなくなりますよ。それが上の役所（警察庁）の願いなら、この国の悪党はみんな野放しじゃないですか。そもそも警務部が現場の捜査に口を挟むこと自体が越権でしょう。生活安全部長は黙って言うことを聞いたんですか」

「命令を出したのはうちの部長だよ。警務部長に言われて唯々諾々《いいだくだく》と従ったらしい。じつはそこがノンキャリアとキャリアの立場の差なんだよ――」

わかるだろうというように大川は続ける。警視庁を始めとする各警察本部では、警務部長や刑事部長はキャリアの定席となっているが、生活安全部長や地域部長はほとんどの場合ノンキャリアが就任する。ノンキャリアの叩き上げなら現場重視で、そんなふざけた干渉には反発するものと信じたいところだが、そのあたりが役人の性《さが》と言うべきで、ノンキャリアでも部長クラスまで出世すればその先への欲が出てくる。

千葉県警で部長と言えば階級は警視長だが、上の役所の覚えが目出度《めでた》ければさらにその上の警視監も望め、小規模警察本部なら本部長、あるいは警察庁の課長クラスの地位も窺える。一度入庁すればエスカレーター式で最上位の警視監に至るコースが用意されているキャリアと比べ、そのレベルのノンキャリアのほうが出世についての執着は強い。だからバリバリのキャリアである警務部長に、生活安全部長は決して楯突かないというのが大川の見立てのようだ。うんざりした思いで山下は言った。

「もう少し骨のある人だと思っていましたがね」

捜査一課の伊沢庶務担当管理官にしてもそうだが、扱う事件が増えればそのぶん身の安泰が危《あや》うくなるとでもいうように、上層部には現場の動きを抑えにかかるきらいがある。山下は訊いた。

「隊長は談判してくれたんですか」

「強く言ってはくれたようだが、捜査一課が事件性を認めていない点を突かれてな。そもそも殺人容疑はうちの管轄じゃないと開き直られたらしい」

「そういう考えだから、生活安全部は既得権益に乗っかって甘い汁を吸っている利権集団だと陰口を叩かれるんですよ。門井彰久はあくまでストーカーじゃないですか。その行為の果てに被害者を死に至らしめた容疑なら、生活安全部の扱いでなんの問題もないでしょう。そもそもそんな理屈をこねるんなら、まずは殺人事件として着手するよう捜査一課に圧力をかけるのが筋じゃないですか」

腸《はらわた》が煮えくりかえる思いで山下は言った。このまま警察の不作為で彰久を取り逃がすことになれば、村松老人に合わせる顔がない。彰久の魔手にかかって命を失った村松由香子、いま新たに牙《きば》を剝かれている秋川真衣――。警察がこれ以上生ぬるい対応を続けていれば、これからさらに新しい被害者が生まれるかもしれない。

それを思えば、自ら刺し違えてでもという村松の覚悟にブレーキをかけることも難しい。しかし山下も警察官である以上、それを看過はできないし、その結果老いた村松を獄に送ることになれば、それもまた警察の不作為ということになる。一緒に呼び出しに向かった山下のチームの刑事たちもやりきれない思いを滲ませている。

小塚たちは山下たちとはマンションの前で別れ、いまも彰久の行動確認を継続している。それを警戒してかどうかわからないが、彰久はあのあとマンションからは出てこないらしい。きょうは会社を休むつもりかもしれないが、どうせいてもいなくてもいいような仕事をあてがわれているだけだろうから、当分巣ごもり生活を続ける気かもしれない。

小塚は彰久の部屋のベランダからよく見える路上にこれみよがしに車を駐めて、いかにも行確していますというように車内から様子を窺っている。

マンションの裏手には駐車場があり、彰久の愛車のベンツも駐めてある。外階段を通ってそこに出ることは可能だが、そこから通りに出る経路はマンションの横手の通路しかなく、車にしても徒歩にしても、マンションの前で張り込んでいればチェックは可能だと小塚は言い、電話もあれば電子メールもあるから彰久はお仲間と相談するには不自由しないだろうが、少なくともそうしている限り、逃走されることは避けられると自信を示す。

　警務部長のあらぬ介入には小塚も憤りを隠さなかった。安房署刑事課の不審な動きに加え、本部の捜査一課の捜査妨害とさえ言いたくなる及び腰な態度。それに加えて生活安全部長の腰抜けぶりに、もっとも落胆しているのが小塚だろう。

「警告書が出て、僕も気が緩んでしまったんです。ストーカー対策では、むしろそのあとが重要です。その基本をおろそかにして村松由香子さんを死なせてしまった。そのうえこんなふざけた対応で彰久を取り逃がすようなら、僕は死ぬまで悔いを残します」

　本部に帰る車中で受けた電話で小塚は嘆いていた。腹を括って山下は大川に言った。

「だったら、逮捕状を請求するしかないでしょう。それならそのヤメ検も妨害のしようがないはずです」

「しかし、いまのところ物証もないし、実行犯もわかっていない。あるのは状況証拠だけだ」

「実行犯は鬼塚組の関係者の可能性が高いですよ。例の宅配便を持ち込んだ男かもしれません」

「防犯カメラの画像を組対の四課に確認してもらったが、該当しそうな組員はいないということだった。そうだとしたらよほど下っ端か新参者だろうと言っていた」

「そのあたりは適当に作文すればいいんですよ。特定はできなくても、彰久の意を受けての行動なのは間違いないですから。被害者への執拗なストーカー行為と、事件当日の不可解なアリバイ工作、自宅近くのコンビニでの監視行動、事件が起きたと推定される時刻に、現場の伊予ヶ岳を含む一帯にいた何者かと携帯で連絡を取り合っていたこと——。それだけ状況証拠を積み重ねれば、どんな頭の鈍い判事だってフダ（逮捕状）は出してくれますよ」

強い気持ちで山下は言った。しかし大川は不安を隠さない。

「逮捕するのはいいが、そこで自供を引き出せるかだよ」

「こちらも気合を入れていきます。力ずくでも引き出しますよ」

不退転の思いで山下は言った。大川はなお難色を示す。

「そうは言っても、もう一つくらい補強材料が必要だろう。逮捕したって、倉本が頻繁に接見を申し入れて取り調べの妨害に走るのは目に見えている。いまおれたちが持っている程度の材料では、とりあえず送検したとしても屁理屈《へりくつ》をこねて保釈請求するに決まっている」

「しかしこのままでは、海外逃亡を図られかねませんよ。逮捕状が出ていないと、イミグレーション（出入国管理）で出国を止められませんから」

「安房署の小塚くんが行動確認しているんだろう」

「尾行はできても、逃走の阻止はできません」

「そんな気配があるのか？」

「きょうの呼び出しで自分を囲む網が狭《せば》まっているのを感じているはずです。金には不自由しない身ですから、殺人罪で起訴されるよりは、そっちを選択する可能性がありますよ」

「インターポールを通じて国際指名手配されれば、一生海外を逃げ回ることになるぞ」

「なにをするか予想のつかない男です。国外に逃げられたら我々には捜査権がありません。その場合も父親からの仕送りで悠々自適《ゆうゆうじてき》の暮らしができるでしょう。そうなると、向こうでまた悪さをして、現地の警察に摘発されるのを願うしかなくなります」

「とりあえず身柄を押さえておけば、その心配はないわけか。しかし伸るか反るかの大博打《おおばくち》にはなるな」

大川は考え込む。警部以上の警察官なら、だれでも逮捕状は請求できる。大川はそれに該当するから、手続きの上ではなんの問題もない。しかし警務部長自ら乗り出して捜査にブレーキをかけてきている事案だ。もしもしくじった場合、大川が詰め腹を切らされることもあるだろう。

山下にしても、そうさせないためには、逮捕したのち確実に自供を得る必要がある。逮捕から送検まで警察が身柄を押さえていられるのは四十八時間。明白な自供なしに送検すれば、ヤメ検の倉本が裏で画策して、嫌疑不十分で不起訴にされかねない。起訴するしないは検察の勝手で、理由を明らかにする義務はない。

そうなると、よほど強力な新証拠が出たり新たな被疑事実が出てこない限り再逮捕は難しい。そこで思惑が外れたら、彰久は永久に捜査の網から逃げてしまう。

「ここは隊長に動いてもらえませんか。今回の逮捕状に関しては、疎明《そめい》資料が弱いのは否《いな》めません。副隊長では格落ちだというわけではありませんが、隊長の名前なら裁判所も一目置くでしょうから」

自動発券機と揶揄《やゆ》されるくらい、日本の裁判所は簡単に逮捕状を発付してくれる。しかしさすがに物証がなく状況証拠のみ、それも教唆犯となれば、吟味する判事も躊躇する可能性はある。隊長となれば階級は警視で、それなりの重みは加わるだろう。そんな考えを聞かせると、大川は納得したように請け合った。

「わかった。隊長に相談してみよう。今回の警務部の横槍については、だいぶ腹に据えかねているようだから」

2

小塚たちはあれからずっと彰久のマンションを張っていた。昼を過ぎる時刻になっても、彰久はマンションから出てこない。山下たちが帰ってしばらくしたころ、一度ベランダに出てきて、路上に駐めている小塚たちの車を眺めていたから、張り込まれていることはわかっているはずだ。

このまま根比べになれば、自宅にいる彰久と比べこちらが不利だとも言えるが、少なくともこの状況を維持することで、彰久がどこかに雲隠れする事態は避けられる。長丁場になるようなら、本部から交代の人員を派遣すると山下は言ってくれたが、警務部の予期せぬ介入で任意同行を断念させられたことは、やはり腹に据えかねる。

それ以上に、彰久を伊予ヶ岳での凶行に及ぶまで放置してしまった責任が自分にはある。山下は彰久の逮捕状請求に向けて準備を始めたという。現在こちらが手にしている疎明資料はすべて状況証拠で、それに対して裁判所が気前よく逮捕状を発付してくれるかどうか不安はあるが、倉本というヤメ検が警務部にかけてきている圧力を出し抜くには、それがベストの作戦だと山下は言い、小塚ももちろん賛成だ。

そのとき、浅井がフロントウィンドウの向こうを指差して声を上げた。

「あれ、例の宅配便を持ち込んだ男じゃないですか」

その方向を見ると、どこか冴《さ》えない服装の、フリーターか学生のような男がマンションに入っていくのが見える。中身のたっぷり詰まったコンビニかスーパーのレジ袋を両手に提げている。小塚は確信を持って頷いた。あの防犯カメラの映像はしっかり頭に入っている。

「間違いないな。職質をかけるか」

「そうしましょう。思わぬ獲物がかかりましたよ」

浅井は張り切ってドアを開ける。車から降りて駆け寄ろうとする浅井を小塚は引き止めた。

「部屋に行くのを確認してからのほうがいい。そうじゃないと、門井彰久なんて人物は知らないとしらばくれられる」

「じゃあ、まずは知らないふりをしてついていきますか」

「そうしよう」

小塚と浅井は少し間をおいてエントランスに足を踏み入れた。男はホールでエレベーターが降りてくるのを待っている。小塚たちは素知らぬ顔で背後に立った。気配を感じたのか男は一瞬振り向いた。しかしたまたまマンションに用がある人間だとでも思ったのか、とくに不審がるでもなくやってきたエレベーターに乗り込んだ。小塚と浅井も続いて乗り込んだ。

男が押したのは五階のボタンだった。小塚は四階のボタンを押した。四階に着いたところでエレベーターを降り、外階段を駆け上がる。五階に続く階段の途中から壁に身を隠して外廊下を覗くと、ちょうど男が彰久の部屋に入っていくところだった。小塚はそれをスマホで撮影した。

「これで言い逃れはできない。下で待つことにしようか」

小塚は浅井を促して今度はエレベーターで一階に降りた。いったん車に戻ってエントランスの様子を窺いながら、山下に電話を入れた。状況を報告すると、山下は俄然《がぜん》興味を示した。

「彰久と近い関係なのは間違いないな。まさか実行犯ということはないと思うが」

「とりあえず、出てきたら職質をかけてみます。一暴れしてくれれば、公務執行妨害で現行犯逮捕できるんですがね」

「その場合は署にしょっ引くことになるが、彰久の監視ができなくなるな」

「そこなんですよ、問題は。うちの署の人間に行確を代わってもらえればいいんですが、刑事課の川口さんあたりに筒抜けになる惧れがありますから」

「こっちから人を出してもいいが、そこに着くまでに一時間半はかかる」

「そのくらいなら、車の中に缶詰にしておけますよ。いろいろ尋問することもありますから」

「だったらおれがそっちに向かうよ。どんな理由をつけてでもいいから身柄を押さえておいてくれ。場合によっては県警本部に場所を移して、本格的に事情聴取をする」

山下は積極的だ。小塚は問いかけた。

「彰久の逮捕状請求で忙しいんじゃないんですか」

「請求書面の作文の出来しだいだが、どのみち早くて丸一日はかかりそうだ。それより、そいつから彰久の犯行に繋がる新情報が得られれば、それも資料に加えられる」

「だったらできるだけ時間を稼ぎます」

そう応じて通話を終えたとき、マンションから男が出てきた。やってきたとき提げていたレジ袋はいまは持っていない。小塚は浅井とともに車を降りて、素早く男に歩み寄った。

「失礼。少し話を聞かせてもらえますか」

警察手帳を提示して声をかけると、男はぎくりとした様子で立ち止まった。間近に見たその顔は、まさしく宅配便会社の防犯カメラに映っていたあの男だった。どちらかと言えば童顔なため、防犯カメラの画像ではかなり若そうだったが、実際の年齢は彰久と同じくらいに見える。

「なんですか、いったい？　僕はなにもしてませんよ」

「六月十日に、館山市内の宅配便の営業所に、ある荷物を持ち込んだよね」

男の顔がわずかに強張った。

「行ってませんよ、そんなところに」

「しかし、これはあなたじゃないの」

小塚は保存しておいた防犯カメラの画像をスマホの画面に表示して、男の目の前に提示した。撮影された日時も画像の下部に記録されている。

「似ているかもしれないけど、僕じゃありません」

「しかし右頬のこのほくろとか髪の毛のカールしたところとか、まるでコピーだよ。なんなら顔認証技術を使ってこの画像とあんたの顔を照合してみてもいいんだが」

男は押し黙る。小塚は穏やかに促した。

「こんなところで立ち話もなんだから、車のなかで話を聞こうか」

「いやですよ」

つっけんどんに男は言って、その場を立ち去ろうとする。浅井が素早く行く手を塞《ふさ》ぐ。小塚はすかさず言った。

「問題はあんたが宅配便会社に持ち込んだ荷物の中身なんだよ。刃物で切り落とされた鶏の首と血のついたナイフだ。それがどういう意味かわかっているはずだ」

「なにが入っていたのか、僕は知りません」

「つまり、荷物を持ち込んだことは認めるんだな」

男は狼狽《ろうばい》したように言い訳をする。

「あ、ああ。人に頼まれたんです」

「だれに？」

「それは言えません」

「言わなきゃ、あんたの意思でやったものと我々は解釈する。その行為は明らかに脅迫だ。なんならいますぐ逮捕してもいいんだぞ」

「逮捕状はあるんですか」

「緊急逮捕というのがあるんだよ。逃走される惧れがあるとか緊急性が認められる場合は、逮捕状はあとで請求すればいいことになっている」

しれっとした調子で小塚は言った。じつはそれが可能なのは法定刑が長期三年以上の懲役もしくは禁錮《きんこ》の場合で、脅迫罪の法定刑は二年までだからこのケースでは適用されない。そもそも鶏の首とナイフを送った行為だけで脅迫罪が成立するかどうかは微妙なところで、早い話がはったりだが、この際、多少汚い手も使わせてもらうことにした。男はとたんに落ち着きを失った。

「言いますよ。だから逮捕するのは勘弁してくださいよ」

「だったら、車のなかでじっくり話を聞こうか」

小塚はもう一度促した。男は今度は大人しく従った。

3

脅迫罪容疑での緊急逮捕という脅しが効いたようで、男は素直に質問に応じた。名前は多田浩二《ただこうじ》。運転免許証で確認したから嘘ではないだろう。年齢は三十五歳で彰久と同い年。住所は南房総市内となっている。

さきほど彰久の自宅に運び込んだものは、買物代行の依頼を受けて近くのコンビニで買った食料品や飲み物だと言う。

多田は以前、埼玉県内にある電子部品メーカーで非正規雇用の社員として働いていたが、半年ほど前に雇い止めに遭い、新たな職場も見つからず、南房総市の実家に戻って悶々《もんもん》としていた。失業保険の給付期間も過ぎ、実家の父親からはこのまま自活の道を見つけられないなら、これ以上面倒を見きれないから家を出ていけと言われた。

やむなく思いついたのが個人営業の便利屋だった。かつて都内のリフォーム会社で働いたことがあり、家屋の補修はもちろん、ガス、水道の配管、電気設備工事についてはある程度の知識があった。もちろんそれぞれについて一定の資格が必要だが、そんなものは持っていない。遺品整理も便利屋の営業種目の一つだが、それには古物商の資格が必要で、それなしでは価値のある遺品を買い取って高値で転売するというビジネスモデルが成り立たない。

しかし便利屋開業の入門書によれば、そうした仕事は世間では専門業者に依頼するのが一般的で、実際に便利屋が依頼を受けるケースは稀《まれ》らしい。飯《めし》の種になるのは、高齢者の家庭の買物代行や電球の交換、家具やドアの建て付けの補修、犬の散歩といったいわば雑用の代行で、数をこなせばそれなりの実入りが期待できるという。

それを信じてなけなしの金をはたいてチラシをつくり、近隣の家々に配ってみたが、待てど暮らせど依頼の電話はこない。WEBサイトを立ち上げてネット上での宣伝も試みたが、こちらもほとんど反応がない。週に一、二度、買物代行の依頼があり、あとはいなくなった猫の捜索や庭の草むしりといった仕事がぽつぽつあるだけで、とても自立して飯が食えるような収入にはならない。独身で子供もいないとはいえ、このまま親に見捨てられたらホームレス生活に陥るしかない。

そんなときに舞い込んだのが、「パックマン」を名乗る匿名《とくめい》の人物からの依頼だった。どこか可愛げなそのニックネームとは裏腹に、依頼の内容は剣呑なものだった。

切断した鶏の首と血糊のついたナイフをある家に送って欲しいという。依頼はWEBサイトのメールフォームを使って行われた。それが明らかに犯罪に該当する内容だということは多田にも直感的に理解できた。そんな依頼は引き受けかねるとメールで伝えると、すぐに返信があった。対価は三十万円で、すでに前金として十万円をサイトに記載してあった多田の口座に振り込んだという。

仕事をした証《あかし》に送付する荷物の中身と外観、受け取り印が押された送り状の写真を撮影して送ってくれれば、確認のうえ残りの二十万円を振り込むとのことだった。慌ててインターネットバンキングで口座を確認すると、たしかに十万円が振り込まれており、振込人名はパックマンとなっていた。

振込人名はATMでもネットバンキングでも振り込むときに自由に変更できるから、相手がだれかは特定できない。十万円を返金して仕事は断ろうかと思ったが、その強引なやり方に恐怖を覚えた。おそらくまともな相手ではない。根に持って危害を加えられる惧れもなくはない。

それ以上に、月数万円程度の稼ぎしかない多田にすれば、三十万円という破格の対価には惹かれざるを得なかった。

鶏の首は親類の食肉業者に、処理直後のものをただ同然で譲ってもらった。そんなものなにするんだと訝《いぶか》られたが、食通の依頼人に頼まれたと言い逃れた。実際に鶏の首のあたりは筋肉が締まっていて、少量だが美味な肉が取れるとのことで、親類はその説明に納得した。ナイフは市内のホームセンターで購入した。そこにしっかりと血糊を付着させるために、きれいに切断されていた首をもう一度切り直した。見栄えはだいぶ悪くなったが、そのほうがむしろリアリティが増したように思われた。

パックマンの指示どおり、鶏の首と血糊のついたナイフを発泡スチロールケースに収め、その中身と、指定どおりの送り先を記入した送り状を貼り付けた外観を撮影し、それを宅配業者の店舗に持ち込んだ。さらに受け取り印の押された送り状の控えを撮影し、それらの画像をメールに添付して送ると、間を置かずパックマン名義で二十万円が振り込まれたという。

多田はスマホに残っていたその写真を見せてくれた。たしかにそれは村松宅に送られたクール便で、中身も送り状もこちらが確認した現物と一致している。

先ほど持ち込んだレジ袋の中身は、小一時間前にやはりパックマンから依頼されたもので、指示されたリストに従って近隣のスーパーで五千円前後分の食料や飲料を買い込み、それを届けて、立て替えた購入代金と仕事の対価の三千円を現金で受けとったという。彰久の写真を見せると、部屋にいたのはたしかにこの男だと多田は証言し、懇願するように言った。

「これだけ話したんですから、逮捕は勘弁してくださいよ。鶏の首の件は頼まれた仕事をやっただけで、送り先の村松さんとはなんの関係もないし、そもそも門井という人とも面識はなかったんですから」

「しかしあんたも運が悪かった。それを引き受けたことで、結果的に凶悪な犯罪を隠蔽する手助けをしたことになる」

「そんなこと知りませんでしたよ。僕はこれからどうなるんですか」

多田は悲痛な声で問いかける。言い含めるように小塚は応じた。

「あんたの態度しだいだな。これから県警本部に行って供述調書をとらせてもらう」

「ひょっとして、あの門井という人がその犯人？」

「まだそこまでは言い切れない。ただその容疑が否定できない。それでいま捜査を進めているところでね」

「でも、僕はあの人についてなにも知りませんよ。いったいどういう事件なんですか」

「そこは捜査上の機密なんだよ」

「時間はかかりますか？　仕事があるんですよ」

「予約が入っているのか」

「いえ、いまはとくに――。ただいつ入ってくるかわからないから」

多田は切ない表情でうなだれる。気の毒だが、任意の事情聴取で捜査報償費を支払えば供述の信頼性が崩れるから、嫌でもただで応じてもらうしかない。

「悪いがここは協力してくれよ。なるべく時間がかからないようにするから」

「脅迫罪が適用されたら、逮捕されるんでしょ」

「いま聞いた話からすると、あんたには脅迫罪は成立しない。しかし、仕事を依頼した人物には明らかに脅迫の意図があった。そこをしっかり説明してくれればいいんだよ。そうしないと共犯もしくは幇助の容疑が成立してしまうかもしれない」

「それはないじゃないですか。送り先の村松さんというお宅と僕とはなんの関係もありませんから」

「しかし、その依頼内容に脅迫の意図があることには気づいていたんだろう」

「便利屋稼業を始めて最初の儲け仕事だったんですよ。そのチャンスを逃したら、実家から追い出されるところだったんです」

「だからといって、結果的に悪事の片棒を担いだのは間違いないんだから、その償いに、せいぜい捜査に協力してくれよ。悪いようにはしないから」

「わかりました。なるべく穏便にお願いします。逮捕されるなんてことになれば、僕にとっては死活問題ですから」

哀切《あいせつ》な調子で多田は言った。

「なかなかのお宝が飛び出してきましたよ」

4

山下は大川に報告した。山下自ら南房総市の彰久のマンション前に出向き、多田の身柄を県警本部に移送して、供述調書を作成し終えたところだった。

小塚と浅井はその後も引き続き彰久の動向を監視している。多田が運び込んだ食料や飲料は一日二日はもちそうな量だったとのことで、まだしばらくは自宅に籠《こ》もるつもりだろう。食料品の買い出しくらいなら自分で動いてもよさそうなものだが、わざわざ多田に依頼したということは、早朝に任意同行を求められたことに、よほど警戒心を抱いているものと考えられる。

小塚たちは車のなかでの職質の内容をボイスレコーダーに録音しており、それを再生しながら調書を作成したから、それほど手間はかからなかった。文書化したものを読んで聞かせると、それで間違いないと言うので署名と拇印《ぼいん》の押捺《おうなつ》をさせた。

多田はパックマンを名乗った男のメールアドレスも開示した。村松由香子に送られたメールのものとも、鴨川市の秋川真衣に送られたメールのものとも一致した。鶏の首の送付を依頼したのが彰久であることは、それで疑いの余地なく立証された。

さらに念の為に多田の携帯の番号を確認したが、事件当日に彰久が連絡を取り合った相手の番号とは異なっていた。便利屋の多田が殺人を請け負ったのではないかという疑念は払《ふっ》拭《しょく》された。

無理やり連れてきて、用が済んだから電車で帰れというのも気の毒なので、多田を班の若い刑事二人に南房総市まで送らせ、そのまま小塚たちと張り込みを交代させることにした。

供述の内容を説明すると、大川は身を乗り出した。

「事件に繋がる人物からとれた初めての供述調書だ。鶏の首を送らせたのが彰久だという事実もメールアドレスで立証されたわけで、逮捕状請求の有力な疎明資料になるな」

「隊長はなんと言っていますか」

「ダメ元でいいからやってみろと言っている。弁護士に恫喝されて捜査を手控えるなんてことは、現場の警察官の沽券《こけん》に関わるという認識のようだ。被疑事実と疎明資料を用意すれば、いつでも署名して判子を押してくれる」

「わかりました。逮捕状の請求も、それが出た場合の逮捕状の執行も弁護士が介入できる領域じゃありませんから、倉本がいくら辣腕のヤメ検でも影響は及ぼせないでしょう」

「じゃあ、請求書面はおまえが用意してくれ。この事案についてはいちばん詳しいわけだから」

「これからとりかかります。徹夜してでもあすの朝までには仕上げます」

山下は張り切って応じた。逮捕状が出るかどうかは裁判所しだいだが、多田の供述がとれたことで、彰久の容疑はさらに濃厚になった。もし伊予ヶ岳の事件と関係ないなら、村松宅に鶏の首を送り付けた行為の説明がつかない。寺岡を使ったアリバイ工作にしてもそうで、いずれも捜査の手を逃れるうえでは蛇足《だそく》としか言いようがない。かといって彼が真犯人ではないとしたら、その蛇足を付け加える理由もないことになる。

その意味で彰久は特異な被疑者で、間が抜けているようで狡猾だ。あるいは山下が惧れているように、警察への挑戦のつもりでもあるのか。村松由香子の殺害は、衝動殺人ではなく代行殺人で、だとすれば極めて計画性が高いもののはずだった。そしておそらくその準備を進めていた時期に、すでにもう一人の女性をターゲットにストーカー行為に走っている。

その不可解な行動は、普通の意味でのストーカーの範疇《はんちゅう》とはかなり異なる。あえて尻尾を覗かせながら、警察の捜査をあざ笑うように犯行を繰り返す。それはいわゆるシリアルキラーによく見られるパターンだ。しかし殺害されたのはいまのところ一人で、そこまで考えるのは極論だろう。それに代行殺人という犯行形態は快楽追求型のシリアルキラーの犯人像にはそぐわない。

いずれにしても、ここで逮捕状がとれなければ事件は闇に葬られかねない。そうなったとき、さらに新たな被害者が生まれる可能性は否定できない。

5

デスクに向かって逮捕状の請求文書や疎明資料の作成に没頭しているところへ、北沢から電話が入った。いまは午後十一時を過ぎた時刻で、普通ならもう帰宅しているころだ。怪訝な思いで応答すると、深刻な調子の北沢の声が流れてきた。

「夜分、すみません。ついいましがた、秋川真衣さんから電話がありまして――」

なにかあった場合はいつでも連絡をして欲しいと、彼女には携帯の番号を教えていたという。秋川が伝えてきた内容は新たな不安を掻き立てるものだった。

この日、彼女が身を寄せている千葉市内の姉の自宅の固定電話に、見知らぬ携帯番号からの電話がかかってきたらしい。姉が出たが、相手は無言で、どちら様ですかと聞いても応答せず、しばらくすると向こうから切った。最初は間違い電話だろうと思ったが、しばらくするとまた同じ番号からかかってくる。やはり無言で、気味が悪いから着信拒否に設定したという。

相手の番号は、ストーカー被害を受けていたときに彰久が使った三つの番号のいずれでもなかったが、携帯を新たに買わなくてもＳＩＭカードを差し替えれば番号はいくらでも変えられる。もしそれが彰久からだったら、姉の自宅の固定電話番号が、なんらかの方法で把握されてしまったことになる。

　固定電話番号がわかれば、市区町村あたりまでの大まかな住所を特定するのはネット上の検索サイトでも簡単にできるし、より正確な住所を知りたいと思えば、そういうサービスを提供する探偵事務所もある。惧れていたことが思ったより早く起きてしまった可能性がある。

「どうしてお姉さんの家の電話番号を知られたか、わからないそうなんです。教えた覚えはないし、そもそもお姉さんが千葉市内に住んでいることも話した記憶はないそうなんです。いまはSNSへの投稿も控えているようだし――」

　北沢は怖気立《おぞけだ》つような口ぶりだ。どういう手口を使ったのかは知らないが、そういういかがわしい仕事を引き受ける私立探偵はいくらでもいるし、最近はネット上で営業する特定屋という商売もあるという。依頼されると該当する人物のSNS上での活動を分析して、わずかなヒントから住所や勤務先を特定する。

　いまはSNSへの投稿は控えていても、過去の活動はネット上に残っているから、どこかでうっかり漏らした断片的な情報を繋ぎ合わせて、住所や名前を特定されてしまうことはあり得るし、住所氏名がわかれば電話番号を調べるのはそう難しくはない。

「彰久はいまこちらの監視下に置かれていて、きょうはまだ一度も外出していない。しかし無言電話ならどこからでもかけられる。いまはその程度で収まっているからいいが、彰久の場合は、人に依頼して悪事を働く傾向があるから、それだけで安心というわけにはいかないな」

「その便利屋が、またなにか依頼される可能性もあるんじゃないですか」

「その場合は、必ずこちらに知らせるように言い含めてある。もしまた悪事の片棒を担ぐようなことがあったら、次は幇助の罪で逮捕するとしっかり脅しておいたから、その心配はないと思うよ」

「警告書はなんとか出してもらえそうですが、二、三日はかかりそうです」

「おれのほうは、いま逮捕状請求の書面を準備しているところだ。あすのうちには裁判所に持ち込める」

「だったら、先に逮捕状が出てしまいそうですね」

「そこがまだ微妙でね。一か八かの賭けみたいなもんだ。だめだったときの保険にはなるから、警告書はぜひ進めておいて欲しい」

「村松由香子さんのときは、いったんは警告に従って接触しなかったわけですからね。でも事件が起きたのはその一ヵ月後です」

「秋川さんに対しても、だれかに依頼して殺害を企《くわだ》てる可能性がある。彰久本人に関しては逮捕状が出なくても監視下におけるが、警告書の段階でお姉さんの自宅を完全警護するというのは無理だしな」

「一人での外出は控えるように注意はしておきました。あす所轄の地域課に、家の周辺を巡回警邏《けいら》してくれるよう頼んでおきます」

「それがいいな。不審な人間を見つけられるかもしれないし、パトカーが頻繁に巡回していれば、向こうも警戒して行動を抑制するかもしれないし」

山下は言った。それでもなお、先ほど頭に浮かんだ彰久の特異なパーソナリティに不穏な印象を禁じ得ない。いまも耳の奥で彰久のせせら笑いが聞こえるような気がする。

けさのこちらからの呼び出しに対しては狼狽したふうで、その後も小塚たちやあとを引き継いだ捜査隊員の張り込みを気にしているらしく、いっこうに外に出る気配を見せていない。そんな様子からは大胆不敵な殺人鬼のイメージは湧いてこない。しかしいわゆるシリアルキラーと呼ばれる犯罪者は、そもそも一見穏やかで常識的な人物だと言われ、彰久も普段はなかなか人好きのするタイプだと聞いている。北沢も言う。

「彰久は、これまで扱ってきたストーカーとはちょっとタイプが違うような気がします」

北沢の指摘は、山下の想像力をさらに掻き立てる。かつてどこかで今回のような犯罪をすでに起こしているのではないかという危惧さえ湧き起こる。どこかに人知れず葬られている死体があるのではないか、あるいはいまも身元の判明しない不審死体のなかに、彰久の毒牙《どくが》にかかった被害者がいるのではないか――。そんな思いを語ると、同感だというように北沢も応じる。

「そんな気もします。県内ではいまのところ、門井彰久によるストーカー事件は、村松さんと秋川さんの事案以外に報告されていないませんが、すべてが認知されているとは限りませんから――」

村松由香子へのストーカー行為に対する警告書が出るのとほぼ同時期に、秋川真衣への新たなストーカー行為が始まっている。もし秋川の姉宅に無言電話をかけたのが彰久だとしたら、彼女がそちらに身を寄せた直後にその電話番号を突き止めたことになる。そのスピード感にはよほど手慣れたものを感じる。

「ストーカーというのは累犯性《るいはんせい》が高い。行動範囲が千葉県内だけだとも限らない。近隣の都道府県に問い合わせてみたらどうだ」

山下は提案した。千葉県に隣接するのは東京都と埼玉県、茨城県だが、南房総市からなら東京湾アクアラインを経由すれば神奈川県も目と鼻の先だ。

「やってみます。ストーカーやＤＶ事案というのは、加害者が都道府県を跨《また》いで行動するケースが多々ありますから」

北沢も真剣な口ぶりで応じる。その点では、警視庁を含む各警察本部の連携がとれておらず、加害者が県内の人間でも、県外でのストーカー事件の情報が県警に伝わることは稀で、その逆もまた然りだ。千葉県警が把握していない彰久のストーカー行為が、他の都道府県で認知されていた可能性がないとは言えない。

6

翌日、ほぼ徹夜で書き上げた疎明資料を添付した逮捕状請求書面を大川に提出し、その内容を確認したうえで大川は隊長の稲村《いなむら》に手渡した。大川はいま使える材料の範囲内では最大限の説得力をもたせた力作だと認めてくれた。

しかし逮捕状の請求書面は文学ではない。ベースとなるのは客観的事実の積み重ねだ。状況証拠とバックグラウンドに関しては十分だが、物証がないことと、それ以上に実行犯の特定ができていない点を考えれば、彰久を教唆犯と推認するうえでは難がある。それでも、いま山下たちが手にしている切り札はこれしかない。まさしく伸るか反るかの大博打と言える。稲村が内容を確認し署名捺印《なついん》したところで、山下自ら地裁に持ち込むつもりだ。稲村の決裁を待っていると、小塚から電話が入った。

「まずいですよ。逃げられたかもしれません」

小塚の声に焦燥が滲む。おととい の夕方からきのうの午後まで彰久に張り付いていて、そのあと山下が本部から差し向けた生活安全捜査隊の二名の刑事と交代し、いったん自宅に戻って、いましがたまで休息をとっていた。

張り込んでいた刑事たちからの引き継ぎでは、ゆうべは一晩じゅう明かりが点《つ》いていて、ときおりカーテンに室内で動きまわる人の影が映っていたという。捜査隊の刑事たちは彰久が部屋にいるのは間違いないと見ていたが、小塚と浅井は現場に戻ると、万一のことを考えて五階の彰久の部屋を確認しに行った。

ドアの前に立っても室内に人の気配はしない。玄関脇のメーターボックスを覗いてみると、電気のメーターがほぼ止まっている。きょうの日中は真夏日の予報で、午前十時を過ぎたその時刻はすでに汗ばむような陽気だった。エアコンを点けていてもおかしくないが、メーターの様子からすればせいぜい冷蔵庫が動いている程度だ。

思い切ってインターフォンのチャイムを押してみたが、応答はない。何度も立て続けに押してみた。応答はやはりない。逮捕状や家宅捜索令状がなければドアを叩き壊すこともできない。

ただならぬものを感じて下に降り、まだ居残っている捜査隊の刑事に確認すると、朝七時過ぎに女が一人マンションから出てきたが、その後、彰久と思《おぼ》しい男は出てきていないと言う。

ふとひらめいて、小塚は彼らが張り込みに使っていた覆面パトカーのドライブレコーダーをチェックした。パトカーのドラレコは警察仕様で、解像度が通常より高いうえに、エンジンを止めているあいだも自動的に秒一コマの画像を撮影する。

その時刻まで巻き戻すと、エントランスから出てくる女の画像が表示された。

肩まで伸びた栗色の髪。厚めにファンデーションを塗り、目元を強調するアイラインやマスカラ、アイシャドー。くっきり描かれた眉。口紅も派手めで、着ているのは淡いピンクのワンピース。履物はグリーンのパンプスで、全体としてのセンスは悪くない。しかし女性にしては身長がやけに高い。ちょっとした旅行に出かけるように、大きめのバッグを手に提げている。

薄いスモークのサングラスをかけており、彰久の顔を写真でしか見たことのない捜査隊の二人の目は誤魔化せたかもしれない。しかし警告書を出す前に何度か事情聴取をし、行確もしている小塚の目には巧みな変装であることは明らかだ。

おとといの晩、水上と会ったあと、飲み直しにでかけた最初の店がゲイバーだった。ゲイバーの客に必ずしも女装趣味があるわけではなく、その店にしてもいわゆるニューハーフ系ではない。

しかしそういう店に出入りする人間に女装趣味がないとは言い切れないし、そもそも小塚も彰久がゲイバーに出入りしていることにはそれまで気づいていなかった。彰久という男はなんとも込み入った性的指向の持ち主らしい。いずれにしても、そうした行動から二人の刑事の目をかいくぐり、マンションから出てしまったのは間違いないだろう。

「してやられましたよ。多田に買い物を頼んだのも、僕らが行確しているのを知っていて、籠城すると見せかけて裏をかく作戦だったのかもしれません」

「その多田が鶏の首送付事件の実行犯だと見破られるとは思わなかったのかもしれないが、こちらもその手に引っかかって行確が甘くなっていたのは確かだろうな」

「問題はどこに逃げたかです。愛車のベンツはいまも駐車場にあります。僕らはこれから駅に向かいます。遠くへ出かけたとしたら鉄道かタクシーでしょう。女装のままか、あるいはどこかで着替えて普段のスタイルに戻ったかわかりませんが、とりあえず駅で聞き込みをします。そこでだめなら、地元のタクシー会社を回ってみようと思います」

「ああ、頼む。どちらでも手がかりが得られなかったら、南房総市内に潜伏している可能性があるな」

「そうだとしたら、むしろ厄介ですよ。父親の門井健吾の屋敷は広壮で、彰久を匿《かくま》う場所はいくらでもありそうです。兄や親類の家も市内にあります」

「逮捕状はまだ出ていないが、出たとしても肉親や親類が匿った場合は、親族間の特例で刑が免除されることもある。そこまで計算しているとしたら、かなり厄介だな」

「逮捕状はとれそうですか」

小塚が訊いてくる。祈るような気分で山下は言った。

「ああ。なんとしてでもとらないと。フダさえあれば指名手配がかけられる」

「逆にとれなければ、打つ手はなくなりますね」

「大手を振って国外にだって出られる。そのあと新証拠が見つかったとしても、おれたちは手の出しようがない」

焦燥を覚えて山下は言った。まるで逮捕できるならやってみろとでも言いたげに、彰久は捜査上のヒントをばらまきながら、こちらはそれに翻弄《ほんろう》されるばかりだ。山下は確認した。

「マンションを出たとき、大きめのバッグを提げていたという話だったな」

「ええ。もし僕が見立てたように、ホテルで水上から受けとったのが拳銃だとしたら、そのなかに入れて持ち出したものと考えられますね。だったらいま身柄を押さえれば、銃刀法違反で現行犯逮捕できるかもしれません」

「その手もあるな。とにかく急いで動いてくれ。うちから出張った二名の刑事もこき使ってくれていい。おれのほうはまず逮捕状の取得だ。それさえあれば全国に指名手配できる。国外に出るのも封じられる」

切迫した思いで山下は言った。通話を終えて大川のデスクに向かい、状況を報告すると、苦い表情で大川は応じた。

「まずいな。その状況で逮捕状が出たと知ったら、彰久は手負いの獣になりかねない。銃を持っているとしたらなおさら危ない」

「かといって、このまま行方をくらまされたら、逮捕状の執行もできません」

「おまえは手の空いている班の人間を引き連れて南房総市に向かってくれないか。安房署の生活安全課から人を出してもらってもいいが、小塚君と浅井君以外に信用できる人間がいるとも思えないから」

「千葉市内にいる秋川真衣さんのことも心配です」

「そっちにも人を張り付けよう。おれが地元の所轄に依頼するよ。制服警官を何名か周辺に配置しておけば、迂闊な行動はできないだろう」

「逮捕状の請求はだれが？」

「おれが行くよ。ここから裁判所まで歩いて五分だ。フダが出たら連絡するから、彰久を見つけたらその場で逮捕してくれ」

令状が手元になくても、被疑事実とそれが発付されていることを告げれば逮捕状の執行はできる。

「わかりました。場合によっては、さらに人員の追加をお願いするかもしれません」

「ああ。銃を持っている可能性があるなら、こっちも拳銃を携行したほうがいいな」

「そうします。急いで現地に向かいます」

山下はそう応じて班のメンバーを集め、状況を説明した。気合の入った表情で全員が頷いた。

7

山下を含め班の人員の半数の七名が覆面パトカーに分乗して南房総市へ向かった。全員が拳銃を携行した。小塚がホテルで目撃したのが彼の想像どおりのものだとしたら、決して過剰な装備ではない。

北沢には車のなかから事情を説明した。北沢は緊張を隠さなかった。

「朝七時過ぎにマンションを出たとしたら、それからもう三時間以上経っています。県外にだって十分移動できるでしょうし、もちろん千葉市内ならとっくに着いていると思います」

「お姉さんの自宅周辺に所轄の警官を配置するよう、副隊長が地域部に依頼している。彰久も迂闊な行動はできないはずだ」

「真衣さんには伝えてあるんですか？」

「まだだ。いたずらに恐怖を煽ってもまずいから、事情のわかっている君から伝えてもらったほうがいい」

「今回も自ら実行するとは限りません。村松由香子さんのときの実行犯も特定できていませんから、十分注意が必要でしょう。電話番号を突き止めた以上、自宅の住所はすでに把握しているはずです。いまはグーグルマップのストリートビューで、家の外観や玄関や窓の様子も把握できる場合もありますから」

「ガスの点検だとか言って上がり込んで強盗をする事件も多いからな。そんな手口を使う危険性もあるから、だれが来ても迂闊にドアを開けないように言っておかないと。とにかく急いで彼女に事情を伝えてくれ。彰久の動向については、判明しだい連絡するよ」

「わかりました。とりあえず彼女に電話を入れて、そのあと私が直接自宅に向かいます」

打てば響くように北沢は応じた。

貝塚《かいづか》ＩＣから京葉《けいよう》道路に入り、館山自動車道に向かうところで小塚から電話が入った。

「富浦駅で駅員に聞き込みをしたんですが、ドライブレコーダーに映っていた女性の姿は見かけていないとのことでした。乗降客が一日二百人前後の駅ですから、見落とすことはないと言っていました。彰久の写真も見せましたが、そちらも見かけていないそうです」

「だとしたらタクシーで移動したのかもしれないな」

「これから市内のタクシー会社を回ってみます。午前七時過ぎですから、利用客はそれほどいないと思います。マンションの近くでタクシーを拾ったとすれば、走行記録に残っているはずですから」

「あと一時間と少しでそちらへ着く。総勢七人だから、とりあえず人手は足りるだろう。着いたら連絡する。市内のどこかで落ち合おう」

「わかりました。うちの課長にはなんと言っておきますか」

「まだ黙っていてくれ。いまの段階でおかしな妨害をされても困るから。逮捕状が出たら、隊長からそちらへ連絡を入れてもらうことにする」

「そのときは安房署も総がかりで彰久の検挙に動かざるを得なくなりますね。その場合、心配なのは川口さんですよ。すでに彰久と連絡をとっているかもしれない」

小塚は不安を隠さない。山下は自信を覗かせた。

「だからといって、ここまで来たらもうなにもできないだろう。物証はたしかにないが、あらゆる状況証拠が彰久を指し示している」

「でも、捜査の動きを教えることはできますよ」

「もし怪しい気配があるようなら、犯人蔵匿《ぞうとく》や証拠隠滅の罪であいつも捜査対象にしてやるよ」

「そのためには、まず彰久の逮捕状が必要ですね」

「ああ。いずれにしても、そこが生命線になるな」

「その場合は、帳場が立つんですか」

「それはない。殺しの帳場は捜査一課の専売特許で、生安《せいあん》にはそういう決まりはないから――」

やれるのは生活安全部が主導して所轄の生活安全課と共同捜査チームを組むようなかたち

だろう。捜査一課の帳場ほどは動員力がないが、山下の考えではむしろそこがミソだ。今回のような件は過去に事例がないから、捜査スタイルを縛られることもないし、そもそも捜査一課が事件性を認知していない以上、彼らに嘴《くちばし》を挟まれることもない。

西村と連絡をとってそのあたりの感触を探りたいところだが、いまそれをすれば藪蛇になる。捜査一課を巻き込むのはまず彰久の身柄を確保してからだ。

もう一つ気になるのが生活安全部長の動きだが、普通、逮捕状の請求は担当部署の裁量で行われ、いちいち部長の決裁を受けることはない。一刻を争うような捜査の現場で、そんな手間のかかることをしていれば犯人を取り逃がす。今回もその運用を踏襲し、報告は事後にすることにした。

事情聴取のための任意同行では、生活安全部長は倉本弁護士の脅しに屈した警務部長の横槍を受け入れ、呼び出し中止の命令を出した。逮捕状請求を事前に知らせればふたたび同じような動きに出る惧れがある。

しかし逮捕状が出てしまえば、あとは刑事訴訟法に基づいた手続きを粛々《しゆくしゆく》と進めるだけで、倉本が介入できる余地はなくなる。もちろん警務部長は口を挟める立場ではないし、生活安全部長も警務部長の意向を忖度する必要はなくなるはずだ――。そんな考えを聞かせると、不安が払拭されたように小塚は応じた。

「わかりました。いまは彰久の身柄の確保に全力投球すべきですね。南房総市内に着いたら連絡してください。落ち合う場所を見つけておきます。いまの状況では、安房署でというのは避けたいですから」

館山自動車道を抜けて富津館山道路に入ったところで、大川から連絡が入った。

「逮捕状が出たぞ」

大川は声を弾ませる。あれから間もなく隊長が逮捕状の請求書面を確認し、署名捺印してくれ、大川自ら裁判所に向かったという。

「隊長と相談して、地裁じゃなく簡裁に請求することにしたんだよ――」

大川は続けた。検察と裁判所というのは、法制度上は独立した立場だが、じつは極めて密接な関係にあるという。かつて盛んに行われた判検交流と呼ばれる検察と裁判所の人事交流は、批判を受けて規模は縮小されたものの、民事訴訟や行政訴訟の分野ではいまも続いている。同じ役人同士という関係もあってか、裁判官は一般に見られている以上に検察官とは仲良しらしい。その意味でワンランク上級の地裁よりも、下級審の簡裁のほうが倉本の影響を受けにくいという判断のようだ。逮捕状の請求は地裁でも簡裁でもどちらでも可能だ。

「それに地裁となると、刑事事件の経験がある判事にあれこれ突かれる可能性があるが、刑事事件とは縁の薄い簡裁なら、そのあたりのチェックが甘いという読みもあった。おれもそれには賛成で、直接出向いて、その場で判事に直談判したんだよ。最初は渋ったが、緊急を要するると説得したらあっさり折れた。そっちの状況はどうだ？」

富浦駅での聞き込みは空振りで、これから地元のタクシー会社で聞き込みをし、そこでも情報が入らなければ、房総レジャー開発のオフィスや、父親や兄の自宅など、南房総市内の立ち寄りそうな場所の周辺で聞き込みをするつもりだと伝えると、だったら第一班の残りの全員をそちらに振り向け、さらに安房署を中心に近隣の所轄を含めた生活安全課の人員を動員し、徹底捜索の態勢をとるよう生活安全部長名で指示を出してもらうという。

「フダをとってしまえばこっちのもんだと隊長は言ってるよ。部長だって、そのフダを持ち腐れにするような対応をすれば、しょせん生安は風営法の規制で甘い汁を吸っている利権集団だと陰口を叩かれる。その汚名を返上するうえでも、おれたち現場にとっては絶好のチャンスだ」

大川は自信を覗かせる。気合を入れて山下も応じた、

「上から目線で権柄《けんぺい》ずくな捜査一課を出し抜くチャンスでもありますよ。こうなったらとことん勝負してやろうじゃないですか」

第六章

1

　大川からの連絡を受けて、山下たち生活安全捜査隊第一班の七名は、富津館山道路をサイレンを鳴らして駆け抜けた。

　南房総市に到着したのは午前十一時。向かったのは安房警察署で、小塚を始めとする生活安全課の刑事二十名ほどが署内の大会議室で待機していた。安房署の生活安全課長にはいま一つ信頼が置けない。小塚とも話し合って当初は市内のどこかで合流するつもりだったが、逮捕状が出た時点で生活安全部長から正式の協力要請が発出されたから、それについてはとくに気にすることもなくなった。

　すでに小塚たちと行動をともにしていた先発の二名の捜査隊員を加え、山下たちのチームは総勢九名。副隊長の大川も本部に居残っている八名の捜査員を従えてこちらに合流するという。

小塚たちはすでに市内三ヵ所のタクシー会社を回っていた。うち一ヵ所は大手のタクシー会社の支社で、各車両はデジタルタコグラフを搭載しており、運行車両の稼働状況がリアルタイムで把握できたが、どの車両にも彰久がマンションを出た午前七時過ぎ以降に、その近くで客を乗せたという記録はなかった。

残りの二社は無線で問い合わせてもらった。うち一社のタクシーが午前七時十分くらいにマンションから一〇〇メートルほどの道路沿いで客を拾ったが、乗ったのは普段着姿の六十代くらいの女性で、彰久と別人なのは間違いない。それ以外の時間帯も含め、市内全体でも女装した彰久と思しい客を乗せたタクシーはなかった。

化粧を落とし、普段の服装に戻ってタクシーに乗った可能性もある。逮捕状が出ている以上、名前を出してもプライバシー上の問題はないので、門井彰久を乗せなかったかと問い合わせてもらった。地元の名士の御曹司で、タクシーで飲み歩く機会の多い彰久の顔はほとんどのドライバーが知っていたが、乗せたという話は出てこなかった。

もちろん彰久を知らない者もいるはずだし、個人営業のタクシーまでは手が回らないが、ここまでの経緯を見れば、タクシーで移動した可能性は低いだろう。しかし彰久がなんらかの手段でマンションから移動したのは間違いない。電車もタクシーも使っていないとしたら、いまも市内に潜伏している可能性がある。だとすれば行き先としてまず考えられるのが実家である門井健吾の自宅であり、房総レジャー開発のオフィスであり、あとは兄や親類の家ということになる。

そこまでの情報を共同捜査チーム内で共有し、こちらに向かっている途中の大川の了解を得て、山下たちは門井健吾宅へ向かった。いまのところチーム内では保秘を徹底しているから、彰久本人も門井健吾や兄の孝文も逮捕状が出ていることは知らないはずだ。逮捕状の取得を受けて共同捜査チームが立ち上がってからまだ一時間も経っていないが、時間との勝負なのは間違いない。

兄の孝文の自宅と房総レジャー開発の本社ビルには、生活安全捜査隊と所轄の捜査員併せてそれぞれ七、八名のチームで向かっている。山下も自分を含め三名の捜査隊の捜査員と所轄の五名の捜査員のチームで向かい、そこには小塚も加わっている。

門井健吾の私邸は市街中心部から離れた閑静な住宅地にあった。彰久のマンションからはだいぶ距離があり、歩けば一時間ほどかかるという。もしそこにいるとしたら、自家用のベンツもタクシーも使わず、マンションを出たときのままの女装で徒歩で向かったとは考えにくい。地元には彰久を知る人間は少なからずいるはずで、見破られることもあるだろうし、そもそもよく見れば男が女装していることに気づく人間は多いだろう。

あの状況では彰久もそういうリスキーなことはしないはずで、車を用意するなりなんなりの手段で逃走を幇助した者がいるとも考えられる。それが逮捕状が出ることを見越した用意周到な行動なら、逆に実家や兄の家や房総レジャー開発の本社に向かう可能性は少なく、すでに遠方に逃げている惧れもある。

移動の幇助となると、まず思い当たるのが便利屋の多田だった。しかし居候《いそうろう》している実家の固定電話に小塚がかけてみたところ、多田本人が電話に出て、きょうは仕事がなく、朝からずっと家にいたと言い、母親からも裏をとったが、それで間違いないとのことだった。親族のアリバイ証言を真に受けるわけにはいかないが、口裏合わせをしているような心証は得られなかったという。逮捕状は取得できても、身柄の拘束は意外に厄介な仕事になりそうだ。

2

門井邸は頑丈な鉄製の門扉《もんぴ》が閉まっていて、広壮な邸内は静まり返っている。裏手にある通用口にも捜査員を張りつけてあるから、そちらから逃走される惧れはない。門扉の脇のインターフォンのボタンを押すと、「どちら様ですか」という女性の声が応答した。

「千葉県警生活安全部生活安全捜査隊の山下と申します。門井彰久さんはこちらにおいででしょうか」

「どういうご用件でしょうか？」

動揺した声が返ってくる。山下は穏やかに言った。

「逮捕状が出ています。もしこちらにいらっしゃるなら出頭させてください」

「あの、彰久はここにはおりません。逮捕状ってどういうことなんですか」

なにも知らないのかしらばくれているのか、いかにも戸惑った様子で女性は応じる。

「被疑事実は本人に提示します。もしこちらにいるようなら、それを隠せば犯人蔵匿の罪に問われる場合があります。お母さんでいらっしゃいますか？」

山下は確認した。女性は不安げな声で応じた。

「そうです。ひょっとして、ストーカー行為のこととか？」

小塚は村松由香子へのストーカー事案で警告書が出たとき、その写しを父の門井健吾と兄の孝文にも送っていたという。母親も当然それを見ているものと思われる。

「無関係ではありません。お屋敷のなかを確認させていただけますか」

「あの、私の一存では応じられません。主人の了解を得ないと」

「ご主人は会社に？」

「いいえ。きょうは県内のゴルフ場に出かけています」

「でしたら、いますぐ連絡をとっていただけますか」

山下は押していく。拒否された場合は厄介だ。確実にいるのがわかれば即時強制という実力行使の手段もあるが、その要件を満たすほど急迫した状況ではなく、逃走を図られる惧れがあるとも言えない現状では、まだそこまでの強硬手段はとれない。

応じなかったら、ある程度の人数の捜査員を周辺に張り込ませ、邸内《ていない》の状況を監視する必要がある。素直に屋敷に入れてくれる場合は、むしろここにはいないことを意味するだろう。拒否する場合は、それが匿っていると疑う根拠になる。

「お待ちください」

母親は渋々応じ、五分ほどしてインターフォン越しに応答した。

「主人が直接お話ししたいと申しております。携帯をお持ちでしたら番号を教えていただけませんか。主人のほうから電話をさせますので」

「それなら私のほうからかけさせてください。ご主人の携帯番号を教えていただけますか」

山下は迷わず応じた。すぐに電話を寄越すかどうかはわからない。のんびり連絡を待っているうちに、ヤメ検弁護士の倉本と打ち合わせをしてあらぬ画策をされても困る。母親は困惑した口ぶりで「お待ちください」と応じ、門井から確認をとったらしく、さほど間をおかず携帯の番号を告げた。その番号に電話を入れると、嗄《しゃが》れた男の声が応答した。千葉県警生活安全捜査隊の山下だと告げると、用件はわかっているというようにつっけんどんな調子で応じた。

「息子に逮捕状が出ているって本当なのか。ふざけた濡れ衣を着せてそんなことをしたんなら、こちらとしては徹底的に争う用意があるぞ」

「逮捕状が出た以上、それを執行するのが我々の仕事ですから。もしおわかりでしたら、どこにいるかだけでも教えていただけませんか」

山下は慇懃に問いかけた。門井はなお挑発的に言い募る。

「知らないよ。もちろん知っていても教えない。どうせ伊予ヶ岳で死んだ女の件だろう。どうして東京にいた人間が伊予ヶ岳の頂上で人を殺せるんだ」

倉本がしゃしゃり出てきた以上、きのうの呼び出しの件はもちろん耳に入っているはずだ。当然倉本から知恵をつけられていて、父親の自分が彰久を匿っても、親族間なら罪に問われないことがある刑法上の特例を計算に入れての開き直りだろう。

知っていても教えないという言い草は、それ自体が匿っていることを白状したようなものだが、そのあいだに倉本に裏工作をされて、送検しても嫌疑不十分で不起訴になるというような想定外の事態も考えられる。こちらにしても被疑事実を裏付ける材料が必ずしも鉄壁とは言えない。それでも臆することなく山下は言った。

「被疑事実は殺人教唆です。事件があったとき伊予ヶ岳にいたかどうかは問題ではありません。逃げ回っている限り、こちらの心証は悪化するだけですよ」

「彰久はたしかに出来のいい息子じゃないが、人を殺すような人間じゃない。ストーカーの話にしても言いがかりもいいところだ。どうせ村松の爺さんが孫娘に入れ知恵をして、嘘八百を並べさせておれに対する遺恨を晴らそうとしたんだろう。嵌《は》められたのは息子のほうだよ。そもそもいったんは事件性なしで済んだ話をどうして蒸し返すんだ。それも生活安全部などという畑違いの部署がしゃしゃり出てきて」

門井は好き放題の言いがかりをつけてくる。山下は重ねて問いかけた。

「息子さんはどこにいるんですか。ご存じならぜひ教えてください。逮捕状が出ている以上、いくら逃げ隠れしても最後には逮捕されます。それとも指名手配犯として一生を過ごさせるおつもりですか。殺人に時効はありませんよ」

「知らないと言ってるだろう。うちの会社にも刑事が何人も張りついているそうだな。商売の邪魔だからやめてくれよ」

「逮捕状が出ている以上、法で認められた正当な職務です。居場所が判明しない場合、ご自宅やご兄弟のお宅も含めてさらに多数の警察官を張り付けることになります。場合によっては令状をとって家宅捜索することになるかもしれません」

「脅しているのか。山下とか言ったな。いい度胸だ。おれは県警にも顔が利く。そういうふざけたことをして、将来に響くことにならなきゃいいんだが」

「そういうのを脅迫と言うんですよ。いますぐ息子さんと連絡をとって、出頭するように説得するのが親の務めでしょう。いまのところこの捜査はマスコミに公表していませんが、息子さんの行方がいつまでも判明しない場合、公開捜査に踏み切ることになります。そのときは房総レジャー開発の名前も、親御さんであるあなたのお名前もメディアに露出する。殺人の容疑で指名手配されている息子さんの逃走を幇助しているとなれば、御社の社会的信用にも傷が付くんじゃないですか」

「余計な心配をしなくていい。息子は無実だ。それを立証するためなら金に糸目をつけるつもりはない」

門井は舐めた口調で言い放つ。そこには警察に対するなんらかの敵愾心《てきがいしん》が潜んでいるような気さえする。警察をあざ笑うかのような彰久の行動には、この父親の影響もあるのではないかとさえ思えてくる。受けて立つように山下は言った。

「だったら、公判の場で堂々と無実を主張すべきじゃないですか」

「彰久がいまどこにいるのか、おれは知らない。電話をしても出てくれない。それに居場所を特定するのは逮捕状を請求したあんたたちの仕事で、おれに責任をとれというのはお門違いだ」

「ご協力をお願いしているだけです。ただ、いつまでも逃亡を続ければ、それだけ裁判での心証も悪くなる。逃げ隠れすること自体が犯行の事実を認めることになる」

「あんた、村松の爺さんとずいぶん親密な関係らしいな。ああいうモンスタークレーマーの言い分を真に受けて、冤罪づくりに励んでいるわけだ。県警にそこまでの馬鹿がいるとは思わなかった」

村松との接触についての情報は、おそらく川口のルートから耳にしたものだろう。強がってみせてはいるが、こちらの動きに警戒心を抱いているのは間違いない。彰久がどこにいるかを門井はおそらく知っている。

警察が総力を挙げればいずれ逮捕されるのは、門井にしても想定内だろう。しかしそれまで時間稼ぎをすることで、その後の起訴手続きや公判への準備ができる。倉本にどれほどの力があるかは知らないが、門井は倉本を中心に大弁護団を結成して、派手な法廷闘争に持ち込もうとしているようにも見える。あるいはそんな話をちらつかせながら裏から検察に圧力をかけて、公訴を断念させるというシナリオもありそうだ。

「でしたら邸内を調べさせてもらえませんか。いないことが確認できれば、張り込みは解除し、今後ご迷惑をおかけすることはありません。会社のほうも同様です」

「断る。うちにはいないと言っているだろう。いますぐ引き上げないと、出るところに出て争うぞ」

「今回は刑事訴訟法に則った法的手段の行使です。先日の任意同行の要請のように、腕利きの弁護士を使って裏から手を回すような話には応じられませんよ」

皮肉たっぷりに山下は言った。

「だったら勝手にしろ」

そう言い捨てて門井は通話を切った。そんな状況を報告しようと電話を入れると、勢い込んで大川は応じた。

「いま安房署に着いたところだ。そちらはどんな具合だ？」

「門井健吾は思っていた以上に手強いです――」

先ほどのやりとりを説明すると、大川は唸った。

「そこまで強気に出るとは思わなかったな。会社のほうも彰久は立ち寄っていないの一点張りで、兄の自宅は妻が屋内の確認に応じたそうだが、彰久が潜んでいる気配はなかったらしい」

「門井健吾の自宅にしても、会社にしても、匿っているのかいないのかわからない。いまはいないとしてもこれから立ち寄る可能性もありますから、張り込みは解除できません。さらに会社もとなると、人手が固定されてしまいます」

「兄のところにしたって、この先立ち寄る可能性はあるからな。入管には逮捕状取得の通報はしておいたから、海外逃亡の惧れはなくなったが」

「だったらスマホの位置情報を取得するしかないんじゃないですか」

山下は言った。現在は総務省の個人情報保護ガイドラインが改正され、所有者に通知することなくスマホのＧＰＳ位置情報をリアルタイムで取得できる。ただしできるのは一部のアンドロイド端末に限られ、ｉＰｈｏｎｅにはその機能がない。さらに持ち主がＧＰＳ機能をオフにしている場合は詳細な位置情報は得られず、基地局との位置関係から得られる大まかな情報に限られる。さらに携帯の電源を切っている場合はその基地局情報さえ取得できない。

いずれにしてもそのためには裁判所の令状が必要だ。しかし大川は迷うことなく同意した。

「まずはやってみるべきだな。すでに逮捕状が出ている。逃亡犯の追跡という理由なら裁判所は問題なく令状を発付するだろう。隊長の許可を得ておれのほうで請求するよ。地裁の支部と簡裁が隣の館山市内にある。車を飛ばせば十分もかからない。それよりいろいろ相談がある。なにやら捜査一課がちょっかいを出してきているようだ」

「やってくるとは思っていましたよ。なんだって言ってるんですか」

「殺人事件は捜査一課の専権事項で、勝手に捜査を進められては困る。逮捕状が出てしまった以上やむを得ないが、捜査状況をチェックする義務が捜査一課にはあるから、そのためのお目付け役を受け入れろという、なんとも強引な横車だよ」

「そんな決まりがあるとは聞いたことがありませんよ」

山下は呆れた。捜査一課の殺人班といえば、どこの警察本部でも表看板だ。こちらの捜査の進展に虚を衝《つ》かれ、力ずくで割り込もうとしてきているようにも読める。うんざりしたような調子で大川は言う。

「生活安全部が殺人事件の事実上の帳場を立てたケースはかつてなかった。勝手なことをされたら捜査一課殺人班の面子《メンツ》が潰れるというのが本音のようだ」

「だったらこちらが情報を入れたとき、一課の主導で帳場を立てればよかったじゃないですか。いまは及び腰でも、いけそうだと思ったら美味しいところを横どりしにくるつもりでしよう。断るわけにはいかないんですか」

「そうなると、逆に邪魔をされる惧れがある。現状でも人手が足りない。県内は広いし山も多い。そのうえ拳銃の所持も想定される。今後の推移によっては、さらに多くの捜査員を投入する必要がある。その場合の動員力では、我々は捜査一課にはるかに及ばない」

「それに関しては、一課に依存せざるを得ないと?」

「連中なら、その気になれば所轄の刑事課だけじゃなく地域課や交通課からも人を掻き集められる。いまのおれたちの動員力じゃ、この先とても現場を回せない」

「承諾したんですか」

嫌気を滲ませて山下は訊いた。苦い口調で大川は応じた。

「生活安全部長がすでに応じてしまった。ひっくり返すのはもう無理だ」

「殺人班のどこの部署が乗り込んでくるんですか」

「現場資料班だよ。殺人事件の場合の先乗りチームだから、本来のスタイルを踏襲するんだろう」

「だったら西村という男がいます。私の個人的な要請に応じて、彰久の背後関係を調べてくれました。基本的には向こうサイドの人間と見ていいんですが――」

「おまえの見立てに同意するようなことを言っていたんじゃなかったか」

「ええ。うまく付き合えば、こちらに取り込めるかもしれません」

「いずれにせよ、あまり心配しなくていい。主導権さえ奪われなければ、捜査一課の動員力は大いに利用価値がある」

「そう腹を括るしかなさそうですね」

「いろいろ相談したいこともある。小塚君と一緒に戻ってこられないか。代わりの人員を二名派遣するから」

「わかりました。こちらはしばらく動きはなさそうです。すぐに向かいます」

山下は即座に応じた。いずれにしても大きな捜査になりそうだ。捜査一課が乗り込んできてもひっくり返すことができないように、一足先にこちらの態勢を固めてしまう必要がある。

3

安房署に戻ると、共同捜査チームの臨時本部が設置された大会議室には、大川を含め九名の後続チームが待機していた。

所轄の生活安全課と先発組の生活安全捜査隊は若干の連絡要員を残してほぼ出払っている。とりあえず門井健吾宅と兄の孝文宅に加えて房総レジャー開発の本社周辺で張り込むだけで、人員はすでに目いっぱいだ。大川が言う。

「まずは携帯の位置情報の取得だ。さっき請求書面を書き上げて、それを持たせてうちの捜査員を地検の支部に向かわせている。拳銃を所持している惧れがあると書き加えておいたから、問題なくフダは出るだろう」

大川は仕事が早い。追跡の対象となる携帯の番号はとりあえず伊予ヶ岳の事件のときに彰久が使っていた三つのものを教えておいた。どれもキャリアは一緒だったので一枚の請求書面で済んだ。ただしきのう秋川真衣の姉の自宅にかかってきたのはやはり格安SIMの番号のようで、警察によるGPS追跡機能には対応していないと思われる。もしそれが彰久のものので、今後それだけを使われた場合は追跡できないことになる。

門井とのやりとりを詳しく報告すると、苦虫を嚙み潰したような顔で大川は言った。

「おれたちも舐められたもんだな。捜査一課が動いていないもんだから、生活安全部ごときは簡単に潰せると高を括っているんだろう」

「前回は任意同行の呼び出しがあっさり潰せたので、倉本の威光を過信しているんだと思います。ただそれが必ずしも外れではないと思えるのが不安なところです」

「隊長は部長の同意を得て、午後いちばんで記者会見を開いて公開捜査に踏み切るそうだ。こちらの生活安全課長とも相談して、市外に繫がる幹線道路で検問を行うように手配している。公開捜査に踏み切れば、それを県内全域に広げられる」

「うちの部長も積極的じゃないですか」

「警務部長の恫喝に怯えて現場の捜査に介入したという噂が部内に広がって、引くに引けなくなったらしい。本部にはもうメディアが集まっているそうだ。彰久が門井健吾の息子だというのはマスコミも把握しているようだから、反応はいまのところ上々だ。それが終わったら門井の会社や自宅には記者やカメラマンが大挙して押しかける。うちの捜査員がわざわざ張り込む必要もなくなるかもしれないな」

「それより顔写真がテレビや新聞に出れば、目撃者が現れるかもしれません。すでに市外に逃れている可能性もありますから、貴重な援軍になりそうですよ」

「それも含めてとにかく早手回しに動いておけば、捜査一課が横槍を入れてきても手遅れだ。ここまで事件に頬かむりしてきたのは向こうだ。あとは人材派遣業としての貢献に期待するくらいだな」

大川はさばさばしたものだ。門井と倉本がなにを企んでいるのかは知らないが、その面でもマスコミを使って矛先が彼らに向かうような情報を流せば、逆に大きな圧力になるのは間違いない。村松が敗訴した五年前の訴訟のとき、マスコミの論調は門井に対して批判的だったという。そのときの記憶はまだ彼らにも残っているだろう。いずれ臨時本部のある安房署にもやってくるだろうから、そのとき彰久のバックグラウンドや、門井健吾が倉本を使って捜査に圧力をかけてきた話もリークしてやれば、マスコミや世論を味方につけられるのは間違いない。

いま近隣署の生活安全課に応援要請をしており、人数が増えたところで彰久の自宅マンシヨンも含め、目撃情報が得られそうな場所に割り振ってその一帯での聞き込みを行う段どりで、本部からオブザーバーだかお目付け役だかが到着したら、安房署の生活安全課長も加えて捜査会議を開くつもりだと大川は言う。とりあえず現場での主導権を握ってくれているようで、山下としては心強い。

そんな打ち合わせを終えたところで、山下は村松に電話を入れた。これからテレビで彰久のニュースが流れるだろう。まさかとは思うが、そのときに予期せぬ行動に出られても困る。一時間もすれば世間に知れ渡る話だから、それに先立って報告しておいても捜査に支障はないだろうと大川も了承した。村松はすぐに電話に応じた。

「捜査は進んでいるのかね。連絡がないんで心配していたんだが」

「面倒な事態が続いていたので、なかなか状況をお伝えできませんでした。じつはきょう逮捕状がでました――」

ここまでの経緯をかいつまんで説明すると、村松は驚いたように言う。

「大したもんじゃないか。だったら逮捕は時間の問題だな」

「いまは生活安全部だけで動いていますが、今後、捜査一課も重い腰を上げるかもしれません。すでに公開捜査に踏み切っていて、まもなく本部で記者会見を行いますから、テレビのニュースでも流れるはずです」

「自宅はわかっているんだろう。どうしてそんな大掛かりな話になるんだね」

村松は怪訝な口ぶりで問いかける。村松をいまは刺激したくないから、先ほどの門井健吾の態度については伏せておこうと思っていたが、かつて所轄の副署長まで務めた村松の眼力は侮れない。やむなくそれと併せてきのうの呼び出しの際の倉本による捜査妨害の件も伝え、今回の逮捕状執行に際しても同様の画策が背後にありそうだと言うと、恨み骨髄という調子で村松は吐き捨てた。

「倉本ってのはろくでもない野郎だよ。日本という国がペテン師にも法曹資格を与えることを五年前の裁判のときに初めて知った。常識ではあり得ない屁理屈をひねり出して、それを強引に押し通す。代理人から聞いた話だと、判事はいつも倉本に気を遣い、公判手続きもすべて倉本の要求どおりに進められ、論述中に判事と目配せし合ったりして、司法の独立なんてあって無きが如《ごと》しだったそうだ」

大川もそんなことを言っていた。刑事裁判の現場で検察官と判事のあいだに阿吽《あうん》の呼吸があるとしたら、民事とはいえ、元東京高検検事長が被告側の代理人を務めた村松の裁判の結果についても納得がいく。それが刑事事件である彰久の事案となれば、弁護人としての倉本と検察の呼吸はさらに合うだろうし、その影響力が判事にまで及ばないとも限らない。

彰久を逮捕したとしても、そんな事態に陥れば凶悪な犯罪者をふたたび野に放つことになる。警察が留置できるのは逮捕後四十八時間に限られる。そのあいだに公判に堪えられる供述が引き出せるかどうかという難題が次には待っている。

しかしいまは彰久の身柄を拘束するのが先決で、あえて逮捕状の請求に踏み切った理由が、彰久が別の標的に触手を伸ばしていることだった。ここで取り逃がせば新たな被害者が出るかもしれない。彰久が拳銃を入手した可能性があることが状況をさらに切迫させている。そのリスクをとりあえず除去するために、最も確実な手段が彰久の逮捕だった——。そんな事情を説明すると、憤りを滲ませて村松は言った。

「門井健吾が彰久を護《まも》ろうとしているのは、息子の無実を信じているからじゃない。人殺しだとわかっていても、それが会社や自分のイメージを損《そこ》ねると思えば力ずくで揉み消しにかかる。弁護士も似たようなもので、依頼人が無実を主張すれば、人殺しだとわかっていても弁護するのが連中の商売だ。とくに倉本は門井に負けず劣らずのろくでなしだから、決して舐めてかからないほうがいい」

「さっき門井健吾本人と話をして、私もそれを感じました。いずれにしてもまず彰久を逮捕しないと。そこから送検までの四十八時間が勝負です。なんとしてでも自供を引き出します」

強い決意で山下は言った。切ない調子で村松は応じた。

「いまやただの老人に過ぎない私にできることはなにもない。すべて君たちに任せるしかない。彰久を法が許す最高の刑に処して、孫娘の魂を慰めてくれ。それが私の人生最後の望みだよ」

4

午後一時過ぎには、県警本部で生活安全捜査隊の稲村隊長が記者会見を行った。同時間帯のニュース番組ではさっそくその模様が報じられ、彰久の顔写真も公開された。さらに女装している可能性もあるとの情報も付け加え、マンションを出た際のドライブレコーダーの画像も流された。

ワイドショーの司会者は女装での逃走という奇策にまず注目したが、過去の取材ネタから急遽引っ張り出したのだろう、房総レジャー開発の悪質な地上げや鬼塚組との癒着など父親の門井健吾の黒い噂にも触れていて、そのあたりは山下たちから見ても興味深いものがあった。

スマホの位置情報取得の令状はそのあとまもなく発付され、大川はさっそく携帯のキャリアと連絡をとった。先方もすでにニュースに接して事態の深刻さは把握していたようで、こちらの要請に即応し、該当する携帯の位置を示す専用のWEBページを用意してくれた。

メールで連絡を受けたIDとパスワードでさっそくログインする。三つの携帯のいずれかでも利用中なら地図上にその位置がプロットされるはずだが、そのポイントは、南房総市内はもちろん、範囲を千葉県内に広げても、さらに関東一円から日本全国に広げても表示されない。

彰久も馬鹿ではない。警察がそういう方法で居場所を特定することができるのは知っているはずで、とりあえずいまは携帯の電源を切っているのだろう。携帯キャリアに確認すると、彰久が使っている端末はいずれもアンドロイドで、警察によるGPS追跡機能に対応しているので、電源が入りさえすれば即その位置が表示されるはずだという。

市内各所に設けられた検問にも彰久は引っかからないし、立ち寄りそうな場所周辺での聞き込みでも有力な目撃証言は得られない、時間は経つばかりで、もし協力者がいるとしたら、すでに遠くへ逃れている可能性がある。

ほどなく捜査一課から派遣された現場資料班が到着した。チームを率いるのはやはり西村だった。安房署の生安課長を交えた会議に入る前に、署内の小会議室に誘って山下は問いかけた。

「どうなんだ。伊沢さんは動く気になったのか」

「生安が逮捕状を取得してしまった以上、捜査技術面でのアドバイスが必要なら応じてやってもいいが、いまは一課が本格的に乗り出す局面じゃないと言っている。おまえたちの動きが早くてメディアに大々的に流れたもんだから、蚊帳の外に置かれたと思って僻《ひが》んでいる様子だ」

声を落として西村は言う。そこのけそこのけで現場を乗っ取りに来るかと心配していたが、どうやらそれはなさそうだ。現状を考えれば人手はいくらあっても足りないが、捜査の主導権は確保しておきたい。西村とはある程度は気心が知れている。事件の見立てに関しても共感するところがある。そんな西村を介してこれから水面下で一課と綱の引き合いが始まりそうだが、それについて大川は山下に一任してくれている。

「勝手に蚊帳の外に出てしまったのは伊沢さんじゃないか。いずれにしても、いまは彰久の検挙が焦眉《しょうび》の急《きゅう》で、じつは――」

不確定な情報でまだ表には出していないが、彰久が拳銃を入手した可能性があることを教えると、西村は深刻な表情で応じた。

「やはり水上が背後にいたか。おまえたちの見立てが当たっていたら、これからとんでもないことが起きそうだな」

「ああ。彰久はどうも単なるストーカーじゃない。快楽殺人の常習者じゃないかという気さえしてくるんだよ――」

村松由香子へのストーカー行為で警告書が出るとほぼ同時に、鴨川の秋川真衣に対するストーカー行為が始まっていたこと。北沢の勧めに従って千葉市内の姉の自宅に身を寄せたその翌日には、すでに住所と電話番号を特定していた可能性があること。そこで子ども女性安全対策課の北沢に動いてもらい、千葉県外で起きたストーカー事案で、彰久が関与したものがないかどうか調べているところだと言うと、西村は緊張を露わにした。

「それが当たりだとしたらやばい状況だな。自分に逮捕状が出ていることを彰久はもう知っているはずだから、やけくそになってとんでもない行動に出ることもある。拳銃を所持している可能性について、もう少し具体的な証拠はないのか」

「所持して自宅を出たとしたら、いまさら家宅捜索しても手遅れだ。持っているという前提で、おれたちは全員拳銃を携行している。これから所轄の捜査員にもそれを徹底する」

「そこがはっきりすれば、うちのＡＲＴ（突入救助班）を投入できる。しかし、かもしれないという程度の話では、伊沢さんが首を縦に振るとも思えないからな」

ＡＲＴは「Ａｓｓａｕｌｔ ａｎｄ Ｒｅｓｃｕｅ Ｔｅａｍ」の略で、捜査一課に所属し、人質立て籠もり事件等に対処する千葉県警独自の実動部隊だ。彼らが出動するような事態に発展するまえになんとか彰久の身柄を押さえたいが、最悪の想定は常にしておく必要がある。

「ところで、先日会ったとき、安房署の刑事課の捜査内容について洗い直すようなことを言っていたが、新しい材料はなにも出てこなかったのか」

山下は問いかけた。もし彰久を逮捕できたとしても、倉本の法廷での動きを考えたとき、状況証拠を超える、より具体的な材料が是が非でも欲しい。

「じつは不審な点があった。突っ込んで事情を聞こうとしていたら、この状況になっておれが乗り込むことになった。いい機会だから刑事課の捜査担当者からじかに話を聞こうと思っているんだが」

西村はおもむろに切り出した。山下は身を乗り出した。

「どういう点が？」

「被害者の所持品のなかにデジカメがあった。それもかなり本格的なカメラなんだ」

「被害者が彰久と知り合ったのは、市が文化事業としてやっていた写真教室だった。山好きなら山の写真を撮るためにそういうカメラを携行するのはごく自然だと思うが」

「ところが所轄の刑事課からの報告のなかで、そのカメラでなにが撮られていたのかまったく言及がない。捜査に着手した時点では他殺の可能性も視野に入れるべき状況だった。だとしたら所持していたカメラに写っていたものを確認するのは当然の捜査手順で、もしやっていなかったとしたら捜査技術の面でも杜撰だったと見るしかない」

「事件のあと、カメラを含む所持品は遺族に返されたんじゃないのか」

「ああ。これから刑事課にも確認してみるが、もし返却されているとしたら、そのカメラのメモリーカードをチェックしてみたい」

「そこに不審なものが写っていたら、遺族が気づいたと思うんだが」

「見せたくないものを削除することは可能だからな」

西村は鋭いことを言う。返ってきたカメラを村松がチェックしなかったはずがない。そこには愛する孫娘が最後に目にした光景が写っていたはずなのだ。山下は問いかけた。

「削除した画像は復元できるのか」

「特殊なソフトで完全消去していなければいくらでもできるよ。科捜研に依頼すればやってくれるだろう」

「そこに実行犯が写っている可能性もあるわけだな」

「ああ。その画像だけが削除されていたら、遺族はたぶん気づかない。画像には連番が付いているから、抜けているものがあればそれが削除された画像ということになるが、写真に詳しくない人ならそこまでは考えないだろう」

「削除されているとしたら、やったのはだれなんだ？」

「言うまでもないだろう。安房署の刑事課のだれかだよ」

西村は躊躇なく指摘する。

「ちょっと待ってくれ。いま確認する」

山下は携帯を手にして村松に電話を入れた。村松はすぐに応答し、さっそく訊いてくる。

「テレビのニュースは観《み》たよ。まだ彰久の足どりは掴めないのかね」

「まだ目撃情報が得られませんが、これから新聞も含めメディアにさらに露出していくと思いますので、有力な情報が期待できます。捜査員も増員しますので時間の問題だと思います。それとは別件なんですが――」

西村から聞いたカメラの件を説明し、いま手元にあるかと訊くとあると言い、これから連番を確認するという。すでに内容は何度も見ているが、すべて山や花の写真で、人が写っているものはなかった。しかし番号が続いているかどうかはとくに確認していないとのことだった。いったん通話を終えて五分程待つと、村松から電話があった。

「写っている写真を見てみたよ。番号はすべて繫がっていた。ただ——」

怪訝そうな声で村松は続けた。頂上に向かう途中の風景は数十カット映っていた。村松も伊予ヶ岳は何度も登っているので、その点は間違いないという。下山中に撮ったと見られる写真がないのは言うまでもない。しかし不審なのは、頂上からの絶景を写したカットが一つもないことだった。ほかのカットを見ればその日は雲一つないほどの快晴だった。登山と写真を好んだ孫娘が、そこでシャッターを押さなかったとは考えられないと村松は言う。

だとしたら連番に切れ目がなかったのは、削除されたカットが最後のほうに集中していたせいだろう。連番の末尾のカットには頂上直下の鎖場が写っていると言う。そこから頂上に至るあいだに彼女の身になにかが起きて、そのとき撮影したカットにその出来事を指し示すなにかが写っていた——。村松はそう想像し、山下も同感だった。

もしそれらのカットが削除されているとしたら、たぶん復元は可能だから、そのメモリーカードをお借りできないかと申し出ると、村松は一も二もなく了承した。これからすぐに人を向かわせると応じて通話を終え、その話を伝えると、西村は慎重に言った。

「だったらうちの人間に受けとりに行かせるよ。住所と電話番号を教えてくれ——」

もし想像どおりそのカットを削除した者がいるとしたら、初動で捜査を行った安房署の刑事課の人間以外に考えにくい。だとしたら、いまはそのことが彼らの耳に入らないようにしたほうがいい。安房署のように所帯の小さい所轄では刑事も生安もツーカーの関係にあるはずだから、臨時本部の人間を使えばその情報が漏れる惧れがあると西村は言う。

その言い分はもっともなので、住所と連絡先を教えると、西村は同行していたチームの捜査員に指示を与え、捜査員はすぐに村松宅に向かった。

5

臨時本部が置かれた署内の大会議室に戻ると、所轄の生安課長や新たに動員された地域課や近隣所轄からの応援部隊の警官が集まっていた。部屋の片隅に手招きして西村とのやりとりを聞かせると、大川は強い興味を覗かせた。

「そこに実行犯の顔が写っていればそれ自体が大当たりだが、そもそもその写真を所轄の刑事課の人間が削除したとしたら、犯行そのものと深い関係のある人間が身内にいたことになる。まさかその人間が実行犯だったとまでは考えたくないがな」

「だれなのか特定できれば一気に核心に迫れますよ。刑事課の川口が怪しい動きをしているのはわかっていましたが、まさかそこまでやるとは」

「しかしその西村という男、なんだかんだ言って、なかなか協力的じゃないか」

「最初に話を持ち込んだときはのらりくらりと逃げていたんですが、そのときずいぶん嫌味を言ってやりました。いくらか刑事としてのプライドはあったんでしょう。とりあえず自分も動いてみて、殺しだという感触を強めたようです。このまま凶悪な殺人事件を見落としたとなると、自分の評価にも響きます。こちらが逮捕状をとってしまった以上、いつまでも庶務担当管理官の漕ぐ泥舟に乗っていると、自分も一緒に泥海に沈みかねないと腹を括ったんじゃないですか」

「なんにせよ、まずは彰久を逮捕することだ。その写真の件しだいでは、おれたちが喉から手が出るほど欲しい物証が手に入る。そこを押さえれば、倉本が裏でなにを画策しようとひっくり返すのは難しい。公判でも十分争える」

大川は期待を隠さない。今回の逮捕状取得を主導したのは大川だ。もし嫌疑不十分で不起訴にでもなれば、彼にも責任がのしかかる。隊長の稲村も無事では済まないだろう。その二人の尻を叩くことになったのは山下で、そう考えればいちばん責任が重い。

そんな話をしているうちに、参集した人員で大会議室が埋まってきた。安房署の署長の柏原《かしわばら》も出席している。正式な捜査本部というわけではなく、あくまで生安の現場同士での捜査協力という位置づけだったので、稲村も署長には声をかけていなかった。善意にとれば総力を挙げて捜査に協力する姿勢を示すためだろうと考えられたが、会議が始まってみると期待は裏切られた。

大川がここまでの捜査状況を説明し、これから人員を増強して市内全域でのパトロールと聞き込みを進め、同時にGPS位置情報の追跡も行っている旨を報告すると、渋い表情で柏原は切り出した。

「門井社長と副社長の孝文氏の自宅、および房総レジャー開発の社屋周辺での威圧的な張り込みはやめて欲しいんだよ」

大川は血相を変えて反論した。

「どういうことでしょうか。その三ヵ所は彰久が潜伏している、もしくは今後立ち寄る可能性がいちばん高い場所です。この先その周辺一帯でも徹底的な聞き込みを進める予定です。そこを手薄にするということは、彰久に逃走経路を用意してやるようなもんじゃないですか」

「門井さんは彰久を匿ってはいないと言っている。会社にもいないし孝文氏の自宅にもいない。あらぬ疑惑をなすりつけて名誉を毀損したり業務を妨害したりするようなことがあれば、厄介なことになると言ってるんだよ」

「厄介なことっていうのは？」

「捜査の責任者を名誉毀損や威力業務妨害で訴えると言っている」

たまらず山下も口を挟んだ。

「私も門井さんからそんなことを言われましたよ。それなら邸内を調べさせろと言ったら断られました。じつは――」

任意同行を求めた際のヤメ検の倉本を使った恫喝のことを聞かせると、柏原は困惑を滲ませた。

「それについては私は知らないが、門井さんは警察官友の会を通じて、年末年始の特別警戒を始め警察のいろいろな行事に協力してくれているわけで――」

奥歯にものの挟まったようなその言い草に、山下は不快なものを覚えた。所轄の署長は、稀に若いキャリアが現場修業の意味で就任することもあるが、普通は叩き上げの警視クラスの定年退職前の最終ポストとして用意される。柏原もそのケースで、退職後の民間への天下りに心を砕いている時期だろう。いやおそらくそれでは遅い。署長の任期はあとがつかえているからせいぜい二、三年だ。もうすでに転職先が決まっていて、それが房総レジャー開発やその関連会社だとしたらたちが悪い。山下は言った。

「だったら邸内を見せてくれるように言っていただけませんか。いないと確認できれば、ただでさえ人手が足りないわけですから、我々もそれ以上はこだわりません。そんなに警察に協力的な人なら十分理解してもらえるはずですが」

「例の記者会見に、門井氏は非常に不快感を持っている。君たちの段どりが悪かった。まず私に話をさせてくれていれば、もう少しことがスムーズに進んだはずなんだよ」

柏原は責任をこちらに押し付ける。大川が鋭く突っ込んだ。

「我々が追っているのは殺人事件の被疑者です。その捜索を遅滞させるような動きが所轄にあるとしたら由々しき事態ですよ。まさか署内に証拠や犯人の隠避に繋がるような動きはないでしょうね」

「なにを根拠にそんなくだらん話を？」

柏原は気色ばむ。大川は軽くいなした。

「とくに根拠はありませんが、もしそんなことがあったら署長にも累が及ぶと申し上げているんですよ」

大川の腹のうちは読める。柏原が川口の不審な動きを承知しているかどうかはわからない。だから削除されている可能性のある写真の件については、こちらはまだ気づいていないふりをするしかない。川口に絡む疑惑の追及は、彰久の捜索とは別のラインで行う必要があるだろう。いまそれを指摘してしまえば、ここでの柏原の態度から考えて、川口一派が総力を挙げて事実の隠蔽を企てる惧れがある。さらにそれが門井に伝われば、倉本をより厄介な裏工作に走らせる。

削除された写真に実行犯の顔が写っていれば、そこから彰久の教唆の立証に至る道筋が開ける。さらに川口の証拠隠滅の事実が明らかになれば、そちらからも隠蔽工作の実態が明らかになる。それだけで鬼の首をとった気分になるのは早いが、山下たちとしては、いまは彰久の検挙に全力を注ぐべきときだ。

「そもそも今回の逮捕状請求は、いささか強引過ぎるんじゃないのかね。我々の初動捜査では物証も目撃証言も出てこなかった。検視の結果にしても、他殺を示唆する所見は得られなかったと聞いている。状況証拠だけで逮捕して、誤認逮捕で釈放なんてことになったら、うちの署が批判の矢面《やおもて》に立たされる。そもそも捜査一課はこの事案をどう見ているんだね」

柏原は西村に話を振った。当初、この事案に関心を示さなかった捜査一課は、やむなく西村をお目付け役に派遣しただけで、それ以上積極的な姿勢は見せないと踏んでのことだろう。

西村もここはとぼけて応じた。

「証拠の点で弱いのは否めないですね。生活安全捜査隊のお手並み拝見というところで、うちのほうもまだ本格的に動くべきかどうか、結論が出ていません」

「だったらあんたから言ってやってくれないか。テレビでニュースが流れて、市内の小学校から集団登下校させたほうがいいかどうか問い合わせが来ている。本部の捜査隊が騒ぎを大きくしているせいで、市民が不安に陥っているんだよ。地元の安寧《あんねい》を預かる我々にとっては、じつに迷惑な話でね」

我が意を得たりと柏原はわけのわからない屁理屈を繰り出した。想定されるリスクを隠して地元の安寧もなにもないものだが、この国の役所に蔓延することなかれ主義は警察においても例外ではない。

かといって現状では正規の捜査本部は存在せず、全権を掌握する捜査本部長もいない。となれば所轄の署長に現場の人員を差配する権限がある。こちらはあくまで協力を要請する立場であって、へそを曲げられれば生活安全捜査隊の人員だけで動くしかない。やむを得ないという表情で大川が目配せする。山下が頷くと、大川は柏原に言った。

「では門井健吾氏と孝文氏の自宅及び会社については捜査員の人数を減らします。近隣の人々の目につくような挙動も慎むようにします。ただ心に留めておいていただきたいことがあります。まだ確証が得られていないので公表は控えていますが、門井彰久があるルートから拳銃を入手している疑いがある点です」

「本当なのか。そんな話は初めて聞いたぞ。その根拠は？」

柏原の表情が強張った。会議室の捜査員たちのあいだにもどよめきが広がった。大川に代わって山下が答えた。

「その手のものを扱っている人物から、彰久が現金と引き換えにある品物を受けとった現場が目撃されています」

それを目撃したのが小塚と浅井だという事実は伏せておいた。彼らが当初から山下と連携していたとわかれば、今後の捜査の過程で陰に陽に圧力がかかる惧れがある。幸い柏原はそこには突っ込んでこない。

「しかし、それが拳銃だという確証はないわけだろう」

「あくまで万が一に備えてという考えで申し上げました。あまり極端に人員を減らせば、事態が悪化したとき後手に回るかもしれません」

「たしかにな。そのときは捜査一課が動いてくれるのか」

さきほどまでは一課の腰が引けているのを歓迎する様子だったのに、柏原は途端に頼りにする口ぶりだ。その際はARTの出動に期待する腹だろう。西村はそっけなく応じた。

「そのまえに、なんとか彰久を検挙すべきじゃないですか。ARTが動くような事態になれば、所轄の人員にも怪我人や殉職者が出かねません。市民にも累が及ぶ惧れもある。そうなるのを未然に防ぐのが地元所轄や我々の役割ですから」

「もちろんそうではあるんだが──」

柏原は困惑を隠さず生活安全課長の中井《なかい》に目を向ける。中井は露骨に嫌気を滲ませる。

「そこまで言うんなら、最初から捜査一課が乗り出すべき事案じゃないですか。うちはそういうことに慣れていません。ただのストーカー事案が突然殺人に切り替わって、こっちになんの話もなく逮捕状までとってしまう。準備をする暇もなくそんな荒っぽい話に巻き込んでおいて、その責任をとれなんて無茶な話ですよ」

参集した捜査員たちの顔にも不安の色が滲む。その雰囲気に乗じるように山下は言った。

「ではまず署長のほうから、門井氏に邸内を捜索させてくれるよう頼んでもらえませんか。拳銃所持の疑いがあれば、捜索差押許可状をとって邸内に実力で踏み込むこともできますが、それで立て籠もりでもされたら最悪の事態ですから」

「しかし門井氏はそれを知っていて匿うような人じゃない」

「絶対に間違いありませんか。それを保証していただけるのなら、自宅周辺での行確はやめてもいいんですが」

「そ、それはちょっと――」

柏原は慌てた。その虚を衝くように山下は言った。

「でしたら邸宅内の捜索の許可をとっていただけますか。それなら門井氏に対する犯人蔵匿の疑いも晴れるし、署長が責任を負うこともなくなります」

「わかったよ。いま連絡をとる。ちょっと待っててくれ」

柏原は会議室を出ていった。この場で電話するのは具合が悪いらしい。会議室の捜査員たちがざわつく。耳を傾けると、拳銃所持の話もさることながら、署の上層部の腰の定まらない姿勢に不安を覚えている気配が窺える。そのときGPS追跡のパソコン画面を監視していた小塚が声を上げた。

「彰久の携帯の位置情報が検出されました」

「どこなんだ」

山下は問いかけた。歯ぎしりするような口ぶりで小塚が答える。

「人を馬鹿にしていますよ。なんと伊予ヶ岳の頂上です」

位置が検出されたのは例のアリバイ工作の際に使っていた三つの番号の一つで、あの日、伊予ヶ岳付近にいた人物との通話に使われたものだった。今回はGPS機能がオンになっていたのだろう。しかし携帯の位置を示すアイコンは一分も経たずに消失した。

報告を受けた柏原は、慌てて地域課の制服警官十数名を防弾チョッキ着用で伊予ヶ岳に向かうよう手配した。臨時本部の捜査員の大半も現地に飛ぶことになった。大川は県警本部にいる隊長の稲村に連絡を入れ、県警ヘリの出動を依頼した。稲村は即応してくれて、十分後に成田《なりた》空港の県警ヘリポートから飛び立って、約三十分で伊予ヶ岳上空に到着するという。

地域課の警官にしても臨時本部の捜査員にしても、これから準備をして現地に向かい、頂上に達するまでに一、二時間はかかる。まずはヘリで頂上周辺の状況を確認し、それを地上の捜査員に連絡して、もし彰久が山中にいるのが発見された場合は、地上部隊が登山道を上に向かい、下山してくる彰久を検挙する。

現地の事情に詳しい小塚によれば、伊予ヶ岳の登山道は一本しかない。しかし獣道や杣道《そまみち》があちこちに走っており、よく道迷いによる遭難の原因になるとのことだ。迷うにせよ意図的にせよ、彰久がそんな道に踏み込んでしまえば捜索は一筋縄ではいかなくなる。まさか彰久が山に籠もるとは想定していなかった。小塚も彰久が山に興味があるような情報は耳にしていなかった。しかし彰久はすでに女装してマンションを出るという奇手を使った。ここでもまた想定を裏切る行動をした可能性がないとは言い切れない。

もう一つの不安もある。だれかにその携帯を持たせて伊予ヶ岳に登らせ、そこでわずかな時間、電源を入れGPSをオンにさせた。法令の改正で、令状があれば警察によるGPS位置追跡が可能になったことはメディアでも報道されている。それを知っていて逆手にとったとしたら、彰久本人はまったく別の場所にいる可能性もある。

GPS位置情報のチェックは居残りの捜査隊員に任せ、山下と小塚、浅井の三名も伊予ヶ岳方面に向かうことにした。西村は伊沢の説得をまだ諦めず、これからさらに県警本部と連絡を取り合うという。

伊予ヶ岳方面に向かう県道一八五号犬掛《いぬかけ》館山線は奥深い山間部を縫って走る。行き交う車は少ないが、それでも赤色灯を点けてサイレンを鳴らす。進行方向から先行したパトカーのものと思われるサイレンも聞こえてくる。県道八八号富津館山線に合流し、登山口のある平《へ》久里《ぐり》の集落まであと五分といったあたりで山下の携帯が鳴った。応答すると北沢からだった。

「彰久の目撃情報が入りました」

「どこで？」

悪い予感を覚えて問い返した。不安げな声で北沢は言った。

「千葉市内です。秋川真衣さんが身を寄せているお姉さんの自宅に近い公園です。ニュースを見た人から交番に通報があって、そこから通信指令室に連絡があったようです。いま警察無線で千葉市内の所轄及び警邏中のパトカーに即応指令が発出されました」

山下は舌打ちした。どういう手品を使ったのかわからないが、伊予ヶ岳の位置情報はダミーのようだ。またしてもこちらは翻弄されている。

第七章

1

指名手配中の門井彰久を見かけたという通報を受け、千葉県警生活安全部は地域部に協力を要請し、目撃された公園を中心とする一帯で徹底した聞き込みを行った。

主力となったのは本部に居残っていた生活安全捜査隊の第二班と第三班で、これで捜査隊は総動員態勢になった。また別の場所で位置情報を発信されたら、ＧＰＳによる追跡が裏目に出かねない。これ以上彰久に翻弄されたら手の付けようがなくなる。

公園周辺での聞き込みでは、新たな目撃証言がまだ出てきていない。北沢はその公園にほど近い秋川真衣の姉の自宅に向かったが、事前の忠告に従って本人も姉も外出はしておらず、不審な訪問者もいないとのことだった。自宅周辺に地元所轄の警官を配置しているから、それに気づいて近寄らなかった可能性もある。

しかし公園に設置してある防犯カメラの映像には、彰久と見られる男の姿が映っていた。姉の自宅の方角から園内に入り、十分ほどなにかを待っている様子で佇《たたず》んだあと、だれかと携帯で話をして、そのあと反対側の出口から外に向かう様子が確認できた。そのとき、公園を通りかかった人が見かけて交番に通報したのだろう。GPSによる追跡では、公園にいた彰久の携帯の位置情報は捉えられていないから、おそらくGPS追跡機能が使えない格安SIMを挿したスマホを使ったものと思われる。

彰久が出ていった側の道路には防犯カメラが存在せず、そこからさらに離れた場所の防犯カメラには彰久の姿は捉えられていない。可能性としては、公園を出た直後にタクシーを摑まえた、もしくはだれかが車で迎えに来て、それに乗ってどこかへ立ち去ったと見るべきだろう。

これから千葉市内のタクシー会社すべてに問い合わせて、彰久を乗せた車がないかどうか確認するというが、南房総市内だけでも大仕事だったのに、人口百万近い県庁所在地となるとそれに何日かかるかわからない。むしろ南房総市内でタクシーを使った形跡がない点を見ても、移動を幇助する人間、もしくは車を貸した人間がいると考えるほうが妥当だろう。レンタカーを借りた可能性もなくはないが、その場合は免許証の提示が求められるから、足がつくのを嫌ってそちらは使わないと思われる。

もちろん可能性がゼロではないから、南房総市周辺のレンタカー会社の営業所にはすでに問い合わせ済みで、門井彰久名義で車を貸りた者はいなかった。千葉市内までなにか別の手段で移動して、そちらで車を借りたとも考えられるから、第二班のほうで市内のレンタカー会社すべてに当たってはみるという。

問題は山下たちがいま臨時本部のある安房署にいることで、このままでは股裂《またさ》き状態でマンパワーが二分される。いますぐ千葉市内に戻って彰久の足どりを追いたいところだが、こちらが手薄になったとき、また裏をかいて南房総市内に戻ってこられてはまずい。なにを目的に千葉市内に出かけたのかはわからないが、この先もGPS捜査を逆手にとられたら、こちらはいよいよ翻弄される。

臨時本部にいる大川や県警本部にいる北沢とそんな連絡をとりながら、サイレンを鳴らして伊予ヶ岳の登山口に向かった。彰久はいま千葉市内だとしても、伊予ヶ岳の頂上で彰久のスマホを操作した別の人間がたしかにいる。それが彰久に頼まれての行為なのはまず間違いない。村松由香子殺害の教唆を直接立証する材料にはならないが、すでにたっぷり積み上がっている状況証拠をさらに厚くする意味はある。

登山口の平群天神社《へぐりてんじんしゃ》に到着したところで、千葉県警のヘリが飛来して、そのまま伊予ヶ岳の上空に向かった。頂上周辺を何度か旋回し、さらに麓へと延びる幾筋かの尾根や谷をなぞるように飛行してから、もと来た方向に帰っていった。

すぐに大川から連絡が入った。すでに午後三時を過ぎているが、それでも頂上には二、三名の登山者がおり、そこに至る登山道にも下山中の登山者が五、六名いるという。それ以外の尾根筋や谷筋に人の姿は見当たらないとのことらしい。大川は困惑を滲ませた。

「一時間ほどで登れる山だから、午後になって登り始めた人もいるんだろう。もし彰久に頼まれて頂上でスマホの電源を入れたとしたら、職質しても素直に答えるはずがない。いま山中にいる全員をしょっ引いて取り調べるわけにもいかないしな」

「それでもやるべきことはやらないと。職質なら事情を話せば身に覚えのない人間は応じるでしょう」

「身に覚えがあれば、カムフラージュするためになおさら積極的に応じるんじゃないか。だからといって身体検査は強制できないから、彰久のスマホを所持していたとしても見せてくれるはずがない」

「とりあえずこれから頂上に向かい、下山してくる登山者全員に職質します。さらに登山口にパトカーを駐めておいて、ドラレコで登山者の顔をすべて撮影します。それなら相手に気づかれずに済みますから」

「じゃあ、そっちのほうは任せるよ」

「彰久の足どりについては、なにかわかりましたか」

「皆目わからない。市外に出る幹線道路には検問を設けているんだが、まだ引っかからない。市内にいる可能性が高いが、新しい目撃証言も出てこない」

大川は困惑を滲ませる。もちろん千葉市内から外に出るすべての道路で検問を行うのは不可能だし、もし幇助者がいるとしたら、貨物車両の荷台にでも身を隠していれば検問はすり抜けられるかもしれない。

どうにも不安な点は、彰久がなぜわざわざ千葉市内に出かけたかだ。いま自分が置かれている状況を考えれば、指名手配に関する情報はスマホでチェックしているだろうし、安房署の川口や父親の門井健吾から伝わっている可能性もある。

しかし彰久は計算高い一方で、計算をまるで感じさせない不合理な行動をする。山下たちにすれば、わざわざ尻尾を振り回してからかわれているような印象さえ受ける。そういう性格だとしたら、今度は自らの手で秋川真衣に危害を加えようと動き出していると考えるのがあながち間違っているとは思えない。拳銃を所持しているかもしれない点が、その不安を倍加する。

その意味で早手回しに滞在先の姉の自宅に警官を配置したのは正解だったが、それも読んだうえだとしたら、現在の行動はいかにも不可解かつ不気味だ。不安を隠さず山下は言った。

「千葉市内のどこかに潜伏しているんじゃないですか。父親と繋がりのある人間もいるでしょうし、例の水上を中心とするかつての半グレ集団の片割れが市内にいるかもしれません」

「そいつらの現住所を洗い出すとなると、簡単な仕事じゃないな」

大川は唸る。警察庁が管理する犯歴データベースに記録されているのは犯行時の本籍と住所だけで、その住所に現在も居住しているかどうかまではわからない。となると全員の本籍地に身上調査照会書を提示して、住所の異動が記録されている戸籍の附票《ふひょう》を取得することになる。

運転免許センターのデータベースで検索する手もあるが、管轄は全国で一元化されておらず、各都道府県に問い合わせする必要があるうえに、同姓同名が多数含まれるものと思われる。そんな考えを伝えると、大川は割り切ったように言う。

「本籍地は犯歴データベースで把握できるから、身上調査照会書はおれのほうで手配するよ。べつのルートで彰久の居所が判明すれば無駄骨になるが、このままじゃ目撃証言から足どりを摑むのは難しそうだ」

「それではお願いします。とりあえず私のほうは、入山している登山者に片っ端から職質をかけます」

そう応じて通話を終えたところへ、臨時本部の捜査員が続々到着した。先着していた地域課の警官と合わせて三十人余りの大部隊になった。出発したときは山中に彰久がいると考えられたので、全員が防弾チョッキ着用で拳銃を携行している。山下たちもパトカーに積んである防弾チョッキを着込み、警備靴に履き替えた。

ここまでの状況を説明すると、山中にいるのが彰久ではないと知って一同は安心した様子だが、水上を頭目とする半グレ集団や鬼塚組との関係を考えれば、まったく危険が拭えたわけではない。十分注意するように指示をして、山下はチームを二つに分けた。

半数は登山道を頂上に向かい、出会った登山者への職質を担当する。残りの人員は登山口周辺を固め、ドライブレコーダーによる下山者の撮影や、職質を拒否して逃げた者がいた場合の捕捉を担当する。上に向かうチームは山下が率い、伊予ヶ岳の地理に詳しい小塚が加わった。

2

登山道の入口のある平群天神社の駐車場には、五台ほどの車が駐まっていた。入山している登山者は七、八人だから、すべての車が登山者のものとは限らない。しかし彰久のスマホを持って頂上に向かった人物の車である可能性は高いから、ナンバーと車種は記録しておいた。

登山口を入ると、しばらく鬱蒼とした樹林が続く。十分ほど登ったところで、上から年配の男女が下りてきた。ときに立ち止まり、カメラを取り出して、和やかに語らいながら道端に咲く野草を撮影している。その気配からして彰久のお仲間だとは思えないが、とりあえず話を聞いてみることにした。

防弾チョッキを着た物々しい警察官の一団に驚いた様子だが、逃げ出すような素振りは見せない。山下が穏やかに声をかけた。

「警察の者ですが、ちょっとお話を聞かせていただけませんか。お手間はとらせませんので」

二人はとくに警戒するふうでもなく、男のほうが「なんでしょうか」と訊いてくる。頂上にいた時刻を確認すると、午後三時前後に頂上に立ち、そこで十分ほど過ごし、それから下山して、途中にある展望台の東屋《あずまや》で軽食を取りながら三十分ほど休憩したという。

それが本当なら、伊予ヶ岳の頂上で彰久のスマホの位置情報が検出されたのは午後二時三十五分だったから、二人は彰久とは関係ないことになる。年齢的にもだいぶ隔たりがある。

男はなにか事件があったのかと訊いてくる。ここは正直に、先日伊予ヶ岳の頂上から転落して死亡した女性に関係した捜査だと説明すると、二人は一様に表情を曇らせた。女のほうが口を開く。

「村松由香子さんでしょ。私たち市内の山好きのグループでお付き合いがあったのよ。八ヶ《やつが》岳《たけ》や北アルプスにもご一緒したことがあるの。亡くなったと聞いてとても驚いたのよ。明るくて優しいお嬢さんで、夫も私も本当に悲しんだわ。きょうは頂上にお花を手向《たむ》けて来たの。でも、いまでも信じられないのよ。あんな気持ちが前向きだった女性が自殺するなんてあり得ないし、事故となるともっと考えられない。彼女は山のことをよく知っていたし、見た目はともかく伊予ヶ岳は決して危ない山じゃないし」

「じつは、自殺や事故ではなく、殺人の疑いがありまして――」

犯人と見られる門井彰久はつい先ほど公開指名手配され、テレビのニュースでも取り上げられていると伝えると、深刻な表情で妻は訊いてくる。

「じゃあ、みなさんがここにいらっしゃるのも、その捜査のためなのね」

「ええ。その犯人と関係のある人物が、午後二時半ごろ伊予ヶ岳の頂上にいた可能性があるんです。登山中、不審な人物を見かけませんでしたか」

「そういえば――」

妻が怖気を震《ふる》うように身を乗り出す。

「展望台の東屋で一休みしようとしたとき、先客がいたんですよ。紺のキャップを被り、金縁の眼鏡をかけて、無精髭《ぶしょうひげ》を生やしていました。服装は登山者というよりごく普通の街着で、靴もありきたりのスニーカーです。そこに街中《まちなか》で使うような小型のデイパックを背負っただけでした。まあ一時間もあれば登れる山ですから、そういう人は珍しくないんですが」

「なにか怪しい挙動でも？」

山下は問いかけた。こんどは夫が身を乗り出して答える。

「私たちの姿を見て、逃げるように立ち去ったんです。それだけじゃなく、普通のルートじゃなくて、獣道か杣道かわかりませんが、横手の沢に向かう深い藪のなかの踏み跡に向かったんですよ。そっちは違うよと注意したんですが、聞こえなかったのか無視したのか、そのまま黙って藪の奥に姿を消してしまったんです」

「そこは道に迷いやすいような場所なんですか」

「そんなことはないですよ。本来のルートは見間違いようのないしっかりした登山道だし、案内の標識も整備されていますから」

夫は思いあぐねるように首を傾げる。ふとひらめいて山下はポケットからスマホをとり出した。大学生時代に集団わいせつ事件で検挙された彰久の仲間の顔写真が保存してある。それを一枚ずつ表示して、そこにその男がいないかどうか訊いてみた。四人目を表示したところで、妻が反応した。

「その人、似ているような気がします。ねえ、あなた。そう思わない？」

「ああ。似ているな。眼鏡のかたちがちょっと違うし、その写真より少し老《ふ》けて見えたけど、同一人物なのはたぶん間違いない」

傍らから覗き込んだ夫も確信ありげに言う。山下は言った。

「十数年前の写真です。当然、いまはこれより老け込んでいるはずです。もう一度確認させてください」

山下は先ほどと順番を変えて画像を表示してみせた。一とおり全員を確認してから、妻も夫も先ほどの男がやはり似ているとふたたび証言した。夫が訊いてくる。

「その男が犯人なんですか」

「違います。指名手配されているのは門井彰久という人物です――」

伊予ヶ岳の頂上付近でその彰久の携帯電話が発信した位置情報が検出されたが、その直後に千葉市内で彰久が目撃されていた話を聞かせると、妻はわずかに緊張を緩めた。

「その人が、村松さんを殺した犯人というわけじゃないんですね」

「ええ。しかし密接な関係があるのは確かです。今後、またお話を聞くことがあるかもしれません。よろしければ、お名前と電話番号を教えていただけますか」

慇懃に問いかけると、妻は躊躇なく応じた。

「村松さんを殺した犯人の逮捕に繋がるのなら、もちろんご協力します」

夫も当然だというように頷いた。名前と電話番号を聞いてから、山下は同行していた所轄の地域課職員二名に夫妻を麓の登山口まで警護するように指示をした。川内《かわうち》と名乗るその夫妻は最初は固辞したが、二人に目撃されたことを知っているその男が、先回りして待ち伏せしている惧れがないとは言い切れない。そう説得すると、二人は納得してくれた。

夫妻がエスコート付きで麓に向かうのを確認して、山下は安房署にいる大川に連絡を入れた。写真を見て二人が似ていると証言したのは高木俊雄《たかぎとしお》という男で、犯歴データベースでは彰久より年齢も学年も一つ下と記録されている。

事件が起きた当時の本籍地は東京都江戸川区だった。その後結婚などしていれば戸籍は変わっているはずだが、転出先は元の戸籍で確認できるから、そこから現在の戸籍謄本を取得でき、その附票から現住所も把握できる。大川は声を弾ませて、すぐに身上調査照会書を作成し、江戸川区役所に捜査員を向かわせると応じた。

いったん通話を終え、ここから先の行動について小塚たちと相談した。川内夫妻に出会い、慌ててルートの不明瞭な杣道に向かった点を見れば、高木は現地の地理に詳しい可能性がある。小塚も杣道や獣道までは知らないようだったが、たまたま同行していた所轄の地域課員のなかに地元の平久里生まれの者がいた。

脇田《わきた》というその警官の話だと、男が入り込んだのは古い杣道で、それをたどれば登山口のある平群天神社から六〇〇メートルほど北東の県道八八号に下れるとのことだった。しかしルートは深い薮に覆われており、山に慣れている人間でもそれを掻き分けて進むのは並大抵ではないし、転落の危険のある悪場《わるば》もあるという。

そうだとしても、向かったのがその道なら、そこから現れる可能性はある。とりあえず麓にいる捜査隊の隊員にそのことを伝え、人員の一部を速やかにそちらに張り付けるように手配した。

もし姿を見せないようなら、本格的な捜査チームを組織して、その杣道を登って男の身柄を押さえるしかない。そのときは県警本部の機動隊の出動も要請することになるかもしれない。そうなるとちょっとした山狩になるが、ここで取り逃がすわけにはいかない。高木は彰久の足どりを追う貴重な情報源と見ていい。いやそれ以上に、高木が彰久による村松由香子殺害教唆の真相を知っている可能性もある。

あらためて電話を入れてそんな考えを伝えると、大川はすぐに隊長と相談すると応じた。いずれにせよ、高木がいまも山中にいるのは間違いない。川内夫妻が目撃したときは普段着のような軽装で小型のデイパックを背負っただけだったとのことだから、そう長期にわたっての山ごもりはできないだろう。いまの人員と装備では藪漕ぎをしながら捜索に向かうのは無理だから、杣道の出口を固めて、下りてきたところを捕まえるのがいいだろうというのが小塚の考えだった。

山下たちはさらに上に向かった。別の目撃者がいる可能性があるし、頂上一帯を調べればなにか遺留物があるかもしれない。しかし途中で下山してくるほかの登山者からも話を聞いたが、高木と思しい人物を見かけたという者はいなかった。

頂上に登山者はいなかった。一帯を捜索したが、高木が残したと思われる遺留物も見つからなかった。いずれにせよ伊予ヶ岳の頂上で彰久のスマホの電源を入れたのが高木なのは間違いない。だとしたら、ここで身柄を押さえれば捜査は一気に進展する。

3

麓まで三十分で駆け下りた。登山口には安房署地域課の数名の警官を残し、山下たちは杣道の出口だというポイントに向かい、先着していた捜査隊と安房署生活安全課の捜査員たちと合流した。

高木はまだ姿を見せていないという。脇田の話では、使われなくなってからかなり経つというその道は、道迷いで遭難者が出ることがしばしばある。遭難通報を受けて捜索に向かったことが何度かあるとのことで、子供のころから伊予ヶ岳に慣れている自分でも、登るのに二、三時間はかかったという。

先に来ていた捜査員は、出口がバス停のすぐ裏にあると聞いていたから辛うじて場所がわかったようで、鬱蒼と茂る木々のあいだを人の背丈に迫るほどの灌木や下草が覆い、そこがかつて人の通れる道だったとは、地元で生まれ育った脇田以外の人間はまずわからないだろう。

「いまは初夏で藪が繁茂していますから、そもそも下りてこられるかどうかですよ。途中で力尽きてしまうかもしれません」

脇田は悲観的だ。これから捜索に向かうにしても、現在の装備では困難で、灌木や下草を刈り払うナイフや鉈《なた》が必要だし、急傾斜のガレ場《ば》を横切るところもあるため、安全確保のためのロープもあったほうがいいと言う。機動隊の出動が必要かと訊くと、山の経験がない機動隊員をいくら動員しても、狭い藪道ではかえって足手まといになるだけだと脇田は言う。

長野県警や富山県警のように地元に高山を抱える警察本部なら山岳警備隊があるが、標高五〇〇メートルを超す山がない日本標高最低県を所管する千葉県警にはそうしたものがない。県内で起きた遭難事件では所轄の地域課が地元の消防団などの協力を得て救助活動を行うが、今回は遭難ではない。殺人事件に絡む捜査活動で、司法警察権を持たない消防団員に協力を要請することは法的側面から見て難しい。そのうえ彰久が水上から拳銃を譲り受けているとしたら、そのグループの一人である高木が丸腰だと信じる根拠も必ずしもない。

その彰久はおそらくいま千葉市内にいて、足どりは摑めず、拳銃を所持して秋川真衣の姉の自宅への接近を企てている惧れがあり、今後の動きについては予断を許さない。その検挙に繫がる重要人物として浮上した高木の身柄をここで押さえることこそ、今後の捜査の進展に関わる最重要の鍵となってきた。焦燥を覚えて山下は言った。

「下れないとわかって引き返すかもしれないな。川内夫妻が高木を目撃した展望台に人を張り付ける必要があるんじゃないか」

「登りは下りよりはるかに困難ですから、ある程度下りてしまったらもう登り返す気にはならないでしょう。むしろ心配なのは、途中にあるガレ場で転落することなんです。下手をすれば谷底まで落ちて死ぬこともありますから」

脇田は別の不安を口にする。切迫した調子で小塚が言う。

「やはり、僕らがこれから登るべきじゃないですか。ただ待っているだけじゃ、最悪の事態もあり得ますから」

「やれそうか、脇田くん？」

山下は問いかけた。脇田は張り切って応じた。

「地元の消防団の班長が、遭難や事故が起きたときに備えてロープや鉈などの基本装備を保管しています。借りられるかどうか訊いてみます」

携帯を取り出してどこかに連絡を入れ、しばらく話をして、脇田は山下を振り向いた。

「OKだそうです。必要なら団員を集めて捜索に参加してもいいと言っています」

「しかし現状ではあくまで刑事捜査の一環だ。ここは我々だけで動くしかないだろう」

山下は意を決してそう応じ、安房署にいる大川に連絡を入れた。大川もそれしかないと判断し、なにが起きるかわからないから、これから自分も臨時本部の捜査員十名ほどを伴ってこちらに向かうという。

身上調査照会書をもって江戸川区役所に向かった捜査員からは、ついいましがた連絡があり、本籍は事件当時と変わらず、父親を筆頭者とする戸籍に入っていた。ただし戸籍の附票では五年前に職権消除されている。つまり現在は住所不定ということになる。職権消除とは、役所が当該人物の居住の事実を確認できなくなったとき、その人物の住民登録を抹消する制度で、適用された場合は居住地の異動履歴の記録である戸籍の附票にも反映される。

消除される前の居住地は両親のものと同一だった。きょうだいはおらず、結婚もせず、職権消除される三十代までは両親と三人暮らしだったことになる。捜査員にはこれから両親の家に出向かせ、高木が住所不定になった経緯や、現在の居住地に心当たりがないか話を聞いてこさせるという。

千葉市内の捜査では、彰久の足どりはまだ摑めない。どこに潜んでいるのか、いまは見当がつかないが、なんらかの方法でその携帯の受け渡しを行い、彰久が千葉市内に現れるのとタイミングを合わせたように伊予ヶ岳の頂上でスマホの電源を入れた。それを考えれば、少なくとも現時点で彰久ともっとも大きな接点を持っているのが高木なのは間違いない。

「彰久に逮捕状が出ている以上、高木には犯人隠避の容疑が成立します。ただし、罪状としては軽微で緊急逮捕の要件を満たしません。とりあえずフダをとっておいてもらえませんか」

山下は言った。阿吽の呼吸で大川は応じる。

「わかった。遭遇したときに一暴れしてくれれば公務執行妨害で現行犯逮捕できるが、そうこちらの都合に合わせて行動してくれるかどうかはわからない。大事なお客さんだ。ここは慎重に扱わないとな」

4

脇田は平久里の集落にパトカーを飛ばし、消防団の班長から藪苅り用の鉈と安全確保用のロープ一巻きを借り受けて戻ってきた。脇田には登山の趣味はないが、子供のころは山菜採りやきのこ狩りで近辺の山を歩き回り、藪を刈って山中に秘密基地をつくって遊んだりしていて、伊予ヶ岳一帯は庭のようなものらしい。

鬱蒼と茂る下草を押しのけ、行く手を阻《はば》む灌木の小枝を鉈で薙《な》ぎ払いながら、脇田は急傾斜の杣道を着実なペースで登っていく。小塚がそれに続き、山下もその後を追う。さらに二名の地域課の警官が続いてくる。

むせ返るような草いきれのなか、山には慣れているはずの小塚も必死の形相だ。山登りとは縁のない山下にすればなおさらで、脇田がつけてくれた踏み跡があっても、押し倒された下草の熊笹《くまざさ》で足が滑り、傍らから伸びる灌木の枝に摑まって辛うじてバランスを立て直す。

左右に茂る樹木の間隔がやや広がっているところがかつての杣道のようだが、それも登るにつれて狭まってきて、脇田が灌木の枝を払う頻度も多くなる。脇田がどこで方向を見定めているのか、山下には皆目わからない。こんなルートを高木が果たして下れるものかどうか不安を覚える。

三十分ほど登ると、左手の斜面が急角度で切れ落ちた場所に出た。樹木や下草に覆われて見えないが、下のほうから沢音が聞こえてくる。足場もその方向に大きく傾いて、ここで足を滑らせれば一直線に沢底に転落しそうだ。たかが標高三〇〇メートルちょっとでも山は山で、一般ルートを外れれば命を失うリスクもある。

すでに午後五時を回り、陽《ひ》はだいぶ傾いているが、標高の低い山だから登るに従って気温が下がることもない。汗だくになりながらメインルートの尾根筋が望める辺りまで来ると、左に荒々しいガレ場が見えてきた。

「以前は地元の人がけっこう使っていた道なんですよ。でも十数年前に台風で土砂崩れが起きてあんなふうになっちゃって、それで歩く人がほとんどいなくなったんです」

脇田が説明する。山下は問いかけた。

「あんなところ、通過できるのか？」

「僕が先に渡ります。小塚さん、すみませんが確保をお願いします」

言いながら脇田は肩にかけてきたロープを下ろし、その端をベルトに結び付ける。登攀《とうはん》中はあえてロープは結び合わなかった。だれかが滑り落ちれば、全員を道連れにしかねないからだが、この先はより慎重を期すべきだというのが脇田の考えで、まず小塚の確保を受けて自分一人がロープを固定しながらガレ場を渡り、残りのメンバーはそれを伝ってあとに続くという段どりだ。

ガレ場の傾斜は急で足場も不安定だが、脇田はところどころに生えている灌木にロープを回しながら、辛うじて残っている踏み跡を危なげないバランスで渡っていく。渡り切ったところで、脇田は怪訝な表情で足元に落ちているなにかを拾い上げた。続いて渡ってくるように手振りで示し、それに応じて小塚が、続いて山下が、さらに同行した二名の警官も渡ってくる。

渡り切ったところで、脇田が示したのは紺のキャップだった。杣道を覆っていた下草のあいだに落ちていたと言う。さらにそこから三メートルほど下のガレ場の石のあいだを指さした。そこにあるのは金縁の眼鏡だ。いずれも川内夫妻が目撃した高木と見られる男が身に着けていたものと一致する。脇田はそこから上に向かう傾斜の強い藪道を見上げて言った。

「だれかが滑り落ちた跡のように見えます」

山下も目を向けた。脇田が言うとおり、数メートルにわたって下草が押し倒されている。その延長線上にあるガレ場にも新しい石や土が露出した箇所がある。ガレ場は二〇メートルほど下ったところでまた深い樹林に呑み込まれ、その下の沢床《さわどこ》は覗けない。

「落ちたとしたら、とても無事じゃいられないな」

山下は唸った。こういう事態までは想定していなかったから、救助に必要な装備もない。ガレ場を見下ろして脇田が言う。

「途中の樹林帯で止まっていればいいんですが、そこも急な斜面で、その先は谷底まで続く三〇メートル近い崖です」

生きている可能性はほぼないと言ってよさそうだ。それでも山下は叫んだ。

「おーい、高木、無事なのか。返事をしてくれ」

答えは返ってこない。聞こえるのは谷に谺《こだま》する自分の声だけだ。脇田も同様に声をかけるが、やはり返事はない。小塚が身を乗り出す。

「僕がラペリング（懸垂下降）してみますよ。樹林のなかで止まっていれば、なんとか救出できるかもしれません」

学生時代はワンダーフォーゲル部にいたというから、脇田にばかりいいところを見せられては堪《たま》らないという意地もあるのだろう。最後にガレ場を渡った警官が回収してきたロープの束を受け取って、それをガレ場に投げ下ろす。末端はすでに脇田が傍らの樹木に結び付けてある。

小塚はそのロープをいったん股間《こかん》に通し、さらにその一端を肩越しに前に回してたすき掛けにし、残りの部分を背後に回した利き手で握る。カラビナや懸垂下降器がないときに使う肩絡《かたがら》みという方法だと小塚は説明する。地元の山には慣れ親しんでいても、登山の素養はとくになさそうな脇田は感心したようにそれを眺めている。

小塚は背後に回したロープの握りを調整しながら、するすると下降していく。やがて樹林のなかに姿が消えて、ほどなく声が返ってきた。

「ロープいっぱいまで下りましたが、高木らしい人の姿はありません。この先は脇田くんが言うとおり断崖になっているようです。樹林のなかに下草や灌木がへし折れた跡があります」

絶望的な報告だった。脇田はポケットから携帯を取り出しながら山下に言った。

「地元の消防団に協力を要請します。沢を遡行《そこう》して絶壁の下に出れば、高木を見つけられると思います」

「わかった。臨時本部にはおれが連絡をする」

山下も携帯を手にした。大川を呼び出すと、パトカーでこちらに向かっているところだと言う。状況を報告すると、深刻な調子で大川は応じた。

「消防団に対しては、あくまで遭難に関わる協力要請だということで辻褄《つじつま》は合う。逮捕状の請求はいま裁判所の判断を待っているところだ。すでに彰久に逮捕状が出ているから、その関連事案ということで問題なく発付されるだろう。なんとか高木は生かして拘束したいな。便利屋の多田のように金で頼まれて引き受けただけだとは思えない。伊予ヶ岳の事件にも深く関わっているような気がするよ。あるいは――」

「実行犯かもしれませんね」

山下は胸に秘めていた思いを口にした。もし当たりだとしたら、当人が死んでしまえばそれを供述できる者はいなくなり、事件は一気に迷宮に向かう。もちろん彰久の教唆の事実も闇の向こうに消えてしまう。それ以上に、伊予ヶ岳の事件そのものが、事故もしくは自殺という当初の見立てどおりに片付けられてしまい、これから彰久の逮捕に漕ぎ着けたとしても、けっきょく嫌疑なし、もしくは嫌疑不十分で不起訴になる惧れがある。

「ああ。いま死なれるのはとにかく困る。地元の消防団だけで手が足りるか」

「人手は多いに越したことはありません。消防署にも連絡をお願いします。救急車も必要になるでしょう」

「いずれにせよ、彰久が千葉市内にいる以上、臨時本部に居残っている全員をそちらに振り向けてもとくに問題はない。いますぐ指示をするよ」

そう言って大川はいったん通話を切った。脇田も消防団の班長との電話を終えたようで、山下に振り向いて報告する。

「すぐに人を集めてくれるそうです。地元の人間は山菜採りやきのこ狩りでよく入っている場所ですから、それほど大仕事でもなさそうです。それより警察のほうから消防本部に連絡を入れて、救急車を手配して欲しいと言っています」

「大川副隊長に頼んでおいた。彼もいまこちらに向かっている。捜査中の事案と関係があることを知らせておかないと、あとで悶着《もんちゃく》が起きかねないから」

「班長もそこを気にしていました。いずれにせよ、当面は人命救助が目的ですから、そうややこしい話にはならないでしょう」

そんな話をしているところへ、ロープを手がかりに小塚が登り返してきて、ポケットからオレンジ色の布の切れ端を取り出した。その一部に真新しい血の染みがある。

「尖《とが》った灌木の枝に引っかかっていました。高木の衣服だと思います。そのすぐ先は絶壁になっていました。上から沢床を覗いてみたんですが、灌木が繁茂していて高木の姿は見えませんでした」

「おれたちも急いで下に下りよう。いろいろやることがある」

焦燥を覚えて山下は促した。高木が生きている可能性はほぼ断たれたが、そうだとしても所持品や現場の遺留品には事件の解明に繋がるものがあるかもしれない。とくに高木が所持していたはずの彰久の携帯が手に入れば、そこに残っているデータから彰久の交友関係が探れるかもしれないし、メールやLINEのやり取りが残っていれば、そこに具体的な教唆の事実を示すものが含まれている可能性がある。本体はロックされているかもしれないが、科捜研に持ち込めば、それを解除する技術はあるはずだ。

5

一時間ほどかかって麓に下りると、大川たちがすでに到着していた。救急車も県道の路肩に待機している。地元消防団はすでに沢の上流に向かっているが、まだ高木を発見したとの連絡は来ていないという。

夕闇が迫るなかを、脇田の案内で山下たちも上流に向かった。繁茂していた藪は消防団員の手で払われている。救急隊員二名とともに沢沿いの道を二十分ほど登りつめると、消防団の制服を着た男たちの集団が見えた。そのなかの一人が急いで来いというように脇田に向かって手招きする。地元消防団の班長のようだ。

「見つかったの、山岡《やまおか》さん？」

脇田が問いかけると、山岡という班長は切なげに首を左右に振った。歩み寄ると、水流の豊富な沢床の傍らの草地に仰向《あおむ》けに横たわる男の姿があった。首や足や腕が不自然な方向に曲がっている。

「心肺停止状態だね。見つけてすぐ蘇生《そせい》術を施したんだが、まったく反応がないんだよ。これから担架《たんか》で県道まで運ぶことになるが、救急車で市内の病院へ搬送するには一時間はかかるよ」

傍らでほかの団員が担架を用意している。ヘリはいったん成田の基地へ戻ってしまったから、また呼び寄せるには小一時間はかかるし、現場は狭い谷底だから、そもそも着陸は無理だろう。同行してきた救急隊員が脈拍と呼吸を確認し、骨折した部位を慎重に扱いながら担架に乗せる。

頭部には大きな陥没があり、出血はさほどではないが、不自然な頸骨《けいこつ》の角度を見ても、頭部に大きなダメージを受けているのは明らかだ。心肺停止という言葉が死亡宣告と同義だというくらいは山下も知っている。

高木の搬送は消防団員と救急隊員に任せ、山下たちは現場周辺を捜索した。高木のジーンズのポケットからは携帯が出てきたが、山下が自分の携帯から伊予ヶ岳の頂上で使われた彰久の携帯番号を呼び出しても反応がない。だとしたらそれは高木個人のものと考えられ、彰久から預かったものはどこか別の場所にあることになる。

高木が背負っていたというデイパックも見つからない。彰久の携帯はそちらに入っているのかもしれないが、足がつくことを惧れ、頂上で一度電源を入れてから捨ててしまった可能性もある。そうだとしたら最悪だ。先ほどの状況を見れば、高木が蘇生する可能性はほぼゼロだ。そうなれば、せっかく彰久に繋がった太い糸が断ち切れる。

さらにしばらく捜索を続けたが、けっきょくデイパックも彰久の携帯も見つからない。時刻はすでに午後七時近く、太陽は伊予ヶ岳の山体の向こうに沈み、薄暗い谷底での捜索は困難になってきた。あす明るい時間に人員を動員して再捜索するしかないが、携帯については、周囲を断崖に囲まれた頂上から投げ捨てたとしたら探し出すのはまず無理だろう。大川もそれに同感のようで、苦々しい口ぶりで応じた。

「彰久のようなクズのせいでまた一人死んだ。高木もたぶんろくでなしには違いないが、彰久なんかと縁を切っていれば、こういう運命にはならずに済んだのにな」

「寺岡を使ったアリバイ工作といい今回の件といい、警察をからかうようにやらずもがなのことをする。ところがそんな馬鹿げた行動がいまのところ大当たりで、これでは彰久の殺人教唆を立証する糸口が完全に絶たれることになりかねません」

山下は苦衷を滲ませた。彰久がそこまで計算に入れていたとは考えにくいが、結果においてこのまま取り逃がす可能性は大いに高まった。

そのとき証拠品収納袋に入れてある高木の携帯の呼び出し音が鳴った。取り出してディスプレイを見ると、「ＡＫ」という発信者名の下に携帯番号が表示されている。手帳を取り出し確認する。間違いない。秋川真衣の姉宅にかかってきた格安ＳＩＭによる不審な電話の番号だ。「ＡＫ」の表示は門井のフルネームのイニシャルと読める。

ロックされていても応答は可能だ。画面中央の電話マークをスワイプする。そのまま耳に当てると、先日聞いた彰久の声が流れてくる。

「おれだよ。連絡がないけど、無事に山から下りられたのか」

背後で駅のホームのような雑音が聞こえる。そのまま耳を傾けていると、焦《じ》れたように彰久は続けた。

「どうして黙ってるんだよ。なにか起きたのか？」

山下はすかさず応じた。

「門井。どこにいる？　おまえはすでに全国に指名手配されている。高木の身柄は確保した。もう逃げられないぞ」

彰久は一瞬沈黙した。そのとき背後の騒音に混じって聞き慣れたメロディが流れた。彰久はチッと舌打ちをして通話を切った。山下は大川たちを振り向いた。

「彰久はＪＲ蘇我《そが》駅の五、六番ホームにいます」

彰久の声の背後で流れた電子音風のメロディはジェフユナイテッド市原《いちはら》・千葉の応援歌で、近くにホームスタジアムがあることから採用されている蘇我駅の発車メロディだ。山下が通勤に使っているのは千葉駅から二つ目の蘇我駅で、朝晩耳にタコができるほど聞き慣れている。いま鳴ったのはサビの部分で、それが使われているのは内房線と外房《そとぼう》線の下り用五、六番ホーム。さらに蘇我は秋川真衣の姉宅の最寄り駅でもある。

手短《てみじか》にそう説明すると、大川はさっそく県警本部にいる生活安全捜査隊長の稲村に連絡を入れ、状況を説明した。さらに大川は気を利かせて、高木が心肺停止状態にあることは伏せておくように依頼した。先ほどの山下の言葉で、彰久は高木が生きて検挙されているものと解釈するだろう。それは彰久にとって強いプレッシャーになるはずだ。電話を終えて、大川は期待を露わにした。

「こうなれば、彰久の携帯の捜索は後回しでもいい。蘇我駅の下りホームにいたとなると、やつはいまこちらに舞い戻ろうとしている可能性がある。網は絞れたから本部の連中がなんとかとっ捕まえてくれるだろう。とりあえずおれたちは安房署に戻って朗報を待つことにしよう」

6

安房署の臨時本部に戻ったが、彰久逮捕の朗報はまだ届かない。

大川の連絡を受けて地元所轄の生活安全課と地域課の警官が蘇我駅の五、六番ホームに駆け付けたが、そこに彰久の姿はなかった。電話のあった時刻はラッシュアワーで下りホームの人の数はかなり多かったらしい。

彰久からの電話が着信した時刻以降に発着した南房総方面に向かう内房線の列車は、直近だと十八時五十六分発の館山行き普通列車だった。所轄の警官はパトカーを飛ばして二つ目の駅の八幡宿《やわたじゅく》で列車を摑まえ、乗り込んですべての車両をチェックしたが、彰久の姿は発見できなかった。

警官がホームに駆け込んだとき、次の内房線下りの列車はまだ到着していなかった。警官たちはホーム全体をくまなく捜したが、彰久と思しい人物は見つからない。彰久は変装が得意なようだから、小塚のように彰久本人の容貌や体型を知っている人間以外は見落とす惧れがある。あるいは山下が応答したことでこちらの動きを察知して、急遽別の方面に向かったとも考えられる。

蘇我駅を発着する路線は外房線、内房線、京葉線の三つで、京葉線は上りの始発だけだが、外房線と内房線には上りと下りがある。変装した上に内房線下り以外の列車で移動したとしたら取り逃がした可能性がある。あるいはあのあとすぐに駅を出てふたたび千葉市街へ潜伏したか——。いずれにせよせっかく摑まえたと思った尻尾が間一髪で手をすり抜けて、もとの木阿弥《もくあみ》に戻ったようだ。

搬送された南房総市内の病院で高木は死亡が確認されたが、臨時本部としてはそれをしばらく公表しないことにした。死因は頭蓋骨骨折による脳挫傷《のうざしよう》と内臓破裂。断崖から岩の露出した沢床に転落したためだという結論で、山下たちの見立てと齟齬《そご》はなかった。

江戸川区役所に出向いた捜査員は、戸籍謄本をとったその足で両親の自宅に出向き、高木の現在の居所を知らないかと訊《たず》ねたが、父親は知らぬ存ぜぬの一点張りで、息子とは親子の縁を切っていると言ってけんもほろろに追い返されたという。

だからといって息子の死を知らせないわけにはいかないし、遺体を引き取ってもらう必要もある。しかし少なくともこれから数日のあいだは、高木が死んだことを彰久に知られるわけにはいかない。

それを知れば彰久は、より大胆な行動に出るかもしれない。事件の真相を知る者が一人いなくなることは、こちらにとっては痛手で、彰久側にとってはアドバンテージだ。彰久を訴追するうえでの最難関が教唆の立証で、逮捕して送検するまでの四十八時間以内になんとか自供を得る必要がある。

少なくともそのあいだは、高木の死は秘匿《ひとく》しておきたい。その意味で都合がいいのは、現場から高木の身元を証明するものがいまのところ出てきていないことだ。捜査手続き上は、死んだのが高木だと確定するためには、歯型の照合や場合によってはＤＮＡ型鑑定を行う必要がある。

もちろん両親が息子だと認めれば手続き上は身元が確定するが、現状ではそれが高木だという根拠は川内夫妻の証言だけだから、その裏付け捜査を名目に、これから数日のあいだは身元不明の遭難死体として扱うことに法令上の瑕疵《かし》はない。

西村は現在の捜査状況の報告と、村松から預かったデジカメのメモリーカードのデータ復元を依頼するためにいったん県警本部に戻っている。この状況でも一課が捜査に加わるという声はまだ聞こえてこない。午後九時を過ぎたころ、その西村から電話があった。山下はこまでの状況を説明し、苛立ちを隠さず問いかけた。

「どうなんだ。伊沢庶務担当管理官は、相変わらず知らぬ存ぜぬを決め込むつもりか」

「まだ殺人事件だと認知できるだけの証拠が出ていない。憶測だけで捜査に着手して、冤罪ということになったら捜査一課の恥さらしだといって聞かない」

「デジカメのデータの話はしたのか」

「ああ、それでいやいや応じたよ。もしそこに殺人を疑わせるような画像が写っていたら、殺人事件と認めて捜査本部の立ち上げを具申すると言っている」

「捜査本部って、要するに捜査一課が独自に動くつもりなのか」

「もし実行犯と見られる人物がそれで特定できれば、そちらを被疑者として捜査に乗り出す。つまりその段階においても門井彰久による教唆の事実が立証できない場合は、生安の臨時本部とは捜査対象が異なるとみなし、あくまで別件として扱う。その捜査の結果教唆の事実が明らかになれば、当然門井も捜査対象にするが、その場合は生安の臨時本部は一課の捜査本部に統合する——。考えているのはそんなところだろうな」

「ふざけたことを言うなよ。それじゃ捜査一課がすべていいとこ取りじゃないか。そんな話に乗れるわけがないだろう」

「しかし難しいのは、彰久による教唆の立証だ。もしデジカメのデータで実行犯が特定できたとしても、それが彰久の教唆によるものだとは断定できない」

「あらゆる状況証拠が、それを示唆している」

「殺人事件は物証がないとなかなか追い込めない、とくに教唆となるとな」

「GPSの位置情報を使った撹乱《かくらん》工作にしてからが、彰久の関与をはっきり示唆している。そのうえそれを実行した高木俊雄の携帯に、彰久が状況確認の電話を寄越している。彰久が深く関与しているのは子供だってわかるだろう」

「ところが、子供よりものわかりの悪い人間が世間にはいてね。政治家や役人というのは概《おおむ》ねそうで、偉くなるほどその傾向が強い。警察官僚も例外じゃない」

西村は投げやりな口ぶりだ。山下は問いかけた。

「デジカメの画像の復元にはどれくらいかかる？」

「すでに科捜研に渡してある。あすいっぱいでなんとかしてくれるそうだ」

「あと、高木のスマホのロック解除だが、なんとかなりそうか」

「できないことはないんだが、科捜研にはそのための技術がなくて、外部の業者に委託することになる。最短で三、四日はかかるかもしれない」

「彰久の事件への関与を立証するうえでの宝の山になるかもしれないんだが」

「おれもそんな気がするよ。なるべく早くやるように、おれのほうからもせっついておくよ」

「よろしく頼む。おれたちは彰久の検挙に全力を尽くす。もし逮捕したら、そのあと四十八時間できっちり証拠を固めて送検しないと、例のヤメ検が介入して検察が不起訴にしかねない。伊沢さんがそういう思惑なら、おまえには申し訳ないが、むしろ捜査一課には関与して欲しくない」

「おれもそういう気分だよ。捜査一課が中途半端に首を突っ込んで本命の彰久を取り逃がすことになったら、おれだって一生悔やむことになる」

苦い口ぶりで西村も応じる。それが本音なら頼もしい味方だ。捜査一課には期待しないが、西村だけは多少は役に立ってくれるだろう。むしろ伊沢庶務担当管理官の横槍に対する防波堤になってくれそうな気がする。

7

高木のスマホは臨時本部に来ている現場資料班の刑事に託して西村に届けてもらい、翌日は早朝から伊予ヶ岳山中の捜索を開始した。この日は県警本部警備部の機動隊一個小隊二十名も加わった。

刑事捜査の領域に機動隊が関与するのは異例だが、生活安全捜査隊長の稲村が、生安部長に強力なプッシュをかけたらしい。ヤメ検の倉本にしてやられ、結果的に彰久を取り逃がした。それに対する生安内部からの突き上げも強い。ここは汚名返上と、部長も積極的に動いたようだ。

彰久の行方はいまもわからない。きのう高木の携帯に電話をかけたとき、内房線・外房線下りのホームにいたのは間違いない。だとしたら南房総市方面に戻ろうとしていた可能性もあるから、富浦駅を中心とする周辺の数駅に警官を張り付け、市内に向かう幹線道路のみならず、山間部を縫う県道の要所でも検問を行っているが、足どりはいまも摑めていない。

立ち寄る可能性の高い父親の門井健吾や兄の孝文の自宅、房総レジャー開発の本社への張り込みも手は抜けない。まだ千葉市内に潜伏している可能性もあるから、そちらでの捜索活動にも人手は割かれる。まさに懼れていた股裂き状態が生じてしまったことになる。

臨時本部内では、いまは携帯の捜索に人員を割くより、彰久の逮捕に全力を注ぐべきではないかという意見もあったが、もし彰久を逮捕したとしても、遅滞なく送検できるだけの証拠が必要だ。その証拠が詰まっているかもしれない彰久のスマホを入手することは、逮捕後四十八時間以内という時間的制約を考えれば、山下にとってはまさに喫緊《きっきん》の課題だ。

さらにもし発見したとしても、きのうの西村の話だと、ロックを解除するのに早くて三、四日はかかりそうだ、だとしたらそのタイムリミットを考えれば、むしろ彰久はもうしばらく泳がしておいてもいいような気がしてくる。指名手配されている以上、国外への逃亡はまずあり得ない。秋川真衣の姉宅は手厚い警護を敷いている。拳銃を所持しているかもしれない点は不安だが、いまのところ人質をとって立て籠もるような状況ではないし、国内にいる限りいつかは逮捕できる。

高木のデイパックは、捜索を開始してほどなく見つかった。例のガレ場のすぐ上の、高木が滑落し始めたあたりの下草のなかに隠れていた。そのすぐ近くの硬い灌木の枝がへし折れていて、そこに引きちぎられたストラップの一部が引っかかっていた。それで体から脱落して下草のなかに埋もれたものと考えられた。

肝心の彰久のスマホがそのなかにあるものと大いに期待したが、それはあっさり裏切られた。入っていたのはキャッシュカードとクレジットカードと二万円ほどの現金の入った財布、それに菓子パンと缶コーヒーと飲みかけのスポーツドリンクくらいだった。

クレジットカードは、運転免許証とは違ってインターネットで住所の変更ができる。その際、本人確認書類が求められることはないから、五年前に職権消除されていても、住所変更の手続きをしていれば更新時に自動的に新カードが受けとれる。つまりいまも利用可能だと考えられる。

キャッシュカードはとくに住所を変更しなくても使えるから旧住所のままかもしれないが、クレジットカードのほうは、カード会社に問い合わせれば現在の住所が把握できるはずだ。それがわかればガサ入れをして、彰久との繋がりを示す証拠を見つけられるかもしれない。

しかしより重要なのは、彰久のスマホに残っている通話履歴やメールのデータで、それを見ることができれば、ここ最近だれと連絡をとったかがわかる。高木のスマホのデータと突き合わせれば、高木に対する教唆の事実も浮かび上がるかもしれない。その教唆は、今回のGPSを使ったトリックの手伝いだけではなく、村松由香子殺害それ自体に関わるものでもあるはずだ。

高木が転落死した杣道を登山道との分岐の展望台までくまなく捜索したが、スマホは見つからなかった。さらに頂上までの登山道も徹底捜索したが、そこでも発見できなかった。だとしたらいったん電源を入れてからそれを切り、頂上から断崖の下に投げ捨てたのかもしれない。

その可能性もあると考えて、機動隊の小隊にはラペリングの装備を用意するよう要請した。災害や人命救助に出動することもある機動隊はそういう訓練も受けている。専用の下降器をつかって八〇メートルのロープいっぱいまで下降し、こんどは登高器《とうこうき》を使って登り返しながら、西面、東面、南面の断崖をすべてチェックしたが、スマホは見つからなかった。そこから麓まで続く藪と樹林に覆われた一帯を探すとなると、一個大隊を投入する必要があると機動隊の小隊長に言われ、やむなくそこで捜索はいったん断念することにした。

夕刻、臨時本部に帰ったところへ、県警本部にいる西村から連絡が入った。村松由香子のデジカメのデータが復元できたという。明らかに男と見られる、ある人物の顔が写った一カットで、その日撮影された数十カットの写真と番号が続いており、彼女がシャッターを切った最後の写真と見て間違いない。西村は残念そうに言う。

「これからデータをメールで送るが、ひどくブレていてピントも甘い。なにか慌てるような事情があったようだ」

「だれなのか、特定はできないんだな」

「そのままだと難しい。科学警察研究所に持ち込めば、スーパーコンピュータを使って画像の解像度を高められるというんだが」

「やってもらえるのか」

山下は期待をあらわに問い返した。西村は曖昧に応じる。

「科捜研のほうから依頼すればやってくれると思うが、数日はかかるそうだ。その結果にしても、あの写真の状態だと人物を特定できるまで復元可能かどうかはわからない」

「しかし、そこに写った男が実行犯なのは間違いない。少なくとも事故や自殺ではないことを立証する重要な決め手になるな」

「背後に不審な気配を感じて、振り向きざまにシャッターを切ったんだろう。いまのカメラはオートフォーカスで手ブレ補正機能もあるが、とっさの動きには追随できない。人物の特定までは難しくても、科警研で解析してもらえば、撮影時の二人の距離や位置関係はわかるとのことだ」

「問題は、そのカットを削除したのがだれかだな」

「あす、おれが安房署に乗り込んで、刑事課の連中から事情聴取するよ。いま画像データを送るから、おまえのほうでも確認してくれないか」

西村はそう言って通話を切り、ほどなく画像データを添付したメールが届いた。そのデータをパソコン上で開いた。表示された画像はたしかにピントが甘く、さらに画像が斜め方向に大きく流れている。しかし確実に判別可能な部分がある。

ブラシで刷《は》いたような紺色の帯のような部分、さらに陽射《ひざ》しを受けて光ったようにおぼろげな八の字を描く金色の部分。衣服と思しい部分はえんじ色で、きのう沢床に落下していた高木が着ていたオレンジ色のTシャツとは違うが、いつも同じ色のものを着ているわけではないだろうからそこは問題ない。

近くにいる大川を手招きして事情を説明した。大川はディスプレイを覗き込んで唸った。

「間違いなく高木だよ。紺のキャップも金縁眼鏡も、川内夫妻の目撃証言と一致している」

第八章

1

翌日、県警本部から安房署の臨時本部に戻ってきた西村は、刑事課の川口を呼び出して、削除されていたデジカメの画像について聞き取りを行った。

もちろん山下もそこに加わった。場所は取調室ではなく署内の小会議室だが、威圧を加えるために、被疑者に対する事情聴取と同様に、現場資料班の部員を記録係として同席させた。

川口はふて腐れた態度で呼び出しに応じた。村松由香子が所持していたデジタルカメラのメモリーカードから、犯人が殺害に及んだときのものと見られる画像データが削除されていた。その理由はなにかと西村が問いただすと、川口は気色ばんだ。

「おれが消したとでも言いたいように聞こえるな。それじゃ証拠隠滅罪で手がうしろに回るくらい警察官ならだれでも知っている。そもそもどうしておれがそんなことをしなきゃならないんだよ」

「やったとは言っていない。しかしあの事件の初動捜査を指揮したのはあんただったと聞いている。捜査責任者として、なにか知っていることがあるんじゃないかと思ってね」

西村は外堀を埋めるように攻めていく。川口は空とぼけてかぶりを振った。

「誓って言うが、現場にあった証拠品には一切手を触れていない。それは刑事捜査の基本中の基本だろう」

「じゃあ、だれが削除したんだ。事件が自殺や事故ではなかったことを示す重要証拠だ。気付かずにいたら殺人事件を見逃していた可能性がある」

「犯人が削除したのかもしれない」

川口は突拍子もないことを言い出した。西村は突っ込んだ。

「カメラは遺体と同じ岩場に落ちていたんだろう」

「犯行時にカメラを奪いとって、画像を削除してから遺体のある場所に投げ落とせば、わざわざ下りていく必要はないだろう。犯人は自分が写されたことがわかっていたわけだから、当然そのくらいのことはしたんじゃないのか」

「そこまで想像できるほど頭が切れるんなら、どうしてカメラのデータを確認しなかったんだ。それが当然の捜査手順で、調べもしなかったとしたら不作為の証拠隠滅と言うべきだろう」

西村は嫌味な調子で押してゆく。川口の仏頂面《ぶっちょうづら》が媚《こ》びるような笑みに変わった。

「なあ。お互い同じ釜《かま》の飯を食う仲間だろう。神ならぬ身である以上、全力を尽くしても百点満点はとれないのが捜査の現場というもんだ。その辺はわかってくれよ。それをいちいち突っ込まれたら、刑事なんてみんな証拠隠滅の不作為犯になっちまう」

一筋縄ではいかないと思っていたが、想像以上にしたたかだ。この事案に消極的な捜査一課の西村なら、有利にことが運べると舐めてかかっているらしい。不快感をあらわに山下は言った。

「そもそもあんたの本業はマル暴関係で、殺しの可能性のある事件は畑違いだと思うんだが、どうして専門外の事案を担当することになったんだよ」

「だったらあんたにも同じことが言えるだろう。今回の事案がもし殺しだというのなら、生活安全部が首を突っ込む筋合いじゃないはずだ」

川口はここぞと反撃する。山下はあっさり突き放した。

「当初から殺しの可能性が濃厚な事案を、ろくに捜査もしないで事件性なしにした。あんたたちがその体たらくだから動かざるを得なかったんだよ。おれたちにとってはあくまで彰久のストーカー事案の捜査で、殺人の容疑はその延長線上で浮上した。生安が殺しの事案を扱ってはならないという決まりはないだろう」

西村もここは呼吸を合わせる。

「安房署刑事課からの不十分な報告のせいで、捜査一課も初動が遅れた。あの写真が出てこなかったら、おれたちも殺人事件を見逃すという大失態をやらかすところだった。そうならずに済んだのは、生活安全捜査隊が早くから門井の身辺を洗ってくれていたからだ。おれたちからすれば生安様々《さまさま》なんだよ」

思惑が外れたらしく、川口はくどくどと言い訳する。

「うちみたいな田舎の所轄は慢性的に人手不足でね。同じ刑事課に属する以上、全員がなんでも屋で、専門がどうだこうだにこだわっちゃいられない。そんなこと、あんたたちだってわかっているだろう」

「ああ、よくわかっているよ。鬼塚組の組長の鬼塚有吉と彰久の父親の門井健吾が幼馴染で、いまも持ちつ持たれつの関係にあることも、あんたが鬼塚組とえらく親密に付き合っているらしいことも。そういう絡みで捜査に手心を加えたとしたら、千葉県警の屋台骨を揺るがす大スキャンダルになるぞ」

皮肉をあらわに山下は言った。川口は鼻で笑った。

「言うと思ったよ。あんたたちにはわからないだろうが、暴力団撲滅《ぼくめつ》の掛け声だけじゃ世の中なにも変わらない。大事なのは一般市民に危害を及ぼさないように適切にコントロールすることで、そのためには連中の内輪の情報を集めなきゃならない。魚心あれば水心という言葉もある。素人はそこを癒着と勘違いする」

川口が言うような話は県警のマル暴担当からもよく聞かされる。だからといって凶悪な指定暴力団が警察の関与で穏健化したというような話はとくに聞かないし、むしろ中途半端に規制が強まったことで、振り込め詐欺のような堅気《かたぎ》の市民を餌食《えじき》にする犯罪に手を染めるようにさえなっている。

「あんたが鬼塚組のシノギになにかと融通を利かせてやっているという噂は、地元で有名なようだが」

「また村松の爺さんから吹き込まれたトンデモ話を持ち出すわけか。あの爺さんはたちの悪いクレーマーだよ。警官だった時代に嫌な思いをしたことでもあるのか、警察に遺恨を持っている。それで署への出入りを禁じたんだが、こんどはそれを逆手にとって、あることないこと町中に触れ回る」

「そうも言えないようだな。おれも村松さんの話を聞いて、裏付けの聞き込みをしたんだが——」

鬼塚組にミカジメを払えと強要された店主が警察に相談したら、川口がしゃしゃり出てきて、払ったほうが身のためだと口利きをした。あるいは暴力団排除条例に違反するからと鬼塚組の関係者へのビルの賃貸を拒否した不動産業者に、相手は離脱届を出しているから、更生させるために便宜を図ってやってくれと言ってきた。やむなく貸すことにしたら、入居した途端に組事務所に化けて、立ち退きを要請しても応じない——。

すべて村松から聞いた話で、それを裏付ける聞き込みをしたというのは真っ赤な嘘だ。しかしその三味線が効いたようで、川口は動揺を隠さない。

「そんなの爺さんに言いくるめられて、あることないこと喋ったに決まってる」

「おれたちも素人じゃないから、相手が嘘をついてもある程度は見破れる。それに彼らが村松さんの言いなりになって嘘をつく理由もべつにないだろう。まあ、そんなことはどうでもいい。問題はカメラのデータをだれが削除したかだ。遺体が発見されてから自殺という話で片付けられるまで、カメラはあんたたちが証拠品として保管していたわけで、普通は外部の人間は触れない。署内での保管状況を含めて、そのあたりの事情を聞かせてもらえないかね」

「だから、やったのは犯人だと言ってるだろう」

「それはあんたの想像に過ぎない。これが遺体発見直後の写真だったな」

西村が示したのは鑑識が撮影した現場写真で、死亡した村松由香子はデジタルカメラをストラップで首から下げている。つまり画像を消してからカメラを崖の下に投げ捨てたという荒唐無稽《こうとうむけい》な推理は成り立たない。西村はさらに突いていく。

「それに、おれのところに届いた捜査報告書には、カメラについての言及がまったくなかった。それに触れると困るようなことでもあったのか？」

「うっかりしていたんだよ。検視官が他殺の可能性はないと言ったから」

川口は検視官に責任を擦《なす》りつける。動じることなく西村が言った。

「死体検案書を見たが、検視官が指摘していたのは、なんらかの理由で崖から落下したもので、死因は頭部骨折と内臓破裂だという点だけだった。自殺だとも事故だとも言っていない。そもそもそれ以上のことに言及するのは検視官の仕事じゃない」

「検案書には書かなくても、現場でそういう感想を口にしたんだよ。それに、現場には他殺を示唆する遺留物はなにもなかった。それで事件性なしと報告したら、あんたの部署も了解したじゃないか」

川口は西村の弱みを突いてくる。代わって山下が踏み込んだ。

「彼女には自殺する動機がなかった。伊予ヶ岳の頂上にはしっかりした柵があって、うっかり落下するとも思えない。ところが門井彰久には、彼女へのストーカー行為で警告書が出ていた。さらに彼女が山に向かった日の朝、自宅近くのコンビニのまえで、その様子を窺っていた彰久を祖父が目撃していた。おれたちもコンビニの防犯カメラで確認している。問題はそれだけの背景がありながら、なぜ他殺の可能性を考えなかったのかだよ」

「アリバイがあったからじゃないか」

「あんたが電話で訊いただけだろう。アリバイ証言をした寺岡という男におれは直接会ったんだよ。彰久に頼まれての偽証だったとあっさり認めた」

「だからといって彰久が、事件当時東京都内にいたのは間違いないんだろう」

「それも含めて、あらゆる状況証拠から彰久が教唆犯だと考えざるを得ない。だから逮捕状を請求したわけで、裁判所も疎明事実を認めて発付した。しかしその話は別にして、伊予ヶ岳の事件が殺人だった可能性は初動の段階で十分推認できたはずだ。あんたに聞きたいのは、なぜそういう隠蔽まがいのことをしたかだよ」

「たしかに至らないところはあったかもしれない。捜査上のミスだと言われれば反論はできない。しかし隠蔽があったというのは濡れ衣だ」

川口は殊勝な顔で防衛線を張る。山下は鎌をかけた。西村と事前に打ち合わせていた作戦だ。

「カメラについていた指紋を改めて確認したんだが、被害者の指紋はいくつも採取できた。しかし実行犯と思われる人物の指紋は一つもなかった」

「手袋でもしていたんだろう」

「ところがそれ以外にもう一つ、気になる指紋が出てきてね」

「いったいだれの？」

川口の顔が引き攣《つ》った。山下はずばりと切り込んだ。

「あんたのだよ。どうしてそんなものが付いていたのか、そこがどうにも不思議なんだよ」

「嘘だ。そんなはずはない。おれはカメラには一切手を触れていない」

「しかし指紋があったのは間違いない。証拠品というのは専用のビニール袋に入れて保管するのが鉄則で、それに触れるというのは普通はあり得ないはずなんだが」

「ああ、思い出したよ。現場で証拠品収納袋に入れようとして、うっかり落としそうになった。そのとき慌てて触ってしまったのかもしれない」

「しかし、そのまえに鑑識が指紋を採取していたわけだろう。そのあと証拠品収納袋に入れるのも普通は鑑識の仕事のはずだ。なんであんたが現場で証拠品のカメラを取り扱ったんだ」

「おれもそういう現場に出るのは久しぶりだったんで、そのあたりの段どりをうっかり忘れていたんだよ。場所が辺鄙《へんぴ》な山の上だから、鑑識が到着するまで時間がかかった。そのあいだにおれたちが崖の下から遺体を引き上げた。通報を受けたときは生死が確認できなかったから、そこは急を要した。散逸を避けるために、遺留品もおれたちが確保したわけだよ――」

川口はしどろもどろに言い訳する。山下はさらに突っ込んだ。

「だったら、なぜ捜査報告書でカメラのことに触れなかったんだ。鑑識からの報告であんたの指紋があることはわかっていたはずだ。そこで事情を釈明すればよかったんじゃないのか」

「そのときは被害者の指紋しか出てこなかった。だから報告書ではとくに言及しなかった。おれの指紋があったって話は本当なのか」

川口はようやく猜疑の目を向けてきた。山下は笑ってかぶりを振った。

「どうだかな。じつはおれたちはまだ現物を調べていないんだよ。しかし身に覚えがあるようだな」

「騙しやがったな。汚い手を使いやがって」

川口の顔が紅潮する。西村が穏やかに問いかける。

「最初から素直に認めればよかったんだよ。なぜ最後の一コマを消したんだ」

「消してはいない。捜査報告書を書くために参考にしようと、ちょっと画像を覗いただけだよ」

「そのとき、消えた画像は見ていたんじゃないのか」

「なかったよ。あれば報告書にちゃんと書いていたよ」

「じゃあ、だれが削除したんだ」

「知らない。しかしおれじゃない」

「だったら、どうしておれの三味線に引っかかったんだよ」

「指紋が残っていた可能性がなくもなかったからだよ。もしあったとしたら、否定したって始まらないだろう」

いかにも苦しげに川口は応じる。山下はなおも踏み込んだ。

「だれかに頼まれて、あんたが最後の一コマを消したんじゃないのか。教唆犯は被害者のカメラに実行犯が写っていることを知っていたんだろう。それが証拠になっては困るから、削除するようにあんたに依頼した。それがだれかはここまでの経緯であらかた想像がつくがね」

「それこそ妄想《もうそう》まみれのトンデモ話だ。村松の爺さんに誑《たぶら》かされて、脳みそまで腐っちまったらしいな。生安なんて、もともと許認可権を悪用する喝上《かつあ》げ屋で、捜査能力の点じゃサル並みだって評判だ。いいか。おれはやっていない。どうしても疑うんなら、そういう汚い手口は使わずに、ガチな証拠を見せてみろよ」

川口は悪態を吐き散らす。うんざりした表情で西村が目配せする。引導を渡すように山下は言った。

「とりあえずきょうはそういうことにしておこうか。ただしこの先、捜査を妨害するような動きをしたらただじゃおかない。犯人隠避罪でぶち込んでやるから覚悟しておいたほうがいいぞ」

2

川口からの聴取を終え、臨時本部の一角に設えられた打ち合わせ用のブースに戻り、山下は西村に言った。

「これで川口も余計な動きはできないだろう。犯人隠避の罪で挙げるのはあとでいい。まずは彰久のほうなんだが――」

殺害される直前に撮影された実行犯である可能性の高い人物の写真が出てきた以上、捜査一課も動かざるを得ないだろう。ただしそれについては諸刃《もろは》の剣《つるぎ》で、伊予ヶ岳の事案は殺人として認知されるものの、もし写っていたのが高木俊雄だと判明すれば、被疑者死亡で送検されて一件落着にされてしまう。

いまのところ写真の男が高木だとは証明されていない。科警研に画像のブレの補正を依頼してはいるものの、それが高木だと特定できるところまで鮮明になるかどうかはわからない。むしろこちらとしては、彰久を逮捕して自供させるまで写真の人物が特定されないほうが有難い。

その写真の人物が高木である可能性が高いというのはいまのところ山下たちの印象のレベルに過ぎないが、一昨日からの一連の出来事と関連付けて考えれば、単にそう見えるという以上のものがある。西村は頷いた。

「さっき県警本部に電話を入れて、係長に状況を訊いてみたよ。伊予ヶ岳の事案に関しては、うちの管理官も殺人事件と認識せざるを得ないようで、いま一課長と相談しているようだ。ただ相変わらず生安の後塵《こうじん》を拝するのは気に入らないようで、彰久の事案とは一線を画し、被疑者不詳の殺人事件として帳場を立てるつもりらしい」

「同じ被害者の事案で帳場が二つ立つとはね。千葉県警というのはずいぶん効率のいい組織だな。まさかそっちの帳場も安房署に立つんじゃないだろうな」

「いや、頼んでもこっちには来ないだろう。県警本部内に小規模な帳場を立てて、もし写真の人物が特定できなければ、被疑者不詳のままお宮入りで終わり。そういう思惑なら、帳場の規模は小さいほどいい」

「伊沢庶務担当管理官もなにやら臭いな。門井健吾とどこかで繋がっている可能性はないのか」

山下は問いかけた。門井はヤメ検の倉本とも深い関係がある。そういう影響力が伊沢にも及んでいるのではないかとかねてから危惧していたが、こうなると杞憂ではなさそうな気がしてくる。深刻な面持ちで西村は応じる。

「おれもそれとなく部内の人間にチェックを入れてみたんだが、直接の付き合いはなさそうだ。ただし伊沢さんは大のゴルフ好きだという評判だから、首都圏のゴルフ場ビジネスを牛耳《ぎゅうじ》っている門井健吾と、まったく接触がないとも思えない」

まさか県警刑事部捜査一課の筆頭管理官がそこまで腐っているとは信じたくないが、ヤメ検の倉本を自在に操る門井の裏の実力も決して侮れない。しかし伊沢管理官になんらかの思惑があって、捜査一課を彰久の件とは別ラインで動かそうとしているとしたら、むしろこちらの捜査の自由度は増すと言えそうだ。

一方で彰久の行方は杳《よう》としてわからない。千葉市内と南房総市内には緊急配備体制が敷かれているが、その主体が捜査一課ではなく生活安全捜査隊だという点に関して、マスコミの一部には不審の目で見る者も出てきている。

問い合わせに対して隊長の稲村は、彰久に関する捜査はあくまでストーカー事案に関わるもので、それは生活安全部の所管であり、その実動部隊である生活安全捜査隊が捜査を主導するのは当然のことだと明快に答えたという。ところがわざわざ捜査一課に話を聞きに行く者もいて、一課のほうは、事件そのものをまだ正式には認知しておらず、生安の動きはいかにも迷惑だと言いたげだったらしい。

そんな状況に批判的なメディアも出るようになったことに県警本部長は苦々しい思いだろうが、個別の捜査案件に口を挟めば現場から反発を食らう。県警本部長といってもそのほとんどが警察庁から出向するキャリアで、無事に任期を勤め上げ、警察庁に凱旋することしか考えていない。在任中に組織内部で波風を立たせるのは経歴の疵《きず》にしかならない。とくに捜査一課は公安と並ぶ県警本部内のうるさ型で、事態が膠着《こうちゃく》すれば生活安全部よりもそちらの肩をもちかねないから、そこは要注意だ。

「流れはいまのところこっちに来ている。彰久を挙げさえすれば、自供に追い込む材料は揃っている。ただしそれまでは、高木が死んだ事実を彰久には知られたくない。それ以上に、カメラに写っていた実行犯が高木の可能性が高いこともまだ表には出したくないんだよ。そのあたりの保秘は徹底してもらえるんだな」

山下は問いかけた。西村は然《さ》もない表情で頷いた。

「いまのところ、うちのほうは伊予ヶ岳の事案を殺人事件と認知しただけで、生安の捜査対象にはまったく関心がない。当然、その過程で出てきた高木の件は捜査の視野に入っていないから、保秘もなにもないだろう。こちらからそんな話を持ち出せば、余計なことに口を挟むなとどやしつけられるのが落ちだろうよ」

「それなら有難い。あのブレた写真の画像から、写っているのが高木だと特定するのはまず無理だと思う。だったらおれたちはもうしばらく自由に動ける。そのあいだになんとか彰久を検挙する。おまえはこのあと、どうするんだ」

「いったん、本部へ戻るしかなさそうだな。これから帳場が立つとなると、おれもその下準備で忙しい。なにか動きがあれば逐一《ちくいち》報告するよ」

「それじゃスパイになっちまうだろう」

「心配は要らないよ。スパイするほどの新ネタが、うちのほうから出てくる可能性はほとんどない。むしろおまえたちが彰久を検挙したときが問題だ。そこのけそこのけで踏み込んできて、手柄をすべてかっさらわれるかもしれないぞ」

「彰久の犯行を明らかにして、きっちり訴追してくれるんならそれでいいんだよ。心配しているのはむしろその逆でね。門井の影響力が捜査一課にまで及んでいて、ヤメ検の倉本とぐるになって、訴追の邪魔をされちゃかなわないから」

「いくらなんでも、それはないと思うがな。いったん帳場が立ってしまえば、伊沢さんの手を離れて担当班の管理官が現場を仕切ることになるわけだし、いまのところどこが担当班になるのかも決まっていない。捜査一課のすべての班が門井と繋がっているとは考えにくい」

「伊沢さんについてはどうなんだ」

訊くと西村は困惑を滲ませる。

「直接付き合いがなくても、門井は県内の経済界に隠然たる影響力を持っているからな。伊沢さんもそろそろ再就職先を見繕《みつくろ》う歳でもあるし」

「やはり臭いと見ているのか」

「ああ、こんどの動きにしても割り切れないものを感じているよ。そのあたりについてなら、スパイとしての働きがいがあるというもんだ」

西村は楽しげに言う。他人事《ひとごと》のような言い草だが、いまは貴重な味方だから文句は言えない。

そんな話を終え、帳場のデスクに戻ったところへ大川がやって来た。川口からの聴取の内容を報告しようとすると、大川は慌ててそれを遮った。

「その話はあとでいい。高木の現在の住所がわかったよ。クレジットカード会社が情報を開示してくれた」

「どこなんですか」

「千葉市内だよ。中央区の末広《すえひろ》五丁目六番地だ。蘇我駅にも近い」

「その住所に住んでいるのは間違いないんですね」

「毎月の請求明細がちゃんと届いているそうだから、まず間違いないだろう。これから家宅捜索令状を請求するよ。ガサ入れすれば事件に繋がる証拠物件が出てくるかもしれないし——」

弾《はじ》かれたように山下は応じた。

「彰久がいるかもしれない」

「それを期待したいところだ。フダの請求は隊長に頼んである。こっちの人員もこれからそちらに向かうことにした。もちろんおれもおまえもな」

緊張を覚えて山下は言った。

「彰久が銃を持っているのはたぶん間違いありません。助っ人は必要ないですか」

「場合によってはARTに出張ってもらう必要があるかもしれないが、とりあえずはしっかり偵察してからだ。もぬけの殻の可能性のほうが大きいし、今後の捜査のことを考えれば、いまわざわざ捜査一課に借りをつくることもないだろう」

大川はこともなげに言う。ARTは刑事部に所属し、実質的には人質立て籠もり事件への対処を任務とする捜査一課の実力部隊だ。伊予ヶ岳の事案で図らずも張り合うかたちになっている捜査一課の手を借りるのは沽券に関わるという思いもあるだろう。その点については山下も同感だ。

3

千葉市内に向かうパトカーのなかで、川口からの聴取の内容と、西村から聞いた捜査一課の動きを大川に説明した。

川口については、すでにやられてしまったことで、いま慌てて動いても始まらない。彰久を送検したあとで、じっくり対応すればいい。そのときは捜査一課にとっても足元で起きた不祥事で、うやむやに済ますわけにはいかなくなるはずだ。

心配なのはこちらの捜査情報を彰久に流されることだが、臨時本部内での保秘は徹底している。これから向かう高木の住まいのガサ入れにしても、いまはまだ川口の耳には入っていないはずで、そのうち嗅ぎつけたとしても、すでにこちらの作業は終了している。それよりしっかり脅しておいたから、いまは戦々恐々といったところだろう。捜査一課の動きに関しては、おおむね予想どおりだと、大川は慌てるふうでもない。

「殺人事件として認知させただけでも上出来だよ。彰久を検挙できたとしても、教唆の対象となった事件が認知されていないというような間抜けな事態はとりあえず避けられたわけ

らいの仕事はしてもらわないと、月給泥棒を見逃すことになります」
「彰久の自供が得られたら、このヤマは向こうにくれてやってもいいですよ。せめてそのく
だ」

「いやいや、まだ油断はならん。西村くんも不安視しているように、伊沢さんには不審な点が拭えない。門井と直接の結び付きがなくても、例のヤメ検とつるんでいないとは限らんだろう」

「たしかにね。彰久を事情聴取に呼び出した際には、倉本が警務部長経由で生活安全部長に手を回したくらいですから、その気になれば伊沢管理官にさじ加減させるくらいのことはお手のものかもしれません」

「倉本の背後に門井健吾がいるとしたら、なにかインセンティブを用意するかもしれない。いずれにしても、捜査一課は検察と付き合う機会の多い部署だ。倉本の詳しい経歴はまだ調べていないが、若いころは千葉地検あたりのドサ回りを経験したことがあるかもしれないし」

「だったら一つ牽制球《けんせいきゅう》を投げておいたらどうですか」

「どういう手がある?」

「川口の件ですよ。生活安全捜査隊と捜査一課が別の帳場を立てていることを不審に思っている記者がメディアにいるんでしょう。こちらからリークしてやったらどうですか。伊予ヶ

岳の件の初動捜査に問題があって、捜査一課が殺人事件と認知しなかった疑いがある。いまそちらについても調べを進めているところだと」

「牽制球どころか、真っ向から喧嘩を売ることになりはしないか」

「そのくらいやってやらないと、この先、なにをされるかわかりませんよ」

「たしかにな。この期《ご》に及んでべつの帳場を立てようとしていること自体、すでにおれたちの捜査を捻《ひね》り潰そうと画策してのことだと見て間違いない。教唆罪というのは立証が難しい。連中が先に高木のことに気づいて、被疑者死亡で送検されたら、彰久の立件がやりにくくなる」

「そういうややこしい事態になると、まさに倉本の出番になりますよ。とりあえずここは身動きしにくくしておくのが得策だと思います」

「あとで隊長と相談してみるよ。リークの信憑性は、出どころが大物であるほど増すからな。おれやおまえじゃガセ扱いされかねない」

大川は腹を括ったように請け合った。

県警本部に到着すると、隊長の稲村が防弾チョッキ着用で待ち構えていた。すでにガサ入れの令状は発付されており、捜査隊の第三班が緊急出動の準備を整えて駐車場で待機しているという。

いまは第二班が私服で偵察中で、その報告によれば、高木の住居はＪＲ蘇我駅から歩いて十分ほどのところにあり、木造二階建ての築二十年は経っていそうなアパートの二階の角部屋だという。

入口のドアには表札が出ていないが、一階の階段脇に集合ポストがあり、そこには「高木」の手書きの名札がセットされていて、部屋番号もカード会社で確認した住所と一致しているから、賃貸契約はいまも続いているものと考えられる。

部屋には鍵がかかっていて、なかに人がいる気配はない。令状がとれれば大家もしくは不動産会社に立ち会いを依頼して錠を開けてもらうことになるが、こういうケースでは本人が鍵を変えてしまっていることが多いので、その場合は専門の業者に頼んで解錠してもらうか、それができなければドアを破壊することもあり得る。

ただし彰久が隠れ家《が》として利用している可能性があり、いまはどこかに出かけていて、そのうち戻ってくるとしたら、ここで荒療治をすれば感づかれて取り逃がす。むしろ周辺でしばらく張り込んで、現れる気配がないようならその時点で踏み込むというのが当面の作戦らしい。

もちろんただ待っているほどこちらも間抜けではない。蘇我駅からアパートまでの経路にあるコンビニやオフィスビル、駐車場などの防犯カメラの映像の提供を受け、それを解析する準備も整えているという。

山下たちもいったん私服に着替え、現場を偵察することにした。彰久と会ったことのある小塚も伴った。女装して自宅マンションを出た彰久を見破ったのは小塚の眼力だった。面識のない捜査員では変装に騙される可能性がある。

現場付近に近づくと、第二班の若い捜査員が周辺の家で聞き込みをしている。山下は近づいて問いかけた。

「どんな具合だね」

「何軒か回って話を聞いたんですが、ここ最近、彰久を見かけたという人はいません。指名手配されているのは知っていますから、人の目がある時間にうろうろすることはないと思うんですが」

「女装した写真も見せたんだね」

「ええ。やはりみなさん、記憶がないという話でした」

「となると、やはりここには現れていないということか」

落胆して応じると、捜査員は気になることを言う。

「二年前のことで、今回の事案とは関係ないと思うんですが――」

アパートのすぐ近くの家の住人が、似たような人物を見かけたとのことだった。自宅の前のガードレールに車をぶつけた自損事故で、その音に驚いて外に出てみると、車はボディが凹《へこ》み、ガードレールはくの字に折れていた。車種はベンツ。乗っていた人物に怪我はなかったようで、携帯で警察に通報している様子だった。

夜だったが街灯のすぐ下だったので容姿はよくわかった。二年前の記憶だから正確かどうかはわからないと断りながら、どちらかと言えばイケメンで、身長も一八〇センチ位と高く、服装も洗練されていて、かなり印象が強かったという。

その人はいったん家のなかに戻ったが、そのあと警察がやって来て、なにやら取り調べを受けている声が聞こえてきたとのことだった。

若い捜査員が質問したのはここ数日のあいだに写真の男を見かけなかったかという点だけだったが、その人物は話し好きで、訊きもしないそんなことまで勝手に喋ったそうで、二年前の曖昧な目撃証言が今回の捜査に役に立つとも思えず、その捜査員はとくに報告もしないでいたという。

事故が起きたのは、日付は正確に覚えていないが、二年前の三月中旬。時刻は午後十時ごろだったらしい。

「それは重要な情報かもしれないぞ」

気の利かない捜査員の対応に舌打ちしながら、山下は県警本部にいる大川に電話を入れた。捜査員から聞いた内容を説明し、その事故の記録が残っていないか確認して欲しいと要請した。

大川は交通部に問い合わせて、わかりしだい電話を寄越すという。もしそれが彰久だったら、いま現在も二人のあいだに交友関係がある可能性は高い。

少し離れた路上に覆面パトカーを駐め、小塚を伴ってアパートに向かうと、向かいの路地の奥で張り込んでいた谷岡《たにおか》という第二班の主任が手招きする。歩み寄って状況を訊くと、谷岡は渋い顔で言う。

「高木の部屋は静かなもんで、電気や水道のメーターの動きを見ても、室内に人がいる気配はない。ほかの居住者から話を聞いてみたんだが――」

アパートは十室あり、そのうち二つは空部屋で、残り八戸のうち在宅していたのは三戸。高木について訊いたところ、全員がまったく交際はないとのことだった。

とくに隣戸の住人の場合、隣人によほど不快感を抱いているようで、ゴミ捨てなどで顔を合わせても挨拶はしない、どこかに勤めている様子もなく、たまに宅配便やネットスーパーの配達が来るくらいで、親類や友人らしい者が訪れることも滅多にない、夜間に大音量で音楽を鳴らすことがしばしばあり、苦情を言うと喧嘩腰で応対すると、評判は散々だったという。

「程度の差はあれ、ほかの住民の話も似たようなものだった。まあ、こういうアパートの住民同士は付き合いが疎遠なのが普通だから、多少は割り引いて考えなきゃいけないとは思うが、人好きのする性格じゃないのは間違いなさそうだね」

先ほどの若い捜査員の話を聞かせると、谷岡は渋い表情で毒づいた。

「最近の若いやつは上から言われたことをやるだけで、その先の想像力が少しも働かない。それじゃ子供の使いだよ。あとでどやしつけてやる」

「犬も歩けば棒に当たるで、貴重な材料を拾ってくれたのは間違いないから、お手柔らかにしてやってくれよ。それより彰久と高木のあいだには、学生時代の集団わいせつ事件のあとも、怪しげな繋がりがあったのは間違いなさそうだな」

どう見ても裕福な暮らし向きとは縁遠そうなアパートに目を向けて山下は言った。普通ならどこかへ呼び出せば済む話で、わざわざ自慢のベンツに乗って、洒落《しゃれ》た身なりで彰久が訪れるような場所ではない。

「どこかの王子様がお忍びで足を運んだような具合だな。ずいぶん素行の悪い王子様のようだが、わざわざここへ出向いてきたとなると、なにかやましいことでもあったんじゃないのか。彰久が高木に弱みを握られていたとか」

「そうだとしたら、その高木が彰久にそそのかされて、殺人を犯した理由がわからないけどな」

山下は首を傾げた。しかし被害者が最後にシャッターを切ったあの画像、さらに一昨日の彰久からの電話のことを考え合わせれば、実行犯が高木なのはほぼ間違いないし、ほかのあらゆる状況証拠から見ても、それを教唆したのが彰久なのも明らかだ。

「なにやら厄介な事情がありそうだな。まあ、それはあとでじっくり解明すればいい。いまは彰久を検挙することが先決だ」

谷岡は割り切った口調で言う。たしかにそのとおりだ。アパートの賃貸管理をしている不動産会社に問い合わせたところ、高木がこのアパートに入居したのは六年前だという。江戸川区の住民登録が職権消除されたのが五年前だから、その一年前にこちらに転居していたことになる。

消除されるまで住民票は実家に置かれていた。父親は息子とは親子の縁を切っており、居所は知らないと言う。六年前に両親とのあいだでなにやら諍《いさか》いでもあり、高木はそのとき家を出て、現在のアパートに転居したものと思われる。しかし転出届も転入届も出さずに放置した結果、五年前に職権消除されたわけだろう。不仲になった経緯について父親は頑《かたく》なに口を閉ざしたらしいが、そこに彰久が関わっていたような気もしてくる。

そのときマナーモードにしてあった山下の携帯が唸った。応答すると大川の声が返ってきた。

「交通部に記録が残っていたよ。中央区末広五丁目六番地で、二年前の三月十六日の午後十時三十分に自損事故があった。運転していたのは門井彰久で、車はベンツのCクラス。重大な過失は認められなかったため罰則はなく、壊したガードレールの弁償だけで済んだようだ」

「高木とがっちり繋がったじゃないですか。防犯カメラの映像はどうでした」

「ざっと見たところでは、それらしいのはまだ出てきていない。変装している可能性もあるからこれからさらに精査してみるが、近隣のコンビニを含めて、目撃したという情報もないようだ」

「車に乗って移動していたのかもしれませんね」

「そうだとしたらお手上げだが、彰久の車は南房総市のマンションに置きっぱなしなんだろう」

「高木が車を持っていたということはありませんか」

「しかし、彼の持ち物のなかには、運転免許証はなかったんじゃないのか」

「そうなんです。しかし免許証の有効期限は五年です。職権消除されたのも五年前ですが、その後期限が来ても、古い免許証を提出するだけで更新はできます。更新通知はがきを受けとれなくても、期日さえ把握していれば、手続きに支障はありませんから」

「つまり、たまたま所持していなかっただけなのかもしれない。そうだとしたら、高木が車を所有していた、もしくは高木の名義でレンタカーを借りたということも十分考えられるな」

「アパートには五台分ほどの駐車場があります。いまは一台も駐まっていませんが、高木が使っていないかどうか、確認してみるべきでしょうね」

「ああ。これからアパートを管理している不動産業者に問い合わせてみるよ。もし高木がそこを使っていれば、ナンバーや車種がわかっているはずだ」

「もし使っていなくても、高木の名義で陸運局で検索してもらえば、ナンバーも車種も調べがつきます。それに離れた場所で駐車場を借りていたとしても、地元警察署には車庫証明が提出されているはずです」

「ああ、わかった。すぐに動いてみるよ。なんだか、どっちが上司なのかわからなくなってきたな」

「申し訳ありません。いまは副隊長が事実上の司令塔ですから、情報はすべてそちらに集中しておかないと」

「もちろんだ。せいぜいこき使ってくれればいい」

気合の入った声で大川は応じた。

4

二時間ほど経ったが、彰久の目撃情報は入ってこない。近隣の防犯カメラの映像もすべて精査したが、やはり彰久と思しい人物は映っていないという。

大川のほうでアパートの管理会社に問い合わせたが、高木は駐車場の利用契約は結んでいなかった。陸運局にも問い合わせたが、高木俊雄名義での登録はなかった。

あるいはと思って、大川は軽自動車検査協会にも問い合わせてみた。普通車は陸運局への登録が義務付けられているが、軽自動車は各都道府県の軽自動車検査協会への届け出になる。

案の定、軽自動車検査協会には、高木の名義での車両登録があった。登録には住民票が必要だが、車は旧住所の江戸川区の協会に登録されており、それが五年前のことで、職権消除される直前だった。軽自動車税の納付書は旧住所に届くが、口座引き落としの手続きをしていればそれがなくても納税はできる。

軽自動車は地域によって車庫証明の必要がない場合もあるが、千葉市は必要な地域になっている。地元所轄の千葉中央署に届け出があり、その場所はアパートから歩いて五分ほどの月極《つきぎめ》駐車場だった。アパートの駐車場が満杯だったか割高だったかの理由でそちらに決めていたものと思われる。

車庫証明の届け出に住民票は求められないから、現在は住所不定でも、結果的に車は所有できることになる。さっそく車庫証明に記載された月極駐車場に行ってみたが、そこにナンバーが一致する車はなかった。だとしたら彰久はその車でどこかを移動中だと考えられる。

大川は残念そうに言う。

「Nシステム（自動車ナンバー自動読取装置）で検索をかけてみたが、彰久が行方をくらまして以降、いまのところその車は引っかかっていない」

「最近はインターネット上に、Nシステムの設置場所を検索できるサイトもあるようですから、避けて走っているのかもしれません。そもそも高速や幹線道路以外にはほとんど設置されていない。そういう知恵は働く男だと思います」

「千葉市内と南房総市内の検問所には、高木の車のナンバーと車種を周知してある。得意の変装をしていたとしても見逃すことはないだろう」

「そうだといいんですが――」

山下はむしろ不安を覚えた。検問が行われていることを意識しているからこそ、一昨日は鉄道で移動しようとしたわけだろう。そのあと蘇我駅構内の防犯カメラもすべてチェックした。

内房線と外房線のホームに彰久と見られる人物が映っていた。キャップを目深《まぶか》に被っていたが、背格好や、高木の携帯に電話がかかってきた時刻の直後に慌てて階段を駆け下りる姿、さらに駅の東口から外に出る姿が確認できた。

単に自分がかけた電話に山下が応答しただけで、彰久は身に迫る危機を察知したことになる。あっさりわけのわからないボロを出す一方で、非常に狡猾にこちらの捜査を攪乱する。そういう人物であることが、今後の捜査をより困難にする惧れがある。つまりすべての行動が予測不能なのだ。

死んでいることまでは知らないにしても、高木の身柄を確保したという情報は与えている。となると、こんどはこちらが高木の車を追う可能性を想定して、それを逆用した攪乱作戦に出てくる可能性がある――。そんな危惧を伝えると、それは十分あり得ると大川も言う。
「どういう手を使ってくるか知らないが、この先どんな手がかりが出てこようと、常に疑ってかかる必要があるな」

午後七時を過ぎて、アパートの部屋のいくつかや近隣の家々の窓に明かりが灯《とも》っても、高木の部屋の窓は暗いままだ。駐車場にも捜査員が張り込んでいるが、車はもちろん帰ってこない。彰久が部屋にいないのは間違いないが、隊長の稲村からはまだガサ入れのゴーサインは出ていない。

彰久は高木の身柄が拘束されていると思っているわけだから、帰ってくる可能性は極めて低い。これ以上待つことにさほど意味があるとは思えない。むしろ多くの人員をここに張り付けていることは、時間と労力の無駄ではないかと山下は進言した。

しかしすでに捜査隊のほぼ全員を動員してしまった以上、その態勢を一気に彰久の検挙に繋げるべきだというのが生活安全部長の考えのようで、空き家をガサ入れしても成果は期待できない、せっかくのチャンスだからここで決着をつけて、捜査一課の鼻を明かしてやりたいと、妙に入れ込んでいるとのことだった。

そのとき山下の携帯に着信があった。応答すると北沢の声が流れてきた。

「立て込んでいるところ、済みません。彰久について新しい情報が入りました。つい先ほど、神奈川県警の人身安全対策課から連絡があったんです」

神奈川県警の生活安全部人身安全対策課は、ストーカーやDV事案を専門に扱う部署で、北沢が所属する千葉県警の子ども女性安全対策課と任務が重なる。

村松由香子へのストーカー行為に対する警告書が出たのとほとんど同じ時期に、秋川真衣に対するストーカー行為が始まっていた。その点を考えると、彰久にはストーカー行為の累犯が疑われるため、同様な事件が起きていないかどうか、北沢は警視庁と、神奈川、埼玉、茨城の近隣三県の警察本部の担当部署に問い合わせていた。

「なにか耳寄りな情報があったのか」

期待を込めて問いかけた。北沢は深刻な調子で切り出した。

「港北区《こうほく》で二年前に起きた若い女性の失踪事件についてです。地元の警察は、当初は事件性のない家出人の事案として積極的な捜査に乗り出さなかったんですが――」

彰久が指名手配されて公開捜査が始まるとまもなく、所轄の港北警察署にある情報が寄せられた。失踪する数週間前から、その女性がある男と一緒にいるのを、彼女が行きつけの居酒屋の店主が見かけていたという。最初のうちは仲睦《むつ》まじく、それまであまり男っ気のなかったその女性にも、いよいよ春がきたかと常連たちは冷やかしていたが、そのうち女性が姿を見せなくなった。

男のほうはそのあとも一人でしばしばやって来たが、女性を待ち伏せるようにしばらく入り浸っては、だれかに電話をかけて、悪態をついたり泣き声でなにか訴えたり、傍目《はため》にも明らかな醜態を晒していた。ときおり聞き取れる相手の名前から、その女性にかけているらしいとわかったが、周囲の目には、哀切というより、なにかただならぬ気配が感じられたという。

心配になって店主はその女性に電話をかけたが、そのときは明るい声で、なんでもない、いま仕事が忙しくて会っている時間がないだけだと言い訳をしたというが、それを真に受ける気にはならず、もし危険を感じたら、すぐに警察に通報するようにと真剣に忠告したらしい。

女性が行方不明になったと聞いたのはそれから一週間ほどしてからで、店主はストーカー事件ではないかと疑った。

家族は所轄の港北署に行方不明者届を出したが、警察は積極的に動かなかった。それ自体はとくに不思議な話ではなく、成人の失踪はほとんどが単なる家庭内の不和で、そのうち連絡がとれたり、なにごともなく帰ってきたりする。それらをすべて事件化していたら警察は商売にならないというのが現場の本音だが、しかしそうした事件のなかに本物のストーカーやDVの事案が紛れ込んでおり、それを見逃すことで結果的に凶悪犯罪を許してしまうことになる。

そこを見極める眼力がその種の事案の取り締まりを担当する北沢たちには必須なのだが、

言うは易《やす》く行うは難《かた》しで、北沢のような部署の担当者は、そんなジレンマに悩みながら日々の業務をこなしている。自分の姉がＤＶ被害者で、そうした犯罪への憤りから現在の部署に志願した北沢にとっては、やり甲斐よりもむしろ虚《むな》しさを感じることのほうが多いようだ。

「彰久が公開捜査の対象になって、その店主や店の常連があのときの男だと言い出して、所轄に通報してきたそうなんです。女性はいまも行方がわかりません。その男が彰久なら、神奈川県警としても事件性の高い失踪事案として捜査に着手したい。それで彰久についての詳細な情報を提供して欲しいという要請なんです」

切迫した調子で北沢は言う。穏やかでないものを覚えて問いかけた。

「二年前に失踪したとなると、まずいことになっているかもしれないな」

「神奈川県警も高い緊張感をもっているようです。もしそれが彰久だったら、すでに最悪の事態が起きている可能性があり、それを見逃していたことになりますから」

「そういう事案が、これから数珠《じゅず》繋ぎになって出てこなきゃいいんだが」

怖気立つ思いで山下は言った。彰久の行動には、単なるストーカーというより、シリアルキラーに通じるものがあると感じていた。警察を翻弄するような意味のない挑発を繰り返し、そのスリルを楽しんでいるとしか思えない。物の本によれば、それは多くのシリアルキラーに共通する特性だ。そんな思いを漏らすと、北沢も同感のようだった。

「彰久の行動パターンからすれば、十分あり得ると思います。これまでも犯行を積み重ねているとしたら、警察が動いてくれなくて、むしろ物足りなかったのかもしれません。いまはスリル満点で、本人は大いに楽しんでるんじゃないんですか」

「厄介なのは、伊予ヶ岳の事件のように、他人に頼んで殺させても欲求が満たせるらしい点だよ」

「桶川ストーカー殺人事件もそうでしたね。だとしたら、彰久の足どりだけを追っていても、新たな犯行は防げないかもしれません」

「同じような情報がこれからも出てくれば、彰久を追及する材料がそれだけ増えることになる。同時にそれは、いまはまだ発覚していない別の犠牲者がいることをも意味する。諸手《もろて》を挙げて喜ぶべき話とは言えないな」

「過去にそういう犯行があったとしたら、そちらからも彰久を追い詰められるでしょう。父親の門井やヤメ検の倉本がどう影響力を行使しようと、彰久に逃げ道はなくなるはずです。だからといってそれを期待すれば、犯罪を抑止するために存在する警察官としておかしな立場になりますからね」

「いずれにせよ、うちの事案との関連性で神奈川県警が動いてくれるなら、直近の捜査情報を除いて、彰久についてわかっていることはすべて渡していいんじゃないか」

「私もそう思います。もし向こうが殺人を視野に捜査に着手してくれれば、こちらにとって追い風になりますから」

「一応、副隊長に相談してみる。場合によっては部長の裁可が必要かもしれないが、たぶん問題はないはずだ。神奈川県警が動いてくれれば、心強い援軍になる。門井健吾の影響力はそっちまでは及んでいないだろうし」

そう応じていったん通話を終え、県警本部にいる大川に電話を入れて事情を説明した。大川は神奈川県警への情報提供に諸手を挙げて賛成した。

「場合によっては、共同捜査体制を組むことになりそうだ。彰久はすでに全国に指名手配されている。このあとも同じような事案がいくつも出てくるかもしれない。その場合は警察庁の広域重要指定事件になる可能性が高い。それに乗り遅れる千葉県警の捜査一課は、このさき全国的に恥を晒すことになりそうだな。隊長にも話しておくが、たぶん反対はしないだろう」

「思いがけないところで、逮捕状請求の効果が出てきたじゃないですか。一か八かでやってみたら、瓢箪《ひょうたん》から駒といったところですよ。ガサ入れのほうはどうしますか」

「部長はまだ未練があるようで、一晩待って、それで帰ってこないならあすいちばんで踏み込むそうだ。管理会社の職員にはすでに立ち会いを要請している。目立たないように人員を配置して、姿が見えたら即刻検挙するつもりらしいが、その可能性はまずないだろうな」

「だったらいますぐ踏み込めば、逃走先を突き止める手がかりが見つかるかもしれないじゃないですか」

「お偉いさんの判断力なんてそんなもんだよ。大山鳴動《たいざんめいどう》して鼠《ねずみ》一匹ということになりそうだが、とりあえず入れ込んでくれているのはけっこうな話だから、やりたいようにやらせるしかない」

「指名手配されている以上、高飛びされる惧れはないでしょう。高木の車で逃走しているのは間違いないでしょうから、いずれは網にかかるとは思いますが」

「とりあえずそういうことだな。そっちのほうはいまの人員で十分だから、いったん本部に戻ってきてくれ。隊長も交えて、今後の捜査の進め方を確認しておきたいから」

「わかりました。小塚君と一緒にそちらに向かいます」

そう応じて谷岡に事情を話し、小塚を伴って覆面パトカーが駐めてある場所へ向かっていると、小塚の携帯に着信があった。

ディスプレイを一瞥《いちべつ》し、小塚はすぐに耳に当てた。相手と言葉を交わすうちに、その表情に緊張が走る。しばらく話を聞いて通話を終え、小塚は不安を隠さず報告した。

「村松さんの息子さんからです。村松さんが、けさから行方がわからないそうです。朝起きたときにはもういなくて、携帯に電話を入れても応答しない。親戚や知人宅など、思い当たるところはすべて問い合わせたんですが、いまも行方がわからない。息子さんは勤務先の学校から帰ってきて、なにかまずいことが起きそうな気がして僕に連絡を寄越したそうなんです」

「まずいこととは？」

「ふと気になって居間にあるガンロッカーを確認したら、扉が開いたままになっていて、なかにあったはずの狩猟用ライフルと実包数箱がなくなっていたと言ってます。いまは狩猟期ではありませんから、銃を持ち出す理由はないと言うんです」

千葉県内の狩猟期間は例年十一月中旬から二月中旬までだ。村松は銃砲刀剣類所持許可を取得しているから、銃を持って家を出たことに違法性はないが、狩猟目的以外で銃を携行して外出し、しかも連絡がとれないというのはただごとではない。

「まさか、惧れていた行動に出ようとしているんじゃないだろうな」

不安を隠さず山下は言った。村松は彰久と刺し違えてでも孫娘の仇《かたき》を討ちたいとほのめかしさえした。それをさせないためにも、彰久についての捜査情報は適宜伝えていたし、警察の手で必ず彰久を検挙して、司法の場で裁くと山下は誓っていた。

しかしここ数日の事態の急転で連絡は疎《おろそ》かになっていた。一方でメディアはあることないこと騒ぎ立て、県警内部の内輪揉めまで指摘する。あるいは山下の提案に従って、隊長が捜査一課の不審な動きをさりげなくリークしたのかもしれないが、村松はそんな情報に接して苛立ちを覚え、自ら行動を起こそうとした惧れがある。

だからといって山下たちでさえ摑めない彰久の所在を村松が把握できるとは思えない。杞憂であって欲しいと願うしかないが、狩猟期でもないのにライフルを所持して出かけたというのはやはり気になる。息子の則夫も彰久の事案と無関係ではないと考えて、所轄の安房署に行方不明者届を出すまえに、この間の事情を知っている小塚に連絡を寄越したわけだろう。

いずれにしても放ってはおけない。大川に報告しようと携帯を取り出したとたんに着信があった。ディスプレイには電話番号だけが表示されている。電話帳には登録していない番号だ。しかしそれには見覚えがあった。高木の携帯にかけてきたときの彰久の携帯の番号だった。

第九章

1

「門井か。いまどこにいる?」

山下は鋭く問いかけた。舐めた口調で彰久は応じた。

「それを探すのがあんたたちの仕事じゃないのか」

「逃げまわるのはもう無理だ。いい加減に投降しろ」

「なにも悪いことをしていないのに、なんで投降しなきゃいけないんだよ。それより、あいつをなんとかしろよ」

彰久は唐突に切り出した。不穏なものを覚えて問い返した。

「だれのことを言ってるんだ」

「決まってるだろう。村松の爺さんだよ。あいつは頭がおかしいよ」

「彼がおまえになにをすると言うんだよ」

「おれの命を狙ってるんだよ」

彰久の声に怯えたような響きが加わる。村松がライフルを携行して行方をくらましたという事実と符合する。探りを入れるように問いかけた。

「どうして、おまえにそんなことがわかるんだよ」

「向こうから電話を寄越して、おれを殺すと脅しやがった」

「どうやって？」

「爺さん、ライフルを持ってほっつき歩いているんだよ。その銃でおれを撃ち殺すと言ってる」

それが本当だとしたら、まさしく心配していたことが起きようとしているのかもしれない。しかし山下たちでさえ把握できない彰久の居場所を村松がわかるとは思えない。だとしたら彰久がそこまで恐れる理由はないはずだ。空とぼけて訊いてみた。

「それで、我々になにをして欲しいんだよ」

「いますぐ爺さんを逮捕してくれよ。あんたたちだって、おれが殺されたら困るんじゃないのか」

「ああ、困る。おまえには必ず法の裁きを受けさせたいから」

「どうしてもおれを冤罪に陥《おとしい》れたいわけだ。勝手にしたらいい。しかしこのまま爺さんを野放しにしておいたら、その願いも叶わなくなるぞ」

「一つ訊くが、おまえ、拳銃を持ってるんじゃないのか」

「そんなもの持ってるわけないだろう。そんなくだらないことをだれから吹き込まれたんだよ」

彰久は慌てた様子で問い返す。はったりを利かせて山下は応じた。

「おれたちにだっていろいろ情報源があってな。おまえが思っている以上に捜査の網は絞られている。むしろ村松さんがおまえを狙っているなんて話のほうがずっと胡散臭《うさんくさ》い。本当におまえを殺したいんなら、わざわざ電話で予告したりはしないだろう」

「間違いないよ。爺さん、本気だよ。おれが孫娘を殺させたって信じ込んでるんだよ。そもそも、それを吹き込んだのはあんたたちじゃないのか」

「どうして彼がライフルを持ってるってわかるんだ」

「知り合ったころ由香子が言ってたよ。狩猟が趣味で、ライフル所持許可を取得していて、家にはライフル銃が置いてあるって。腕はいいんだって、爺さんの自慢話を散々聞かされたよ」

彰久は悲痛な調子で訴える。山下は素っ気なく突き放した。

「それが本当なら、おれたちに打つ手はないな」

「なに言ってんだよ。あんたたち警察だろう。警察が人殺しを見逃すのか」

「因果応報という言葉もある。死ぬのが嫌なら投降しろ」

「おれはなにもやっちゃいない。いずれは出るところへ出て決着をつけてやる。それより、いまおれに死なれて困るのはあんたたちのほうだろう。指名手配中の容疑者が頭のおかしな爺さんに射殺されるなんてことになれば、千葉県警はどこまで間抜けなんだって話になるぞ」

「村松さんは、おまえの居どころがわかるのか」

「なんだか、わかるような口を利いてやがるんだよ。まさか警察が教えてるんじゃないだろうな」

「冗談じゃない。おれたちだっておまえの居場所を突き止められない。おおまかなヒントくらい教えろよ。村松さんがおまえを狙っているという話が本当なら、阻止するために人を張り付けることもできる」

「それより、爺さんはいまどこにいるんだよ。警察ならそれくらい簡単に調べがつくだろう?」

「これから問い合わせてみるよ。案外自宅でテレビでも見てるんじゃないのか。おまえがいつ捕まるか、いまは気にかかってしょうがないはずだから」

山下は空とぼけて応じた。村松がけさから行方不明で、ガンロッカーに保管してあったライフルと実包がなくなっているという連絡はついさっき受けたばかりだ。村松の家の者が嘘をつく理由は思い当たらない。しかし彰久がわざわざ山下に電話を寄越したことそれ自体は、まさに願ってもないチャンスと言える。

「そうやっておれを見殺しにする気なら、あんたは未必《みひつ》の故意《こい》による殺人を犯すことになるぞ」

倉本から知恵をつけられでもしたのか、未必の故意などという気の利いた言葉で彰久は脅しをかけてくる。受けて立つように山下は応じた。

「おまえに寄越したという村松さんの電話の内容をおれは聞いていない。村松さんが自宅からライフルを持ち出したとしても、銃砲所持許可を取得していれば、べつに違法じゃない。それだけのことなら、おまえが殺害されることを想起させるほどの切迫した状況だとはとても言えない。つまり警察は、そのレベルのガセ情報で人を逮捕することはできないんだよ」

「御託《ごたく》を並べるまえに、早く爺さんの家族に確認しろよ。それともあんた、おれに死んで欲しいと願っているのか」

彰久の声に焦燥が募る。せっかくかかってきた電話をここであっさり終わらせるわけにはいかない。通話の音声に混じって車の走行音が聞こえる。どこかに向かって移動中らしい。山下は訊いた。

「いまどこにいるんだ」

「指名手配されているというのに、そんなことに答える馬鹿はいない」

「利口ぶるのは勝手だが、おまえ、あちこちでぼろを出しまくっているじゃないか。検挙を免れているのは運がいいだけで、いずれはその運も尽きるぞ」

「だったら捕まえてみろよ」

彰久はふてぶてしく挑発する。とりあえず返す言葉を思いつかない。無念さを隠さず山下は応じた。

「おれたちだって居どころを把握できないのに、どうして村松さんがおまえを見つけられるんだ」

「知らないよ。知らないけど、もうすでに殺されかけてるんだよ」

彰久は驚くことを口にした。慌てて問い返した。

「どういうことなんだ？」

「車に銃弾を撃ち込まれた」

「いま車で移動しているのか？」

「ああ、そうだ」

言ってしまったことを後悔するように、彰久の声のトーンが落ちた。山下はさらに問いかけた。

「どういう状況だったんだ？」

「跨道橋《こどうきょう》から銃で狙われた。撃ったやつの姿が見えた。顔まではわからないが、ライフルを構えているのが見えた。慌てて車線を変えた瞬間、路面のアスファルトが飛び散るのがサイドミラーに映った」

「続けて狙われなかったのか」

「アクセルを思い切り踏み込んで、急いで跨道橋をくぐったから、なんとか逃げられたんだよ」

「どこの跨道橋だ？」

「言ったら居場所がばれちまうじゃないか。とにかく爺さんははったりをかましたわけじゃない。なんとかしてくれないと大変なことになるぞ」

「狙撃された時刻は？」

「それも言えないよ。おれを追跡するヒントにされるから」

彰久はガードを固める。しかしそれではこちらも動きようがない。突き放すように山下は言った。

「残念だが、おまえの言うことは信用できない。これまであの手この手でさんざん捜査を攪乱されてきた。今回の村松さんの話だってどうせそのパターンだろう。おれたちの注意をそっちに振り向けておいて、その隙《すき》に逃げおおせようという算段か」

「だったらいいよ。このまま爺さんを放置しておいて、とんでもないことになっても知らないぞ」

捨て台詞《ぜりふ》のように言って、彰久は通話を切った。

2

県警本部に戻って報告すると、大川は困惑をあらわにした。

「彰久の話だけなら、またいつもの攪乱作戦だと見て間違いないが、村松氏がライフルを持って家を出たというのが事実なら、ただの与太話《よたばなし》ではなさそうだ。ある程度の信憑性があると考えざるを得ないな」

「彰久が嘘をついていなければ、いまは車で移動しているんでしょう。ライフルで狙ったのが村松氏だとしたら、彼のほうは車で家を出たわけではないようですから、行動半径から言って、せいぜい南房総市内、もしくはその近辺だと思います。だとしたら彰久がきょうのうちに高木のアパートに帰ってくることはなさそうです」

「車種もナンバーもすでにわかっている。南房総市周辺の検問を強化するように部長が指示しているから、引っかかる可能性は高いだろう」

大川は楽観的な見通しを示すが、山下としては油断ができない。

「気になるのは、彰久がどうやって私の携帯の番号を知ったかなんです。彰久サイドの人間で、知っているのはいまのところ、携帯で話をしたことのある父親の門井健吾くらいのものです」

「例の川口という刑事も知ってるんじゃないのか」

「教えた覚えはありませんが、調べることはできるかもしれません。いずれにしても、背後にいるそういう協力者たちと連絡をとり合っているのは間違いありません。だとしたらどこかで車を乗り換えて、すでに用意されている隠れ家に向かっている可能性もあります」

「実家や兄の自宅、房総レジャー開発の本社には人を張り付けているんだろう。うちの捜査員の目もそこまで節穴じゃないぞ」

「彰久だって、張り込まれているくらいは想像がつくでしょうから、そちらへ身を隠すことはないと思います。問題は鬼塚組ですよ。組長の鬼塚有吉と門井健吾の関係を考えれば、ことがこれだけ大きくなった以上、なにか動きがあってよさそうなものですが、いまのところ彰久の逃走を手助けしているような気配がない。そこが逆に薄気味悪いとは思いませんか」

「なるほどな。裏社会には、我々の目には見えない獣道が縦横に走っている。マル暴担当の部署なら多少は鼻が利くかもしれないが、所轄でそこを仕切っているのが川口だとしたら、そのあたりの情報はまずこちらには入らない」

「いまヤメ検の倉本が、水面下で検察に根回しをしているんじゃないですか。その準備が整うまではひたすら逃げ続けて、あとは自ら出頭したうえで、嫌疑不十分で不起訴というシナリオでしょう」

「だとしたらライフルで狙撃されたという話は、やはり攪乱作戦と見るしかないな。村松氏から脅しの電話を受けたというのも嘘八百の可能性があるが、行方がわからないというのはやはり気になる」

「小塚君がいま電車で南房総市に向かっています。ご家族に直接会って状況を詳しく訊いてくれるそうです。私がこれまで村松氏と話したときの様子でも、彰久に対する憤りはただならぬものがありました。警察の不甲斐なさにも歯痒いものを感じていたようで、その辺が私は心配です」

不安を拭えず山下は言った。こちらの捜査が必ずしも滞《とどこお》っていたわけではない。しかしテレビや新聞には、いつまで経っても検挙の見通しが立たない警察の捜査に批判めいた論調も出始めている。

そのうえ村松の耳には、マスコミにはまだ出していない情報も入れてある。彰久が拳銃を携行しているかもしれないこと、秋川真衣という新たな標的に触手を伸ばしていること、ヤメ検弁護士の倉本が背後で動いているらしいこと——。

自ら刺し違えてでもとまで言っていた村松が、いよいよ堪忍袋《かんにんぶくろ》の緒が切れて、その思いを行動に移したのではないか。村松の息子から小塚に連絡があったあと、村松の携帯に山下も何度か電話を入れたが、電波の届かない場所にいるか電源が切れているというメッセージが流れるだけで、村松はまったく応答しない。大川はなお半信半疑だ。

「心配ではあるが、こちらがどう動くかは小塚くんの報告を受けてから考えるしかないな。まだしばらく、おれたちのあいだだけの話にしておこう。かつて所轄の副署長まで務めた村松氏が、本気で彰久を狙撃するとは思えない。そもそも彼が彰久に電話をしたという話だが、GPSで追跡をしている三つの携帯番号のいずれも、伊予ヶ岳からの発信のあとは位置情報が検知されていない。村松氏は、彰久がいま使っている格安SIMの番号は知らないんだろう」

「自宅の固定電話、もしくは三つの携帯番号のどれかに電話をしたとしたら、それが格安SIMの番号に転送されていたのかもしれませんよ。そういう契約をしていれば、スマホの場合、電源が切ってあっても、キャリア側の処理だけで指定された番号に転送されますから」

そんな考えを聞かせると、大川は期待を覗かせた。

「そういう手があったか。だったらピンポイントの特定はできないにしても、彰久の行動範囲がある程度は絞れるかもしれないな。自宅の固定電話か三つの携帯番号のどれかに、しらばくれてこちらから電話をかけてやればいい。じつは第三班の捜査員が、なんとかそのSIMを販売しているMVNO（仮想移動体通信事業者）を突き止めてくれた。いまその番号の契約者を特定しようと動いているんだが――」

MVNOというのは自社回線を持つ大手キャリアから回線を借り受け、格安SIMを契約者に提供する事業形態だ。さらにそのあいだにMVNE（仮想移動体サービス提供者）という業者が介在するケースもある。そのため契約者を特定するにはひと手間かかるらしく、なんとかあすには判明するだろうとのことだった。それがわかれば、GPSによるリアルタイムの追跡はできないが、MVNOから通話履歴を取り寄せて、通話があったときの基地局情報までは把握できる。

ただし建物が密集した市街地で五、六〇〇メートル、田園部などで十数キロの誤差がある。千葉市のような民家の密集した市街地ならその半径内で住宅数は千戸近くあり、逆に田園地帯でかつ山林に覆われていれば、半径十数キロのエリアを捜索するだけで機動隊一個大隊規模の人員を要するだろう。

それに車であれ人であれ、対象は随時移動する。通話履歴はリアルタイムで取得はできず、その都度然るべき手続きを踏んで開示請求するしかない。取得できてもせいぜい一日に一度か二度。直近の移動経路はある程度推測できても、それだけで逮捕に繋げられる可能性は乏しい。期待半ばで山下は応じた。

「せめて村松氏と連絡がつけば、彰久の言っていることの裏がとれるんですが、家族からの電話にも一切応じないようです。私や小塚くんも、いまは信用されていないのかもしれません」

「とりあえず隊長に報告しておくよ。彰久の話が丸々嘘じゃないとしたら、いまごろはどこかの道路を走行中だ。狙撃したのが村松氏なら、おそらく南房総市周辺だろう。もっともその車に彰久が乗っていることを村松氏が知るはずもないから、彰久の出仕せなのはまず間違いないが」

言いながら大川はデスクの警察電話から隊長の稲村に事情を報告した。

村松の件には触れずに、彰久から意図不明の電話があり、現在どこかの道路を走行中だとわかった、これからアパートに戻る可能性はまず考えられないと説明し、早急にガサ入れをかけて、捜索のヒントになる材料を探すべきだと緊迫した調子で訴えた。村松の失踪についてはまだ上にあげないつもりのようだ。さらにしばらくやりとりをし、大川は受話器をおいて山下を振り向いた。

「すぐにガサ入れさせてもらえるように、これから部長に談判すると言っている。高木が死んだことを彰久はまだ知らないにしても、身柄を押さえられたとは考えているはずだ。それでもなお彰久が帰るのを待って一気に逮捕という部長の考えが大間抜けだった。そんな程度だから捜査一課に舐められるんだと嘆いていたよ」

稲村はよほど強硬に談判したようで、三十分後にガサ入れしていいとの許可が下りた。彰久が部屋にいないのは間違いないので、防弾チョッキ着用で拳銃携行という物々しい準備は解除した。

高木は部屋の鍵は変更していなかったようで、アパートの管理をする不動産会社の社員の手で簡単に解錠できた。ガサ入れの立ち会いは不動産会社の社員に依頼した。生活安全捜査隊第一班の人員の大半は南房総署に残っているので、ガサ入れには副隊長の大川自らと山下が加わった。

捜査隊第二班の主任の谷岡ほか数名とともに踏み込んだアパートの室内は、六畳と三畳の二間にキッチンとトイレがついた2Kで、思ったほど雑然とはしていない。というよりそもそも家具や生活用品がほとんど見当たらず、質素というより生活の困窮をすら感じさせた。冷蔵庫にはわずかなドリンク類と卵や納豆、ハム、魚肉ソーセージ。あとは黴《かび》の生えたパンや萎《しな》びた野菜がいくらかあるだけで、キッチンに置かれたゴミ袋にはコンビニ弁当やカップラーメンの空容器がいくつも入っている。ほかにはカップラーメンのストックが十個ほどあるくらいで、食生活の面から言っても貧弱極まりない様子が窺えた。

その一方でかなり金を注《つ》ぎ込んだと思われる家財もあった。六畳間の一角を占める大きめのデスクには、タワータイプの大型デスクトップパソコンと、やはり高性能のCPUを搭載したノートパソコンがそれぞれ一台、壁掛けアーム式のモニターディスプレイが三台、カラープリンターが一台。さらに傍らの書棚には株やFX取引に関する専門的な書籍や雑誌が並び、自分で印刷したらしい株価や為替《かわせ》のチャートが大量にファイルされている。

いまは何億何十億もの資産を運用する個人投資家もいる時代で、そういう人々がメディアで派手に取り上げられるが、実際には細々食い繋いでいる連中が大半のはずだ。おそらく高木はそのレベルの投資家なのだろう。しかし株にせよFXにせよ、儲かることもあれば大火傷《おおやけど》することもある。だとすれば金に困って彰久の教唆を受け入れた可能性も大いに考えられる。

二台のパソコンはいずれもロックがかかっており、なかは覗けない。しかしスマホやタブレットとは違い、パソコンは内蔵されているハードディスクやSSDなどの記憶装置を取り出して、別のパソコンに接続して読み出すことが可能だ。記憶装置自体を暗号化している場合はそれも困難だが、そこまで厳重なプロテクトをかけているケースはまず稀だ。

山下たちは児童ポルノの事案も扱うことがある。その場合はパソコンに証拠の画像や動画が大量に保存されているケースが多いから、そのあたりの事情には比較的精しい。

そこに彰久との電子メールのやりとりなどが保存されていれば重要な証拠になると考え、パソコンは二台とも押収《おうしゅう》することにした。さらに動機解明の状況証拠になる可能性もあるから、株やFXのチャートも書棚に並んでいる書籍もすべて押収した。

それでも用意した段ボール箱はまだだいぶ余っている。いちばん期待していた彰久の持ち物が見つからない。押入れのなかも確認したが、布団《ふとん》や衣類があるくらいで、目ぼしいものは見当たらない。

そのとき二班の捜査員が、寝室として使われている三畳間に置かれたベッドの下からなにかを引っ張りだした。かなり大きめのピンクのダッフルバッグ——。

一同のあいだにどよめきが広がった。彰久が南房総市のマンションを女装して逃走したときのドラレコの映像では、彰久はそのバッグを肩から下げていた。

アパートを出たとき、彰久はたぶんまたここに戻ってくるつもりだったのだろう。しかしうっかり高木の携帯にかけた電話に山下が応答した。高木の身元が割れた可能性があると見て、そのまま逃走したものと考えれば話の筋が通る。

ジッパーを開けると、なかには逃走時に着ていたワンピースやパンプス、栗色の長めのウィッグ、さらに女性用の化粧道具一式が入っている。ほかにも男物のスーツやネクタイ、ビジネスシューズ、濃いめのサングラス、髪色を変えるための毛染剤やブリーチ剤まであった。それぞれが半透明のポリ袋で丁寧に小分けされている。必要に応じてまた変装するための準備を整えていたものと見られる。

「彰久がここにいたのは間違いないな。一日早かったら、とっ捕まえられたかもしれないのに」

谷岡が愚痴るが、いまそれを言っても始まらない。

「ここになにか入ってますよ」

バッグの中身を証拠品収納用の段ボール箱に移していた捜査員が声を上げた。白手袋をつけた指でまさぐっているのはバッグの内側にあるジッパー付きの小さなポケットだ。捜査員はそこからUSBメモリーを摘《つま》みだした。谷岡が唸る。

「こいつはお宝かもしれないぞ」

山下はアパートの前に駐めたパトカーで待機している大川に連絡を入れた。大川はすぐにやってきた。

「そのパソコンで、中身を見ることはできないのか」

大川は押収する予定の高木のパソコンを指さした。ロックがかかっていると説明すると、気忙《きぜわ》しい調子で大川は言った。

「しょうがない。急いで戻ってうちのパソコンで覗いてみよう。わざわざUSBメモリーに保存して持ち歩いていたとなると、中身は重要なデータの可能性がある」

「だとしたら、彰久はいまごろ焦《あせ》ってるんじゃないですか。そのうちガサ入れがあるくらいは想像がついたはずですから。なんとも有難い忘れ物ですよ」

山下も気持ちが高ぶった。

3

県警本部へ戻り、大川を始めガサ入れに立ち会った面々が見守るなか、山下は自身のパソコンを立ち上げて、USBメモリーを挿し込んだ。メモリーそのものが暗号化されている可能性もあったが、彰久はそこまではしていなかった。

なかには「DATA」という名前のファイルが一つだけ保存されていた。拡張子《かくちようし》は「ZIP」でどうやら圧縮ファイルのようだった。悪い予感がして、そのアイコンをダブルクリックした。

案の定、画面にパスワードの入力を求めるダイアローグが表示された。暗号化された圧縮ファイルのようで、パスワードがわからなければ復号化も解凍もできない。よく使われるアルファベットや数字の単純な並びや、彰久の生年月日や自宅の住所から類推される文字の並びを入力してみたが、すべて撥ねられる。セキュリティ意識はなかなかしっかりしているようだ。

「どうやらこれも科捜研に頼むしかなさそうだな」

大川はため息を吐く。高木の携帯のロック解除も西村を介して科捜研に依頼しているが、外部の業者に委託するため数日はかかるとのことだった。最近は暗号化技術も進歩していて、セキュリティの点でそれは結構なことだが、犯罪捜査という面では正直歓迎したくない傾向でもある。

そのとき山下の携帯が鳴った。ディスプレイを覗くと、村松の自宅に向かった小塚からだった。大川を除くほかの面々には村松の失踪の話はしていないので、個人的な電話を装って刑事部屋の隅に移動し、声を落として応答した。

「どうなんだ。まだ村松氏の足どりはわからないのか」

「わかりません。携帯は電源が切られているようです。それより、居間のガンロッカーのなかに気になるメモが残してあったそうなんです」

憂慮を滲ませて小塚が言う。あまりいい話ではなさそうだ。不安を覚えて山下は問いかけた。

「どういう内容なんだ」

「これから人生最後の仕事をする。邪魔はしないでくれと――」

邪魔はしないでくれ――。つまり自分を捜さないでくれという意味だろう。人生最後の仕事と言われれば、思い当たるのは一つしかない。

「まだ所轄には、行方不明者届は出していないんだな」

「まだです。安房警察署と村松さんが不仲なのを息子さんもよく知っています。川口さんが彰久の犯行を隠蔽しようと画策しているらしいことも聞いていたようです。うっかり通報すると、鬼の首をとったように村松さんの捜索に乗り出して、彰久のほうはさておいて村松さんを危険人物として追い詰める。ライフル所持を理由に射殺するかもしれない――。ご家族はそれを惧れているようです。いくらなんでもそこまでは考えすぎだと思うんですが」

　小塚は慎重な物言いだが、そんな息子の考えが杞憂だとは山下も断言できない。もし村松の失踪が事件化されれば、捜査を担当するのは捜査一課ということになる。ライフルの所持を理由にARTやSAT（特殊急襲部隊）が出張るようになれば、山下たちは蚊帳の外に置かれるだろう。跨道橋からライフルで狙われたという話が彰久の出任せではないとしたら、今後の村松の行動によっては、いちばん惧れるそんな事態が現実のものになりかねない。

「それから村松さんが使っている携帯なんですが――」

小塚は困惑げに続ける。

「古いタイプのガラケーで、まだGPSがついていない時代のものです。もし連絡がとれたとしても、基地局情報しか得られないので、それで現在位置を把握するのは難しいでしょう。息子さんは山中に身を隠しているんじゃないかと言っています。家を出たときの足拵《あしごしら》えが、猟で山に入るときにいつも履くトレッキングシューズで、着ていったものも山歩きに着用するアウトドア系の衣類だそうです。背負って出たらしいバックパックには、災害の際にも役立つからと、携帯型のガスストーブやクッキングセット、乾パンや缶詰、インスタントラーメンなどの非常食を常備していたようです」

「用意周到だな」

山下は唸った。どうやら長期戦を覚悟している様子だ。しかしただ山のなかに身を隠していても、彰久に接近するチャンスは生まれないだろう。そんな疑念を感じとったかのように、小塚は彼なりの考えを説明する。

「伊予ヶ岳をはじめ南房総の山は、藪や樹林が濃くて身を隠すのに最適な一方で、里に近く、出たり入ったりが容易です。とくに狩猟経験が長く、地元の山に精通した村松さんにとっては、絶好のゲリラ基地と言えるんじゃないですか」

「村松さんには、彰久を射程に捉える目算がなにかあるんだろうか」

「そこはわかりません。ただ、なんの目算もなく無謀な行動に走るような人ではないと思うんです」

小塚はなにやら確信ありげだ。村松のメモにあったという、人生最後の仕事をするという言葉が大いに不安を掻き立てる。

ふと思い出したのが、千葉県警に奉職して間もないころ、先輩の警官から聞いたある事件のことだった。

大正十五年だからいまから九十年以上前、千葉県北東部の香取郡久賀村《かとりぐんくがむら》（現・多古町《たこまち》）で起きた事件だ。荷馬車引きの岩淵熊次郎《いわぶちくまじろう》が、親しく交際していた女が別の男と付き合っていたことを知り、二人を殺害。さらに女と情夫の仲を取り持った知人の家に放火し、女の働いていた小間物屋の店主も殺害し、駆け付けた警官に重傷を負わせて山中に逃亡した。

その犯行の凶暴さから岩淵は「鬼熊《おにくま》」と呼ばれ、現在の千葉県警の前身である千葉県警察部は、警察官、消防団、青年団など総勢五万人を動員して大々的な山狩を行った。

しかし岩淵は普段は人に親切で情に厚い男で、過去に岩淵に世話になり恩義を感じていた近隣の村人たちは、家に匿ったり、食事を与えたり、偽情報を流すなどして捜査を撹乱したという。

頑健で地元の山に精通していた岩淵は警察を翻弄しながら山中を逃げ回り、その途中でさらに警官一名を殺害した。当時の新聞は事件を大々的に報道し、「鬼熊」の名は全国に広まった。

岩淵に対する村人たちの好意的な感情に対し、殺害された女や小間物屋の店主はその商売のあくどさから地元で快く思われておらず、当時のマスコミはそうした事情を取り上げて岩淵に同情的な記事を書き立てた。さらに当時の警察は一般の人々に対して高圧的で、それを快く思っていなかった庶民の同情はむしろ岩淵に集まった。

一ヵ月あまりの逃走の果て、岩淵は先祖代々の墓所で自殺を図った。村人が用意した毒入りのもなかを食べ、それでも死に切れず自ら剃刀《かみそり》で喉を掻き切ったという。本人が予告していたため、新聞記者や村人たちが集まっている前での決行だった。

岩淵を匿ったり自殺に立ち会ったりした村人や新聞記者は、犯人蔵匿や自殺幇助の罪で訴追されたが、国民的なレベルにまで拡大した鬼熊人気に圧倒された裁判所は、いずれに対しても執行猶予つきや無罪の温情判決を下したという。

そんな話を聞かせると、小塚は複雑な口振りで応じた。

「なにか今回の村松さんの動きと重なるところがありますね。村松さんも地元では信望の厚い人ですから。その話を知ってるんでしょうか」

「千葉県警生え抜きのベテランだ。知らないということはないだろうな」

そう応じていったん通話を終え、大川に耳打ちして隣接する小会議室に誘った。小塚からの報告を伝えると、深刻な表情で大川は言った。

「どうやら伊達《だて》や酔狂で家を出たわけではなさそうだな。かといって、おれたちがいま大袈裟に騒ぎ立てると、親父《おやじ》の門井健吾や倉本を鬼の首をとったように喜ばせそうだ。捜査一課も捜査の主力をそちらに振り向けるだろう。総力を挙げて山狩なんてことになったら、彰久の教唆容疑なんて消し飛んでしまいかねない」

山下が惧れている事態もまさにそれだ。山下はつい本音を口にした。

「できれば村松さんに、思いを遂げさせてやりたいくらいですよ。しかし黙って見過ごせば、警察官の職務への背信行為ということになります」

「おれたちの捜査がここで停滞していれば、時間が経つほど彰久には有利だ。倉本は腰を据えて裏工作に励めるだろうし、高木の件にしても、そういつまでも隠してはおけない。完璧な保秘なんてあり得ない。情報というのは必ずどこかから漏れ出すもんだ。もし発覚したら、捜査一課は被疑者死亡で一件落着、早々に店じまいするだろう。そうなるとおれたちも万死に値する。それなら村松さんにやりたいようにやらせるほうがましだという話にもなるが、かといって彼を殺人罪で刑務所送りにはしたくないしな」

「高木が伊予ヶ岳の事件の実行犯だということは、西村を除けば捜査一課はまだ認識していないはずです。時間はもう少し稼げるでしょう」

「ただし気になるのはその西村君だよ。ここまではなにかと協力的だったが、彼も捜査一課の人間であることに変わりはないわけだから」

「そこは信じるしかないでしょう。それに例のぶれた写真では、写っているのが高木だと特定するのはまず不可能だと思います。我々にしても紺のキャップや金縁眼鏡と思しい部分から類推しているに過ぎません。いま科警研にスーパーコンピュータによる画像の鮮鋭化処理を依頼していますが、それも公判で証拠にできるクオリティまで果たしていくかどうか」

「そこはおれたちにとっても弱いところで、写っているのが高木だというのは間違いないと思うんだが、それはあくまでこちらの印象に過ぎない。いずれにしても、なんとか彰久を逮捕しない限りこのヤマは解決しない。それまで村松さんが極端な動きに出ないでくれればいいんだが」

祈るような調子で大川が言う。山下は頷いた。

「民間人に過ぎない村松さんが、彰久の足どりを把握するのは、おそらく無理だと思います。むしろいま我々が下手に動くことで、かえって状況を悪化させることになるかもしれません」

「そう思うよ。その件はまだしばらくおれの腹に仕舞っておくことにする。責任はすべておれが負うから、おまえたちは心配しなくていい」

大川は力強く請け合った。責任を負うと言っても、万一村松が彰久を殺害するような事態が起きれば、戒告とか減給といった程度の処分では済まないだろう。そのときは山下も同罪で、警察官としての職を失うのは言うまでもない。しかしここは腹を括るしかない。

「副隊長だけが責任を負う必要はないですよ。いまやるべきことは彰久を逮捕し訴追することで、それと比べれば村松さんの件はまだ優先度が低いと考えていいでしょう。息子さんも、いまのところ行方不明者届を出す気はなさそうです。自分の意思で家を出た以上、まだその身に危険が迫っているとは考えにくい。逆にこの状況で身柄を押さえられたら、下手をすると殺人予備罪が適用されかねませんから」

「そのとおりだな。ことを大きくするのはまだ早い。村松さんの考えがいま一つ理解できないが、一般人に危害を加えるような闇雲《やみくも》な行動に出るような人ではない。そのうち連絡がとれることもあるだろう。そのときじっくり説得すれば、納得して帰宅するかもしれない」

「そう願いたいですね。私も村松さんの携帯にこれから頻繁に電話を入れるようにします。息子さんのほうもそうするでしょう。もしどこかの山中に身を隠しているとしたら、山にはもともと詳しい人ですから、いまのところ命の危険が想定されるような状況ではないと思います」

自らの不安を無理やり宥めるように山下は言った。

そのとき大川の携帯が鳴った。大川はディスプレイを覗き、すぐに携帯を耳に当て、一言二言言葉を交わして、山下に向き直った。

「押収したパソコンを調べている三班の田島《たじま》からだよ。いま取り外した記憶装置を手持ちのパソコンに接続したところだそうだ。幸いハードディスクもＳＳＤも暗号化されておらず、なかのデータはほとんど覗けるらしい。一緒に確認したいから、ちょっと来てくれと言っている」

田島は去年まで生活安全部のサイバー犯罪対策室に所属していた若手の捜査員で、当然ながらコンピュータについては精しく、いまでは生活安全捜査隊のコンピュータ絡みの捜査では切り札的存在となっている。

押収したパソコンのデータ解析は、これまではサイバー犯罪対策室にその都度依頼していたが、向こうの専門はその名のとおりサイバー犯罪の取り締まりで、ストーカーやＤＶ、児童虐待などの事案を主に扱う生活安全捜査隊とは畑が違う。当然、彼らには彼らの仕事があるから、そう臨機応変には動いてもらえない。だったら自前の人材を確保しようと、隊長の稲村が部長を動かして強引にスカウトした。

本人も活動的な性格で、朝から晩までパソコンに齧《かじ》りついているサイバー犯罪対策室の仕事より、現場で動ける捜査隊の仕事に魅力を感じたようで、いまでは水を得た魚のようにはつらつと仕事をしている。班は違うが山下たちの扱う事案も積極的にサポートしてくれる。

彰久がいま使っている格安SIMのMVNOを突き止めたのも、たぶん田島の仕事だろう。

押収品の調べに入っている会議室に足を運ぶと、デスクに置かれたノートパソコンを前にして、田島が忙しなくマウスを動かしている。隣のデスクには内部がむき出しになったデスクトップパソコンとノートパソコンが置かれ、そこから取り出したらしい裸のハードディスクとSSDが、田島が操作するノートパソコンに接続されている。

山下と大川がやってきたのに気づいて田島は顔を上げ、目の前のディスプレイを指さした。表示されているのはエクスプローラーの画面で、夥《おびただ》しい数のファイルとフォルダーが並んでいる。

「これが高木のノートパソコンの中身です。大半がシステムファイルとFX取引のデータファイルのようなんですが――」

言いながら田島はあるフォルダーを開いてみせた。こちらにもよくわからない拡張子のファイルが無数に並んでいる。

「中身を読めるのか」

訊くと田島は頷いた。

「高木がインストールしていたメールアプリのデータのようです。このパソコンにも同じものがインストールされているので、たぶん読めるはずです」

田島はデスクトップ上のあるアイコンをクリックした。アプリが立ち上がったところで設定ダイアローグを開き、高木のハードディスクのメールデータのフォルダーを読み込み対象に指定した。

さらにいくつかややこしそうな設定を行って、ＯＫボタンをクリックすると、高木が受信した最近のメールがずらりと表示された。田島はそれをスクロールする。

ほとんどのメールの送信元はＦＸの取引口座のある証券会社のようで、それに対する高木からの返信はほとんどない。どういうシステムになっているのか知らないが、毎日かなりの量のメールがあるようだ。しかし今回の事案に係るようなメールはなかなか出てこない。

やはりだめかと落胆しかけたとき、送信者名が「ＡＫ」となっているメールが出てきた。ほぼ同日同時刻のタイムスタンプで二通ある。うち一通は添付ファイル付きのようだ。「ＡＫ」は高木の携帯に電話をかけてきたときの彰久の表示名で、本人のイニシャルだと思われる。メールアドレスはもちろん見覚えがない。日付はどちらも伊予ヶ岳の事件の一週間前になっていた。

緊張した面持ちで田島は山下の顔を見る。頷くと田島は添付ファイル付きのメールを開いた。件名はただ「画像」となっている。本文はなし、署名もなし。空メールにファイルを添付しただけのものだ。

田島が添付ファイルのアイコンをクリックすると、パスワードの入力を求めるダイアローグが現れた。彰久のバッグにあったUSBメモリーの圧縮ファイルをクリックしたときと同じようなダイアログだ。それをいったんキャンセルし、田島はもう一通のメールを開いた。

こちらの件名は「PW」となっていて、英数字八文字の文字列だけが記載されている。本文はただそれだけで、挨拶も署名もなにもなし。証拠が残るメールにはなにも書かず、用件はすべて電話で済ませていたものと思われる。

「これが添付ファイルを開くためのパスワードですよ。セキュリティに神経を使う企業がよく使うやり方です。重要なファイルを誤送信した際に、意図しない相手に読みとられないように、設定したパスワードを別のメールで送るんです」

言いながら田島はその文字列をコピーして、「画像」という件名のメールを開き、添付ファイルのアイコンをクリックする。先ほどのダイアログが表示される。

そこにコピーした文字列をペーストすると、今度は解凍先を訊いてくる。デスクトップを指定して、OKをクリックすると進捗《しんちょく》状況を示す緑色のバーが表示され、終了すると解凍されたフォルダーが開いた。

そこには五つの画像のサムネイルが並んでいる。どれもアングルの異なる同一の女性の顔写真だ。そのうちの一つをクリックすると画面いっぱいに画像が表示された。山下は息を呑んだ。

田島はすべての画像を次々クリックする。村松の自宅の仏壇に飾られていたその女性の写真は頭に焼き付いている。村松由香子その人だった。

それを伝えると、大川を始め周囲にいた捜査員のあいだにどよめきが広がった。

4

「こいつは決定的な証拠だな」

大川は唸った。山下は頷いた。

「彰久の教唆の事実に結び付く初めての物証ですよ。彰久の通話履歴に、たしかこの日の通話が記録されていたはずです。確認してみます」

そう応じていったん自分のデスクに戻り、先日取得した通話履歴のプリントアウトを手にして戻ってきた。

「ありましたよ。これです」

山下はファイルのいちばん最後のページを抜きとってテーブルに置いた。たまたま事件の一週間前までの履歴を取得していたのが幸いだった。

メールが送られた時刻の一時間ほど前に彰久からの発信が記録されている。使われたのは彰久本人の名義ではない飛ばしと疑われている携帯だ。さらにその五分後にまた彰久からの発信があり、着信先はやはり同じ番号だった。

高木の転落現場にあったスマホは彰久からの電話には応答できたが、ロックがかかっているため高木の電話番号は確認できていない。しかし通話履歴にある相手の番号は高木のものと見て間違いない。

「ずいぶん長電話だな」

山下が指さすその記録の部分に目をやって、大川は興味を隠さない。通話時間は五十六分に及んでいる。ファイルが添付されたメールが送られたのはその直後だ。さらにその五分後にふたたび彰久がかけた電話は一時間十分に及んでいる。

あのメールが送られた前後の通話だという点を見れば、ただのよもやま話であるはずがない。犯行について詳細な打ち合わせをしたのか、あるいは高木に犯行の依頼を受けさせるためにそれだけの時間を費やして説得したのか。いずれにしても、このメールと通話記録の関係は、彰久が高木に村松由香子の殺害を教唆した極めて強力な証拠となるのは間違いない。

犯行が行われたと推定される時刻を含む数時間のあいだにもその番号の携帯と頻繁なやりとりがあり、受けたときの位置はいずれも南房総市内だった。一方そのメールの前後のものを含め、事件当日以外の通話はすべて千葉市内で受けていた。かつ基地局情報によるその位置は、高木のアパートのある中央区末広五丁目を含むエリアだった。さらに伊予ヶ岳での攪乱電話の前日にも、その番号とのやりとりがあった。

そもそも通話記録を取得した目的が彰久のアリバイに関わるものだった。それに加えて彰久の逃走や攪乱作戦への対応に忙殺されたため、その番号の持ち主の特定にまで手が回らなかったのは明らかな失策だった。そんな思いを口にすると、慰めるように田島が言う。

「ここまで慎重にやっているところをみると、その番号も飛ばしの可能性が高いですよ。飛ばしの携帯はダークウェブの闇サイトでいくらでも手に入りますし、最近は外国製のプリペイドＳＩＭを利用した新しい手口も使われるようになっています。キャリアの話だと、その場合、身元特定はまず不可能だとのことでした」

「そう言ってもらえればいくらか気が楽になるが、もしそこから高木に繋げられていれば死なせずに済んだ。それで彰久の教唆は間違いなく立証できた」

苦渋を滲ませると、さばさばした口調で大川が言う。

「いまさら後悔してもしようがない。それより、いまは一刻も早く彰久を逮捕することだ。この証拠があれば、ヤメ検の倉本がなにを画策しようと、彰久は言い逃れのしようがない」

気を取り直すように山下も言った。

「そのとおりですね。いま調べている彰久のＳＩＭの情報から、多少は大まかでも居場所は押さえられます。ここまでくれば、捜査一課もこれ以上サボタージュするわけにはいかないでしょう。必要なら一課も巻き込んでローラー作戦を展開することも考えられます」

「ああ。ここまで固い証拠が出てきた以上、二つの帳場で張り合っている理由はない。偏屈者の伊沢庶務担当管理官だって難癖のつけようがないだろう。あすの朝いちばんでうちの隊長に談判してもらう。埒《らち》が明かないようなら部長を引っ張り出す」

大川は強気の口ぶりだ。部長は事情聴取の呼び出しのとき、倉本の恫喝で及び腰になって、それで彰久の逃走を許した。いまや部内でそれを知らないものはいないから、汚名を返上しようと躍起になっている。この情報を耳に入れてやれば、いよいよ気合が入るのは間違いない。山下はふとひらめいて、傍らにいる田島に問いかけた。

「例のUSBメモリーだが、あそこに入っていたファイルも暗号化された圧縮ファイルだった。ひょっとするとそれを開くのにも、そのメールと同じパスワードが使えるんじゃないか」

「その可能性は大いにありますよ。パスワードというのは考えるのも覚えるのもけっこう面倒くさいんで、使い回しているケースが非常に多いんです。自分のパソコンに児童ポルノを溜め込んでいるような連中は、大量のファイルにいちいち別のパスワードを設定していると覚え切れなくなりますから、使い慣れたものを繰り返し使うのが普通です」

田島は大きく頷いて「PW」の件名のメールを開いた。山下は証拠品収納袋に入れて携えてきたUSBメモリーを田島に手渡した。田島はそれをパソコンのUSBポートに挿し込んで、自動的に開いたエクスプローラーのウィンドウに表示されたファイルをクリックした。

例のダイアローグが立ち上がる。田島はメールに記載されている文字列をコピーして、それを入力欄にペーストする。先ほど同様、解凍先を指定して「OK」をクリックすると、デスクトップ上に作成されたフォルダーが自動的に開いた。

そこに並んでいるのは、アルファベット二文字の名前がついた五つのフォルダーだった。「AW」、「HT」、「MA」、「RO」、「YM」——。アルファベット順に並んだ人名のイニシャルのように見える。不快な慄きを覚えて山下は田島に言った。

「これを開いてみてくれ」

指さしたのは「YM」のフォルダーだ。田島がクリックする。表示された内容は、想像どおり彰久から高木に届いたものと同じ五つの画像ファイルだった。「YM」は明らかに「YUKAKO MURAMATU」、つまり村松由香子のイニシャルだ。

しかしそこにあったのは画像ファイルだけではない。ワード形式のファイルとテキスト形式のファイルがそれぞれ一つずつ含まれている。高木に送った圧縮ファイルにはなかったものだ。

田島はワード形式のファイルを開いた。冒頭に黒い太枠で囲われた村松由香子の画像が貼り付けてあり、それに続いて夥しい項目の記述がある。姓名はもちろん、電話番号やメールアドレス、身長や体型など見た目の印象や性格、学歴、誕生日、家族構成、趣味や食べ物の好みまで、よくもまあここまでというほど詳細だ。まだ親しく付き合っていた時期にさり気なく聞き出したことや、自分が得た印象を書き連ねた身上調書のようなものだろう。

ここにも彰久の特異な性格が窺える。衝動的かつ執拗な反覆行動が一般的なストーカーの行動パターンだが、彰久には冷徹で緻密《ちみつ》な計画性が感じられる。村松由香子のケースでは、警告書が出てからはいわゆるストーカー行為はぴたりと止んでおり、すぐにターゲットを秋川真衣に切り替え行動に移していた。だからといって村松由香子への屈折した思いはその後も抱き続けていて、ほとぼりが冷めたころを狙って決定的な行動に出たということだろう。

田島は今度はテキスト形式のファイルを開いた。タイムスタンプと発信者のハンドルネーム、短文のメッセージらしきものがずらりと並んでいる。田島が声を上げた。

「これ、村松由香子さんのＬＩＮＥのトーク履歴ですよ。おそらく彰久がパソコンにダウンロードしたものです」

「そんなことができるのか」

山下は驚いて問いかけた。田島は落ち着き払って説明する。

「スマホからだと登録した一台しかログインできないんですが、パソコンやタブレットからなら、メールアドレスとパスワードがわかれば簡単にログインできて、トークの履歴が閲覧できるんです——」

その点がＬＩＮＥの脆弱《ぜいじやく》性の最たるものだと田島は言う。メールアドレスは人に知ってもらって初めて役に立つものだから、それを秘匿している者はまずいない。

一方パスワードは入力の手間や記憶の問題があるから、大半の人々がセキュリティ的に問題のある簡単なパスワードを使う。アルファベットや数字の単純な並び、生年月日、アニメのキャラクターの名前などだ。思いつくままにそれらを打ち込めば、当たるケースは決して稀ではないという。

山下も先ほどの圧縮ファイルの解凍でそれを試みたが、彰久は意外に複雑なパスワードを使っていたため、けっきょく突破はできなかった。しかし時間を惜しまずトライし続ければ、いずれはヒットするケースが少なくはないらしい。

ただし初回ログイン時に、パソコンやタブレットに届いた本人確認の認証コードをスマホに入力する必要があるが、由香子のパスワードが彰久に簡単に類推できるレベルだとしたら、彼女が席を外している隙にその処理を済ませてしまうという手もあるという。二人が親しく付き合っていた時期ならそれも可能だっただろう。

「しかし、そんなやり方で覗き見をされて、当人は気づかないのか」

「そういうアクセスがあったことを知らせるメッセージが利用者に届く仕組みにはなっています。ただし当然それは覗き見している端末にも届きますから、ばれないようにパソコンやタブレット上で削除してしまえばいいんです。相手がＬＩＮＥを使っていない時間だったら、まず気づかれずに済むでしょう」

田島はあっさりと言ってのける。山下はＬＩＮＥは使わないが、いまや国民的インフラとまで言われるようになった無料通信アプリに、そんな子供騙しとも言えるレベルの脆弱性があるとは知らなかった。

ハンドルネームの半数近くはユカコとなっている。それ以外はさまざまな相手からのもので、村松由香子が丹念に返信していたのがわかる。まさかそこまで彰久に覗かれていたとはつゆ知らず、警告書が出たあともＬＩＮＥは使い続けていたのだろう。

時系列で並んでいるトークの履歴を田島はスクロールする。六月三日の部分に山下は着目した。相手は山友達の一人だろう。何件か近況報告のトークが続いたあとで、今週の土曜日に久しぶりに伊予ヶ岳に登ってみるとの由香子のメッセージがあった。

彰久はこれを見て、事件の当日、近くのコンビニで村松宅を見張っていた。そして彼女が山に向かったのを確認し、東京に出てから伊予ヶ岳周辺で待機していた高木に連絡をしたものと思われる。事件が起きたのは六月六日。彰久はそれを三日前に知っていたわけで、極めて計画的な犯行だったことになる。

山下はもう一つ気にかかるイニシャルのフォルダーを開くように指示をした。田島はそれをクリックする。フォルダー名は「ＭＡ」で、秋川真衣のデータが含まれている可能性がある。

想像どおり、そこにはアングルの異なる若い女性の画像が六点保存され、さらにワード形式のファイルもあったが、テキスト形式のファイルはなかった。こちらについてはＬＩＮＥの覗き見に成功しなかったのだろう。山下は秋川真衣とは面識はもちろん写真を見たこともなかったが、それが彼女だということは十分想定できた。

ワード形式のファイルは村松由香子のものと似たような書式で、並んでいる項目も大同小異だ。姓名の欄には「秋川真衣」と記載されており、冒頭には秋川と思しい画像が貼り付けてある。しかしこちらは黒枠で囲われていない。不穏なものを覚えて残りのすべてのフォルダーをチェックした。

いずれにも五、六点の顔写真とワード文書が含まれていたが、写真が黒枠で囲われていないのは秋川真衣のものだけで、残りのすべてには村松由香子と同様の処理が施されていた。単なる装飾かと思っていたその黒枠には特別な意味があるようだ。

「彰久の野郎、想像を絶する凶悪犯かもしれないぞ」

大川がテーブルを拳で叩く。谷岡はあんぐり口を開けてディスプレイを覗き込む。田島の顔は吐き気を催したように青ざめている。山下は携帯で北沢を呼び出して、前置きもなしに問いかけた。

「例の横浜で二年前に失踪した女性なんだが、名前は？」

「大場梨絵《おおばりえ》さんです。なにかわかったんですか」

北沢は興味深げに問いかける。それには応えず、山下はさらに訊いた。

「生年月日は？」

「ちょっと待ってください」

忙しなくノートをめくる音がして、ほどなく北沢が答える。

「平成九年四月三日ですが」

「住所は？」

「港北区大倉山《おおくらやま》八丁目二番地です」

「間違いないな」

「なにが間違いないんですか」

北沢の声に当惑の色が交じる。手遅れだったかもしれない。歯嚙みする思いで山下は言った。

「見て欲しいものがある。捜査隊の会議室にいるから、ちょっと来てくれないか」

第十章

1

翌日、生活安全捜査隊長の稲村は、高木のパソコンのなかのメールと、彰久の残したUSBメモリーのなかにあった文書を提示して、捜査一課庶務担当管理官の伊沢昭利に合同捜査本部の立ち上げを申し入れた。

伊沢はとりあえず話は聞くと渋々応じ、捜査一課の会議室で朝から話し合いの場を設けた。生活安全捜査隊から出席したのは稲村と第一班副隊長の大川、初動捜査を進めた山下。捜査一課側からは伊沢と、山下の意向を受けて伊予ヶ岳の事件に先乗りとして加わった現場資料班の西村、そして現在山下たちとは別個に立ち上げた一課の帳場を仕切る柿沼《かきぬま》という担当班の係長だった。

「しかし伊沢さん。これだけ立派な証拠が出てきたというのに、まだ門井彰久を殺人教唆の被疑者とする捜査に乗り出さないとしたら、千葉県警は不作為の犯人隠避罪に問われかねないよ」

稲村は強い口調で言い放つ。相手が捜査一課の筆頭管理官だといっても、階級はどちらも警視で同格だから、遠慮する気はさらさらなさそうだ。伊沢はそれでも抵抗の姿勢を崩さない。

「村松由香子以外はまだ死体が出ていないんだろう。彼女と秋川真衣を除けば、ストーカー被害の届けも出ていない。それに門井の教唆を立証する具体的な文言がそのメールにあるわけじゃない」

「捜査一課は死体が出なけりゃなにもしないのか」

「秋川真衣は生きている。ほかの三人は他県警の管轄だ。そちらはおれたちが手を出せる事案じゃないだろう」

「あんた、門井一族になにか借りでもあるのか。捜査一課のキーマンとしては、やけに腰が引けているじゃないか」

稲村は露骨に不快感を滲ませる。伊沢は顔色も変えず反論する。

「そこまで言うことはないだろう。村松由香子に関しては殺人の可能性を否定しないが、門井彰久にアリバイがあるのも間違いない。単にストーカー行為があったというだけで、それを無理やり彰久による教唆と結論付けるのは論理の飛躍じゃないか」

その理屈自体が論理の破綻そのものだ。そんな言い草を聞かされては、山下も黙ってはいられない。

「そのアリバイがいかにも作為的なんですよ。先日伊予ヶ岳で死亡した高木俊雄が、彰久の携帯を使って捜査の攪乱を試みた。なぜ彼がその携帯を持っていたかを考えれば、彰久に頼まれての行動なのは間違いないでしょう。そのうえ事件の三日前にその高木とやりとりしたメールに、村松由香子さんの複数の写真が添付されていた――」

彰久が高木のアパートに残したUSBメモリーのなかに入っていた、村松由香子と秋川真衣を含む五名の女性の写真とプロフィールを書き込んだワード文書。さらには村松由香子のLINEを覗き見したデータ。彼女が事件のあった日、伊予ヶ岳に登る予定だったこともそこでチェックされていた。

ワード文書に貼り付けられていた写真には、秋川真衣を除く全員にまるで遺影でもあるかのような黒縁が付けられていた。そのうちの一人である横浜在住の大場梨絵は、彰久と思しい男に付きまとわれていたことが複数の知人たちによって目撃されているが、その後行方がわからなくなり、現在も消息が掴めていない。

彰久が殺人教唆の容疑で指名手配されたことを知って、神奈川県警生活安全部人身安全対策課は、千葉県警生活安全部の子ども女性安全対策課と連携して初動捜査に乗り出している。さらに子ども女性安全対策課の北沢は、残る二人の消息をそれぞれの居住地の所轄に問い合わせた。

うち一人は埼玉県川越《かわごえ》市の和田晶代《わだあきよ》という女性で、一昨年行方不明者届が出されていたが、成人の失踪ということで事件性はないと見て、所轄ではとくに捜査に乗り出してはいなかった。

もう一人は茨城県土浦《つちうら》市在住の高井春美《たかいはるみ》という女性で、こちらは行方不明者届が出されておらず、三年前に家を出たまま帰らないという。家族とは不仲だったようで、父親はただの家出だと考えてとくに捜そうともしなかったらしい。

北沢から彰久が残したワード文書の話を聞いて、各県警の担当部署はさっそく捜査に動くとのことで、北沢も先方に彰久に関する開示できる限りの材料を提供したところだった——。

ゆうべのうちに書類にまとめてすでに手渡し、さらにさきほど口頭でも説明したそこまでの話を、山下はうんざりした気分で繰り返した。

「何度も言われなくたって、あんたたちの言い分はわかっているよ。しかし携帯の位置情報で立証されたアリバイは崩せない。それを教唆だという屁理屈で無理やりこじつけるようなやり方は、刑事捜査の本道から外れるものだと言ってるんだよ」

伊沢は苦虫を嚙み潰したような顔で言う。傍らにいる西村が山下に困惑げな視線を向けている。業《ごう》を煮やしたように大川が身を乗り出す。

「こじつけでもなんでもないですよ。彰久による教唆という見方をすることによって、この事件全体の不可解さが合理的に説明できるんです。そもそも実行犯だと考えられる高木は、村松由香子さんとは事件前までなんの接点もなかった。しかし高木と彰久には、学生時代の集団わいせつ事件の仲間だったという明白な接点があります。さらに二年前に、高木のアパートを彰久が訪れていたという目撃証言もあります」

「だからといって、あのぼやけた写真で、実行犯が高木だとどうして特定できるんだ。君たちが勝手に決め付けても、公判でそれが立証されるかどうかはわからない。その高木はすでに死んでいて、本人からの証言は得られない」

伊沢はそれでも首を縦に振らない。高木の死亡についてはいまもメディアには明らかにしていないが、この状況で捜査一課に対してまでその事実を秘匿するのには無理があった。しかしそれが彰久側に漏れればこちらにとっては不利な事態になる。その点は徹底した保秘を要請し、伊沢もそれを了承した。山下は強調した。

「だから彰久を逮捕して自供させるしかないんです。あのワード文書にあった五名の女性のうち三名が彰久のストーカー行為の被害者だった。だとしたら残りの二名がそうじゃないと考えるほうが無理があるんじゃないですか。しかも秋川真衣さん以外の四人の写真には、意味ありげな黒枠が付けられている。もちろん村松由香子さんはそちらに含まれています」

「秋川真衣という女性は、いま現在、命の危険にさらされているのかね」

「彰久は逃走後、いったん千葉市内に姿を現しています。そのため彼女が滞在している姉の家は厳重な警護下に置いています。これも不確定な情報のためメディアには出していませんが、彰久は拳銃を所持している可能性があります」

「聞いているよ。しかしそれも君たちの想像レベルの話じゃないか」

「想像であろうがなんであろうが、最悪の事態を想定するのが危機管理の要諦《ようてい》じゃないですか。いま起きているのは、現在進行中の事件でもあるんです」

「それで君たちはどうしたいんだよ。私の見方だと、彰久を逮捕しても教唆の立証は困難で、おそらく公判の維持すら難しい。君たちが騒ぎを大きくしてくれたせいで、千葉県警を無能呼ばわりするメディアも出てきている。もし彰久を無罪放免するようなことになったら、批判の矢面に立つのは我々捜査一課じゃないか」

ヤメ検弁護士の倉本が目論《もくろ》んでいるであろう作戦に呼応するような言い草だ。伊沢と門井一族との繋がりについてはまだ確たる答えは出ていないが、なにもないと考えるのはこれでいよいよ難しくなってきた。山下は鋭く応じた。

「公判で勝てるか勝てないか、その予断によって捜査に手加減を加えるのは本末転倒じゃないですか」

「警察は強い司法権力を与えられている。だからこそ、その行使には慎重であるべきだ。いたずらに冤罪をつくり出すようなことは厳に慎まなくちゃいけない。正直言って、今回の生安による逮捕状の取得には我々は反対だった。全国指名手配という事態に至ったいまではもう手遅れだが、捜査一課が乗り出すべき事案だという考えについては、私はいまも否定的なんだよ」

「すでに首都圏のあちこちに死体が埋まっているかもしれないんですよ」

「だからといって、それは千葉県警の管轄じゃない。そこに門井彰久が関わっている明白な証拠がない限り、うちが介入すべき事案じゃないんだよ」

「その証拠を探し出すのが警察の仕事でしょう。最初から明白な証拠がある場合にしか捜査に着手しないというんなら、そもそも警察という組織は、世の中に必要ないんじゃないですか」

「見込み捜査で互いに他県警の捜査事案に勝手に踏み込むようになったら、この国の警察秩序は崩壊する。そのすべての事案に彰久が関わっている事実が確認されれば、該当する県警本部と協議して警察庁に広域重要事件に指定してもらうことになるが、まだそこまでの段階じゃないだろう」

ほとほと呆れたという様子で、稲村が問いかける。

「捜査一課長も刑事部長も、あんたと同じ考えなのか」

「勝手に騒ぎを起こしてと、えらく気分を害しているよ。刑事部長にしたってそうだろう。そもそも生安にとっては畑の違う事案じゃないか」

生安ごときの手に負える事案ではないとでも言いたげだ。だったら自分たちが捜査に乗り出せばいいものを、そんな気配は微塵《みじん》も見せない。一課長や刑事部長にどれだけ正確な情報を上げているのか。その点についても信頼が置けない。あとで西村に確認する必要があるだろう。

「わかったよ。もうあんたたちを当てにする気はない。おれたちの考えでは、彰久はただのストーカーじゃない。それはある種の隠れ蓑《みの》で、本性は恐るべきシリアルキラーだ。教唆だろうがなんだろうが、ターゲットの女性を殺せればそれで満足するタイプなんだよ。そんな人間を野放しにしておいたら、この先さらに新しい死体ができる。生安は素人だと馬鹿にしてるんだろうが、彰久のようなタイプの犯罪者はむしろおれたちのお得意さんだ」

稲村は捨て台詞のように言って、山下と大川を促して席を立った。

2

いったん生活安全捜査隊の刑事部屋に戻り、山下は西村の携帯に電話を入れた。西村はあとでかけ直すと言っていったん通話を切り、五分ほどして向こうから電話を寄越した。人の耳のないところに移動したらしい。山下は単刀直入に問いかけた。

「どうなんだよ。伊沢って人は？　面と向かって話をしたのは初めてだが、あそこまで偏屈な人間だとは思わなかった。偏屈というより、なにか下心があっての抵抗だとしか思えないんだが」

「さっきはおれも首を傾げたよ。一見、理屈は合っているように聞こえるが、警察は裁判所じゃないからな。怪しいと思ったら捜査に乗り出すのが警察の仕事で、そこに犯罪事実があるかどうかを判断するのは検察と裁判所の仕事だ。そこをはっきり切り分けなかったら、警察の恣意で犯罪が見逃されたり、逆に冤罪を生み出すことになる」

西村の言うことはもっともだが、警察にもマンパワーの制約というものがあり、現場の判断で事件を選別することは必ずしも珍しいことではない。いみじくも伊沢が言ったように、よほどのことがない限り、死体が出ないと警察は殺人事件としての捜査には乗り出さない。だから、世の中には事件にもなっていない殺人死体がごろごろ転がっているという見方が必ずしも妄想とは言えないと、たぶんほとんどの警察官が思っている。

しかしそれは表には出せない内輪の事情だ。たとえ生活安全部が主導したにせよ、このヤマはいまや全国指名手配レベルの重大事案で、マスコミも大々的に報道している。被疑者の門井彰久はいまも逃走中で、世論の矛先は千葉県警そのものに向かっている。こうなった以上、捜査一課が捜査の前面に出るべきだというのが世間の常識だ。

その常識に逆らっているのが、殺人を含む凶悪事件の先陣を切るべき県警捜査一課だという点については呆れ返るしかない。山下は問いかけた。

「彰久が高木に送ったメールの中身やUSBメモリーの内容を見て、おまえはどう思ったんだ」

「教唆の事実を示す具体的な文言はないが、彰久が伊予ヶ岳の事件に関わっていた可能性は否定できない。もちろんほかの四名についても、彰久はほとんど黒と言っていいグレーだな」

重い口調で西村は言う。山下はさらに訊いた。

「一課長や刑事部長はどうなんだ。伊沢さんが言うように、本当に不快感を示しているのか」

「伊沢さんが上とどういうやりとりをしているのか、おれにはわからない。伊予ヶ岳の件ではかたちばかりの帳場を立てたんだから、そっちは上の承認をとってのことなのは間違いない。捜査一課としては、せっかく自前の帳場を立てたのに、それを潰して生安との合同本部を設置するのは後塵を拝するようで沽券に関わる。それが上層部を含めた捜査一課の考えなんじゃないのか」

西村は他人事のように言うが、上がそういう腹でいるのなら、彼にできることはなにもない。そうだとしたら、いまさらやる気のない捜査一課を引きずり込んでも捜査の足かせになるだけだ。

「逆に、刑事部長や一課長の意向ということはないのか」

「おれもその点を疑っているんだよ。庶務担当管理官といったって、刑事部の序列で言えばせいぜい中間管理職だ。最終的な決定権があるのは刑事部長だからな」

「だったら、刑事部長がいちばん臭いじゃないか。事情聴取の呼び出しの際に横から介入してきた警務部長といい、県警上層部の人間は、全員門井に飼い慣らされているんじゃないのか」

「いくらなんでも、そこまで考えたくはないが――」

西村は口籠もる。もちろん山下だって同感だ。しかし伊予ヶ岳の事件に関しては、当初から現場に無言の隠蔽圧力がかかっていたことは否定のしようがない。そもそも現場が事情聴取の必要性を感じた案件に、事務方トップの警務部長が介入してきたこと自体がじつに不自然だ。

それを受けてしまった生活安全部長は、そのあと下から突き上げられて、いまは彰久の捜査に前のめりにはなっているが、警務部長や刑事部長はおろか、副本部長や本部長まで門井の子飼いだとしたら、生安部長もこの先いつ掌《てのひら》を返すかわからない。

現場の刑事の感覚として、ここまでの証拠の積み上げで彰久がシロだとはもはや到底考えられないが、伊沢の強気な姿勢にも理由はありそうだ。高木が死亡したことを隠し続けることは不作為の隠蔽に当たるとの判断で、すでに伊沢には伝えてしまった。そのときはまさかここまで頑なに抵抗するとは思わなかった。しかしもし伊沢が、あるいはその上の一課長や刑事部長が門井や倉本と繋がっていたら、こちらにとっては致命的な材料を与えてしまったことになる。

高木がすでに死んでいるとなれば、彰久の教唆を証言できるものは彰久本人だけになる。高木と彰久のメールのやりとりに教唆の事実を示す文言はなかったし、USBメモリーにあった写真や文書も、彰久がやっていたストーカー行為を立証する材料にはなっても、殺人教唆の立証には至らない。ストーカー行為については現在進行形の事案以外に罰則規定はない。

つまりUSBメモリーにあった五名の女性については、仮にストーカー行為を認めたとしても彰久は痛くも痒くもない。行方不明の三人の女性の死体が出てくれば事情が変わってはくるが、その捜査は現状ではそれぞれの県警察本部に任せるしかないというのも伊沢の言うとおりだ。

さらに不安なのは、かつて高検検事長を務めた倉本が暗躍している点だ。倉本のことは別にしても、そもそも検察は一〇〇パーセント勝てる見通しがないと立件しない。だから日本の刑事裁判での有罪率は九九・九パーセントと言われている。そこに倉本の裏工作が加われば、そもそも訴追すらされない惧れもある。

けっきょく彰久を逮捕してぎちぎち締め上げて自供を得るしかないことになるが、高木がすでに死んでいるという情報が彰久の耳に入ることがあれば、彰久はとことん逃げ切りを図るだろう。

送検まで警察に与えられているのは四十八時間。逮捕されたらときを移さず倉本は弁護人として活動を始める。弁護人による接見は、警察も検察も拒否ができない決まりになっている。

検察に対する裏舞台での工作に加え、倉本はそこで彰久に詳細な情報提供とアドバイスを行うはずだ。それにたっぷり時間をかけて、警察に与えられている取り調べ時間を食い潰す作戦に出てくることも考えられる。それを思えば、伊沢に合同捜査本部設置の申し入れをしたこと自体が、彰久側にお誂《あつら》え向きのシナリオを提供したことになりかねない——。

そんな考えを聞かせると、西村は困惑を隠さない。

「それもあり得ないとは言えないな。伊沢さんと門井健吾との明白な接点は、いまのところ見つからない。しかし伊沢さんはあと数年で定年で、ノンキャリアだから上の役所（警察庁）に戻って一段高い場所から天下るという手も使えない。となると、地元の財界に隠然たる影響力をもつ門井に嫌われるようなことはやりたくないだろう」

「それもあるが、今回の事案に関しては、伊沢さんの独断でいつまでも蓋をし続けるわけにはいかないだろう。下手をすれば千葉県警の不作為が問われることになる。それでも押し切ろうとしているとしたら、もっと上のほうに梃子《てこ》が利いているのではないかと考えたくなる」

山下は強い猜疑を滲ませた。そんな思いを察したように西村が言う。

「じつはおれたちの部署にも、今回の伊沢さんの対応に首を傾げている連中はいるんだよ。

ただあの人に楯突ける人間は捜査一課内にはほとんどいない。パワハラの犠牲になって、辞めていったり異動を希望して交番のお巡りさんになったり」

「おまえはそれにも負けず、しぶとく生き残っているわけだ」

「その決断もできず、ただぐずぐずしているだけだよ。ところがそういうパワハラ人間に限って、上にとり入る才覚に優れているもんでね。なぜか捜査一課長の覚えが目出度い。要は虎の威を借る狐《きつね》ってやつで、その虎の前では尻尾を振るしかない能なし男だと陰口を叩かれている」

「だったらいちばん腐っているのは一課長ということになるじゃないか」

「一課長は一課長で、刑事部長の腰巾着《こしぎんちゃく》だからな。警務部長の件と言い、県警の上層部全体が門井や倉本に首根っこを掴まれているとしたら、なにをか言わんやだ」

西村はため息を吐いた。こうなれば生活安全捜査隊が単独で事件を解決するしかない。伊沢の考えが殺人捜査のプロの普通の考えだとしたら、逆に素人だからこそできる、やらなければならないことがあるはずだ。山下は訊いた。

「捜査一課が立てた帳場は、いまなにをやってるんだ」

「ほとんどなにもやっていないようだ。科警研に委託してある、例のデジカメの画像の鮮鋭化の結果待ちといったところだろう。安房署の刑事課に伊予ヶ岳周辺での聞き込みを指示はしているが、いまさらそんなことをしたって記憶は風化しているだろうし、そもそも川口が仕切る刑事課の連中が真面目《まじめ》に仕事をするはずもない」

投げやりな口調で西村は言う。しかしその点に関しても新たな不安が拭えない。もしあの画像が科警研の処理でいくらか鮮鋭化されたとき、それが高木だと判別可能なレベルに達していなくても、それを逆手にとって高木で間違いないという結論を出して、被疑者死亡で一件落着という手に出てこないとも限らない。

そうなると彰久に対する逮捕状が宙に浮きかねない。もし逮捕できたとしても、該当する被疑事実が存在しないというおかしな事態になってしまう――。

そんな憂慮を伝えると、西村は忸怩《じくじ》たる思いを滲ませた。

「まさかそこまではと言いたいところだが、このヤマではそれが何度も起きているわけだからな。もしそういう結果に終わったとしたら、捜査一課こそ諸悪の根源ということになってしまう」

「おれだって思い過ごしであって欲しいよ。なにか気づいたことがあれば連絡してくれないか」

「もちろんだ。今日の話の結果がうちの帳場にもちゃんと伝わるか、これから探りを入れておくよ。現場の判断で動かれたら困ると考えて、彰久に関わる情報は流していない可能性がある」

「帳場を仕切っている柿沼という人はどうなんだ。きょうの会議ではひと言も口を挟まなかったろう。なにを考えているのかわからない」

「実直な人なんだが、伊沢さんに楯突くような突破力は期待できないな」

「もし伊沢さんや柿沼さんが、こちらが渡した情報を握り潰しているようなら教えてくれ。おれが直接それを伝えに行くよ。上がくずばかりでも、現場同士なら話が通じるかもしれない」

山下はとりあえず期待を覗かせた。それで現場が動かなければ、もう捜査一課に用はない。というよりこの先、むしろ彼らとの戦いが始まることになりそうだ。

3

午後になって不穏な情報が飛び込んだ。門井健吾が狙撃されたという。

場所は房総レジャー開発が南房総市内で経営するゴルフ場の駐車場で、門井はたまたま現場の視察に訪れていたらしい。知らせてきたのは安房署の臨時本部に戻っていた小塚だった。銃弾は門井が乗っていたリムジンの後部座席のサイドウィンドウを撃ち抜いたが、門井本人には当たらず無事だった。銃弾は反対側のドアにめり込んでいた。門井自身から安房署に通報があり、安房署の刑事課が初動捜査に入っているが、犯人の行方はいまもわからない。

山下は不審なものを感じた。そういう場合、被害者は一一〇番通報するのが常識で、間をおかず通信指令室から県内全域に指令が発せられる。

一一〇番通報を受理し、その情報を管轄地域全体に発信し、現場近くにいる機動捜査隊や自動車警ら隊に指示を与えるのが車載通信系と呼ばれる警察無線の基幹システムで、それは県警本部の各捜査担当部署でも傍受されており、関係部署はそれによって初動の体制を整える。

山下の部署でも車載通信系無線の音声は常時流れているが、その事件についての指令室からの発信は一度も耳にしていない。普通なら現場の警官と指令室のやりとりがさらに続くはずだが、それもなかったから、おそらく聞き逃しではない。その点については小塚も不審な思いを隠さない。

「僕がその情報を知ったのは署活系無線からなんです。門井氏は一一〇番ではなく、安房署内の知り合いの人間、おそらく刑事課のだれかに直接電話を入れたんじゃないかと思います」

小塚が言うやり方は必ずしも珍しいことではない。署活系無線とは警察署の管轄区域内でのみ使われるもので、本署と警官の直接のやりとり専用だ。

軽微な事件で警察に知り合いがいるような場合、事件を大きくしたくないという理由で被害者が署内の人間に直接電話をすることがある。あるいは交番のレベルで対応できる事案に広域対応の車載系無線を使えば、より重大な事件に使えるリソースが減るという考えが千葉県警に限らず各警察本部にはあって、署活系というのはそれをカバーするためのチャンネルでもある。

しかし銃で狙撃されたとなるとそのレベルの事件ではない。被害者にしても、とっさに一一〇番通報するのが普通だろう。もし門井がわざわざ署内のだれかに直接電話を入れたとしたら、その相手はいったいだれなのか、その理由は果たしてなんなのか――。小塚が指摘する。

「いま初動捜査で動いているのは刑事課で、当然川口さんが関わっていると思われます。だとしたら、気になるのは村松さんのことですよ」

「ああ。彼がライフルを所持して自分を狙っていると彰久は考えていた。もしそれが川口を含む門井一派に伝わっているとしたら、彰久に対する捜査を攪乱するために逆利用されかねない」

「まだ村松さんがやったという情報は出てきていません。それに、もし狙うとしたら彰久本人でしょう。門井健吾に恨みはあるにしても、殺したいとまでは思っていないはずです」

「そう考えるのが普通だが、彰久が村松さんに命を狙われていると思い込んで、その身柄を警察に確保させるために門井たちが一芝居打った可能性も考えられる。使われた銃の種類は？」

「車内に残っていた銃弾は狩猟用ライフルの六ミリ口径だったそうです。村松さんのライフルのものかどうかは、まだ確認できていません」

「村松さんとは、いまも連絡がとれないんだな」

「何度も電話を入れているんですが、電源が切れているようで、まったく通じません。位置情報をとられるのを警戒してるんじゃないですか」

「おれのほうもそうだよ。彰久が本当に殺害を予告されているとしたら、まずはライフルを所持した凶悪犯として警察が身柄を押さえ、場合によっては無力化してくれることを望むだろう」

「それなら直接県警本部を動かしたほうが話が早いんじゃないですか」

「そこだよ、むしろ怪しいのは——。車載系無線が使われなかったとなると、機捜は初動で動けなかったわけで、当然、捜査一課も捜査に着手していない。そのあいだにいろいろ細工も可能だろう」

「村松さんに容疑を向けるための時間が稼げますね」

小塚は得心したように言う。複雑な気分で山下は応じた。

「困るのは村松さんの真意が確認できないことだよ。本気で彰久の命を狙っているのか。単に揺さぶりをかけて投降を促そうとしているのか。できれば後者であってくれと願いたいところなんだが」

「本人は射撃の腕にかなり自信があるようでした。でも道路を走行中に彰久が狙われたというのが本当なら、ずいぶん大きく外しているじゃないですか。さらに門井が撃たれたのは駐車場です。だとしたら停まっているか徐行運転中のはずです。村松さんは三〇〇メートル先のイノシシも逃さないと言っていました。しかしどちらも撃ち損じたのに二発目は撃っていません。装弾数は普通六発で、半自動式なら連射も可能ですから、その点も不自然です」

小塚の見方は筋が通っているが、もちろん村松がやった可能性は否定できない。いずれにしても困った事態になった。山下は問いかけた。

「鬼塚組のほうはどうなんだ。そろそろなにか動きがあってもおかしくはないと思うんだが」

「僕もそこが気になって、浅井に組の事務所に張り付いてもらっています。いまのところ目立った動きはないようです。不審な人間も出入りしていません」

浅井は南房総市内のリゾートホテルで、彰久がかつての集団わいせつ事件のリーダーだった水上から拳銃と思しいものを受けとった現場を目撃している。鬼塚組の上部団体の幹部だという水上が、この局面で再登場することも考えられる。

「わかった。今回の件、どうも鬼塚組が絡んでいるような気がしてならない。大川さんや稲村さんに報告して、できればおれもそっちへ向かうよ。午前中に捜査一課の伊沢庶務担当管理官と話し合ったんだが、向こうもなにやら怪しい動きだ――」

そのときのやりとりをかいつまんで伝え、通話を終えて大川のデスクに向かった。事情を耳打ちすると大川は焦燥を滲ませて、場所を変えようと目顔で促す。村松の失踪についてはまだ部内には秘匿している。近くの小会議室に向かい、小塚から報告を受けた内容を伝えると、大川は不安げな表情で言う。

「してやられたかもしれないな。村松さんの動きを逆手にとって、向こうから仕掛けてきている可能性もある。鬼塚組ならライフルの一丁や二丁、いつでも手元に置いているだろう」

大川も門井を狙撃したのが村松だとは思っていないらしい。もちろん初動で動いている安房署側からも村松の名前はまだ上がっていない。

しかしライフルで狙撃されたとしたら殺人未遂で、いずれ捜査一課の扱いになるのは間違いない。そのまえに川口たちはいま、村松に容疑が向くように下ごしらえをしている最中かもしれない。少なくともここまでの捜査手続きの不自然さを考えれば、その疑いは否定しきれない。

村松には土地を騙しとられたという門井への遺恨がある。しかしそれについては裁判で敗訴し、その結果を受け入れていた。今回の件はおそらくそれとは別個のはずだ。村松が自分を狙っているという彰久の話が本当だとしても、それは愛する孫娘を殺害した彰久が、父親の財力と地元財界への影響力を使い、ヤメ検の倉本の力も借りて法の埒外へ逃げ延びようとしている現状に業を煮やした結果だろう。

もし村松にそこまで思い詰めさせてしまったのだとしたら、あと一歩のところで彰久をとり逃がし、いまもその足どりを摑めないでいる、そんな警察組織の一員としては忸怩たるものがある。そして警察官としての立場を離れれば、村松の行動に共感する部分さえ山下にはある。

「もし村松さんのターゲットが彰久だとしたら、この状況で門井健吾を狙撃することにメリットはなにもないでしょう。むしろ目的を果たすまえに警察の捜査の網を自分に引き付けてしまうことになる。元警察官の村松さんなら、そのくらいの計算は十分できるはずです」

「おれもそう思う。しかし伊沢管理官はそうは見ないだろう」

「川口は村松さんをモンスタークレーマーだとかねてから触れ回っていて、刑事課のみならず署長までそんな認識を持っていたようです。伊沢さんは疑いもなくその話に乗せられるでしょうね」

そのとき、山下の携帯に着信があった。ディスプレイを覗くと西村からだった。悪い予感がして耳に当てると、困惑を隠しきれない西村の声が流れてきた。

「門井健吾が狙撃されたと、安房署から連絡があった。いま初動捜査に入っているらしいんだが――」

「ああ、もう知ってるよ。犯人はわかったのか？」

単刀直入に問いかけた。西村は当惑したように問い返す。

「だれから聞いたんだ？」

「安房署の臨時本部にいる小塚君からだよ。なぜか通信指令室を通さずに、署活系無線で事件の情報がやりとりされていたそうだ。たまたま彼はそれを傍受したようだ」

「一一〇番通報がなかったため、いまは所轄の刑事課だけで初動捜査を進めているらしい」

「ライフルで狙撃となると、通信指令室レベルで初動の指令が飛ぶのが普通だろう。どういうことなんだ」

「そこがよくわからん。おれはこれから先乗りで安房署に向かう。おまえたちはどうするんだ」

「いまのところ、おれたちの事案じゃなさそうだが」

とりあえずとぼけて応じると、切迫した口調で西村が言う。

「まだ聞いていないのか。犯人の目撃情報が出てきたんだよ。村松謙介だ」

思わず絶句した。想像していたとおりのことが起きてしまったらしい。切迫した思いで問いかけた。

「目撃したのはだれなんだ？」

「助手席にいた社長秘書だと聞いている。門井のゴルフ場視察のお供をしていたというんだが」

「その秘書は、村松氏の顔を知っていたわけか」

「五年前に村松氏が房総レジャー開発と裁判で争ったことがあり、そのとき傍聴席で何度か見かけていたと言っている。それよりおまえたち、村松氏がライフルを所持して行方をくらましていた事実を、すでに把握していたんだろう」

西村は詰問《きつもん》するような口ぶりだ。山下は問い返した。

「村松氏のご家族に訊いたのか」

「目撃情報を受けて、所轄から問い合わせたらしい。行方不明者届はまだ出していなかったが、おまえたちには伝えていたそうじゃないか」

「聞いてはいたよ。しかしその時点では、村松さんがなにをやろうとしているのかはわからなかった」

ここはとぼけておくしかない。西村はさらに突いてくる。

「孫娘の仇を討つためじゃないのか。ついでに彰久の逃走を幇助している門井健吾にも怒りの矛先を向けた。とりあえずそう考えるしかないだろう」

「その秘書の目撃証言が、おまえは信じられると思うのか」

「そう言いたい気持ちはわかるがな。しかしただの失踪ならライフルを持ち出す必要はないだろう。いまは禁猟期だ。狩猟以外の目的で銃を持ち出す理由はほかに思い当たらない」

「それほど単純な話じゃないだろう。気になるのは、狙撃されたとき門井がなぜ一一〇番に通報しなかったのかだ。第一報はだれに入れたんだ」

「安房署内部で付き合いのある人間じゃないのか」

「だとしたら思い当たるのはやはり川口だな。鬼塚組を介してか直接かは知らないが、門井とは面識があったはずだ。そこはおまえのほうで確認してくれないか」

「秘書の目撃証言が、信用できないというんだな」

西村は訝しげに問い返す。腹を括って山下は言った。

「じつはきのう、彰久がおれに電話を寄越したんだよ――」

その会話の内容を聞かせると、西村は憤りを露わにした。

「どうしてそれを黙っていた。そこまで捜査一課を疑っているのか」

「ああ。申し訳ないが、けさの伊沢さんとの話でその疑念がさらに濃くなってね。村松さんの腹のうちはおれにもまだわからない。しかしもし村松さんをそこまで思い詰めさせたとしたら、その責任の大半は捜査一課にある――」

山下は率直な思いを口にした。彰久からの電話を受けた時点では、村松が本気で彰久の殺害を企てているとまでは思わなかった。それまでに仕掛けられた攪乱工作の数々を思えば、彰久が狙撃を受けたという話を真に受けるわけにはいかなかった。

むしろそれを理由に県警が総力を挙げて村松氏の捜索に乗り出して、その騒ぎに紛れて彰久を取り逃がす。そのあいだに倉本が彰久を不起訴にするための根回しに奔走する。その結果を受けて彰久が出頭すれば、目出度く嫌疑不十分で不起訴になるだろう。そうなれば、彼らの描くシナリオにまんまと乗せられたことになる――。

そんな考えを聞かせると、困惑を露わに西村は問いかける。

「村松氏は、本気で彰久を殺害するつもりなのか」

「わからない。いまはまったく連絡がとれないんだよ。しかし彰久が狙撃されたという話は眉唾だ。彰久は場所がどこだったか言わないし、時間も言わない。おれたちがあいつの所在をまったく把握できないのに、どうして村松氏がどこかもわからない跨道橋で待ち伏せできるんだ」

「門井氏の狙撃ならあり得なくもないだろう。南房総市内に房総レジャー開発のゴルフ場があることは知っているはずだ。そこで待ち伏せていれば、そのうち姿を見せると考えたのかもしれない」

「駐車場に防犯カメラは？」

「いまチェックをしているそうだが、周囲は山林に囲まれていて、そこから狙撃されたとしたら、たぶん映っていないだろうと言っている。いま近隣一帯で聞き込みをしているそうだ」

「その秘書が目撃したと言ってるんだろう。山林の奥から狙われたとしたら、どうして目撃できたんだ」

「確かに矛盾はしているな」

「まさか、現場の指揮をとっているのが川口ということはないだろうな」

「連絡を受けたのは刑事課長からだ。いま刑事課の捜査員を総動員して動いているとのことだった」

「つまり川口もそこに参加しているというわけだ」

「そういうことになるな――」

口籠もる西村に山下は言った。

「だったら、おれもこれから安房署に向かうことにする。おまえも先乗りで出かけるんなら、捜査一課が動くのはその結果を待ってからにして欲しい。こっちはこっちでもう少し情報収集をしたいから」

「いまのところ、この事案は臨時本部の管轄じゃないだろう。いったいなんの情報を集めるんだ」

西村は余計なことはするなと言いたげだ。山下は確信をもって言い切った。

「おれは鬼塚組が怪しいと見ている。ここまでの話を総合すると、門井健吾の件は茶番の可能性が高い。だとしたら手を貸したのはあいつらじゃないのか」

4

山下は安房署の臨時本部から県警本部に戻っていた一班の捜査隊員二名とともに、南房総市に向かってパトカーを飛ばした。大川は捜査一課の今後の動きが予断を許さないから、しばらく県警本部に残ることにするという。

いま走っている場所は、安房署の署活系無線の傍受範囲には入っておらず、車載通信系無線にも門井健吾狙撃事件に関連する通信指令室からの情報は入ってこない。

いくらなんでも安房署からの連絡はもう通信指令室に届いているはずだが、本部の捜査一課はまだ即応体制には入っていないらしい。伊沢庶務担当管理官の薫陶宜《くんとうよろ》しきを得て、スピーディーな捜査の立ち上げにはことのほか慎重なようだ。西村が懸命にブレーキを踏んでくれているのかもしれないが、いまは少しでも時間を稼ぎたい。

富津金谷《かなや》インターを過ぎたあたりで、小塚から電話が入った。

「門井健吾の車に撃ち込まれた銃弾なんですが、いま村松さんの所持しているライフルの型番を確認しました」

銃砲所持許可証の写しは担当する所轄の生活安全課に保管されている。小塚はさっそくそれを調べてくれたようだ。山下は問いかけた。

「銃弾は村松さんのライフルのものと一致したのか」

「使われたのは六ミリ口径の狩猟用としてはごく一般的なもので、村松さんが所有する銃も同じものを使います」

「そうか。違っていれば狙撃は茶番だったと立証できたんだが、それではなんとも言えないな」

落胆を隠さず山下は言った。小塚も不安げに応じる。

「安房署の刑事課がその点をどこまで慎重に判断するかですよ。それだけで、やったのは村松さんだと決めつける惧れも十分ありますから」

「殺人未遂容疑で、しかもライフルを所持しているとなれば、いずれは捜査一課が捜索に乗り出すだろう。村松さんが山に詳しいことを川口は知っているだろうから、近隣の所轄や機動隊まで動員して、本格的な山狩を始めかねない――」

そうなれば九十年以上昔の鬼熊事件の再来だ。村松は鬼熊こと岩淵熊次郎のような凶暴な人間ではない。しかし地元で人望が厚かった点は共通している。

村松は長年民生委員を務めており、かつて県内の所轄の副署長だった経歴を頼られて、鬼塚組の不法行為を見逃す安房署の刑事課に乗り込んで談判したこともある。安房署は村松をモンスタークレーマー扱いして出入りを禁じたが、かえってそれで地元での村松の株は上がったと聞いている。

一方でここ最近のテレビのワイドショーや週刊誌の報道では、彰久の過去の集団わいせつ事件や、門井一族が経営する房総レジャー開発の悪辣《あくらつ》なビジネススタイルが話題に上っている。SNS上にもそうした報道に同調し、彰久を非難し、殺害された村松由香子を悼《いた》む声が溢《あふ》れている。その仇討ちともとれる行動に出た村松が警察に追われることになれば、彰久の検挙に手間どっている県警への批判と相まって、むしろ村松が英雄視されかねない。

世論がそんな方向に傾いていけば、一課を始め県警全体はしゃかりきになって村松の検挙に乗り出すことだろう。ARTやSATのような実力部隊を投入して、検挙どころか殺害さえ企てかねない。もしそうなればまさに令和の鬼熊事件だ。

「いまは刑事課と地域課だけじゃなく、交通課まで動員してゴルフ場周辺での聞き込みや遺留品の捜索を進めているようです、そのせいで彰久の捜索に関わっていた人員がそちらにとられ、市内の検問も手薄になっています。だったら生活安全課もいっそ合流したいところなんですが、なぜかお呼びがかからないんです」

「そのあたりもなんだか胡散臭いな。現場資料班の西村もいまそちらへ向かっているはずだ。現地で落ち合って、おれたちも捜査に加われるようにしてもらう。このまま蚊帳の外に置かれて、川口たちにやりたい放題されたら堪らない」

「そうですね。僕らが村松さんと連絡をとって、家に戻るように説得できればいいんですが。門井氏の狙撃は絶対に茶番だと思います。だとしたら村松さんはまだなんの罪も犯していないわけですから」

「ああ。逆に門井が仕掛けた茶番だと明らかになれば、向こうの立場が不利になる。それは明らかな捜査妨害だ。検察を裏で動かして逃げ切りを図ろうというここまでの作戦も難しくなるはずだ」

そう応じて通話を終え、パトカーの車載通信系無線の音声に耳を傾ける。そのとき通信指令室の担当官のやや緊張した声が耳に飛び込んできた。

「南房総市内で銃撃事件が発生。場所は南房総市荒川《あらかわ》一六五〇にあるファンタス・カントリークラブの駐車場。死傷者はいない模様。犯人はライフルを所持して逃走中と見られる。君《き》津《み》方面の各移動は防弾チョッキ着用で現地に急行せよ。繰り返す。南房総市内で銃撃事件が発生――」

もう少し時間が稼げるだろうと期待していたが、伊沢管理官の反応は思いのほか早かったようだ。

しかし別の面から見ればお誂え向きだ。君津方面の各移動となると、山下たちの車両も含まれる。通信指令室からの指令ならだれであれ即応するのが義務とされる。となると安房署の刑事課にお伺いを立てなくても堂々と現場に乗り込める。

助手席にいる捜査隊員がカーナビにいま聞いた住所をインプットし、後部座席の山下を振り向いた。

「伊予ヶ岳に近い山間部です」

山下はその画面を覗き込んだ。先日、高木が下ってきた杣道の出口があった、県道八八号富津館山線を三キロほど北上した辺りのようだ。なにかと伊予ヶ岳と繋がりのある事件で、偶然だとは思うが妙に因縁《いんねん》めいたものを感じる。

それ以上に、村松にとってその一帯は勝手知ったる場所だろう。あるいは彼がやったのではという危惧も一瞬脳裏をかすめるが、実際に本人と会い、電話でも話した村松の印象とは大きなずれがある。激情家の側面もあるにはあったが、彼には元警察官としての矜持《きょうじ》もあった。愛する孫娘を殺害した彰久への怒りと、五年前の裁判での門井健吾への恨みを峻別《しゅんべつ》する理性はあるはずだ。

カーナビの表示を見ると、この先の鋸南富山《きょなんとみやま》インターで富津館山道路を降りて、県道八九号鴨川富山線を東に向かうルートが最短だ。伊予ヶ岳の登山口に当たる平群天神社のすぐ先で右折して県道八八号線に入り、しばらく行った先で左折して林道に入る。現場のファンタス・カントリークラブはその突き当たりにある。

「どのくらいかかる?」

訊くと隊員は張り切って答える。

「サイレンを鳴らして走れば二十分もかからないでしょう」

「じゃあ、行ってくれ」

そう応じると、隊員はマグネット式の赤色灯をルーフにセットし、サイレンアンプのスイッチを入れる。

この時刻の富津館山道路はとくに混んではいないので制限速度は大きく超えられる。先行車をごぼう抜きにして五分ほど走り、鋸南富山インターで高速を降りて、鴨川富山線をしばらく進むと、前方にマッターホルンを思わせる、すでに見慣れた伊予ヶ岳の頂が見えてきた。周囲のあちこちからもパトカーのサイレンが聞こえてくる。先ほどの指令を受けて、近隣にいた機捜や自動車警ら隊のパトカーが現場に集結している様子だ。

そのとき西村から電話が入った。応答すると、すかさず訊いてくる。

「いまどこにいる？」

県道八九号線で現場のゴルフ場に向かっているところだと言うと、西村は慌てて応じる。

「いますぐ引き返してくれないか。おれはこれから先乗りして、現場の状況を把握する。そのあとおまえのほうに連絡を入れる。とりあえず安房署の臨時本部で待機していてくれれば、おれがそちらへ出向くから」

「どういうことだよ」

「これから県警本部長直轄の特別捜査本部が設置されることになる。担当するのは刑事部と地域部で、必要に応じて機動隊の支援を要請するが、生活安全部はそこに含まれていないんだ」

「なんでだ？　この事案はまさにおれたちの所管じゃないか」

「安井《やすい》本部長はそうは見ていないらしい。最近のメディアの報道では、伊予ヶ岳の事案への県警の対応が、生活安全部と刑事部の股裂き状態になっていると批判されている。それを嫌って、今回の狙撃事件は彰久の事案とは完全に切り離し、あくまで別件として扱うつもりのようだ」

「組織犯罪対策部の四課は関わらないのか。銃を持ってドンパチという話なら、マル暴関係の部署にもお呼びがかかってよさそうなもんだが」

「村松氏が現場で目撃された以上、その線はないと見ている」

「鬼塚組が絡んだ茶番の可能性もある。連中の動きにも目配りすべきだ」

「上のほうにそんな考えはさらさらないようだ。伊沢さんも張り切って、いま本部開設電報の作成に取りかかっている」

本部開設電報というのは、県警本部の各部署や所轄に対し、捜査本部が設置される場所や所轄からの人員派遣命令などを通達する書面だ。電報というのは伝統的な呼称で、実際にはファックスが使われる。各部署の部長名で発せられるが、動いているのが捜査一課なら、実際に作成するのは庶務担当管理官の伊沢ということになる。

「そもそも、どうして特別捜査本部なんだ。聞き間違いじゃないのか」

山下は問いかけた。警視庁は捜査本部名のほとんどに「特別」をつける習慣があるが、千葉県警を含むそれ以外の警察本部は特別捜査本部という名称は原則的に使わない。なにかにつけて特別だという警視庁特有の思い上がりだというのが千葉県警内での評判だが、その千葉県警がわざわざその呼称を用いる理由がわからない。

「県警本部長直轄というのがそもそも異例だからな。帳場の本部長も安井さんが担当するそうだ。そんなやり方はうちの捜査本部運用規定にも存在しないんだが」

西村も思いあぐねる様子だ。

「だったら帳場の開設はこれからなわけだ。いまはまだ通信指令室の指示しか出ていないから、おれたちはそれに従って動くことにするよ」

臆することなく山下は言った。西村は慌てた。

「現場へ行くのか」

「もちろんだ。今回の事件が彰久の事案とは別件だなどというわけのわからない発想がどこから出てくるんだ。だれかの恣意が働いているとしか考えられない」

「安井本部長までしゃしゃり出ているんだ。いま現場で諍いを起こすと、彰久の捜査にも悪い影響が出かねないぞ」

「ここでおまえに恫喝されるとは思わなかったな」

吐き捨てるように山下は言った。なにやら怪しい気配が漂ってきた。得体《えたい》のしれない圧力が、真綿《まわた》で首を絞めるように山下たちに迫ってきているようだ。

「恫喝なんかじゃない。おまえたちのことを考えて言ってるんだ」

「おれたちのことは心配してくれなくていい。このまま彰久を取り逃がすくらいなら、警察手帳は返上するから」

「そういう問題じゃないんだよ。上は彰久に関する捜査を潰す気でいる」

「どういうことなんだ」

「本部長は、生安が彰久の捜査に乗り出したことに不快感を示しているらしい。いまになって現場の捜査に口を挟んできて、殺人事件の捜査は捜査一課の所管で、生安が勝手に殺人教唆容疑で彰久の逮捕状を取得したのは、県警としての捜査秩序を乱す行為だと言うんだよ」

「そんな話は聞いたことがない。生安だろうが組対だろうが、殺人事件を認知すれば捜査に着手するのは当然のことだ。殺人事件の逮捕状請求が捜査一課の特権だという決まりはない」

「いますぐどうこうという話じゃない。ただし逮捕状の再請求は認めないと本部長は言っているらしい。それを聞いて伊沢さんは有頂天《うちょうてん》になってるよ」

逮捕状の期限は発付当日を除いて一週間だ。つまりあと四日で失効するが、再請求は何度でも可能だから、そのことでとくに心配はしていなかった。

それに逮捕状の請求は警部以上の司法警察員ならだれでも可能で、そんなところに本部長が口を挟めば、それ自体が捜査秩序を乱す行為だと言うべきだ。

「たとえ本部長でも、そこまでの権限はないはずだ」

「権限があろうがなかろうが、本部長の命令なら生安部長は従わざるを得ないだろう。その部長の命令には、捜査隊長の稲村さんだって逆らえない」

「本部長まで門井の飼い犬に成り下がっていたわけか」

「まさかそこまでは考えられないが、一課長やら刑事部長やら生安に手柄を挙げさせたくない連中が、あることないこと吹き込んだんじゃないのか。自分たちが見て見ぬふりをしていた事案が、知らない間に世間を騒がす大事件になっていた。安井さんは警務畑一筋で出世してきた事務屋だから、刑事事件の捜査勘はないに等しい。刑事部長や一課長から、彰久の犯行を立証するのは無理だと説き伏せられれば、我が身可愛さでその口車に乗るだろう。冤罪事件というのはキャリアにとっては致命的な疵で、次の出世の階段を上れなくなる」

「だからといって、おれにどうしろと言うんだよ」

「村松氏の件はおれのほうでなんとかするから、本部長の機嫌をこれ以上損ねないようにしてくれないか。いまは彰久の検挙に全力を尽くすべきだ」

「そのあいだにARTやらSATを動員して、村松さんの身柄を確保しようという算段じゃないのか。だったらおれはなんとしてでも村松さんを護る」

「そこまで極端なことを考えなくてもいいだろう」

「もしこのままおれたちの捜査を潰されて、彰久が大手を振って世間に出てくるようなら、むしろ村松さんに思いを遂げさせたいくらいだよ」

煮えたぎる憤りを押し殺して山下は言った。

第十一章

1

ファンタス・カントリークラブの駐車場には、所轄や自動車警ら隊のパトカー、機捜の覆面パトカーが集結していた。鑑識のワゴンタイプの車両も到着している。

駐車場の周囲は深い山林に囲まれていて、そこに身を忍ばせて狙撃するには格好の条件だ。逆に狙われた車のなかから狙撃者の顔を特定できたとはまず考えられない。駐車場の南北に設置されている防犯カメラはどちらも駐車場内に向けられていて、画角内に山林の映像が入ることはないはずだ。

門井健吾の車はブルーシートで囲まれて、鑑識課員がそこを出たり入ったりしている。門井や同伴していた秘書と思しい人間の姿は見えず、防弾チョッキを着込んだ所轄の警官や刑事課の捜査員が、張り巡らされた立入禁止の反射テープの外で手持ち無沙汰にたむろしている。

現場に着いた山下たちのパトカーを見つけて川口が歩み寄り、サイドウィンドウ越しになにやら喚《わめ》き立てる。山下はドアを開けて外に出た。とたんに川口のがなり声が耳に飛び込んだ。

「あんた、ここに用事はないだろう。なんでしゃしゃり出るんだよ。いま立て込んでいる最中だ。捜査を妨害する気なら、出るところへ出て決着をつけるぞ」

その剣幕に、近くにいた捜査員たちがなにごとかというように顔を見合わせる。十分予想していた対応だから、慌てることなく山下は応じた。

「用事はある。門井氏は指名手配中の門井彰久の父親で、目撃されたという村松氏は伊予ヶ岳の事件の被害者の祖父だ。おれたちが捜査を進めている事案と無関係なはずがない」

「こじつけだよ。村松が土地絡みの裁判で負けて、門井さんに遺恨を持っていたくらいあんたも知ってるだろう。その恨みを晴らそうと、あんたを焚《た》きつけて門井さんの息子を自分の孫娘殺害の教唆犯に仕立て上げた。ところがそっちも見通しが立たないもんだから、やけになって門井さんに矛先を向けた。そんな筋立ては子供だってわかる」

川口は鬼の首をとったような口ぶりだ。そのやりとりを聞きつけたように、川口に負けず劣らず剣呑な人相の五十絡みの男がやってきた。川口がへつらうように声をかける。

「課長。言ってやってくださいよ。呼ばれもしないのに生安が乗り込んできて、捜査に首を突っ込もうとしてるんですよ」

刑事課長の高柳《たかやなぎ》昭雄《あきお》のようだ。高柳は山下に睨めつけるような視線を向けてきた。

「おまえ、だれなんだよ」

「こういう者ですが」

普通、目上の者には口頭で所属と氏名を名乗り、必要なら名刺を渡すものだが、どうにもむかつくから警察手帳を鼻先に突きつけてやった。そんな態度に気圧《けお》されたのか、高柳はいくらか言葉を改めた。

「悪いが帰ってくれないかね。ここはおれたちの仕事場で、あんたたちにはお呼びがかかっていない。それにこれからうちの署に特別捜査本部が設置される。申し訳ないが、あんたたちが勝手に居候を決め込んだ臨時捜査本部は立ち退いてもらうことになる。うちの署は手狭で、両方の面倒を見る余裕がないんでね」

そこまでふざけた話になっているとは思わなかった。山下は臆せず応じた。

「うちのほうは生安部長の指示で立てられた帳場で、刑事部長の指揮下にはありません。そういう無茶を言うのはまさしく捜査妨害で、押し通せば生活安全部と刑事部の戦争になりますよ」

高柳は鼻で笑った。

「知らないのか。今回の村松の事案は刑事部長レベルの話じゃない。特捜本部のトップは県警本部長だ」

西村からは聞いていたが、すでに所轄にも連絡があったようだ。山下はとぼけて応じた。

「そんな話は上から聞いていません。そもそも本部開設電報はまだ出ていないんでしょう。それともうちが捜査に加わると、なにか不都合なことでもあるんですか」

高柳は不快感丸出しで口をひん曲げる。

「大いに問題がある。あんたは被疑者の村松と情実があるじゃないか」

「馬鹿馬鹿しい。彼は我々が扱っている事件の被害者の祖父ですよ。その捜査の過程で接触すれば情実があるという話なら、あらゆる刑事捜査が情実捜査になってしまう」

「そっちが追っている事案と今回の事案は別件だ。その点で言えば、あんたたちは村松謙介への思い入れが強すぎる。明らかに情実があるというべきだ」

高柳は抜け抜けと言ってのける。それが捜査一課の本音なら、西村が警告していた、彰久への捜査を潰そうという県警本部長の腹のうちと矛盾しない。川口が周りにたむろしている捜査員に目顔で合図をすると、寄ってきて山下たちを取り囲む。ヤクザまがいの威圧だが、それでビビったら勝負は負けだ。

「どけよ、おまえら。おれは門井さんから話を聞きたいだけだ。彼はいまどこにいるんだよ」

「教える必要はない。命を狙われた直後だぞ。ただでさえショックを受けているところへ、くだらない思惑で根掘り葉掘り訊かれたら体の具合が悪くなる」

川口は権柄ずくな口を利く。山下はそれでも押していく。

「だったら村松さんを目撃したという秘書から話を聞かせてくれよ」

「もうおれたちが事情聴取を済ませている」

「写真面割りはしてるのか」

「そんなの必要ない。秘書は村松の顔をよく知っていた」

「本当なんだろうな。ちゃんと裏はとったのか」

「門井さんが証言してるよ。秘書は裁判を傍聴していて、村松の顔をしっかり見ているそうだ」

「嘘だろう。公判はすべて代理人に任せ、自分自身は一度も出廷していないと村松さんからは聞いているぞ」

民事訴訟はおおむねそういうもので、原告も被告も出廷する義務はない。村松からとくにそんな話は聞いていないが、軽く弾いてやった三味線に川口は慌てて言い繕う。

「当事者尋問ってのがあるんだよ。裁判官が必要と認めた場合、原告には出廷する義務がある」

「だったら公判記録を調べれば嘘か本当かわかるだろう」

間が悪そうに川口が応じる。

「被害者側の関係者を、被疑者みたいに扱うわけにはいかないだろうよ」

「安房署の刑事課ってのは、ずいぶん思いやりがあるんだな。村松さんが鬼塚組のことで苦情を言っただけでモンスタークレーマー扱いしたと聞いているが、今回はずいぶん対応が違うじゃないか」

「そうやって難癖をつけるから情実があると見なさざるを得ない。秘書の目撃証言に加えて、村松はライフルを持って行方をくらましている。それだけで真っ黒けだよ。まさか村松の居どころを知ってるんじゃないだろうな。だったら犯人隠避の罪で逮捕しなきゃならなくなるぞ」

「犯人隠避の黒幕にそんなことを言われたくないな。知ってたら、こんなところであんたの御託を聞いちゃいない。直接会って、本人の口から今回の事件が茶番だってことを明らかにしてやるよ」

「言うにこと欠いて茶番だと？　あんたそれでも警察官か？　殺人未遂犯の肩を持つわけか？」

川口は吠《ほ》え立てる。高柳は鷹揚に口を挟んだ。

「いまは初動の段階だ。我々だってあらゆる可能性を考えて捜査を進めている。ただしこの事案には、あんたたちが出る幕はない。それは本部長レベルで決まったことだ。そもそもそういう予断を持って捜査に当たられること自体、我々からすれば捜査妨害になるんだよ」

「そういうことだ。とっとと帰ってくれないか。これから特捜本部の立ち上げ準備に入るから、あんたたちの臨時本部も早々に引っ越してもらわないと」

川口は勝ち誇った口振りだ。そんな話をしているところへ西村がやってきた。山下が事情を説明すると、西村は困惑を隠さず、川口たちから離れた場所に移動して、いかにも残念そうに言う。

「もうおれのレベルではなにもできない。ついさっき、捜査本部開設電報が発出された。特捜本部長は安井県警本部長で、副本部長が刑事部長。普通の捜査本部よりワンランク上のシフトだ。生安も組対もお呼びがかかっていない」

「いまある一課の帳場はどうなるんだ」

「特捜本部に吸収される」

「伊予ヶ岳の事案はどうする?」

「とりあえず開店休業だな。狙撃事件の捜査に捜査一課は全力で当たれという指令が出ている」

「おれたちの帳場は、追い出しを食らうわけか」

「そういう指示は出ていないが、これからARTを含む捜査一課の三つの班が出張ることになる。近隣所轄の刑事課や地域課からも人を掻き集め、必要なら機動隊一個中隊も加わるらしい。総勢二百人くらいの大所帯が安房署に集結する」

「要するに、おれたちの居場所はなくなるわけだ」

山下は天を仰いだ。伊沢庶務担当管理官から捜査一課長、刑事部長、さらに県警トップの本部長まで、寄ってたかって彰久の捜査を潰しにかかっているらしい。こうなると、本部長が一課長や刑事部長の口車に乗せられて動いているという見方も怪しくなってきた。じつは最大の黒幕が安井本部長ではないかという疑念も生じる。いや本部長のさらに上、警察庁の大物のなかに、門井や倉本と通じた人間がいるのではとさえ思えてくる。

倉本は並みのヤメ検ではない。かつては東京高検の検事長を務めている。検事長は、検事総長、次長検事に次ぐ検察第三位の序列で、天皇によって認証される大臣や副大臣と並ぶ認証官だ。国家公務員のなかでは最上位に位置し、警察庁長官や警視総監は認証官ではないことを見れば、ヤメ検となったいまも検察や警察に隠然たる影響力をもっていることは十分考えられる。

それを駆使して警察庁の大物キャリアを動かせば、県警本部長を顎《あご》で使うくらいは造作《ぞうさ》もないだろう。ここまでふざけた事態が起きてくると、県警本部長ごときの一存によるものとも思えない。

村松の腹のうちはまだわからないが、門井を狙撃したとは考えられない。しかしその行動によって、敵から見れば飛んで火に入る夏の虫になってしまったのは否めない。だからといって責める気にはなれない。彼をそこまで思い詰めさせた責任の大半は、ここまで彰久に翻弄され、後手に回ってきた山下たちにある。

「村松氏と連絡をとる方法はないのか」

西村が問いかける。山下はかぶりを振った。

「いくらかけても携帯は繋がらないし、家族との連絡も絶っているようだ」

「警察を見限ったということか」

「彰久の件は、自分の手で決着をつけたいと何度も口にしていた。こちらに任せてくれとそのたびに説得して、納得してくれたと思っていたんだが――」

山下は切ない思いを嚙み締めた。苦い口調で西村が言う。

「おまえが見ているとおり、門井の狙撃は茶番だと思うがな」

「ああ。どういう狙いがあったのか、村松さんはわざわざ自分から電話をかけて、ライフルを持って追っていると彰久に告げた。門井と彰久は絶えず連絡をとっていて、門井がそれを逆手にとった。残念ながらそれが我々にとって致命的な結果を招いたようだな。まさか特捜本部は、村松氏を射殺することまでは考えていないだろうな」

山下は問いかけた。本部にARTが参加するとなると、そこに不安を覚えざるを得ない。

彼らの装備には拳銃やグレネードランチャーのほかに短機関銃や狙撃用ライフルも含まれる。

狩猟用ライフル一丁では到底太刀《たち》打ちできない。ところがその狩猟用ライフルを所持していることが、急迫不正《きゅうはくふせい》の侵害、すなわち正当防衛が成立する要件として利用されかねない。

「それはないだろうと思いたいがな」

西村の返事は心もとない。こうなればせめて無傷で身柄を確保してもらうしかないが、それはそれで山下としても悩ましい。この先、倉本の画策が成功して彰久が不起訴になるようなことがあれば、村松は絶望の淵《ふち》に沈むことだろう。その彰久を追い詰める手立てをいま山下たちは失おうとしている。逮捕状の期限はあと四日。再請求はまかりならんとの厳命が本部長から下れば、生活安全部長にそれに楯突く度胸はない。西村が言う。

「ここはいったん引いてくれないか。特捜本部の動きは随時伝える。おまえたちは彰久の捜査に集中してくれ」

そうは言われても、本部長の命令一下でこちらの人員は特捜に吸いとられる。いま行っている検問や張り込みもこの先継続できるかどうかわからない。そうなれば彰久はどこへでも好きな場所に逃げられる。不安を隠さず山下は言った。

「気になるのは鬼塚組の動きだよ。どうして組対まで帳場から外すんだ。こういう状況になって、鬼塚組が大人しくしているとは思えない。そもそも門井を狙撃したのは連中じゃないのか」

「門井と鬼塚組の結びつきからすると、それは十分あり得るな」

「さっき、川口と話をしたんだが――」

目撃したという秘書に写真面割りをしていなかった点を指摘し、法廷でその秘書が村松の顔を見ていたという話が本当かどうか、そちらで確認して欲しいと言うと、西村は頷いた。

「たしかに怪しいな。公判記録はだれでも閲覧できる。面割りはおれのほうでやっておく。それに使える村松氏の顔写真はすぐに入手できるか」

「息子さんに訊いてみるよ。最近の写真の一枚や二枚はあるはずだ」

山下は意を強くした。写真面割りをすれば、公判記録の閲覧という面倒な手間をかけなくても、秘書の証言が本当かどうか判断できる。伊予ヶ岳で高木を目撃した川内夫妻のときのように、複数の写真のなかに村松の写真を交ぜて提示して、該当する写真を選ばせる。それを二、三度繰り返して、すべて村松の写真を選んだとすれば、秘書は村松の顔を知っていたことになる。

そのとき山下の携帯が鳴った。小塚からだった。

「浅井から連絡がありました――」

浅井はいま、鬼塚組の事務所を張り込んでいると聞いていた。そちらでなにか動きがあったのか？

「水上が現れました。一人でやってきて事務所のなかに入っていったそうです」

水上が――。いよいよきな臭い匂いが漂ってきた。

2

鬼塚組の事務所のある南房総市内の賃貸ビルに向かうと、すでに小塚のパトカーが先着していた。

商店街のある通りからはやや奥まった場所にある四階建ての古びた建物で、鬼塚組の事務所であることを示す看板や代紋の類は見当たらず、各階にはなんとか商会やらなんとか金融の突き出し看板が掲げられているが、そこが鬼塚組の事務所だということは地元ではだれもが知っているらしい。

事務所の前にパトカーが三台も駐まれば怪しまれるのは確実だが、連中の動きに対しては抑止力になるはずだから、そのほうがむしろ都合がいい。事務所の監視は県警本部から伴ってきた捜査隊の隊員に任せ、浅井のパトカーに移って状況を聞いた。

水上はきょうは車で来たらしい。乗ってきたのはレクサスで、ヤクザ好みの車種ではないが、そもそもいまどき黒塗りのベンツを乗り回すような金回りのいいヤクザはめったにおらず、国産のワンボックスというのが親分クラスでも普通になっているという。

だとしたら鬼塚組の上部団体である明神会の中堅幹部で、経済ヤクザとしての評価が高いという水上には、普通のヤクザとはまた違う資金ルートがあるのかもしれない。それが門井だとしたら、事件のバックグラウンドはより大仕掛けになってくる。

浅井によれば、先ほどから組の若い者がしきりに出たり入ったりしているという。右翼団体が好むような迷彩服を着て、靴も頑丈そうな安全靴。武器を持っているわけではないが、これから出入りでも始まりそうな気配らしい。

「張り込まれていることは連中もわかっているはずですが、とくに意識する様子もないんです。なんだか舐められているような気がします。村松さんの件と関係があるんじゃないですか」

浅井が警戒心を滲ませる。言われてみると、人手はいくらあってもいいはずなのに、組織犯罪対策部が帳場に参加しない点もなにか臭い。組対が招集されれば暴力団担当の四課が当然乗り込んでくる。上のほうのだれかがそれを嫌っているとしたら、この先ろくでもないことが起きそうな気がしてくる。

「まさか警察の山狩をボランティアで手伝おうというんじゃないだろうな」

落ち着かない気分で山下は言った。小塚が頷く。

「ボランティアというより、村松さんを先に捜して殺そうというんじゃないですか。門井サイドにすれば、彰久が殺されてしまったら、倉本を使って彰久を無罪放免にしようという画策も無駄骨に終わるわけですから」

その点はたしかに引っかかる。すでに県警本部が動いて、村松を捜索する態勢が整っている。それに輪をかけて鬼塚組まで動かすとしたら、そこにはただ彰久を助けようという以上の、村松への根深い敵意があるようにさえ思えてくる。

「だとしたら、水上が現れた理由はなんだと思う？」

「もし水上が彰久に拳銃を譲り渡していたとしたら、その関係のビジネスも手がけているんじゃないですか。だとしたら射撃に関しても素人ではないかもしれません――」

ヤクザが銃を所持しているケースは多いし、抗争で銃による殺傷はしばしば起きる。しかし射撃の腕は鈍《なまく》らで、数メートル離れた場所からの狙撃がほとんどだ。もし村松がライフルを所持して山中に身を潜めているとしたら、その程度の腕では手に負えない。彼らの狙いが村松の狙撃だったら、それなりの腕のあるスナイパーに頼むのではないか――。

そんな小塚の考えには妙に説得力がある。小塚が続ける。

「銃砲所持許可の記録は居住地の公安委員会がデータベース化しています。県警本部からなら、すべての都道府県の公安委員会に問い合わせられると思います――」

前科があっても刑期が満了して五年経てば許可の申請は可能だ。もちろん暴力団員だとわかれば却下されるが、そこをすり抜けて猟銃や競技用ライフルの所持許可を取得している連中がいないわけではないらしい。とくに悪さをするわけではなく、純粋にそれを趣味にしている連中もおり、彼らはそれなりに狙撃の腕も確かだろうと小塚は言う。山下は頷いた。

「水上に関してはあり得る話だな。大川さんに頼んでみるよ。水上が銃を持ち込んでいる気配はないか」

訊くと、浅井は自信なさそうに言う。

「事務所に持ち込んだ形跡はありません。ただし車のトランクに入れている可能性はあります」

そのとき迷彩服を来た四十絡みの男が事務所から出てきた。ビルの前にある自販機で缶コーヒーを買って、それをちびちび飲みながらこちらに視線を向けている。がたいがよく、右の頬に向こう傷のある、これぞヤクザといったいかつい面相だ。小塚が言う。

「若頭《わかがしら》の堀井《ほりい》です」

「せっかく出てきてくれたんだから、挨拶してくるよ」

山下は言って車を降りた。小塚が慌てて引き止める。

「危ないですよ。ここでは多勢に無勢ですから」

「まさか警察相手に、むやみに荒ごとを仕掛けたりはしないだろう」

そう応じて、山下は男に歩み寄った。小塚と浅井も慌ててついてくる。近くに駐まっている面パトからも捜査隊の刑事が駆け寄ってくる。

「堀井さんだね。こういう者だが」

警察手帳を提示すると、堀井は軽く鼻を鳴らした。

「しばらく前から張り付いているようだが、なんの用があるんだよ。生活安全部なんてところとは付き合いはないぞ」

「安房署刑事課の川口とは昵懇《じっこん》でね。ちょっと挨拶をと思ったんだよ。なんだか忙しそうにしているが、引っ越しでもするのか」

「川口と？　あんたも強請《ゆす》りたかりをサイドビジネスにしている口か？」

堀井は軽口を叩く。川口とは気のおけない仲らしい。

「おれのほうは、仕事一途の模範刑事でね。じつは用があるのはお宅の客人で、水上卓也という男なんだよ。ちょっと会わせてくれないか」

堀井はとたんに警戒心を露わにする。

「そうはいかねえ。大事な客人を警察に売るような真似ができるわけねえだろう」

「売れと言ってるわけじゃない。話を聞きたいだけだ」

「どういう話だよ」

「門井彰久についてなんだがね」

「ああ、そうか。門井さんとこの息子を殺人犯に仕立て上げて追い回しているのはあんたたちだったのか」

「仕立て上げちゃいないが、追っているのは間違いない。どうも水上とは古い友達らしいから、参考になる話が聞けるんじゃないかと思ってね」

「なおさら無理じゃねえか。門井さんの息子は無実だよ。そんなふざけた話に、大事な客人を付き合わせるわけにはいかねえよ。怪我をしないうちにさっさと帰りな」

近くにいた組員が寄ってきて、威圧するように取り囲む。刑事を相手にいい度胸だが、虚勢を張るのもヤクザの手の内だ。動じることなく山下は言った。

「だったらその客人の車のトランクを見せてくれないか」

「なんだと？　言うにこと欠いて。がさ入れのフダがあるのかよ」

「嫌がるということは、見せたくないものが入っているわけだな」

「こっちにだって、職質を拒否する権利くらいはあるんだよ」

堀井は凄んでみせる。周りの組員も距離を詰めてくる。そのとき堀井の背後で声がした。

「かまわないよ、堀井さん。見たいというんならいくらでも見せてやるよ」

「ああ、水上さん。なにもこんな連中の言うことを素直に聞くことはないでしょう」

水上は彰久と同年代だから堀井よりやや若いはずだが、堀井が敬語を使っているところをみると、上部団体の中堅幹部というのは本当のようだ。

「いいんだよ。うしろめたいことはなにもないんだから。おれたちの仕事は警察とは持ちつ持たれつでね。少しは顔を立ててやらないと」

すらりと背が高く優男《やさおとこ》ふうの顔立ちで、印象は彰久と似ている。しかし歳のわりには老成した物言いで、そのあたりの貫禄は彰久とはだいぶ違う。動じることなく山下は言った。

「物わかりのいい人で助かるよ。門井彰久とは長い付き合いのようだね」

「そんなことはどうでもいいでしょう。トランクを見せろというから応じただけで、それ以上のことはお答えできません」

口振りは慇懃だが、威圧するような気配がある。いかにも切れ者のインテリヤクザという印象だ。さりげない調子で問いかけた。

「じつはある筋から、あんたが彰久に拳銃を譲渡したという情報を得ていてね」

「どこで拾ったがせネタですか。私は真面目一途のビジネスマンで、法令に反するようなことには手を染めていませんよ」

水上は眉一つ動かさない。真面目一途のビジネスマンが暴力団の事務所に入り浸るわけもないが、ここで追及しても証拠はないからガードは崩せない。山下はやむなく言った。

「じゃあ、トランクを見せてもらえる？」

「どうぞ好きなだけ。トランクだけじゃなく、車内もしっかり見ていいですよ」

水上はビルの横手にある駐車場に向かい、レクサスのトランクを開けてみせた。なかには整備工具のセットのほかに荷物はなにもない。車内も確認したが、ライフルや短銃と思しいものは見当たらない。グローブボックスも開けて見せたが、そこにも短銃の類は入っていない。

必要なら鬼塚組にいくらでも在庫があるはずだから安心はできないが、ガサ入れの令状がなければこれ以上は追及できない。

「ご協力、ありがとう。しばらくこちらに滞在するの？」

「それもお答えする必要はないですよ。それじゃ失礼」

水上は踵《きびす》を返して事務所へ戻っていった。堀井が立ちはだかって、手で追い払うような仕草をする。

「用は済んだんだろう。もう帰れよ」

「まだ用事はあるんだよ。暴力団が物騒な支度をして出入りの準備のようなことをしていたら、それを監視するのは警察の職務だ」

「生安は担当が違うだろう」

「刑事課はいま忙しいらしくてね。こっちまで手が回らないから、おれたちが動くことにしたんだよ」

「なんで忙しい。村松の一件でか」

「どうしてそれを知ってるんだよ。その話はまだマスコミには出ていないんだが」

堀井はぼろを出した。慌てて言い繕う。

「川口から聞いたんだよ。今夜一杯やる予定だったが、それがお流れになるとかいう話で――」

「川口とはそういう仲なのか」

「おかしな関係じゃねえよ。気の合う同士が会って酒を飲んじゃまずいのか」

「まずいんだよ。警察には内規があってな。反社会的勢力と飲食を共にするようなことがあれば、川口は首が飛ぶ。そのときはあんたに証人になってもらうからな」

「勝手にしろ。ただし痛い思いをしても知らねえぞ」

「それは脅迫罪に当たる。いまここで現行犯逮捕してもいいんだぞ」

さらりと言ってやると、堀井はとたんに媚びるような笑みを浮かべる。

「冗談だよ。こんなの、おれたちの世界じゃ朝晩の挨拶に過ぎないんだから」

「じゃあ、そういうことにしておこうか。ただしうちの人間にちょっかいを出したら全力で組を潰すぞ。おれたちは安房署の刑事課ほど甘くはないからな。おまえたち、道具は持ってるな？」

捜査隊の刑事に声をかけると、これ見よがしに背広の前を広げてみせる。ショルダーホルスターに収めたシグ・ザウエルのグリップが見える。いまは緊急配備中で、山下を含め捜査担当者のほぼ全員が拳銃を携行している。口をひん曲げて一瞥する堀井を尻目に、山下たちはパトカーに戻った。

事務所の監視は二名の捜査隊員と浅井に任せ、山下と小塚は安房署に向かった。小塚の話では、臨時本部はすでに追い立てを食らっていて、いまいる近隣の所轄からの応援部隊は、これから出張ってくる特捜本部に吸収されるらしい。

いまはお呼びがかかっていない生安課員と捜査隊の刑事だけが手狭な会議室に移動して、細々《ほそぼそ》と連絡任務に当たっているという。門井の自宅や会社を張り込んでいた所轄の捜査員も特捜本部に引き抜かれ、数少ない安房署の生安課員と捜査隊員が任務に当たっているだけで、絶対的な人数が足りないうえに、休息のための交代要員もいない。市内の検問も捜索対象が彰久から村松に切り替わったようで、定時に入っていた報告がいまはほとんど途絶えているらしい。

「いよいよ打つ手がなくなりつつありますよ。まさかここまでやってくるとは」

小塚はため息を吐いた。普段はなにかと動きの遅い千葉県警も、本部長の命令一下となると話が違ってくるらしい。

県警本部にいる大川に車中から電話を入れると、すでに生活安全部長の頭越しに、臨時本部に派遣されている近隣所轄の応援部隊は特捜本部に加われとの指令が発出されているという。生安部長も暗に臨時本部の閉鎖を求められたが、さすがにそれは拒絶したらしい。

「うちの部長もそのくらいの気概はあったようだが、今後は本部とは名ばかりの弱小チームで彰久を追うしかなさそうだ。そのうえ逮捕状のタイムリミットがあと四日に迫っているとなると、追い詰められているのはむしろおれたちだよ」

大川はいつになく悲観的な口ぶりだ。鬼塚組の事務所前での先ほどの顚末《てんまつ》を報告し、山下は言った。

「水上の車の移動経路をNシステムで調べてもらえませんか。ナンバーは――」

小塚がメモしていた手帳を示す。それを読み上げると、大川は意味を察したように請け合った。

「すぐやるよ。門井を狙撃したのが水上だと見ているんだな」

「当てずっぽうです。ただあり得ないと決めつける理由もないですから」

さらに銃砲所持許可の記録のチェックも依頼すると、大川はそちらも躊躇なく引き受けた。

「こんなときに、わざわざ鬼塚組の事務所に出張ってきたのは、たしかに引っかかるからな」

公安委員会はどこの自治体でも警察本部と同居しており、職員の大半は警察本部からの出向で、事実上一心同体だ。そこは顔の広い大川に任せれば話が早い。

3

安房署に到着し、臨時本部が設置されていた大会議室に立ち寄ると、すでに入り口の模造紙《もぞうし》の看板が「ファンタス・カントリークラブ狙撃事件特別捜査本部」の名称に付け替えられていた。

さすがにまだ近隣からの応援部隊は到着しておらず、県警捜査一課の先乗りの刑事たちが何名かたむろしているだけだ。川口は現場を仕切るのに忙しいのか、まだこちらには姿を見せていない。

山下たちが使っていたパソコンやコピー機やファックスは見当たらないから、すでに所轄の生安課員が移転先の小会議室に移動させたのだろう。

先乗りの連中のなかに西村もいる。目顔で促して小会議室に伴い、鬼塚組の動きを伝えると、西村は緊張を隠さない。

「なにをやろうとしているのかわからないが、一騒動起こそうとしているのは間違いない。川口と通じているのはたしかだな」

「連中が火遊びを始めた場合、対応できる余力はあるのか」

「組対の四課はまだお呼びがかかっていないから、なんらかの対応はできるだろうが、連中は実力部隊じゃないからな。制圧するとなるとＡＲＴやＳＡＴの仕事になる。それに問題は川口で、刑事課といっても本職は組対のマル暴だし」

西村は首を傾げる。その不安は当たっていそうだ。組対の四課と川口はツーカーの仲かもしれない。だとしたら、下手に動かれると事態がかえって厄介になる。山下は指摘した。

「連中の狙いは村松氏じゃないのか。門井には村松氏にどうしても死んでもらいたい理由があるような気がするな」

「たしかにな。ただの親馬鹿なだけじゃそこまでする理由はない。じゃあ門井を狙撃したのは村松氏ということか」

「村松氏の標的はたぶん門井じゃない。それに彼の腕なら、駐車場にいる車のなかの門井を外すとは思えない」

「というより、外すのにもそれなりの腕が必要かもしれないぞ」

「ああ。そこが気になるんだよ。いま調べてもらっているんだが――」

水上の銃砲所持の経歴と、事件が起きた時刻のNシステムを検索してもらっている話をすると、西村は興味を示した。

「やってみる価値があるな。それでどうなんだ。村松氏の顔写真の手配は？」

「ああ。小塚君に問い合わせてもらっている。特捜本部のほうは、まだ入手していないんだな」

「急いだほうがいい。先に向こうが入手したら、それを秘書に見せてしまうかもしれない。そうなると面割りする意味がなくなる」

そんな話をしているところへ小塚がやってきた。手にしたスマホの画面には、村松のアップの写真が表示されている。

「いま息子さんがメールで送ってくれました。数日前に撮影したものだそうです。葬儀の際の遺影に使えるいい写真がないからと冗談めかして言われて」

「なにやら意味深《しん》だな。その写真はまだ川口には渡っていないんだな」

「いまのところ、とくに問い合わせもないようです。もし訊かれたら、本人が写真が嫌いで、手元にはないと答えてくれるようにお願いしました」

小塚は気が利いている。その場で西村のスマホに転送すると、西村は張り切った。

「現場資料班に面割り用のダミーのストックがある。それを送ってもらって、急いで秘書のところに飛んでいくよ」

「そうしてくれ。連中は運転免許センターから顔写真を取得するかもしれないから」

「その心配はないですよ。村松さんは五年前に運転免許を返納しているそうです」

小塚が言う。それなら当面、彼らは顔写真を入手できない。だとしたら村松の捜索もできないことになるが、それでは仕事にならないから、いずれどこかで手に入れるだろう。のんびりしてはいられない。

西村は県警本部の現場資料班に電話を入れて、村松と同年齢の人物のダミー写真を送ってくれるように要請した。十分もかからずそれが届いて、西村はそれを持って房総レジャー開発の本社に飛んでいった。ほどなく大川から電話が入った。

「水上の車がNシステムに引っかかっていた。まず午前十一時三十分に富津館山道路を鋸南富山ICで降りている――」

狙撃事件が起きたのは午後一時過ぎだった。そしてその二十分後に、水上が同じ鋸南富山ICから富津館山道路に入り、富浦ICで降りているのが記録されていたという。

「用事があったのが鬼塚組の事務所なら、なんで鋸南富山ＩＣで降りて二時間近くその辺りで時間を潰したかだよ。ＩＣから現場のファンタス・カントリークラブまでせいぜい片道二十分だ。そこへ立ち寄っていた可能性は大いにあるな」

大川は確信ありげに言って、さらに続けた。

「それから県の公安委員会に問い合わせたよ。そちらから四十七都道府県の公安委員会の記録をチェックしてもらったんだが、水上卓也のライフル所持の登録はなかった」

「そうですか。その点は考えすぎだったかもしれませんね」

「ところが水上は、十六歳のときにエアライフルの所持許可を取得している」

「エアライフルは十八歳以上じゃないと所持できないでしょう」

「ところが例外があってな――」

日本ライフル射撃協会が射撃エリートとして認定し公安委員会に推薦した場合、十四歳以上ならエアライフルの所持が認められるらしい。スポーツ射撃に限られるが、年少でも一定以上の技量が認定されればその資格が得られ、競技会に出場するためにエアライフルを所持できると大川は言う。

そうだとしたら、たとえエアライフルでも、水上は競技レベルの射撃の技量を持っていることになる。その後、水上は銃砲所持許可を取得していないが、鬼塚組の上部団体に所属するエリートヤクザなら、ライフルを手にする機会はいくらでもあるだろう。現に水上は彰久に拳銃と思しいものを譲渡している。緊張を覚えて山下は言った。

「そう考えると話がわかりやすくなります。昔とった杵柄《きねづか》で、水上の射撃の実力はかなりのものでしょう。あの狙撃が茶番だとしたらまさに適任者です」

「しかし、水上の車にはライフルはなかったんだろう」

「どこかへ捨ててきたんでしょう。あるいは途中で鬼塚組の組員に預けた可能性もあります。見つかれば立派な証拠物件になりますから」

「なるほど。門井はよほど水上の腕を信用していたんだろうな。おれが門井だったら、鬼塚組のチンピラみたいな連中にそんな仕事を任せたくはないからな」

腑に落ちたというように大川は応じた。


三十分ほどして西村から連絡があった。房総レジャー開発に出向いたところ、秘書は不在で、親族に不幸があったため、あすも休みだという。

「写真面割りで証言の信憑性を確認するのは難しくなったよ」

西村は落胆を隠さない。山下は問いかけた。

「どうして?」

「特捜本部は村松氏の顔写真をすでに入手していた。民生委員児童委員協議会からだそうだ——」

村松は地元の民生委員を務めている。年に数回発行される協議会の会報に掲載された顔写真がカラーコピーされて、すでに特捜本部内に配布されているという。

「ということは、こちらが写真面割りをする前に、秘書に見せておくことは可能だな」

「もし狙撃が茶番で、川口がそこに一枚嚙んでいるとしたら、もう手遅れということになる」

「さっき小塚君も確認した。息子さんの話だと、村松さんは法廷には一度も立っていないそうだ」

「そもそもボスが狙撃を受けたというのに、突然忌引《きびき》というのもいかにもという感じだな」

「ところで、水上がNシステムに引っかかっていたよ――」

その件と併せ、水上が十六歳のときにエアライフルの所持許可を取得していた話を聞かせると、西村は唸った。

「いよいよきな臭いな。水上の仕事がゴルフ場での茶番だけならいいんだが」

「ああ。いくらARTでも、正当な事由なく村松氏を狙撃すれば特別公務員暴行陵虐《りようぎやく》罪に問われる。殺害すれば致死罪だ。しかし鬼塚組なら、人を殺すくらいは屁とも思わないだろう」

「上層部にはおれのほうから注意するように言っておくよ。特捜本部にはぞろぞろ人が集まっている。ARTも到着した。半分以上が出動服着用で、捜査というより山狩の態勢だな。

夕刻には安井本部長が臨場《りんじょう》して気合を入れるそうだ」

「山狩って、どこを捜索するんだ」

「伊予ヶ岳を含め、現場周辺には山が多い。すでに緊急配備が発令されたから、猟銃を持って市内を歩いていればすぐに発見される。山支度をして家を出たなら、当然、山に籠もっているだろうという読みのようだ。そもそも村松氏の標的と見ている彰久がどこにいるのかわからないのに、ずいぶん安易な決めつけだがな」

うんざりしたように西村は言う。しかし山下はそこにある意味を感じた。門井の狙撃という茶番に始まって、県警本部長を含む向こうの動きが、まるでだれかが書いたシナリオに従っているようにスピーディーに、かつ整然と進んでいる。県警本部長直轄の特捜本部という条件を割り引いても、すべてがスムーズに運びすぎている。いやむしろ本部長直轄という異例の事態なら、現場はもっと混乱していいはずなのだ。

ひょっとして、ファンタス・カントリークラブのどこかに彰久が匿われているのではないか。村松はなにかの理由でそれに気づいたのではないか。そしてそのことを門井たちもまた知っている――。

ふとひらめいたその考えを口にしようとして、山下はそのまま飲み込んだ。西村は心情的には山下に共感しているにしても、立場としては向こう側の人間だ。そしていま突破すべき壁は、西村を含む県警が総力を挙げて立ち上げた特捜本部なのだ。あえて落胆した調子で山下は言った。

「いずれにしても、生安の出る幕はなくなったようだな。頼むから、村松氏を殺すようなことはしないでくれよ」

「もちろんだ。ここまで来るとおれの出る幕もほとんどなくなったが、まさかそこまでやるとは思いたくない。怪しい動きがあれば知らせるよ」

そう言う西村の声にも力がない。いずれにしても、一刑事としての山下の活動はこれで引導を渡されたも同然だ。

4

夕刻八時には県警本部長が臨場して、特捜本部の最初の会議が開かれた。集まったのは西村が想定していた二百人どころではなかった。総勢は三百名を優に超えて

いた。山下たちが追い立てを食らった大会議室は人で溢れ返り、椅子やテーブルが置けないため、全員が立って参加していた。うち三分の二ほどはすでに山狩を前提とした出動服姿だ。

そんな状況だから、呼ばれてはいないが潜り込むには好都合で、山下と小塚は顔に馴染みのない近隣所轄の捜査員のあいだに紛れ込んで、県警本部長の訓示を拝聴することにした。

「この事件は県警にとって存立の意味を問われるほどの重大事案で、初動で失敗すれば九十

四年前に起きた鬼熊事件に匹敵する大事件になる――」

安井本部長はそう切り出して、俄仕込《にわか》みと思われる鬼熊事件についての蘊蓄《うんちく》を傾ける。この状況でそんな長話をしている暇があるとは思えないが、現場経験のない安井にすれば、せいぜい昔話で存在感を示すくらいしか思いつくこともないのだろう。ひとくさり話を終えたあとは、「全身全霊で」やら「スピード感を持って」やら、政治家から借用したような常套句《じょうとうく》を並べるだけで、なかにはあくびを噛み殺す捜査員もいる。

続いて現場を仕切る実質的な本部長の役回りの捜査一課長が、現状と今後の捜査方針を語った。

所轄と機捜による初動捜査では、門井の秘書以外にはまだ村松を目撃した者は出ていない。現場のゴルフ場は伊予ヶ岳から北東に延びる尾根に接する位置にある。いくら山深い山村とはいえ、普通なら山歩きの服装でライフルを所持した村松がだれにも目撃されていないとは考えにくく、もしそうだとしたら、いまも伊予ヶ岳を中心とする山域に籠もっていると見るのが妥当だと結論づけた。

村松の真の標的は息子の彰久で、その目的を達成するまでは山から出てこないだろうという認識のようだが、その彰久の所在についてはなんの見通しも持っていない。その点は山下たちも同様だが、そうだとしたら伊予ヶ岳周辺に大捜索隊を集結させて、大々的な山狩を行う名分は見当たらない。

その根拠が門井の秘書による怪しげな目撃証言だけだとするなら、今回の大仕掛けな態勢はいかにも過剰だ。とはいえ大山鳴動して鼠一匹という結果に終わっても、門井健吾や倉本にとっては実利がある。

そのあいだに検察への工作、場合によっては裁判所にまで手を回し、彰久を無罪放免にする段どりを整える。そこで彰久を出頭させ、身の潔白を主張させれば、彼らのシナリオどおりにことは進むだろう。そのとき山下たちが取得した逮捕状が切れていれば、彰久を留置して取り調べする名分すらなくなってしまう。

鬼塚組の不穏な動きについては西村が上に伝えているはずだが、それについての話は一課長の口からは出てこない。鬼塚組の事務所には、いまは浅井と同僚の生安課員が張りついているが、あすからは臨時本部の人手は一気に手薄になる。二十四時間監視するのは難しくなるだろう。

一課長はチームを二つに分ける方針を示した。一つは伊予ヶ岳山域の麓の集落すべてに捜査員を張りつかせ、杣道から獣道まで含めた下山ルートの出口を漏れなく押さえる。それに百名ほどの捜査員を割り当てて、残りの人員の大半は山狩に振り向ける。この日もすでに県警のヘリで上空からの捜索を行っていたが、あすも早朝から出動させる予定だという。

伊予ヶ岳周辺の地理に詳しい地元の消防団にも協力を要請するが、さすがに刑事捜査の現場に消防を参加させるのは法令の面でも無理があるため、地図をベースに参考意見を聞くに留めるという。

山下たちが高木の捜索の際に地元消防団に出動を要請できたのはあくまで遭難という扱いだったからで、今回は事情が違う。対象がライフルを所持した殺人未遂犯となれば、司法警察権を持たない消防が到底関与できる話ではない。

管内に五〇〇メートルを超える山のない千葉県警には、山岳警備隊のような専門チームは存在しない。集まった捜査員たちも覚束《おぼつか》ない表情で話を聞いている。標高は低いと言っても山は山で、むしろ登山対象として注目されない千葉県内の山は、国内の名の知られた山岳地帯と比べて整備が進んでいない。わずかに開かれた登山道を除けば、全体が迷路のような藪山なのだ。

それを承知でいきなり山狩という苦手分野に総力を結集する――。少なくともそこに、いま全国的に注目を集めている彰久の事案のメディア露出を抑制しようという意図があるのは間違いなさそうだ。

その狙いは当たったようで、事件が公表されてからは、伊予ヶ岳の上空にはマスコミのヘリが何機も飛来し、夕方のニュースもその話題で持ち切りだった。

意外だったのは南房総市内の地元市民へのインタビューで、村松の行動に不安を覚えているという声がほとんど聞こえないことだった。すでにさんざん報道された彰久の行状のこともあれば、地元でも悪評が絶えなかった房総レジャー開発への反感もあってか、むしろ村松への判官贔屓《ほうがんびいき》とも言うべき反応さえ窺われ、村松が怪我なく拘束されることを願うとはっきり口にする者もいた。

それは直接影響のない千葉市内や都内の人々にも感じられ、村松が彰久を殺害しようとしているとしたらそれは間違いだとしながらも、その気持ちはわかると言いたげなニュアンスも窺えた。

捜査会議は一時間ほどで終わった。参集した捜査員からはとり立てて鋭い質問も出なかった。村松が所持しているライフルの種類や射撃の技量、山歩きの経験についての質問はあったが、動機や目撃証言の裏付けについて突っ込んだ質問をする者は皆無だった。

それは今回の特別捜査本部体制のバックグラウンドに、なにか触れてはならない事情があることを察知しているようでもあり、彰久の捜査からは逃げ腰だった捜査一課が、今回のことではあまりにも迅速に動き、それも県警本部長をトップに祭り上げた特捜体制という異例の対応であることに戸惑っているようでもあった。

頭数だけは揃っても、意気が揚がっているとはとても言えず、もし村松を射殺するようなことになれば、手にかけたのが自分ではなくても地元での肩身が狭くなると、小声で語り合う捜査員も近くにいた。

5

臨時本部のある小会議室に戻ったところへ、北沢から電話が入った。

「神奈川県警からいま連絡がありました。大倉山公園の雑木林で女性の死体が見つかりました――」

神奈川県警の生活安全部人身安全対策課は、北沢からの情報に迅速に対応し、二年前に失踪した大場梨絵の居住地の大倉山周辺で聞き込みを進めていたという。二年の歳月で人々の記憶も風化していると思われたが、狭い地域内では彼女の名前は知らなくても、顔は見知っていたという者が何人かいた。

さらに彰久の写真を見せると、大倉山公園の近くで、夜遅く二人を見かけたという人物が現れた。女性は酔っているのか足どりが覚束なく、男が肩を貸しながら公園に向かう坂道を上っていった。

大丈夫かと声をかけたが、男は心配ないと落ち着いた調子で言うので、風に当たって酔いを覚まそうとでもしているのかと思って、そのときはとくに気にもしなかったらしい。大倉山公園は横浜市内の夜景が楽しめるスポットとして名高く、夜間の入園者も多いという。

彰久の年齢や身長について詳しく聞かせると、断定はできないがたぶん間違いないとその人物は証言した。大場梨絵についても、面識があるというほどではないが、最寄りの大倉山駅や近くのスーパーでよく見かけた顔だから自信があるとのことだった。

その情報を得て、この日、港北署の捜査員が園内の雑木林を捜索すると、下草のあいだから人骨と見られる骨片が見つかり、そこを掘り起こしたところ、白骨化した死体が発見されたという。死因の究明は司法解剖の結果を待つしかないが、そんな場所に埋められた死体が他殺以外のものであるはずがない。山下は訊いた。

「身元の特定は？」

「女性だと推定されるだけで、いまはまだわかりません。特定できそうな所持品もありませんでした。大場さんが生前治療を受けていた歯科医院がわかりましたので、これから歯型の照合で身元確認をするとのことです。たぶん大場梨絵さんだと思います」

北沢は確信ありげだ。

「こうなると、神奈川県警の捜査が頼りだな。うちのほうはあすから本格的な山狩で、臨時本部は開店休業といった格好だ——」

いま置かれている状況を聞かせると、北沢は不快感を滲ませる。

「やはりそうですか。テレビのニュースでも、鬼熊事件を引き合いに出して、早急に検挙しないと大変な事態になるような話をしています。特捜本部がそういう情報を積極的に流してるんじゃないですか」

「このままじゃ、彰久の捜査が霞《かす》んでしまう。たぶんそれが狙いなんだろうが」

神奈川県警の生活安全部人身安全対策課は、子ども女性安全対策課と情報を共有し、必要なら広域重要事件の指定を受けて共同捜査を進めたいとの意向らしいが、そちらにしても本人の自供が得られない限り犯行の事実を立証するのは困難だろう。千葉県警がこの体たらくでは、彰久の容疑そのものが蒸発してしまいかねない。

6

翌日の午前六時に、特捜本部は捜索活動に乗り出した。

成田空港に配備されている三機の県警ヘリが総動員され、伊予ヶ岳方面の上空を低空で飛び回るのが安房署の窓からも見える。

三百名ほどの人員を伊予ヶ岳周辺に配置するには所轄配備のパトカーではとても足りず、近隣所轄から提供を受けたパトカーに加え、機動隊専用の大型輸送車両まで動員された。市内には朝からサイレンの音が鳴り響き、戦争でも起きたかという騒ぎだった。

そんな様子を取材しようと、メディアも安房署の玄関前や現場の集結地点にテレビクルーを派遣して、出動の様子をニュースで盛んに流していた。

普通に考えれば、きのうまであれだけメディアを賑《にぎ》わせていた彰久の件と強い結び付きがあることは自明なのに、まるでそちらはなかったことにしようと申し合わせでもしたかのように、ニュースもワイドショーも伊予ヶ岳の山狩の話で塗り潰されている。特捜本部の情報の出し方が巧妙なのか、あるいはより視聴率がとれるのはこちらだと踏んだのか、ご丁寧に急遽つくった鬼熊事件の再現ドラマを流した局もある。

小塚が嘆いたように、市内の検問所からは彰久の動向に関する報告は一切入らず、門井健吾や長男の自宅、房総レジャー開発の本社の張り込みも、所轄からの応援要員が間引かれて、二十四時間の張り込み体制を維持することは難しいという。

鬼塚組の事務所にしても同様で、昨夜は浅井と捜査隊の刑事が張り込んだが、交代の要員が見つからない。刑事にも睡眠は必要だ。あのあとは組事務所で取り立てて不審な動きは見られないため、地域課のパトカーが巡回するようにして、とりあえず張り込みは解除することにした。

昼を過ぎて、山下は小塚とともに昼飯を食いに署の近くの蕎麦屋《そばや》に出かけた。

「やられましたね。彰久はどこかでテレビを観ながらのうのうとしてるんじゃないんですか。これから村松さんが逮捕されるのを、実況中継で楽しもうというつもりですよ」

その店のテレビでも、伊予ヶ岳の山狩の様子が流れていた。もちろんテレビクルーがそこまで同行できるわけはなく、映像はヘリから撮影されたものだ。超望遠のテレビカメラは、山中の至るところで藪に覆われた杣道や獣道に難渋している捜査員の姿を映し出していた。

「これじゃ遭難者が出そうだな」

捜査員の大半は山の素人だ。伊予ヶ岳の荒れた杣道の危険さは、高木の捜索のときに山下も経験している。地元生まれの脇田がいたからなんとか突破できたものの、山下たちだけだったら高木と同じ運命をたどっていたかもしれない。

まもなく天気予報の時間になって、気象予報士が全国の気象概況を解説する。強い低気圧が発達しながら日本列島に沿って進んでおり、関東地方は夕刻からあすの昼にかけて大荒れになると予想され、房総半島南部には土砂災害警戒情報の発表が想定されるという。窓から空を見上げると、灰色の雲の塊《かたまり》がいくつも速い速度で流れ、先ほどまで見えていた青空の範囲もだいぶ狭まっている。

「そういう情報を知っていながら大々的な山狩に警察官を動員し、それが大規模遭難に繋がったりしたら、県警上層部は未必の故意に問われても仕方がないですよ」

怖気を震うように小塚が言う。未必の故意は大袈裟にしても、そういう事態になれば、県警トップは注意義務を怠ったとして過失責任を問われるだろう。しかしそもそも伊予ヶ岳程度の山にそういう危険があるという認識自体、安井本部長を始めとするお偉いさんたちが持っているかどうかわからない。山下は言った。

「彼らもそうだが、もし山に籠もっているとしたら、村松さんも心配だな」

「大丈夫ですよ。山についてはベテランですから、しっかりした雨具やツェルト（不時露営用の簡易テント）を持っているでしょう。むしろ荒れているあいだは特捜本部も鬼塚組も手出しができないはずですから、少なくともそのあいだは安心していられます」

小塚は太鼓判を押す。そのとき山下の携帯に着信があった。表示されているのは記憶のない携帯の番号だ。

「間違い電話のようだな」

そう判断して接続を切ろうとすると、小塚が傍らから覗き込んで声を上げる。

「その番号、ひょっとして――」

慌てて手帳を取り出してなにかを確認し、当惑した表情で頷いた。

「村松由香子さんの携帯番号です」

山下は迷わず応答した。

「山下くん。私だよ」

耳に馴染みのある、やや嗄れた男の声が流れてきた。

第十二章

1

午後五時を過ぎて風はいよいよ強まり、大粒の雨が横殴《よこなぐ》りに車窓に吹きつける。山下と小塚は伊予ヶ岳の近くにある川北《かわきた》という集落に覆面パトカーを走らせていた。

特捜本部は伊予ヶ岳周辺のほとんどの集落に警官を配置し、杣道や獣道まで監視の目を光らせているが、その集落は伊予ヶ岳から西に派生した尾根の末端にあり、門井健吾が狙撃されたファンタス・カントリークラブとは山を隔てた反対側に位置する。

さすがに伊予ヶ岳周辺のすべての集落に多数の警官を配置して、想定される下山ルートをくまなく警戒するという当初の捜索計画には無理があり、地元の消防の意見も聞いた結果、特捜本部は村松が出没する可能性が低いと見られる一部の集落を監視対象から外していた。

川北というその集落と伊予ヶ岳とのあいだには頂上直下数十メートルに及ぶ断崖があり、

そこを経由して山を越えるのは困難だという消防の意見もあったようで、山下も西村が内密にファックスしてくれた本部の資料でそれを確認している。

昼過ぎに寄越した電話で、会って話したいことがあると村松は言った。どこにいるのかと訊いても、いまは教えられないと言う。そのとき使った携帯は亡き孫娘の由香子のもので、死亡して間もないため、契約はまだ解除していなかったようだ。

自分の携帯を使えば警察に位置情報を把握されるくらいはわかっている。村松が使っているのはGPSが搭載される以前のガラケーだが、それでも基地局情報による大まかな位置は特定される。すでにこの世にいない由香子のスマホなら、それが使用されるとはたぶん警察も考えず、チェックの対象にはならないと判断したようだった。

しかし電話を受けた山下にしても警察の人間だ。そのことを特捜本部に通報されれば、現在位置が把握される可能性があるのは承知のうえだろう。

あえてそれをしたのは山下への信頼ゆえだとも言えるが、別の意味では山下にとって危ない誘いでもある。その信頼に応えようとすれば、警察組織への背任行為となる。つまり村松からの電話はある種の踏み絵とも言えるものなのだ。

しかし山下に迷いはなかった。いま起きていることはあまりに理不尽だ。それに加担することは、警察官としてのみならず人としてのモラルにもとる。それが警察庁キャリアの県警本部長自らが陣頭に立つ特捜本部によって行われているとなれば、国家的レベルの犯罪だとさえ言える。

自分がいま置かれている状況について、村松は携行しているラジオでおおむね把握しているとのことだった。門井健吾の狙撃に関しては、まったく与り知らぬときっぱり否定した。いかにも見え透いた茶番で、使われた銃弾が自分のライフルのものと同じでも、旋条痕《せんじようこん》を照合すれば別物であることは明らかになる。それでもあえて仕掛けてきたのは、自分に危険極まりない殺人者のレッテルを貼り、公権力による抹殺を正当化する意図からだろうと読んでいた。

彰久が道路を走行中に狙撃されたという話にしても、まったく身に覚えがないと否定した。これもまた警察に対する印象操作を目的にしたもので、彰久と父親の健吾が密に連携していることの証左でもあると断言した。では本当に彰久を殺そうという気持ちはあるのかと問いかけると、躊躇することなく村松は言った。

「これからもあの親子が汚い手口で自分たちが犯した罪を免れようというのなら、私は決して容赦《ようしや》しないよ」

その言葉の意味に引っかかりを覚えて山下は訊いた。

「あの親子というと、門井健吾も罪を犯していると？」

「そのとおりだよ。親父も息子も似た者同士でね。彰久は健吾から殺人者のＤＮＡを受け継いでいる」

それはただならぬことを意味していた。山下は慌てて問い返した。

「どういうことですか。門井健吾がだれかを殺したと言うんですか」

「それについて、君に話したいことがあるんだよ。ただし山下くん、あくまで君という一人の人間に対してであって、警察に対してじゃない」

村松はますます意味ありげなことを口にする。山下は問いかけた。

「私に警察官としての職務を放棄しろとおっしゃるんですか」

「逆に警察になにができるか問いたいね。これは私の憶測だが、県警は私の捜索に総力を傾けていて、君たちはいま完全に蚊帳の外に置かれているようだね」

かつて所轄の副署長を務めたキャリアは伊達ではなく、ラジオのニュースで得られる情報の微妙なニュアンスから、村松はいま県警内部で起きている事態をかなり正確に把握しているらしい。

だからといって、村松に殺人を犯させるわけにはいかない。ましてや、それを幇助するようなことは一人の警察官として到底できない。やるべきは、村松を説得し、自ら出頭させることだ。そしていまそれができるのは山下だけなのだ。

現在のところ、村松はいかなる罪も犯していない。門井父子への殺意を本人が認めれば殺人予備罪に問われることもあり得るが、その場合でも量刑はせいぜい懲役二年以下で、執行猶予がつくのは間違いない。山下は問いかけた。

「私を信用してくれるんですね」

「ああ。君は決して私を売ったりはしないだろう」

「どうして私と話をしようと？」

「私がなんのために生き、なんのために死んだのかを、君にだけは知っておいて欲しいからだよ」

なんのために死んだのかを——。つまり村松はすでに命を擲《なげう》つ覚悟をしていることになる。慄く思いで問い返した。

「息子さんもいらっしゃるでしょう。ご相談はされたんですか」

「あいつは凡人だ。そんなことを知れば警察に通報する」

「私だって凡人ですよ。そのうえ警察の人間です」

「そんなことはない。君も小塚くんも、長いものには巻かれなかった。並みの刑事だったら、由香子のためにここまで尽くしてはくれなかった」

村松は声を震わせた。強い思いで山下は言った。

「それならすべて我々に任せてください。彰久は必ず逮捕します」

「それをさせたくない連中が県警を牛耳っているんじゃないのかね。そのトップに県警本部長がいるとしたら、君たちが戦って勝てる相手じゃない」

「県警はもちろん、私にもなんの期待もしていないということですか」

「そんなことはない。私がいま信じられるのは君と小塚くんくらいだよ。だからといって私のために君たちの人生を犠牲にしろというつもりはない。ただ、私の死を無駄にしないために、せめて君や小塚くんには真実を知っておいて欲しいんだよ」

「だれがあなたを殺すんですか」

「私が刺し違えようと思っている男だよ。詳しい話は会ってゆっくり話したい。君と小塚くんだけで、川北集落の中島恭司《なかじまきようじ》という人物を訪ねて欲しい。彼が私のところに案内してくれる」

「その人とは、どういうご関係で？」

「かつての私の部下だよ。地元の地理に明るい。伊予ケ岳は彼にとっては裏庭のようなものだ」

村松は強い信頼を滲ませた。

2

川北集落へ向かう途中、何台ものパトカーや人員輸送車とすれ違った。

特捜本部は現地での指揮命令には安房署の署活系無線を使っており、無線機のチャンネルをそちらに合わせておけば、本部の動きは手にとるようにわかる。

低気圧による風雨がいよいよ強まって、山中では足場が悪くなり、山狩を担当している部隊では、尾根道での滑落による負傷者が数名出た模様だ。

ほかにも携行した雨具が貧弱なため、低体温症の兆候を示す者も出てきて、いずれも地元消防に緊急出動を要請したらしい。けっきょく一時間ほど前に山狩部隊には全員撤収の指令が出て、それに応じて山を下りてきたものと思われる。

山下と小塚は現場での特捜本部の動向を偵察するという口実をつくって、一時間ほど前に生安の臨時本部を出た。さすがに特捜の部隊が山中で活動しているあいだに村松と接触するのは危険すぎる。いかに無茶振りをしている特捜本部でも、悪天候のなか、夜に向かえばいったんは撤収するだろうという読みで、山下たちが川北集落を訪れるのは夕刻以降ということにして、村松の了解も得ておいた。

村松から連絡があった件に関しては、県警本部にいる副隊長の大川はもちろん、特捜本部に出張っている西村にも言っていない。その点では山下たちの行動はすでに警察組織の一員としての矩《のり》を踰《こ》えている。しかし山下も小塚も意に介さない。警察が追求すべき正義という観点において、すでに矩を踰えているのは安井県警本部長だ。

山あいを縫う県道八八号富津館山線は、県南部に土砂災害警戒情報が発表されている現在、一般車両の通行は極端に少ない。へたをすると通行止めになって帰れなくなる惧れもあるが、そのときはそのときだ。いまは安房署の臨時本部にいても、できることはとくにない。ハンドルを握りながら小塚が問いかける。

「村松さんは、説得に応じて下山してくれますかね」

「簡単には応じないだろうな。おれたちはいま、彼のために打てる手立てをほとんど失っている。だからといって、村松さんがむざむざ討ち死にするのを見て見ぬふりはできないし」

「彼が殺されるかもしれないと？」

「ARTまで動員している理由がほかにあるとは思えない。そこに鬼塚組まで絡んでいるとなるとな」

「その場合、僕らにできることは？」

「たぶんなにもない。どちらを敵に回しても多勢に無勢だ。その前に村松さんを説得して、下山してもらうしかないわけだが」

切ない思いで山下は言った。

横浜市港北区在住の大場梨絵と見られる白骨死体が見つかった。黒縁を付けられた残り二人の女性も殺害されているとしたら、彰久は単なるストーカーではない、極めて凶悪なシリアルキラーだ。そのことが、村松が口にした「彰久は健吾から殺人者のDNAを受け継いでいる」というあの言葉と不気味に響き合って、気持ちはいまも落ち着かない。

その事実をまだ村松には伝えていない。それを知ったとき、村松が果たしてどういう反応を示すか。

山下にも小学生の娘がいる。その娘がもし殺害され、ある人物が明らかにその犯人だとわかっているときに、その人物が法の抜け道をかいくぐり、警察までをも味方につけて訴追を免れようとしていたら、それが自分の人生を破滅させる結果を生むとしても、村松と同様の行動を選ばないとは断言できない。

いまの村松の心境がそうだとしたら、それをやめろと説得する論理が思い浮かばない。大場梨絵と思しい女性にしても、目撃されたのは彰久と一緒にいるところだけで、殺害現場そのものではない。いまも行方がわからない女性二人にしても、死体が出なければ事件化されることはない。

いまは積極的な動きを見せている神奈川県警の人身安全対策課に対しても、捜査が本格化すれば、倉本が影響力を行使して潰しにかかるのは目に見えている。

いずれのケースでも、彰久の自供が得られない限り容疑は明確には立証できない。日本の刑事裁判の有罪率は九九・九パーセントと言われるが、それは勝訴できると見込める事件以外、日本の検察は立件しないからだ。加えて背後で働く倉本の実力を考えれば、それがもっとも想定される結末だ。

彰久のUSBメモリーによって立証可能なのはせいぜいストーカー容疑だけで、その場合処罰の対象になるのは現在進行中の事件に限られる。

もし生きて山を下りさせたとしても、彰久が訴追を免れ自由の身になるとしたら、村松は悲嘆のどん底に落ち込むことだろう。そうはさせないと胸を張って言える論拠が、いまの山下にはほとんど見いだせない。

「村松さんが言った殺人者のＤＮＡという言葉、なんだか気になりますね」

小塚が言う。これまでの門井健吾の悪辣な商売のやり方を単なる比喩《ひゆ》として表現したのか、それとも村松だけが知っているなんらかの事実を指して言ったのか。本人に会って訊くしかないが、もし後者だとしたら厄介だ。

具体的かつ直接的な証拠があれば、山下も捜査に乗り出す余地はあるが、おそらくそこまでの確証があってのものではなさそうだ。もしそのレベルの話なら、すでにここまでの付き合いのなかで村松が言及していたはずだ。一方でそれが村松の頭のなかで確信にまで至っているとしたら、翻意《ほんい》させるのはなおのこと難しい。

そもそもここまでの捜査の過程で、警察は村松からの信頼を完膚《かんぷ》なきまで裏切ってきた。いまさら信じて任せてくれと言っても通じるとは思えない。自分の死を無駄にしないために、山下と小塚に真実を知って欲しいと村松は言っていた。それが村松の遺言になってしまうとしたら、山下にとってはなんとも堪え難い。

「おれたちになにができるか、とりあえず会って話を聞くしかないな」

いまはそう考えるしかない。あす天候が回復すれば、特捜本部は全力で山狩をかけるだろう。いくら山の素人の集団だといっても、伊予ヶ岳はそれほど大きな山ではない。人海戦術

る。
が、村松を生きて下山させることは困難になる。それに加えて鬼塚組の動向もやはり気にな
村松を翻意させることができないとしたら、討ち死にするか相討ちになるかはわからない
で本格的に人が投入されれば、山下たちは現場から完全に排除される。

伊予ヶ岳登山口のある平久里の集落に近づいたころ、山下の携帯が鳴った。北沢からだった。応答すると、怪訝な調子で北沢が問いかける。

「いま車のなかですか。房総半島南部は暴風雨だと聞いてますけど」

走行音が聞こえたのだろう。山下はさり気なく応じた。

「こっちのほうは特捜本部に牛耳られて、やることもないから、外で飯でも食おうと出かけたところだよ」

嘘を吐くのは心苦しいが、こちらがやろうとしていることを知っていれば、発覚したときに北沢も連座で責任をとらされかねない。山下と小塚は村松から指名を受けたようなものだから、逃げようがないし逃げる気もさらさらない。

「そうなんですか。ところで大倉山公園で見つかった白骨死体なんですが」

「身元がわかったのか」

「ええ。歯型の照合で、大場梨絵さんだと判明しました。人身安全対策課は、捜査一課と共

同で捜査に乗り出すそうです」

「死因は？」

「判明していません。骨にまで及ぶ外傷はなかったようです」

「絞殺とか刺傷による失血死だとそうなるだろうな。毒物とかは？」

「長期間にわたってヒ素系の毒物を投与されていれば骨に沈着することもあるようですが、それは検出されませんでした。ほかの毒物だと骨には残りません」

「だとしたら、いまのところ殺人だとも断定できないわけか」

落胆を隠さず山下は応じた。北沢も無念さを滲ませる。

「当面は死体遺棄の容疑で捜査を進めるそうです。いずれにしても、現状で想定される容疑者は門井彰久ですから、その行方がわからない以上、事情聴取もできません。とりあえずやれるのは二年前の目撃情報を集めるくらいでしょう。向こうとしては千葉県警が逮捕に漕ぎ着けてくれるのを待つしかない状況だそうです」

「それを期待されてもこっちは大幅な戦力ダウンで、当面は逮捕の見通しがつかない。逮捕状の期限はあと三日で、再請求はさせないと県警本部長は息巻いているし」

「あと二体、浮かばれない死体がいまも埋まっているかもしれないんですよ。この先、どこかの警察本部が彰久の犯行を立証するようなことになれば、千葉県警は笑いものになるどころか、不作為の責任を問われますよ。安井本部長の出世の目はもうなくなるんじゃないですか」

「おれたち平警官《ひら》だと、懲戒を食らって依願退職というのが通り相場だが、キャリアとなると左遷くらいで首は繋がる。その代わり、捜査一課長や庶務担当管理官が詰め腹を切らされるかもしれないな」

「それでも少しは県警内部の掃除ができていいですよ。でもせっかく逮捕状をとれたのに、彰久の逮捕送検は他県警任せじゃ、村松さんに合わせる顔がありません。まだ連絡はとれないんですか。なんとか生きて還ってもらわないと」

北沢は焦れたように言う。水上を含む鬼塚組周辺の不審な動きについてはすでに知らせてある。特捜本部の人員にＡＲＴが含まれていることも本部開設電報で知っているだろう。それを言われると山下も辛いが、それでも嘘を吐きとおすしかない。

「おれも頻繁に携帯を呼んでいるんだが、位置情報が取得されるのを嫌って電源を切っているようだ。いまは暴風雨で特捜本部も身動きがとれない。これじゃ鬼塚組だって動きようがないだろう。村松さんは山に関してはベテランだ。どこか安全な場所で嵐をしのいでいるはずだから、むしろ荒れているあいだは安全だと思う」

「息子さんのほうからも、連絡がとれないんですね」

「そうらしい。よほどの覚悟で家を出たんだろうな」

「ひょっとして、村松さんは彰久の居場所を知ってるんじゃないですか。たとえば門井健吾が狙撃されたゴルフ場のどこかに匿われているとか」

山下もその可能性を考えていた。しかしそうだとしても、村松がそれを知り得た理由が思い浮かばない。もし疑いの余地のない証拠を村松が摑んでいるなら、それを根拠にガサ入れの令状をとり、彰久を探し出して逮捕状を執行できる。しかしそれで彰久を訴追できるかと問われれば、必ずと言い切る自信はない。

だとしたら村松がいまやろうとしていることを無理やり断念させることが、果たして正義に適《かな》うことなのか。むしろその思いをまっとうさせることこそ、真の正義の実現なのではないか――。そんな極端な考えを否定することさえ難しい。

3

平久里で左折して県道八九号鴨川富山線に入り、しばらく進んでから右折して、未舗装の農道を一キロほど進む。

土砂降りの雨が路面を川のように流れ、左右の山肌を覆う樹木が強風に波打つように揺れている。

川北という集落は五軒ほどの民家しかない山村で、中島恭司の家は、杉や檜《ひのき》など針葉樹の茂る山を背にした、集落のいちばん奥の農家風の屋敷だった。周囲は宵闇《よいやみ》に包まれて、近くに街灯のようなものはなく、比較的広い庭を照らすのはその家から漏れてくる窓の明かりだけだ。

庭にパトカーを乗り入れると、ヘッドライトの光で気づいたように玄関の引き戸が開く。高齢の男が顔を覗かせ、入ってこいというように手招きをする。山下たちがここに来ることはすでに村松から聞いているのだろう。車を駐めて、土砂降りの雨のなかを玄関口まで走った。

「中島さんですね」

土間《どま》に招き入れられて山下が問いかけると、男は頷いた。

「そうだよ。山下さんと小塚さんだね。来たのはあんたたち二人だけだね」

中島は玄関口から降りしきる雨のなかに半身を乗り出して、家の周囲の様子を窺った。だれもいないと納得したのか、中島は引き戸を閉めて、土間に続く八畳ほどの座敷に二人を招き入れた。

深く彫り込まれた顔の皺《しわ》とほとんど白髪の頭を見れば、中島の年齢は村松とあまり違わない八十歳前後だと思われた。しかし農家特有の段差の大きい上がり框《がまち》を不安気もなく上がる動作は、そんな年齢をまったく感じさせない。

「本当に信用していいんだね。村松さんを特捜に売るようなことをしたら、おれが承知しないよ」

中島は鋭い眼光で睨めつける。動じることなく山下は言った。

「我々は特捜から爪弾《つまはじ》きにされています。門井彰久に関するこちらの捜査は実質的に潰されてしまいました。しかし彰久の犯行がこのまま闇に葬られてしまうとしたら、それは警察の死です」

「村松さんはあんた方を信じているようだ。そうだとしたらおれがとやかく言う話じゃないが、正直言って、思い切ったことをしたもんだと驚いてはいるんだよ――」

村松はいまから四十年前、鴨川警察署の刑事課長に着任した。当時中島は刑事課のデカ長だった。生来の一本気な性格が災いし、保身意識の強い前任の課長と反りが合わず、冷や飯を食わされていた中島を、村松は逆に評価し可愛がってくれた。

村松は中島と同様に気風《きっぷ》のいい性格で、署長が渋っていた地元市議の収賄疑惑について、村松の押しで中島が捜査を主導し、逮捕に漕ぎ着けたことがある。

その結果、地元出身の県議から中島を左遷させろと執拗な圧力を受けたが、なんならあんたのうしろ暗い金の流れにもメスを入れるぞと、村松は逆に脅しをかけてそれを撥ね除けた。

「おれとは同い歳だったが、頭の出来が違っていたよ。しかしそんな性格が祟《たた》って、いずれどこかの警察署長になるとの下馬評もあったのに、けっきょく小さな所轄の副署長止まりで定年を迎えた。おれも同じ年に主任止まりで定年だ。たまたま同じ土地の出身だったこともあって、以来、幼馴染のような付き合いを続けてきたんだよ――」

という。警察を退職してからは、死んだ父親の跡を継いで、林業と農業の兼業で生計を立ててきた

妻は五年前に亡くなり、娘は嫁いで、息子は東京でサラリーマン暮らし。しかし山の暮らしが性に合っていて、自分なりに独り身の余生を楽しんでいるとしみじみとした口調で言いながら、中島はすでに用意してあったレインウェアを身にまとい、ゴム長靴を履いて山に向かう準備を始める。山下たちもそれに倣い、市内で買ってきたゴアテックスのレインウェアを身につけて、用意してきた出動靴に履き替える。

中島は二人をいざなって土間の奥にある勝手口から外に出て、鬱蒼とした樹林のなかの杣道を上に向かう。

ヘッドランプで照らし出された杣道はしっかり踏み固められている。頭上に高く伸びる杉の梢《こずえ》が風雨を遮り、いまのところ思っていたほど難儀な登りではない。

この一帯の山林は中島の家の代々の私有地で、日ごろから丹念に手を入れているから、特捜本部が手を焼いている藪山とは条件が違うと中島は言う。

いまやこの土地でも林業は廃《すた》れ、手入れの行き届かない伊予ヶ岳一帯の杣道はほぼジャングルと化しているとのことで、それは高木の捜索の際に山下たちも身をもって経験している。

人が十分通れる幅に藪は刈り払われ、腐葉土に覆われた道は雨に打たれても滑りにくい。三十分ほど登ったところで、中島は傍らの藪を掻き分けた。

「ほんのちょっとだけ、藪漕ぎをしてもらうよ。足元に気をつけて」

山下も藪のなかに姿を消した中島のあとを追った。小塚も追随してくる。掻き分けた灌木に溜まった雨滴が頭上からシャワーのように降り注ぐ。足元はかなり強い傾斜になっているが、灌木の小枝や下草を摑み、必死でバランスをとって下降する。

二〇メートルほど下ると藪が途切れた。先ほどまでの杣道とはほど遠いが、辛うじて人が通れるほどの踏み跡が、尾根を巻くように続いている。

「この辺りにはシカやイノシシやタヌキがけっこういるんだよ。幸いクマはいないんだけど、そいつらの通り道が縦横に走っていてね。人間のおれもたまに利用させてもらってるんだよ」

中島は言いながらずんずん先へ進む。山下はだいぶ息が切れてきた。後続する小塚も息が荒い。自分が情けないのか中島が超人なのか頭が混乱する。三十分ほど歩くと広場のような場所に出た。

「ここにいるんだよ」

中島が言う。そこだけ樹林が切れているため、猛烈な風雨が襲いかかる。どうしてこんな悪条件の場所にと思いながら周囲を見渡すと、広場の奥に小ぶりな家ほどの巨岩がある。強風に煽られてときおり足をふらつかせながら、中島は広場を横切ってその背後に回り込んだ。中島に手招きされて、山下と小塚もそちらに向かった。ゴアテックスのレインウェアでも、しっかり締めたつもりのフードの隙間から横殴りの雨が容赦なく吹き込んで、その下の衣類が濡れそぼる。

巨岩の背後には大人の腰の高さほどの穴があり、その奥からかすかな光が漏れている。中島はその穴を覗き込み、風雨の音に負けない大声で呼びかけた。

「村松さん、おれだよ。いま二人を連れてきたよ」

「ああ。こんな嵐のなかをご苦労さん。そろそろ来るころだろうと思って、熱いお茶を淹《い》れて待ってたんだよ」

穴の奥から村松の張りのある声が聞こえてきた。

4

「ここに身を隠している限り、まず見つからないよ。子供のころにおれが発見して、親にも近所の子供にも内緒にしていた秘密の隠れ家でね」

中島は自慢気に言って、村松が手渡した紙コップ入りの茶を啜った。ランタンの明かりに照らされた村松の顔に、さほど憔悴《しょうすい》の色は見えない。

入口の穴は途中でくの字に曲がっていて、外からは雨も風も吹き込まない。その奥は高さが一・五メートル、横幅も奥行きも三メートルほどの天然の空洞で、ウレタンのマットの上にたたんだ寝袋が置かれ、その周りにガスストーブやコッヘルがあり、携帯用の折りたたみ式水タンクには十分な量の汲《く》み置きがある。傍らの壁面には半自動式のライフル銃が立て掛けてある。

近くには湧き水の出る水場もあり、中島に食料や燃料を補給してもらえば、一ヵ月でも二ヵ月でも籠もっていられると村松は豪語する。日中はヘリが頭上を飛び回るが、この一帯は村松にとっても勝手知ったる我が家のようなもので、夜間なら山中の移動は自由自在だと自信を覗かせた。

「しかし油断はできません。この嵐が去れば、特捜は徹底的な人海戦術を仕掛けてくるでしょう」

最近の関西での被疑者逃走事件で、大阪府警は延べ十四万人あまりの警察官を動員し、かつての鬼熊事件でも、当時の千葉県警察部は、消防団や青年団を含め延べ五万人ほどを投入して山狩を行った。安井県警本部長が躍起になれば、それに匹敵することをやりかねない――。

そんな考えを聞かせると、村松は鼻で笑った。

「富田林《とんだばやし》の逃走事件は、それだけの人員を費やして逮捕まで四十九日かかった。鬼熊事件はけっきょく逮捕に至らず、四十二日目に当人が自殺して終わった。安井本部長肝煎《きもい》りの特捜本部にできることなんて、どうせその程度だよ」

「じつはあれから新しい事実が出ているんです——」

山下はこれまで村松と連絡がとれなかったため、まだ伝えていなかった情報を詳細に語った。

彰久が所持していたUSBメモリーに保存されていたストーカー行為どころか連続殺人さえ示唆する複数のファイルのこと。そこに含まれていた女性の一人で、二年前に彰久と一緒にいるところを目撃されていた大場梨絵の白骨死体が、その居住地近くの大倉山公園で見つかったこと——。

さらに村松由香子が最後に撮影し、何者かの手で削除されていた大きくぶれた写真の男が、伊予ヶ岳の頂上で彰久のスマホを使って位置情報を発信し、そのあと崖から転落死した高木俊雄と同一人物の可能性が高いこと。加えて高木のパソコンに残されていたメールが、彰久による村松由香子殺害の教唆を強く示唆するものだったこと——。

さらに捜査一課や県警本部長の事件への不可解な対応、それに連動しているような鬼塚組の怪しい動きも含め、山下はここまでの状況をすべて語った。

村松は真剣な表情で耳を傾けたが、聞き終えて深い溜め息を吐いた。

「状況証拠はすべて彰久の犯行を示唆しているが、ぶち破らなければならない壁は厚いようだね」

「言いにくいんですが、村松さんが思いがけない動きをされたせいで、我々の捜査そのものが潰されかけています」

山下は率直に言った。腹を固めているように村松は応じた。

「私だって県警に対しては言いにくいことを言わざるを得ない。いまの話を聞いた限りでも、彰久が真犯人だということは火を見るより明らかだ。もし殺害されたのが由香子一人じゃないとしたら、極刑に処されるのが当然で、それを見て見ぬ振りをしようとしている県警こそ犯罪者じゃないか。その県警に法の執行を託すとしたら、空巣に留守番を頼むのと変わりない」

山下は返答に窮した。まさに図星だ。県警がやろうとしていることは、空巣どころの話ではない。しかしこのままでは、村松を死地に赴《おもむ》かせることになりかねない。村松が自ら山を下りてくれれば、状況を逆転する可能性がないわけではない。

門井健吾の狙撃については、村松が言うように旋条痕を鑑定すれば茶番だったことが立証される。神奈川県警の管内で彰久に殺害された可能性の高い女性の死体も見つかった。残る二人の失踪者にしても、埼玉と茨城の県警が動き始めている。

そちらで犯行が立証されれば、安井本部長やヤメ検の倉本が裏でなにを画策しようと、彰久の逮捕訴追は免れない。いまはほとんど他力本願なのが虚しいが、まだ希望が完全に断たれたわけではない。祈るような思いで山下は言った。

「山を下りてください。やれることはまだまだあります」

「山下くん。私はすでにこの歳だ。最愛の孫娘に先立たれ、残りの人生にもうなんの未練もないんだよ。由香子の仇を討つこともちろんだが、それ以上に、自分が半生を捧《ささ》げた警察がいま犯そうとしている犯罪を糺《ただ》すために、この命を擲つ覚悟はできている。それに、心残りなことがもう一つあってね」

「それはいったい？」

「三十五年前に起きたある殺人事件だよ。すでに時効が完成しているんだが――」

村松は無念さを滲ませる。

殺人罪の公訴時効が廃止されたのは二〇一〇年の四月二十七日だった。事件は一九八五年四月二十四日に起きた。当時の殺人罪の公訴時効は二十五年。法改正前に時効が完成した事件には旧法が適用される。その事件は法が施行される三日前に時効が完成していたことになる。

「その事件とは？」

山下は問いかけた。思い当たるのは、日中に寄越した電話で村松が言った「殺人者のＤＮＡ」という言葉だった。

「鴨川署管内の山林で起きた殺人事件だよ。当時、捜査を主導したのが中島くんで、私も捜査本部に加わって現場の指揮に当たったたんだが」

村松は中島に目をやった。中島は頷いて口を開いた。

「本部から乗り込んできた捜査一課の連中が役立たずでね。土地鑑《かん》もないし地元の事情にも精通していない。そのうえ権柄尽くで、地元の刑事の意見に耳を貸さない。捜査は膠着したよ——」

死体が発見された場所は人気《ひとけ》のない山奥で、当初、目撃者はいなかった。被害者は所持品から市内在住の二十四歳の女性と特定され、肉親もそれを確認した。死亡推定時刻はその五日前で、検視の結果、鋭利な刃物で頸動脈《けいどうみやく》を切断され、それによる失血で死亡したものと結論づけられた。

県警捜査一課は殺人事件として認知し、鴨川署に捜査本部が開設された。当時はまだDNA型鑑定も実用化されていなかった。地道な敷鑑《しきかん》や地取《じど》り捜査で、ある人物が浮上したのは死体が発見された二週間後のことだった——。

「まさか、その人物が——」

山下は慄く思いで問いかけた。暗い表情で村松は頷いた。

「門井健吾だよ——」

5

村松を翻意させることは、ついにできなかった。

USBメモリーの内容から新たに判明した彰久の所業と、それを覆い隠そうとする捜査一課の不作為は、むしろ村松の怒りの炎に油を注ぐものだっただろう。しかしそれを言わずに済ませることは山下にはできなかった。

いまや憎悪と言うべきところまで高まっている山下自身の怒りを包み隠して、村松に下山を促すことにいかなる意味も見いだせない。門井健吾や倉本が背後で安井本部長を動かして、彰久の捜査を潰しにかかり、あまつさえ村松の抹殺まで企てているのだとしたら、山下にとっても県警そのものが許しがたい敵だった。

自分たちもできる限りのことはするから、くれぐれも早まったことはしないようにと何度も念を押したが、村松は適当に頷くだけで、山下たちへの期待はかけらも覗かせなかった。村松を洞窟に残して、山下と小塚は中島とともに山を下りた。

洞窟に至る杣道は中島の家の勝手口を出てすぐのところから始まっていて、もし警察がそこに目を付けたとしても、中島の自宅の庭を通過せずに取り付くことはできないし、途中で分岐する獣道への入口は、濃い藪に覆われていて、長年通り慣れた中島にしかわからない。だからそこにいる限り、警察が村松を発見することはまずできない。鬼塚組も含め、もし家の周囲で万一不審な動きがあれば自分が村松に知らせる。危ないと思えば、村松は別の場所に移動するルートをいくつも知っていると中島は自信を覗かせた。

よろしく頼むと中島には念を押し、山下と小塚はいったん安房署へ戻ることにした。臨時本部に居残っている生活安全捜査隊や所轄の生安課員にはここまで何度か連絡を入れていた。こちらは伊予ヶ岳周辺での特捜本部の動きを偵察中だという話にしておいたから、二人の不在を不審に思っている気配はとくになかった。

山狩に参加していた捜査員や地域課の警官たちは続々特捜本部に戻ってきており、全員が疲労困憊《こんぱい》した様子だという。わずか一日の捜索に参加しただけで、伊予ヶ岳山域の手強さと本部の甘い認識を身に沁みて感じたようで、もともと高くはなかった士気は低下する一方らしい。特捜本部の置かれた大会議室の前を通りかかると、捜査員たちのあからさまな怨嗟《えんさ》の声が聞こえてくるという。

県警本部にいる大川には、大倉山で発見された死体が失踪していた大場梨絵だったことが確認されたとの一報は伝えておいた。そのあと北沢からも連絡があったようで、中島宅を出てもう一度連絡を入れると、これから隊長と相談し、さらに生活安全部長にも情報を上げて、神奈川県警との捜査連携を模索するという。

ただし派手に動けばまた倉本経由の圧力で本部長が口を挟んできかねないから、とりあえずは目立たない動きにせざるを得ないとのことだった。

けっきょくのところ彰久を逮捕する見通しが立たない現状では、連携して動くにも限界がある。こちらとしては彰久の逮捕に全力を尽くすと答えるしかないが、千葉県警の情けない内情を考えれば、いまできることはほとんどなにもないと、無念さを滲ませて大川は通話を終えた。

山下にとってさらに気になる問題が、村松が語った三十五年前の事件のことだった。

わずか三日の差で時効が完成してしまった殺人事件。聞き込みを進めるなかで、有力な情報が得られたのは、死体が発見されてから二週間後だったという。

現場付近での目撃情報を証言したのは近隣の町の住民で、山菜採りや茸《きのこ》狩りを趣味にしていたという。死体が発見された日の前日、現場に通じる登山道入口の駐車場で激しく言い争う男女を見かけた。

女性のほうは、写真面割りの結果、被害者なのは間違いないとの結論に達した。男のほうについてその住民は、記憶がおぼろげだと断りながら、五年ほど前に房総レジャー開発が鴨川市内に開設したゴルフ場のオープン式典に招待されていて、そのとき挨拶に立った、当時は副社長だった門井健吾によく似ていると証言した。

捜査本部はさっそく健吾の写真を入手して、写真面割りを試みた。別人のものとともにランダムに見せられた写真のなかから、目撃者は五回トライして五回とも門井健吾の写真を指し示した。

村松と中島は、いますぐ門井健吾の事情聴取を行うべきだと主張した。しかし本部を取り仕切る捜査一課の管理官は頭ごなしに一蹴した。

死体は司法解剖の結果、死後五日と推定されていた。二人の男女が目撃された日時はそれより四日あとで、さらに女性が殺害されたと見做される時期、健吾は海外のゴルフ場視察のため渡米していたというのがその理由だった。

しかしその住民が二人を目撃した日を含む数日間、房総半島一帯は異常気象に見舞われて、日中は三〇度を超す真夏日だった。そのため死後変化が速く進んだ可能性があり、死後五日という死亡推定日時は信憑性が疑われる。事件が起きたのは二人が目撃された日と考えるのが妥当だと村松たちは強く主張した。

しかし管理官は、司法解剖は大学の法医学教室で行われ、その結論に疑問の余地はなく、さらに死体が発見されたのは陽射しが遮られる深い樹林のなかだったため、当日の気温が腐敗速度に影響を与えた可能性は低いと死体検案書を楯に反駁《はんばく》し、逆に目撃証言の信憑性に疑問を投げかけた──。

村松は不快感を滲ませた。

「健吾の父親の勘太郎は千葉県内でも有数の素封家《そほうか》で、現在の門井健吾以上に地元での権勢を誇っていた。いま思えば今回の彰久のケースとそっくりだ。本部から来た捜査一課の管理官は、そういう事情を忖度しているのだろうと我々は思ったよ──」

村松たちはそのあとも地道な捜査を続けた。被害者の知人からの聞き込みによると、被害者は妻のある男と交際していたらしい。彼女は結婚を望んでいたが、相手はそれに同意せず、突然別れ話を切り出してきたという。男の名前は聞いていないが、ある会社の役員をやっていて、経済的にもかなり裕福だという話だった。

しかし管理官は興味を示さなかった。そこにもなにか忖度が働いているような気がしたが、たしかにそれだけではせいぜい週刊誌ネタで、民事不介入を原則とする警察が踏み込むことをためらうのも当然の成り行きだとも言えた。

けっきょく門井健吾以外に浮上した被疑者はいなかった。捜査本部は翌年大幅に規模が縮小され、さらにその翌年の人事異動で村松も中島も県内の別の所轄に移った。鴨川署では新任の刑事課長のもと、細々と継続捜査が行われたようだが、実質的には迷宮入りの扱いだった。

そして事件から二十五年後の二〇一〇年四月二十四日に公訴時効が完成した。その三日後には新法の施行により殺人事件の時効が廃止されており、まさに滑り込みセーフのタイミングだった。

時効の起算点は犯行が行われた時点で、法手続き上は司法解剖での死亡推定日時が採用された。しかし二人を目撃した住民の証言が正しければ、時効が廃止された時点では旧法による時効はまだ完成していなかった。つまり事件には新法の規定が適用され、時効そのものがなくなっている――。

村松は吐き捨てるように言った。

「検視官の目も解剖を行った法医学者の目も節穴だった。それに輪をかけて警察は、親父の勘太郎に忖度でもしたのか、その後の捜査にまったく及び腰だった。このあいだテレビを観ていたら、マスコミの前に門井健吾が出てきて、息子の容疑を頭から否定し、すべて警察がでっち上げた冤罪だとまくし立てていた。そのいけしゃあしゃあとした態度を見て、私は確信したんだよ。鴨川の事件の犯人は間違いなくこいつだと――」

しかし法手続き上はすでに時効が完成して、鴨川署が細々続けていたかたちばかりの捜査本部も雲散霧消している。村松も中島も二十年前に定年退職し、もはや警察官ではない。彰久の件でさえ門井一族に有利な計らいをしている県警が、三十五年前に起き、すでに時効が完成したと見做されている事件に関心を示すことはあり得ない。

不当に奪われたゴルフ場用地の裁判でもいいようにやられたが、いま門井健吾に抱いている思いはその腹いせでは決してない。彰久は愛して止まなかった孫娘を毒牙にかけ、そのストーカー行為に対して警告書が出ているさなかに、新たな標的の秋川真衣にも接近を試みていた。自分が犯した罪を恬《てん》として恥じないばかりか、親父の権勢を利用して訴追を免れようと画策し、山下たちの捜査をあざ笑うかのように挑発を繰り返す。

山下たちのここまでの努力も、倉本の妨害工作によってけっきょく水泡《すいほう》に帰すだろう。彰久を仕留めることができるのは老い先短い自分だけだ――。そう思い定めたのはそのときだったと村松は語った。

仕留めるという穏やかではない表現が、単に言葉の綾《あや》なのか本気で殺害するつもりなのか、山下はその真意を訊ねた。村松はその問いには直接答えず、ライフルを持って家を出たのは、単なる景気づけのためではないと言い切った。山下からUSBメモリーに残されたファイルの件を聞かされて、村松がその思いをさらに強くしているのは間違いないだろう。

彰久の携帯電話に、殺害を予告する電話を入れたのは自分だと村松は明らかにした。さらにそのとき、父親の殺人容疑の件にも触れ、じつは公訴時効は完成しておらず、当時の捜査結果を覆す有力な証拠を自分は持っているとも付け加えておいたらしい。もちろんそれははったりだが、門井父子を動揺させる効果はあっただろうと言う。

自分がこれからどういう行動をとるか、村松は明かそうとはしなかった。しかしライフルを携行しているのが単なる景気づけのためではないと嘯《うそぶ》くあたりを考えれば、並々ならぬ決意を抱いているのは間違いない。そしてそんな挑発が門井親子を一層刺激したのも確かなはずだ。県警を裏から動かして、村松を抹殺しようという誘惑にも駆られていることだろう。

村松の失踪から時を移さず門井健吾が狙撃されるという茶番を演じ、それを口実に県警本部長直轄の特別捜査本部が開設されたのがほかの理由によるものだとはもはや考えにくい。門井健吾としてはそれでもまだ足りず、さらに鬼塚組さえ動員しようとしているのではないか——。

山下がそんな考えを口にすると、村松は否定もせずに笑って応じた。

「それなら飛んで火に入る夏の虫だ。私一人で受けて立つ。無駄に生きながらえることに意味はない。由香子の仇を討てるなら、さらに返す刀で門井健吾を地獄に落とせるなら、私の人生に悔いはない」

村松にそこまで言わせてしまう自らの無力さに、山下はただただ慚愧《ざんき》の念を抱くだけだった。

「我々にできることがあれば言ってください。村松さん一人にすべてを背負わせるのはとても堪えられません」

悲痛な思いで山下は言った。村松はあっさりとかぶりを振った。

「君の人生まで犠牲にする必要はない。私がいまやろうとしているのは、天国にいる由香子への手土産《みやげ》を用意することだ。孫娘がそれを喜んでくれるかどうかはわからない。しかしそれなしでは、私は由香子に合わせる顔がない」

ほの暗いランタンの明かりのなかで、そう言う村松の瞳がわずかに潤《うる》んで見えた。

6

安房署の臨時本部に戻ったのは午後九時を過ぎたころだった。

風雨はますます強まって、安房署は伊予ヶ岳周辺の現場から帰ってきた特捜本部の人員で溢れ返っていた。

帳場が開設された大会議室にはとても入り切らず、柔剣道場はもちろん廊下にも布団が敷き詰められ、それでも足りず、近くにある公民館まで借りて寝床を用意しているらしい。本部の人員の飲食代や事務経費は所轄の負担だから、安房警察署長はさぞかし頭を痛めていることだろう。

仕出し弁当の夕食を終え、ビールや日本酒を酌み交わしている点は捜査本部ではお馴染みの光景だが、殺人を含む凶悪事件の帳場特有の熱気は感じられず、聞こえてくるのは慣れない山狩に無理やり駆り出されたことへの愚痴ばかりだ。

特捜本部トップの安井県警本部長は、昨夜の捜査会議のあと、さっさと県警本部へ帰ってしまったらしい。もちろん捜査本部長という役割は本来形式的なもので、臨場するのは帳場が開設された当日だけというのが慣例だが、今回の特捜本部に関しては県警本部長自らの肝煎りで、正真正銘の司令塔と言える。

別の見方をすれば、今回の作戦があまりに唐突《とうとつ》に決定され、現場を仕切る管理官や係長クラスとの意思疎通が不十分だったため、突然降って湧いた大捜索作戦の意図を現場が理解できず、そのぶんこれまで経験もしなかった重労働への不満が溜まってしまったようだった。

山下に言わせれば、そもそもその作戦自体に合理性はない。村松が本気で門井健吾と彰久の殺害を企てていると見ているなら、山中のどこにいるかわからない村松を鉦《かね》と太鼓で追い回すより、門井健吾の身辺を徹底警護し、一方で彰久の逮捕に全力を尽くすのがもっとも合理的な作戦と言えるだろう。ところがその彰久の捜索を妨害する一方で、門井健吾の身辺に警護のための要員を張り付けている様子もないらしい。

いまも行方が判明しない彰久が現れる可能性がもっとも高いのが父親の周辺だ。山下たちが配置していた張り込み要員を引き揚げさせても、代わりに警護の要員を張り付けるのが普通の判断だ。しかし目的は警護でも警察官である以上、指名手配犯が現れれば見逃すことはできない。門井健吾の身辺に警察の目が届かない空白地帯をつくり出すことは、彰久の逮捕をできるだけ遅らせたいという安井本部長の隠れた目的に適うだろう。

同時に村松が門井健吾をふたたび狙撃することはないことを彼らが知っていることも窺わせる。つまり特捜本部の上層部は、あの狙撃事件が茶番だということを重々承知していることになる。

臨時本部に居残っていた捜査員の話では、署活系無線も車載通信系無線も、交通事故や空巣の通報以外はほぼ村松の捜索情報で埋め尽くされており、彰久の動向に関する情報はほとんど入らないとのことだった。士気が落ちている点では、こちらは特捜本部以上かもしれない。

村松は彰久の所在についてなんらかの情報を持っているのか。その点について彼はなにも語ろうとしなかった。

見通しもなく今回の行動に出たとは思えない。しかしそれを言えば山下たちが先に動いて、彰久を逮捕してしまう。それでは自らの手で決着を付けて、天国にいる孫娘への手土産にするという自身の思いは達せられない。

「いま伊予ヶ岳の山域にいるのは、ファンタス・カントリークラブのどこかに匿われていると見ているからじゃないですか。村松さんは地元の人達からの人望が厚いです。中島さんのような協力者もいます。我々とは違う情報源を持っているのかもしれません」

小塚が言う。複雑な思いで山下は応じた。

「ああ。村松さんには大勢の味方がいるようだ。実際のところ、おれたち自身がそうなんだから」

もし自分たちの手で彰久を逮捕できれば、送検前の四十八時間、取り調べの場でとことん締め上げる。そこで倉本がどう画策しようと動かしようのない供述を得て、有罪に持ち込む希望が決してないわけではない。

しかし逮捕状の有効期限はあと三日、実質は二日と数時間だ。再請求はおそらく認められない。だからといって、すべてを村松任せにして終わるなら、刑事としての自分が存在する意味はない。

そのとき山下の携帯が鳴った。西村からだった。

「まずいことが起きた。ちょっと外へ出ないか」

押し殺したその声に切迫した気配が滲む。いま起きていることだけでまずいことはてんこ盛りだ。それに加えてさらにまずいこととはいったいなんなのか。外で話したいということは、特捜本部に聞こえては困るような話なのか――。

ただならぬものを覚え、山下は迷わず応じた。

「わかった。署の向かいに居酒屋がある。店の名前は――」

臨時本部に詰めるようになってから、小塚と内密な話をするときによく使う店で、警察の向かいという立地のせいか料理があまり美味くないせいか、客の入りが悪く人の耳を気にする必要がない。小塚も同行させていいかと訊くと、山下が信用できるのならかまわないと言う。

小塚に耳打ちして会議室を出て店に向かう。時間が遅いせいもあってか店は貸切状態だった。少し待つと、西村がやってきた。とりあえずのビールと肴を頼むと、西村は深刻な表情で切り出した。

「きょうの夕刻、特捜が村松氏の通話記録を取得した。通話があったのはきょうの昼過ぎだった」

「彼の携帯の？」

山下は落ち着かない思いで問いかけた、村松は足が付くのを惧れて自分の携帯を使っていないはずだった。だとしたら――。西村はかぶりを振った。

「亡くなったお孫さんの携帯だよ。特捜本部にも目端《めはし》の利くやつがいて、村松さんの携帯だけじゃなく、そっちのほうもチェックしてみたらしい。どうやらまだ契約が切れていなかったようだ――」

目的は位置情報の取得だったが、村松由香子が使っていたのはｉＰｈｏｎｅで、ＧＰＳによるピンポイントの情報は取得できない。しかし基地局情報による発信位置はほぼ伊予ヶ岳の全域を含むエリアだったという。その携帯を使ったのが村松なのは間違いないと特捜は判断したらしい。

「問題は、それを使ってだれに電話をかけたかだよ」

西村は思わせぶりに言う。こうなればしらばくれても仕方がない。腹を括って山下は応じた。

「おれだよ。きょうの昼過ぎに村松さんから電話を受けた」

「特捜本部はもちろん、おれにも黙っていたわけだ」

西村は複雑な表情で問いかける。

「もし教えていたとしたら、おまえはどうした？」

山下は問い返した。西村はあっさりと応じた。

「立場上、特捜本部に通報せざるを得なかっただろうな」

「だったら、どうしていま、おれと内密に会っているんだ」

「できれば知らないことにしておきたいからだよ。おれも難しい立場にいるんだよ」

西村は困惑を滲ませる。意外な物言いに戸惑った。

「特捜は、相手がおれだとわかっているんだろう」

「まだ把握していない。番号の持ち主を特定しようにも、この時間では携帯のキャリアが対応してくれないようなんだ。通話履歴の取得とは別件になるから、あすいちばんで捜査関係事項照会書を用意して、再度キャリアの本社に出向くしかないらしい。その番号を見て、おれはおまえのものだとすぐにわかったが、いまはまだ腹に仕舞っている。ただしあすには特捜もそれを把握するだろう」

「通話履歴があったのは、その一件だけだったのか」

「ほかにも一人、おまえとの通話のあとで連絡を取り合った人物がいる。そちらも特捜はまだ特定できていない。もちろんおれもわからない」

それが中島なのはおそらく間違いない。あすには彼のもとへ本部の捜査員が大挙して向かうだろう。山下も犯人隠避の容疑で身柄を拘束される惧れがある。思わぬところで、村松の計画は破綻してしまったのかもしれない。

第十三章

1

ビールを口にする暇もなく西村と別れて、山下と小塚は店を出た。西村は村松の電話の相手が山下だったことは特捜本部に報告しないと約束した。しかし本部があす携帯キャリアに問い合わせれば、それが山下の携帯番号だということが発覚する。

そもそも村松が使った由香子の携帯の通話履歴から、それを受けた場所が安房警察署を含む半径数百メートルの範囲内であることは把握されている。相手は警察内部の者かもしれないと、上層部は頭を抱え込んでいるらしい。本部の士気に関わる話だから、まだ現場の捜査員には知らせていないと西村は言う。

山下はいったん安房署に戻り、小塚は店の前で摑まえた流しのタクシーで官舎に帰った。ほどなく自家用車で安房署の近くにやってきたと携帯に連絡があった。川北集落に向かったパトカーから積んであったレインウェアと出動靴をそちらに移動し、署内が寝静まった午前二時過ぎにその車で安房署を出た。

向かったのは川北の中島恭司の家だった。風雨はあれからさらに強まっている。山あいを縫う道路が土砂崩れで寸断されている惧れもあるが、まずは行けるところまで行くしかない。

小塚が持ち出した受令機で聴取した警察無線による限り、川北に向かう県道八八号でも八九号でもまだ土砂災害が起きたという連絡はない。このまま運よくたどり着けて、そのあと道路が不通になるのがこちらにとっては理想的なシナリオで、復旧にはある程度の時間がかかる。そのあいだ本部の山狩チームは村松の隠れ家に接近できない。

風雨はますます猛《たけ》り狂い、県道八九号鴨川富山線に入ると、すでに土砂崩れが起きた箇所がある。幸い片側一車線の山側が塞がれただけで、対向車線から迂回《うかい》できた。この先、走行中に土砂崩れが起きれば命に関わる。しかし戻るにしてもそのリスクに変わりはない。川北の集落まであと一キロもない。小塚は表情を変えることもなくアクセルを踏む。

川北集落に続く農道に入ると、左右の山肌がさらに迫ってくる。川のように雨水が流れる農道を飛沫《しぶき》を上げて駆け抜けて、中島宅の庭に走り込んだ。車中から電話を入れて事情を説明し、これから向かうと言っておいたので、中島は玄関前で待機していた。二人が土間に駆け込むと、中島は言った。

「特捜本部も馬鹿ばっかりじゃなかったようだね。お孫さんの携帯を使ったのはいいアイデアだと思ったんだが」

「我々もそうですが、あなたも犯人蔵匿の容疑で取り調べを受けるかもしれませんよ」

「そんなのは覚悟のうえだ。とことん黙秘してやるよ。そもそも門井健吾を狙撃した事件がでっち上げで、旋条痕を調べれば答えは出る。村松さんは銃砲所持許可をとっているから、ライフルを持っているだけじゃ罪にはならない。その村松さんの居どころを黙秘したからって、犯人蔵匿の罪は成立しない」

元警察官の中島は勘どころを心得ている。中島は訊いてくる。

「それより、あんたたちはどうするんだ。村松さんの無罪が立証されれば罪には問われないが、服務規程違反で処分を受けることになる。それでもいいのか」

「彰久の事案についての県警の対応は、不作為を超えて犯罪のレベルです。そんな理不尽がまかり通るなら、警察官という職業に未練はありません」

山下はきっぱりと言い切った。中島は切ない表情で頷いた。

「おれだってそうだよ。門井健吾の殺人容疑を追及しきれずに終わったことは、おれにとっても村松さんにとっても痛恨の極みだった。けっきょくは長いものに巻かれてなにもできずに異動させられ、未練たらしく定年になるまで居座った。県警の不作為に加担したという点では、特捜本部に掻き集められた有象無象《うぞうむぞう》と同罪だよ」

上がり框に腰を掛け、中島はしみじみと言った。山下は促した。

「中島さんもここにいるのは危険です。特捜が村松さんの通話の相手を特定したら、その情報が鬼塚組に流れないとも限りません」

「例の川口という野郎だね」

「ARTが投入されているといっても、警察の一組織である以上、むやみに武力行使はできないでしょう。しかし鬼塚組にアウトソーシングするとなると話は違ってきます」

「門井は大した役者だよ。県警のみならず鬼塚組まで顎で使っている。もともと今度の騒ぎに関しては、そっちが本命じゃないのか」

「ええ。特捜の山狩は陽動作戦かもしれません」

中島は焦燥を滲ませた。

「嵐が収まったら、警察じゃなくそいつらがここへ乗り込んでくるかもしれない。そのときはおれだってどうなるかわからない。いずれにせよ、おれもあんたたちもここにいたんじゃ具合が悪い。まずは村松さんと合流するしかないだろう」

「いまもあの洞窟にいるんですね」

「この嵐では、いくら村松さんでも身動きはとれないだろう。警察だっていまは動いていないんだし」

「連絡はとってるんですか」

「ついさっき様子を聞こうと電話を入れても通じないんだよ。通話履歴をとられるのを嫌ってなのか、バッテリーが切れたのか。本人の携帯もお孫さんの携帯もどっちもだ」

中島は不安を覗かせる。山下は確認した。

「私が電話を入れても同じでした。洞窟にいるせいで電波が届かないのでは？」

「入口近くに置いとけば通じるんだよ。現にあんただって、きのうは電波が届いたから話ができたわけだろう」

「嵐はさらに激しくなっていますが、これからあそこへ行けますか」

「もうしばらく荒れ続けると、杣道が崩れることもありそうだ。行くならいまのうちだよ。たぶんまだなんとかなる」

心もとない返事ではあるが、ここに留まっていれば特捜に身柄を拘束される惧れがある。いまさら村松を特捜に引き渡す気はないが、合流していれば無茶な行動に走るのを止められるし、もし鬼塚組や、県警上層部の密命を帯びたＡＲＴが不穏な動きに出たとしても、山下たちがそばにいれば、法に抵触するような荒ごとは抑止できるはずだ。このまま村松が山中に一人でいれば、そこは密室と同様で、なにが起きても目撃者はいない。これから事態がどう展開するのであれ、自分たちがそこにいることで最悪の事態は防げるだろう。

2

杉林のなかを縫う杣道は、降り続く雨で腐葉土が流されて、ひどく滑りやすくなっていた。ぬかるみに足をとられて行程ははかどらず、きのうの獣道に出る藪の入口まで一時間弱かかった。藪に覆われた急坂《きゅうはん》を転げ落ちるように下り、洞窟のある広場に続く獣道に出る。横殴りの雨はレインウェアの隙間から浸入し、なかの衣服が濡れそぼる。

吹き付ける風で体感温度が低下して、初夏だというのに低体温症に陥りそうな悪寒《おかん》を覚える。振り向くとヘッドランプの明かりのなかで、小塚の唇も紫がかって見える。先頭を行く中島も昨夜登ったときと比べて足どりが重い。獣道を抜け広場に出ると、池のように雨水が貯《た》まって踝《くるぶし》まで水に浸《つ》かる。吹きつける強風によろけながら洞窟のある巨岩に駆け寄った。先に着いた中島が入口から潜り込み、すぐに顔を出して怪訝な表情で言う。

「いないよ、村松さん――」

山下も中島に続いて洞窟のなかに潜り込んだ。小塚もそれに続いた。内部に敷き詰められていたウレタンのマットや寝袋がなくなっている。ランタンやストーブ、コッヘルなど調理器具の類や折りたたみ式水タンクも、もちろんライフルもない。

「どこか別の場所に退避したんだろう。嵐が収まるまではここにいるのが安全なんだが」

中島は不安げに言う。山下は訊いた。

「退避できる場所は？」

「ないことはないが、この嵐のなかでそこまで行けるかどうか」

「どこなんですか」

「ここから一キロほど上に行ったところに、雨風を避けられる岩の窪《くぼ》みがあるんだよ。ここほど居心地は良くないが、ツェルトを被っていればなんとかなる」

「我々でも行けますか」

「行けないことはないけど、この嵐のなかじゃ命がけだよ。ちょっと電話を入れてみる」

中島は携帯を取り出してタップした。耳に当ててしばらく待ち、軽くかぶりを振るとまた別の番号をタップする。

「駄目だよ。電源を切っているか、電波の通じない場所にいると言っている。どうも、おれたちまで信用していないらしい」

「案内してもらえますか。連絡を断っている点がやはり気になります」

「もう少し待ったほうがいいね。嵐はいまがピークだ。途中危険な箇所がある。そこが崩落したら谷底までまっしぐらだ」

「だったら村松さんも無事かどうかわからない」

「そこも心配になってきたよ。場所を変えるのは嵐が収まってからでも間に合う。特捜の山狩部隊だって鬼塚組だって、この嵐のなかじゃ身動きはとれないはずだから」

中島は困惑を隠さない。山下も不安に駆られる。村松に万一のことがあれば、ここまで積み上げてきた捜査がなんの意味もなさなくなる。それどころではない。山下にとって、彰久に関わる捜査の、いまや唯一というべきモチベーションが村松への共感だった。

もちろん彰久の殺害を手伝おうという気は毛頭ない。しかしこの状況では、警察の力で彰久の犯行を暴き出し、然るべき刑に服させることにも希望が持てない。だったらここでギブアップして高みの見物を決め込むか。そのいずれの選択肢も山下の意中にはない。

「行きましょう、山下さん。なにかできることがありますよ」

小塚も同じ思いらしい。山下は頷いて中島に言った。

「嵐が弱まったら、そこへ向かいましょう。ここにいたんじゃなにもできない。それどころか、特捜に発見されれば身柄を拘束される。あるいは鬼塚組に出食わしたら命まで落としかねない」

「連中は死体の始末はお手の物だからね。この土地には山もあれば海もある。隠し場所に不自由はしないから」

中島はその可能性を否定しない。もちろん彼らが動くとしたら本来の標的は村松だ。普通に考えれば、門井は村松の命まで狙う理由がない。息子の彰久を護るためなら、警察に村松の身柄を拘束させれば済むはずだ。それをわざわざ鬼塚組まで動員し、そこに狙撃の腕が立つと想像される水上まで絡んでいる。それに加えて県警の山狩部隊には、刑事部の特殊班であるARTまで加わっている。

だとしたら門井には、村松を殺害したい別の理由があると考えざるを得ない。それが村松が語った三十五年前の殺人事件に関わるものだとしたら、その真犯人が門井健吾だという村松や中島の見立てがあながち間違っていない証左だとも思えてくる。門井の犯行を示す確実な証拠はないうえに、法手続き上は時効が完成している。それでもなお村松を排除したいのだとしたら、村松のブラフがかなり利いていることになる。そんな思いを聞かせると、中島は大きく頷いた。

「犯人が門井健吾なのは間違いない。ひょっとして村松さんは、そこを突く糸口を摑んでいるんじゃないのかね。それを材料に門井を引っ掛けたのかもしれない。村松さんがどこまで確信を持っているのかわからないが、門井は自分が狙撃された猿芝居まで演じて村松さんを追い込もうとしている。もちろんそこに鬼塚組も絡んでいる」

「警察官としての常識的な感覚からすれば、今回の山狩自体が茶番です。彰久の命を護るためなら、村松さんが山に籠もっていようが海に潜っていようが、彰久が現れそうな場所を徹底警護するのが道理です。ところが彰久がいちばん現れそうな門井の自宅や会社の張り込みをわざと手薄にし、そこで浮いた人員を山狩に総動員した。それもわざわざ県警本部長がトップの帳場を立てて――」

「おれの本音を言わせてもらおうか。もし村松さんがその気なら、加勢してやりたいくらいだよ。おれだって老い先短い身だからね。このまま馬齢を重ねるだけなら、死ぬ前に、腐り切ったこの国の司法に鉄槌《てっつい》を食らわせるくらいのことはしてやりたいよ。しかし、いまのおれになにができるのか」

中島は苦衷を滲ませる。そのとき小塚が署から持ち出してきた受令機がかすかに鳴った。時刻はいま午前四時。安房署を出たのが午前二時過ぎで、それからいままで世間は寝静まっている時刻だから、ときおり交通事故や街中での喧嘩の連絡があるくらいで、山狩部隊の動きに関わる通信はなかった。

洞窟内では電波が微弱で聴きとれない。小塚は受令機をもって出口からわずかに身を乗り出した。とたんに通信指令室からの明瞭な音声が耳に飛び込んだ。

「南房総市荒川一六五〇、ファンタス・カントリークラブで殺人未遂事件が発生。場所はクラブハウスに隣接した特別会員用の宿泊施設。宿泊中の男性客が室内で胸部から血を流しているのを発見。窓の外から狙撃された模様。被害者は現在指名手配中の門井彰久と判明。近隣を警邏中の各移動は現場に急行せよ。繰り返す。南房総市荒川一六五〇、ファンタス・カントリークラブで――」

「まさか村松さんが――」

山下は鋭く反応した。中島は怪訝な面持ちでかぶりを振った。

「この嵐のなかで、伊予ヶ岳を隔てた現場に達するのは、いくら村松さんでも無理だよ」

「ではいったいだれが？」

「わからない。しかし特捜本部が犯人は村松さんだと決めつけるのは間違いないよ。やったのは鬼塚組のお雇いスナイパーの水上とかいうやつじゃないのか」

「窓の外から狙撃されたような話でしたね。だとしたら内部の人間の犯行じゃないことになります。となるとなおさら村松さんの仕業にされかねないじゃないですか」

小塚が言う。これまで門井健吾が仕掛けてきたさまざまな捜査妨害は彰久を護るためのはずだった。その彰久を鬼塚組を使って狙撃させた。だとしたらその理由がわからない。中島は憤りをあらわにする。

「彰久は屑だが、それでも息子じゃないか。自分に突き付けられた殺人の容疑を闇に葬るために、実の息子を殺そうとしたんだよ。ろくでなしも極まれりだな」

中島の見方はおそらく当たっている。村松が利かせたブラフがどんな内容なのかは知る由《よし》もないが、門井にとっては、もはや不肖《ふしょう》の息子の彰久は邪魔な存在でしかないのかもしれない。

彰久に関しては、村松に狙撃されて死亡したとなればストーカー殺人のことはすべてうやむやにできる。先ほどの通信指令室からの一報では、彰久の容態については触れられていない。殺人未遂と言っているところをみればまだ生きている。そこは門井にとって計算違いかもしれないが、胸部から血を流していたという話からすると、殺人未遂が殺人に切り替わる可能性は大いにある。

だとしたら、村松は危険極まりない殺人者として徹底的に追い詰められて、その結果ARTの手で殺害されても、世間からの批判はかわせるという読みがあるのだろう。三十五年前の事件が、村松が握っているのかもしれない事実が開示されることによって世間に知られれば、たとえ時効が完成しているといっても、門井にとってビジネス上のダメージは甚大《じんだい》なはずだ。

もし時効の完成が認められなければ、殺人の容疑で訴追され、刑務所に入ることになる。加えてその息子が少なくとも四名の女性を殺害したシリアルキラーだということになれば、健吾自ら手塩にかけてきた房総レジャー開発も、父親の勘太郎が築き上げてきた地元での権勢も瓦解《がかい》する。

3

「山下がいない？　どこへ行ったんだ」

大川は慌てて問いかけた。相手は安房署の臨時本部にいる栗原《くりはら》という生活安全捜査隊の巡査部長だ。山下も信頼していて、彰久の捜索では現場での人の配置や情報の集約でいい仕事をしてくれていると聞いていた。

この日、大川は、県警本部の仮眠室に泊まり込んでいた。生活安全捜査隊は村松の件では蚊帳の外に追い出された格好だが、彰久の捜査に関する臨時本部は辛うじて生き残っており、生活安全捜査隊を中心とする最小限の人員がいまも張り付いている。

特捜本部が村松を対象とする山狩にかまけているあいだに彰久の所在に関する新情報が出てきた場合、生活安全部を総動員してでも逮捕に乗り出す。そんな話が隊長の稲村とのあいだで固まっていた。そこへ寝耳に水で彰久が狙撃されたという一報が入った。山下と連絡をとろうとしたが、携帯がまったく応答しない。それでやむなく栗原の携帯に電話を入れた。困惑をあらわに栗原が応じる。

「彰久が狙撃されたという通信指令室の無線を聞いて、仮眠室へ起こしに行ったら姿が見えないんです。安房署の小塚くんの姿も見えません。昨夜の十二時過ぎには本部のある会議室にいたんですが。じつは特捜本部のほうから妙な話が聞こえてきまして――」

安房署を含む半径三〇〇メートルの範囲内で、村松からと思われる携帯からの電話を受けた者がいるらしい。特捜本部はまだその情報を秘匿している。携帯キャリアの業務が始まるのを待って、捜査関係事項照会書を提示して相手の身元を把握するとのことで、いまはまだだれなのか判明しないが、警察関係者の可能性が高いと見て、特捜本部の上層部は戦々恐々としているらしい。

鳴り物入りで仕掛けた大捜索作戦の全容が一人の裏切り者によって筒抜けになっているとしたら、特捜本部の屋台骨が崩れる。こちらとしては崩れてもらっていっこうに構わないが、安井県警本部長にとっては手痛い失態だ。彰久が狙撃されたことも失態には違いないが、他方でそれは村松を殺害する口実に使えると見るのはこちらの勘ぐり過ぎか。

いずれにしてもこの失態を糊塗《こと》するために、特捜本部がきょうのうちにも村松の新たな逮捕状を請求し、捜索にさらに力を注ぐのは明らかだ。村松を市民生活に危害を及ぼす凶悪な犯罪者だと印象づけ、狙撃もやむなしという世論を醸成《じょうせい》する方向に動くのは間違いない。

「なんとか二人を探してくれないか。ただし特捜の連中に感づかれないように」

大川は言った。栗原は困惑気味に応じる。

「署内の仮眠室や柔剣道場、臨時に借り受けた近くの公民館の仮眠室にも出向いたんですが、やはり姿が見えません。大袈裟に騒ぎ立てると職場放棄ということになりかねませんので、こちらから大川さんに連絡しようと思っていたところでした」

「まさか村松氏と行動を共にしているということはないだろうな」

「電話を受けたのが山下さんかもしれないというのはあくまでこちらの想像で、いまのところなんとも言えませんが」

「いや、その可能性は高いな。もしそんな電話を受けたとしたら、おれに連絡を寄越すのが当然だろう。そうしたくない事情があると考えるしかない」

もし山下と小塚がそんな行動をとっているとしたら、警察組織に対する反逆だ。そして現在の特捜本部の怪しげな動きを考えれば、そうしたい気持ちが大川にはわかる。だからといって、村松のライフルの旋条痕がそれと異なることが立証されていない以上、彰久を狙撃したのが村松である可能性も完全には否定できない。

「おれもこれから安房署に向かうよ。山下と小塚の話は、まだ表に出さないでくれ」

「わかりました。彰久の件については、これからできるだけ情報を集めます。特捜の動きもチェックしておきます。向こうはあれだけ大人数を掻き集めていますから、なかには知っている人間も何人かはいますので」

栗原は自信ありげに請け合った。

4

中島が言ったとおり、午前八時を過ぎると風雨は弱まった。

あのあとも通信指令室を介した現場と特捜本部の緊迫したやりとりが続いた。彰久は市内の救急病院に搬送され、一命はとりとめたものの危篤状態が続いているようだった。

摘出された銃弾は鑑識の手で鑑定が行われ、門井健吾が狙撃されたときの銃弾と旋条痕が一致したという。山下たちからすれば、それ自体が彰久を狙撃したのが村松以外の何者かである明白な証拠だが、特捜本部の判断はもちろん真逆で、犯人は村松以外の何者でもないと結論づけている。

安房署の本部には、嵐が去りしだい可及的速《かきゅうてきすみ》やかに捜索態勢に入るよう指令が飛び、機動隊も一個中隊が追加投入され、さらにSATの出動も要請している模様だ。もちろん特捜の上層部と県警本部の秘匿性の高いやりとりは警電や携帯電話を介して行われているはずだから、通信指令室から発出される情報からそれ以上詳細なことはわからない。

日常的に山に入る機会の多い中島は、村松と同様トランジスタラジオはいつも携行している。さっそくチェックしてみたが、彰久の狙撃事件はまだメディアには公表されていないようで、臨時ニュースも入っていない。

受令機を署活系無線に切り替えると、管内での災害情報が入ってきた。県道八九号線は数箇所で土砂崩れが起きていて、平久里から井野《いの》までの区間が全面通行止めになっているという。中島によれば、川北集落に至る農道はその区間に含まれ、当面は警察車両も入れない。まだ警察も把握していないのかもしれないが、その農道自体が土砂災害がしばしば起きる場所で、川北集落そのものがすでに孤立している可能性が高いという。そうだとしたら当面は中島の家から杣道をたどって、警察なり鬼塚組がここにやってくる可能性はほぼなくなったことになる。

「じゃあ、そろそろ行こうかね。空が明るくなってきた。もうじき晴れるよ」

洞窟の外を眺めて中島が言う。猛り狂っていた風音はほとんど止んで、雨もレインウェアが不要なくらいに小降りになっている。

遠くからヘリの爆音が聞こえてくる。彰久の狙撃事件を受けて、特捜本部は早朝から気合を入れて動き出している。道路事情が悪化しているのは県道八九号線に限らないはずで、山狩部隊が再配置されるまえに、道路事情や山中の状況を確認する必要がある。そのための偵察も兼ねての動きだろう。

「ヘリに見つかる心配はないですか」

「藪のなかに身を隠していれば心配ないよ。それより今後の特捜の判断だよ。彰久が死んだりしたら、連中なにを考え出すかわからない。もし村松さんが見つかってヘリから狙撃されたら逃げようがない」

中島は恐ろしいことを口にする。山下はかぶりを振った。

「そこまではできないでしょう。それじゃ警察活動の規範を逸脱する」

「言い訳はなんとでもできる。下からライフルで狙われて、撃墜されそうになったから応射したと主張されたら、現場を見ていない人間は否定もできない」

考え過ぎだと言いたいところだが、たかが村松一人のためにARTに加えてSATまで動員するということ自体が過剰反応だ。

洞窟のある岩の裏手は色濃く茂った広葉樹林で、上空からは発見されにくい。ここから先は中島の手も入っておらず、かすかな獣道が走っているだけで、足元のわずかな空間を頼りに、丈の高い灌木を鉈で払いながらの藪漕ぎだ。灌木や下草の葉は雨の滴《しずく》をたっぷり宿している。雨はほとんど上がっているが、レインウェアなしではとても歩けない。

十分ほど藪を漕いでいくと、南からヘリの爆音が近づいてきた。中島が身を低くするように手振りで示す。ヘリはこちらに気づく様子もなく、そのまま頭上を過ぎていった。

「頂上直下の岩場まではこんな調子だから、ヘリに発見される心配はまずないよ。しかしそこから上は樹《き》も少なくなる」

中島は不安を漏らす。山下は確認した。

「そこへ向かったのは間違いないんですね」

「足元をよく見ればわかるよ」

中島は体を屈《かが》めて灌木のドームの下を延びる踏み跡を指差した。踏みしだかれたクマザサが一定間隔で泥に埋まっている。

「獣の足跡じゃない。明らかに靴を履いた人間の足跡だ。それもごく新しい」

「嵐のさなかに、ここを通った人間がいるわけですね」

「ああ。村松さん以外には考えられない」

「どうしてそこを目指したんでしょうね」

「お孫さんの死体が発見された場所がそのすぐ上なんだよ。命を懸けた戦いの場所をそこに選んだんじゃないのかね」

「命を懸けた戦い？」

「村松さんの戦いはこれからだよ。門井は追い詰められている。ここまで県警を慌てさせたのは偶然じゃないような気がするね」

「それを狙っていたと？」

「あくまでおれの想像だよ。しかしこんなやりかたで彰久が死んでも、村松さんの悲願が成就するとは思えない。あの人が命を懸けて戦おうとしている敵は、門井のような人間の肩に牛耳られているこの国の司法だよ」

それが自分の思いでもあるかのように中島は言う。これから始まる村松の命を懸けた戦い——。それがなにを意味するのか、具体的には山下はなにも思い描けない。しかし心に強く響くものがある。

5

午前十時を過ぎ、空はいよいよ明るくなって、ところどころに青空も覗いている。県警は三機の保有ヘリをフル稼働させて、伊予ヶ岳の尾根や谷を舐めるような低空で飛び回る。

署活系無線からの情報によれば、不通になっていた伊予ヶ岳周辺の県道や市道は山下たちが期待したほどの被害ではなかったようだ。開通にはほど遠いが、なんとか警察車両が通行できる程度には復旧したという。

安房署で待機していた山狩の部隊はいっせいに動き出したようで、麓ではパトカーや警備車両のサイレンの音がやかましく鳴り響く。そろそろ山下と中島の身元が割れているころだ。そうなると二人とも村松の共犯者として扱われかねない。

ラジオでは彰久の狙撃事件のニュースが流れている。村松をライフルを所持した凶悪な殺人鬼のように仕立て上げ、このままでは一般市民の生活にも危険が及ぶというような印象操作が露骨で、それ自体は特捜本部のアナウンスをそのまま引き写したものだろう。伊予ヶ岳の山奥に潜伏している村松が、一般市民に危害を及ぼせるはずもない。

ニュースでは山下と中島のことには触れていない。山下は現役の警察官で、村松も中島も警察OB。いずれも所属は千葉県警という話になると、一般市民の感覚としては、県警に対する反乱というニュアンスで受けとれる。

彰久の逃走劇の報道では、被害者の村松由香子への同情や、彰久をかばい続ける健吾への、これまでの経営者としての悪評も交えた批判的な論調。加えて健吾におもねってでもいるかのような県警捜査一課の及び腰の対応が昼のワイドショーでも話題になった。そこへ山下と中島の県警への謀反《むほん》ともとれる行動が表沙汰になれば、マスコミの関心はいま行われている山狩作戦の真意にまで及びかねない。中島がほくそえむ。

「向こうにとっては恥さらしもいいとこだ。最後までおれたちのことは秘匿するつもりかもしれないね。ある意味で我々の存在は連中のアキレス腱《けん》だよ」

洞窟から村松がいると思われる崖の下の窪みまで中島は一キロほどだと言っていたが、藪に覆われた山のなかの一キロは平地の一キロとはまったく違う。激しいアップダウンがあり、昨夜の雨による崩落で獣道が途絶え、本格的な藪漕ぎをして迂回せざるを得ない箇所もある。中島は先頭に立ち、携行していた鉈で厄介な灌木の枝を払ってくれるが、長年手が入らず、繁茂した灌木はほとんどジャングルの様相だ。あちこちに鉈で枝を払った真新しい跡があり、それは村松によるものだと思われる。

さすがに中島も荒い息を吐き何度も立ち止まる。山下が交代して先頭に立ち、足元の踏み跡を確認しながら枝を払うが、コツがわからないから無駄な力がかかるようで、十分も進むうちに腕が上がらなくなる。次は小塚が交代するが、こちらも鉈の扱いは素人で、十五分ほどでギブアップする。

ふたたび中島が先頭に立つ。いくらか体力が回復したのか、先ほどより前進のスピードが速まった。村松はこの藪のルートを一人で切り抜けたわけで、どちらも八十過ぎという年齢を考えれば、自分たちの体力がいかにも情けない。

6

大川は捜査隊の隊員一名とともに、南房総市に向かってパトカーを飛ばしていた。鋸南富山インターを過ぎたところで栗原から連絡が入った。

「きのう村松氏が通話した相手が特定されたようです」

「だれだった？」

「山下さんでした」

「やはりそうか」

歯噛みする思いで大川は言った。ここまでの山下の入れ込みようから、その可能性が高いとは考えていた。しかしそれが事実だと判明すれば、裏切られたという思いは拭えない。栗原が続ける。

「それからもう一人、南房総市川北在住の中島恭司という人物とも通話しています。そちらも村松さんと同じく千葉県警のOBで、以前、鴨川警察署で一緒だったことがあるようです——」

中島の家のある川北集落は伊予ヶ岳の西に延びる尾根の末端にあり、ファンタス・カントリークラブは山の真裏に当たるため、山狩部隊の配置は手薄だったという。特捜本部は急遽、山狩部隊の一部を川北方面に向かわせたらしいが、その事実をいまのところ外部には伏せており、そのため通信指令室からそれに関する情報は発出されていない。

現場にも箝口令《かんこうれい》が敷かれている様子だが、三百人を超す人員を集めた寄り合い所帯の帳場だ。全員の口を塞ぐのは到底不可能なため、安房署の特捜本部はすでにその噂でもち切りで、それは生安の臨時本部にも漏れ伝わってくるという。大川は訊いた。

「特捜の連中は、いつまでそれを隠しておくつもりなんだ」

「そうは伏せてはおけないでしょう。安房署にはマスコミの連中が常駐しています。嗅ぎ付けられるのも時間の問題だと思います」

「すっぱ抜かれたら県警は面目丸潰れだな」

「その責任を、すべて生安におっ被せてくるんじゃないですか。稲村隊長や大川さんにも累が及ぶかもしれません」

「そういう喧嘩なら受けて立つよ。彰久の狙撃にしたって、それを許した責任はおれたちを排除した県警上層部にある。むしろ村松氏と連絡がついた点では、山下は連中より一歩先を行っている。山下がなにをしようとしているのかはわからないが、いまさら向こうの顔色を窺う必要はない」

大川はきっぱりと言った。山下が自分に知らせずに行動している理由は想像がつく。知れば立場上、大川は山下の行動にブレーキをかけざるを得ない。しかしそれでは門井一派の思うつぼだ。それ以上に、大川に迷惑をかけまいとする心遣いもあるだろう。これから起きることはすべて山下の責任で、大川はなにも知らなかったとなれば、上司としての管理責任を問われることはあっても、法的に処罰されることはない――。

そう考えているとしたら心外だ。もし知っていれば、自分にもなにか打つ手はあったはずだ。それが警察官としての矩を踰えることではあっても、いま県警で起きている不可解な事態を看過する気は毛頭ない。

7

午前十二時少し前、到着した岩場の下の窪みに村松はいなかった。周囲の藪には頑丈なトレッキングシューズで踏みしだいた跡があるから、ここに立ち寄ったのは間違いない。

しかし嵐が去って、強い陽射しが照りつけるこの時刻に山中を移動していれば、いくら山狩部隊が間抜けでも発見される可能性は高いし、そもそも体力がもつものかどうか。山仕事のプロの中島もさすがに疲れたようで、藪漕ぎに不慣れな山下と小塚に至っては、ただ立っているだけでも難儀なほどだ。

窪みの奥を覗いてみると、村松のものと思われるライフル銃が置いてある。実包数箱も残してある。彰久が何者かに狙撃された事実はラジオで把握しているはずだ。もう必要ないと考えてここに放棄していったのか。この先は村松にとっても困難なルートのはずで、だとしたら少しでも荷物を軽くしようと考えたものと思われる。

「どこへ行ったんだろうね。まさかこの崖を登ったとは思えない」

中島は頭上を見上げてため息を吐く。そこは伊予ヶ岳の頂上に続く七、八〇メートルのほぼ垂直の断崖で、登るには高度なロッククライミングの技術を要し、そのための装備も必要で、村松が登るのはまず無理だと中島は言う。小塚が村松由香子の遺体を発見したのがその壁の中間部にある岩棚だった。死んだ孫娘と語らうためにここにやってきたのか、それともなにか別の意図があってのことなのか、村松の真意はわからない。

「崖を登る以外に、どこかへ移動するルートはありますか」

山下は訊いた。中島は頷いた。

「いったん右手の谷に下って隣の尾根を登り返せば、頂上に向かう一般ルートに出られる。しかしそれじゃ、特捜の連中に見つけてくれと言うようなもんだ。一般ルートには身を隠せる森も藪もない。それに途中の藪漕ぎがここまでよりずっときつい」

そのとき伊予ヶ岳の稜線の向こうからヘリの爆音が聞こえてきた。中島に促され、村松がいたと思われる岩の窪みに身を隠した。ヘリは頭上を越えて山の西側へ飛び去った。その方向には中島の家のある川北の集落がある。そのまま離れていくと思っていた爆音が、その先の一ヵ所で留まっている様子だ。

「なんだかおかしいな」

中島は首を傾げて、断崖の基部の階段状になった岩場を数段登った。山下もその傍らに登って下を見下ろすと、ヘリは麓の川北集落の上空でホバリングしている。背負ってきたザックから小型の双眼鏡を取り出して中島が覗き込む。

「うちの庭の真上だよ。ロープを伝って人が下りている」

手渡された双眼鏡を覗くと、たしかに出動服姿の人員が三名ほど中島宅の庭にたむろしていて、さらに続いてヘリからラペリングしてくる者がいる。下りたのは全員で五名だ。うち三名が突撃用の短機関銃を携行し、残り二人は狙撃用と見られるライフル銃を所持している。

「県道からうちに続く農道は、復旧の見通しが立たないくらいの被害が出ているんだろうね。それで連中、ヘリで飛んできたわけだ」

中島は予期していたことのように言う。山下は緊張を覚えた。

「となると、我々も逃げ場がないですね。ご自宅の裏手の杣道を見つけるのは間違いないでしょう」

「連中、本気なようだな。どうするね。投降するならいまのうちだが」

中島が問いかける。双眼鏡では部隊章まで確認できなかったが、携行している武器から見て、ＡＲＴかＳＡＴなのは間違いない。ふたたび崖の直下の窪みに身を隠し、腹を括って山下は言った。

「まさか我々を殺害する名分は彼らにもないでしょう。標的はあくまで村松さんです。それを阻止できるのは我々だけです」

「ここで投降すれば、村松さんの生殺与奪《せいさつよだつ》の権を特捜に渡すのと同じです。そんなこと僕にはできません」

小塚も頷いた。我が意を得たりというように中島は応じた。

「おれも同じだよ。愛する孫娘を殺されて、そのうえ村松さん本人まで殺されるようなことになったら、あまりに救いがなさすぎる」

小塚が携行している受令機からは、本部とやりとりする山狩部隊の悲鳴に近い声が聞こえてくる。慣れない藪漕ぎを強いられているうえに、昨夜の雨で足場は荒れているはずだ。

特捜本部は報道管制を徹底しているようで、頻繁にラジオをチェックしているが、直近のニュースの時間にも詳しい捜査状況は報じられず、けさのニュースとほとんど似たような内容だ。彰久の容態について続報はなく、村松には新たに彰久の殺人未遂容疑の逮捕状が出たとの報道があったから、まだ死亡してはいないようだ。

普通なら伊予ヶ岳上空を飛び回っているはずの報道のヘリが、きょうは一機も飛来していない。村松に狙撃される惧れがあるという理由で自粛を要請しているものと思われるが、本音はおそらく別のところにある。特捜本部が狙っているのは、伊予ヶ岳全体を密室化することだ。そこでなにが起きようと、メディアも見ていないことは報道できない。

そのとき小塚の携帯が鳴った。小塚は表示された番号を見て首を傾げ、怪訝な表情でもしもしと応じた。相手の声に耳を傾け、お待ちくださいと言って、そのまま携帯を山下に手渡した。応答すると西村の声が流れてきた。

「おまえが携帯を切っているから、たぶん一緒にいるだろうと思ってかけてみた。彼の携帯の番号は臨時本部に出向いたときに聞いていたんでね。いまどこにいるんだ？　いや言いたくなければ言わなくていい」

言わなくてもわかっているという意味に受けとれる。山下は慎重に応じた。

「言えばおまえにも迷惑がかかるからな。想像に任せるよ。そちらからなにかいい情報はないか」

「特捜本部の動きはわかっているんだろう」

「ラジオもあれば警察無線も傍受している」

「それなら、おれとあまり変わりない。こっちも特捜の中枢には首を突っ込ませてもらえないから、いまは県警本部に戻っている。それより妙な情報が耳に入って、おまえに確認したいと思ったんだよ。三十五年前に鴨川市内で起きた殺人事件についてなんだが、村松氏からなにか聞いていないかと思ってね」

思いもかけない話が飛び出した。山下は覚えず携帯を握り直した。

「聞いているよ。彼が鴨川署の刑事課長だったときのようだ。けっきょく迷宮入りして、十年前に時効が完成した」

「ところが、その時効が、じつは完成していなかった可能性が高い。事件当時、捜査線に浮上した被疑者は門井健吾じゃなかったか」

「そのとおりだ。だれがそんなことを言ってるんだ」

「そのとき検視を担当した元検視官だよ」

周囲の耳を憚《はばか》りでもするように、声を落として西村は言った。

8

大川が安房警察署に着くと、玄関前や駐車場にはメディアの取材班やテレビクルーが押しかけて、新たな動きがないかと所在なげにたむろしている。一方、ほとんどの要員が出払っている特捜本部は閑散としていた。

特捜本部トップの安井県警本部長とナンバー2の刑事部長は県警本部に戻ったままで臨場はしておらず、捜査一課長と取り巻きの理事官や管理官は別室で陣頭指揮をしているというが、通信指令室や署活系無線を使った正規の指揮命令とは別に、携帯を使って現地に入っているARTやSATに直接密命を飛ばしているのではないかとさえ疑われる。

電話番を仰《おお》せつかってでもいるように、大会議室の隅に設えられた島で、年配の刑事数名を従えて手持ち無沙汰にしている柿沼の姿が目に留まる。伊予ヶ岳の事件で、大川たちからの合同捜査本部開設の要請を無視し、被疑者不詳で捜査一課が立ち上げた帳場の係長だ。いまはそちらはお役御免で、特捜本部の事務方を担当しているらしい。かつて所轄で同じ部署にいたことがあり、知らない仲ではない。栗原を伴って大川がずかずかと足を踏み入れると、柿沼は訝しげに顔を上げた。

「なんの用だね。あんたたちは呼ばれていないはずだが」

「特捜本部がなにを画策しているのか、状況を聞かせてもらおうと思ってね」

ずばりと切り出すと、柿沼は気色ばむ。

「画策ってなんのことだ。言いがかりはやめてくれ」

「おれには、なんとなく筋書きが見えるんだよ。あんただって薄々は感じているだろう。だれに忖度したのか知らないが、すべての罪を村松氏になすりつけて、市民に危険をもたらす凶悪犯として抹殺すれば、ここまで県警上層部がやってきた不作為が帳消しになる」

「どうしてそこまで勘ぐるんだ」

柿沼は困惑を隠さない。大川は踏み込んだ。

「門井彰久の犯行に関する資料には、あんただって目を通したはずだ。彰久が伊予ヶ岳の事件の教唆犯で、それ以外にも数名の女性を殺害している可能性がある。長年刑事畑を歩いてきたあんたに、それがわからないはずがない」

柿沼はしばらく思案して、外に出ないかというように顎を振る。頷くとなにかあったら携帯に連絡を入れるようにと居残っている捜査員に指示をして、先に立って大会議室を出た。向かったのは人気のない署の屋上だった。遠くに伊予ヶ岳周辺の山並みが見え、その上空を三機の県警ヘリが飛び回っている。それを眺めながら柿沼は言った。

「村松の孫娘殺害の帳場が立ってから、おれもただ暇潰しをしていたわけじゃない」

「なにかわかったのか」

「最初から彰久には手を出すなという指示が管理官から出ていてね。そう言われると逆に興味が出てくるのが刑事の習性だから、あんたたちとは違う方向でいろいろ洗ってみたんだが、関東管区警察局長の芦田《あしだ》警視監は、じつは門井健吾の義理の弟なんだよ。門井の妹と結婚している」

その情報は初耳だ。大川は思わず身を乗り出した。

「安井本部長の直属の上司に当たるな。情実が大ありじゃないか」

「だからどうだという話じゃないが、彰久の捜査に及び腰だった捜査一課の姿勢にしても、今回の山狩作戦にしてもなんだか胡散臭い。かといって相手が本部長じゃ、おれごときが大っぴらに楯突くわけにもいかないし」

柿沼は力なく首を振る。大川は確認した。

「いま県警で起きていることには、門井の力が働いていると見ているんだな」

「おれがそういう事実を触れて回っているわけじゃないが、捜査員のかなりの連中が、今回の山狩作戦をいかにも不自然だと見ているよ。ライフルを持って山を歩いている人間が一般市民に危害を加える凶悪犯ということになるんなら、狩猟期になったら警察は毎日ARTやSATを動員して山狩をかけなきゃいけない。それに村松が彰久を狙っているのは十分想像がついたはずだから、とりあえず彰久を捕まえて留置場にぶち込むのが先決だろう。にも拘わらず特捜本部はそれを嫌って、生安の帳場から山狩部隊に人を引っこ抜き、彰久が狙撃されるのを未然に防ごうとしなかった。大きな声じゃ言えないが、村松が犯人だという見立てだって怪しいもんだよ」

渋い表情で柿沼は言った。

9

村松は伊予ヶ岳稜線直下の深い藪に身を潜めていた。頭上をしきりに県警のヘリが飛び回る。周囲の尾根筋からは山狩部隊が掛け交わす声が聞こえてくる。

包囲は狭まっているようだ。山には素人の烏合《うごう》の衆でも、数を恃《たの》んでの人海戦術ならそれなりの結果は出すだろう。いまのところ荒れた杣道を登っているようで、村松が移動しているのは外観からはただの藪と判別のつかない獣道だ。ヘリから発見される心配もない。しかしひたすら鉈を振るっての悪戦苦闘で、体力はすでに限界を超えている。

つい二時間ほど前に、彰久が狙撃されたとラジオのニュースで聞いた。彰久がファンタス・カントリークラブの特別会員用宿泊施設にいることは想像がついていた。父から相続した土地に建設されたのがファンタス・カントリークラブで、土地を門井に掠《かす》めとられたとき、公判の過程で提出された資料にその設計図面があった。クラブハウスの裏手に繋がる小ぶりな建物で、最近はやりらしい併設型ホテルとしては小さすぎる。

村松が所有していた土地にその一部がかかっていたので、代理人を通じて確認すると、VIPクラスの常連のための隠れ家のような施設だという説明だった。クラブハウスと連結はしているものの、一般客は出入りできないつくりになっているという。

門井健吾が彰久を匿うとしたらそこだと考えた。山下たちが彰久の追跡で手を拱《こまぬ》いていたとき、それを伝えなかったのは、そのときすでに自分の考えは固まっていたからだ。逮捕したとしても、検察はおそらく彰久を訴追できない。それは三十五年前の門井健吾の殺人容疑で身につまされて感じたことだった。南房総市のみならず、千葉県内での門井一族の権勢はいまも侮りがたい。そのうえ門井健吾の義理の弟が警察庁の大物キャリアだという噂を小耳に挟んだことがある。

しかし自分はその事件のあとも警察に居座り続け、門井の世話になったわけではないが、県警本部の内々の斡旋《あっせん》で地元の企業に天下りさえした。その後の由香子の件も含め、このまま門井一族に一矢《いっし》も報いられずに終わるなら、自分は慚愧の炎に焼かれながら地獄に落ちるしかない。

どうせ地獄に落ちるなら、門井親子を道連れにしたい。八十を過ぎた人間にとって、死は決して怖いものではない。人間はいつか死ぬことに決まっている。だったらその死が無意味ではなかったと、あの世で誇れるものにしたい。いや誇れるなどというのはおこがましい。あのとき自分の首を懸けてでも門井健吾を刑務所にぶち込んでいれば、彰久という毒虫はたぶんこの世に生まれていなかった。

村松はふたたび藪に覆われた獣道を登り始めた。伊予ヶ岳からなぎ落ちる岩壁の横手を登る急峻《きゅうしゅん》なルートで、直接山頂に突き上げている。以前、イノシシを追って道に迷い、命からがら頂上へ抜けたことがある。ヤブガラシやキヅタのような蔓草《つるくさ》が密集していて、それを手がかりにして登ることで、厳しい勾配《こうばい》がむしろ有利に働く。丈夫な蔓は十分に体重を支えてくれる天然のロープで、腕力は必要だが、消耗し切った足腰には負担がかからない。

また爆音を上げてヘリが近づいてくる。ドアはフルオープンされ、防弾チョッキとヘルメットを着用し、ライフルを構えた隊員の姿が見える。藪のなかに身を潜めて動きを止める。向こうは村松の存在に気づかないようだ。

ＡＲＴだかＳＡＴだか知らないが、ヘリで捜索するだけなら重装備の狙撃要員を同乗させる理由はない。つい先ほど中島の自宅の庭に強襲隊員がヘリから下降するのを目撃した。特捜本部は二重三重の手段を講じて、村松を生きて山から下りさせない作戦のようだ。

もっともそれはいまに始まったことではない。門井健吾に村松の口を塞ぎたい理由があることが、明らかに茶番であるあの狙撃事件で明白になった。村松から見れば三十五年前の殺人事件の真犯人が自分であることを白状したようなものだ。そのうえ県警の特捜本部にしても、いまや引くに引けないところまで来てしまった。

ヘリが飛び去るのを確認し、ふたたび蔦《つた》に摑まって登攀を開始する。頂上までもう一息だ。生きて還ろうという気はもはやない。ここで投降の意思を示したとしても、彼らはそれを黙殺するだろう。

10

県警ヘリ、かとり三号の開け放たれたドアに面した座席から、ＡＲＴ第二班隊員の杉田《すぎた》巡査部長は眼下の尾根や谷に目を凝《こ》らしていた。

隊長からの命令は、発見したら躊躇なく射殺せよというものだった。そんな命令を受けたことはかつて一度もない。これまで何度か経験した立て籠もり事件でも、犯人の狙撃は常に最後の選択肢だった。狙撃すれば速やかに事件が解決し、人質の命を護り、警察側の殉職を防ぐことが可能な場合でも、それが最初の選択肢になることはあり得ない。

そもそもARTに配属されて二年、射撃の腕が認められて狙撃要員としての訓練を積んできた杉田自身、実際に狙撃の指令を受けたのは今回が初めてだ。現在起きている事案にしても、正当防衛の要件となる急迫不正の侵害とみなされる事態は起きていない。門井彰久の狙撃事件を受けて、特捜の上層部は村松をテロリスト並みに危険視しているが、村松のターゲットはあくまで門井彰久で、その殺害には失敗したものの、無差別に人に危害を加えるタイプの犯罪者だとは思えない。

特捜本部は総勢三百人余りの人員を集め、その半数以上を山狩に投入している。その陣容なら狙撃のような強硬手段を用いなくても、身柄の確保は十分可能なはずなのだ。隣の座席で眼下の様子に目を凝らす班長の坂上《さかがみ》警部補に問いかけた。

「このケースで村松を狙撃したら、特別公務員暴行陵虐罪に問われると思います。殺害すれば致死罪です。どうしてもやらなきゃいけないんですか」

「心配はない。責任はすべて県警本部が負うと言っている。公務員であるおれたちには、命令に従う義務がある。たとえ訴えられても、法律上、おれやおまえは免責される」

「免責されても、それが無意味な殺人だったら死ぬまで悔いが残ります」

「未遂で終わったとはいえ、二人の人間を殺そうとした人間だ。生かしておいたらこの先なにをやらかすかわからない。おれたちが躊躇して警察側に殉職者が出たら、そのほうがはるかに悔いが残るだろう」

「それはそうかもしれませんが――」

杉田は割り切れないものを感じながら応じた。そのとき坂上が声を上げた。

「いたぞ。あれだ」

指差したのは伊予ヶ岳の頂上に立つ人影だった。

11

「我々を見つけたんじゃないですか」

伊予ヶ岳の頂上付近でホバリングする県警ヘリを灌木のあいだから垣間《かいま》見て、小塚が不安げに問いかける。踏み跡を頼りに、村松が向かったと思われる方向にしばらく移動したところだった。ヘリの位置は山下たちがいる場所から五〇メートルほど離れていて、高度は頂上とほぼ同じ。山下は鋭い緊張を覚えた。

「乗員がライフルを構えている。頂上に人がいる」

「まさか村松さんじゃ？」

「頂上の岩場の陰に隠れて全身が見えない。ヘリの方向を向いているから顔もよく見えない。しかしあんな場所にほかの人間がいるはずがない」

「狙撃する気なんですか」

小塚の声が裏返る。中島が双眼鏡を覗き込む。

「間違いない。村松さんだよ。おそらくヘリの乗員と睨み合っている」

山下は中島が手渡した双眼鏡を目に当てた。若い警官が、狙撃用ライフルのスコープを強張った表情で覗き込んでいる。ARTの襟章が確認できる。山の頂上に視野を移すと、斜め後方からの村松の横顔が見える。痺《しび》れるような恐怖を覚えた。いちばん惧れていたことが、いま目の前で起きようとしている。

「村松さん！ 逃げてください。こんなところで死んじゃやだめだ！」

山下は叫んだ。しかしその声はヘリの爆音に掻き消される。村松は動揺する様子もなく、撃つなら撃てと、ARTの隊員が構える銃口を見据えている。

12

村松は伊予ヶ岳の頂に立っていた。ヘリの爆音が耳を劈《つんざ》く。スピーカーで投降を促すでもなく、五〇メートルほど離れた位置でホバリングしている。開け放たれたスライドドアの向こうで、ライフルを構えている隊員の姿が見える。その銃口はぴたりと自分に照準されている。

晴れ渡った空からは初夏の陽射しが照り付けて、東京湾から吹き上がる海風が心地よく頬をなぶる。生前の由香子と足を運んだ南房総の山並みが目の前に広がる。いまいる伊予ヶ岳の頂にも、幼い由香子を連れて何度も登った。

スコープを覗く隊員の顔が緊張しているのがわかる。村松の腕ならまず外さない距離だ。いわんや銃を向けているのは狙撃の訓練を受けているＡＲＴかＳＡＴの隊員だろう。しかし実際に人を撃った経験はないはずだ。

村松はいま丸腰だ。上からどういう命令が出ているのか知らないが、それが特別公務員暴行陵虐罪、殺害すれば致死罪に相当することは警察官なら知っている。あえてそれを犯せという命令が上から出ているとしたら、彼らにとってもすこぶる気の毒だ。

心は不思議に穏やかだ。自分はどんな死に様をするべきか、由香子が殺された直後から、密《ひそ》かに心に思い描いてきた。齢《よわい》八十を過ぎ、馬齢を重ねる以外にできることのなくなった自分に、あすも生きようと思わせてくれていたのが由香子だった。そして由香子の悲報に接したあとは、その犯人に報いを受けさせることが残された唯一の生きがいになっていた。

司法の不作為で彰久が罪を免れるなら、自分の手でと思いつめた。その彰久を門井は保身のために亡き者にしようとした。このままではその狙撃者の汚名は村松が被《こうむ》ることになり、門井健吾は大手を振って世間を歩き続ける。しかし丸腰の自分をここで殺害すれば、それは彼らへの強烈なブーメランになるはずだ。

いま彼らがいちばん困るのは、村松が生きて下山することなのだ。村松のライフルの旋条痕を確認すれば、門井健吾と彰久の狙撃を仕組んだのが村松ではないことが立証される。そうなれば門井の意を汲んで、異例の山狩捜査を仕立てた安井県警本部長の尻にも火が点くことになる。

すでに彼らはルビコン川を渡ってしまった。安井の尻に点いた火は、千葉県警の上層部のみならず、警察庁の大物たちにも飛び火するだろう。彼らにとってもそれを避けるための唯一の手段が村松の殺害だ。旋条痕の不一致くらい、凶器が見つからなかったことにすればいくらでも誤魔化せる。

つい先ほども近くの尾根で銃声が聞こえた。たぶんイノシシやタヌキの動きに怯えての発砲だろうが、ライフルを所持した凶悪犯という先入観を隊員たちに強く植えつけたうえで、発見した場合は殺害もやむなしという指令が出ているものと思われる。

そんな理不尽な命令に従わない警官もいると信じたいが、躊躇なく従う者も少なからずいるだろう。そんなロシアンルーレットに賭けるより、捜索中のすべての警官の目に留まるであろう伊予ヶ岳の頂上で、丸腰のまま狙撃されることのほうがむしろ最善の選択だ。

門井健吾を刺す毒針は用意した。それが功を奏するかどうか、見届ける時間はもはやない。しかし自分がここで死ぬことで、山下たちにとっては勝機が生まれる。それがいま自分に残された最後で唯一の仕事なのだ。

恐怖を感じることもなく、隊員の構えるライフルの銃口を見つめた。もしこの手で彰久を仕留めていたら、自分もその場で死ぬつもりだった。悔いはない。悲しみもない。由香子が待っている場所に行けるなら、恐怖はなにも感じない。

ライフルの銃口が一閃《いっせん》した。頭部に軽いショックを覚えた。同時にすべてが暗転した。痛みを感じる暇さえなかった。銃で撃たれたのは初めての経験だ。そしてもちろんそれは生涯最後の経験になるだろう。

13

ヘリの爆音を切り裂くように銃声が轟《とどろ》いた。双眼鏡の視野から村松の姿が消えた。目の前で起きたことを信じたくなかった。できるものなら時間を巻き戻したかった。

小塚が受令機をオンにする。周辺の捜索隊員もヘリからの狙撃を見ていたようで、車載通信系無線は報告の通信で錯綜し、指令室からは状況を確認し、追って連絡するとのとおり一遍の応答があるだけだ。こんな状況でヘリと本部が無線でやりとりしていないはずはないが、一般の警察無線とは周波数の違う航空無線を使っているのか、そちらの交信はまったく入らない。

ヘリは頂上の真上に移動して、二名の隊員がラペリングで下降する。頂上に着陸できる場所はない。隊員の一人が上になにやら合図をすると、救助用のハーネスが取り付けられたワイヤーが下りてくる。

ほどなく村松と思われる人物がハーネスに固定され、ウィンチで機内に運び上げられる。体はぐったりとして、ここから見る限り生死は定かではない。ヘリは機体を翻して北の方向に飛び去った。

山下は安房署の栗原に電話を入れた。栗原は山下とようやく連絡がとれてほっとした様子だが、こちらの状況を伝えると、とたんに緊張した。

「お待ちください。大川副隊長と代わります。いま安房署に来ているんです」

事情を説明するやりとりが電話越しに聞こえ、すぐに大川が電話口に出た。状況を詳しく伝えると、大川は憤りをあらわにした。

「特捜本部はまだその件をアナウンスしていない。おれがこれから乗り込んで談判する。おまえたちはすぐに山を下りてこちらに戻れ。特捜の馬鹿ども、とんでもないことをやらかしやがって」

「心配なのは村松さんの生死です。ヘリで運んだということは、生きていると考えていいのかもしれませんが」

「なんとも言えん。死亡宣告は医師じゃないとできない。素人目に死んでいるように見えても、手続き上、医療機関に搬送する決まりになっている。それより村松氏のライフルを確保したんなら、旋条痕で村松氏が門井親子の狙撃の犯人かどうかがはっきりする。もし違っていたとしたら、特捜本部がやったことは殺人だ。彼が丸腰だったことは、狙撃したＡＲＴの隊員も目視できたはずだ」

相手がどんな凶悪犯でも、丸腰の人間を狙撃するというオペレーションは、警察はもちろん、軍隊でさえも考えられない。発覚すれば非難は免れない。しかし現場で起きた事態を、山下たちは双眼鏡で見ただけで完全には把握していない。藪に覆われた尾根や谷を捜索していた隊員たちも同様のはずで、なんとでも言いくるめられると高を括っての作戦だとしたら、あるいはそれを逆手にとって、村松が仕掛けた罠《わな》だったのかもしれない。そうだとしたら村松は、自ら死を望んで伊予ヶ岳の頂に立ったことになる。

14

村松は県警ヘリで君津市内の地域中核病院に搬送された。銃弾は頭部をきれいに貫通していた。警察が使う銃弾は貫通力が高く体内での変形が少ないフルメタルジャケット弾で、ＡＲＴが使っていたのももちろんそれだった。たまたま貫通した場所もよかったせいで、村松は一命をとりとめた。しかし意識はいまも戻らず、病院側は懸命の治療を続けているが、まだ予断を許さない状況だという。

翌日、捜査一課長が記者会見を開き、村松が丸腰だったことを認めた。山下たちが村松のライフルを確保したことは、当日すでに報告していたから言い逃れはできなかった。さらにそのライフルは鑑識に渡され、旋条痕の鑑定が行われた。もちろんそれは門井健吾と彰久を狙撃したものとは異なっていた。

記者からは、のっけから、丸腰の村松を狙撃したのは急迫不正の侵害の範囲を逸脱しており、さらに門井と彰久を狙撃したのが村松ではなかったことを考えれば、今回の事案は特別公務員暴行陵虐罪に当たるのではないかという質問が出た。それについては検察の判断に委ねるが、あの時点では村松が凶悪な狙撃犯であると考える合理的な理由があったと一課長は強弁《きょうべん》した。

殺害せよとの命令を出していたのかという質問には、肩や腕など急所を外すように指示はしていたが、射撃の瞬間ヘリが動揺し、運悪く頭部に当たってしまったと言い逃れた。その時刻、伊予ヶ岳周辺は微風で、ヘリが揺れたとは考えにくいと追及されると、ヘリの挙動は複雑で、風の有無に拘わらずそうしたことが起こり得ると言い訳した。

さらに記者から質問が出たのは、門井健吾が自社が経営するゴルフ場のVIPルームに指名手配犯の彰久を匿っていたことで、親族は犯人蔵匿の罪に問われない規定があるにせよ、それは社会的責任のある企業経営者の振る舞いとして批判されるべきではないかという点だった。

それについては門井に事情を訊いたが、当人は現場の細かい状況にはタッチしておらず、一方で彰久は専務という立場であり、現場の人間はその命令に抗《あらが》えなかったのではないかとの説明があったと一課長は応じ、それについて法的責任を問う考えはないと一蹴した。

15

一週間後、ある週刊誌の見出しが世間の耳目を集めた。

「ストーカー殺人容疑者の父、門井健吾氏の過去に殺人疑惑！」

掲載されていたのは原田貴利《はらだたかとし》という人物の手記だった。彼はかつて千葉県警の検視官だった。そこで原田は、事件当時、県警上層部からの強い要求で、死体検案書を改竄《かいざん》した事実を告白していた。改竄したのは死亡推定日時の部分で、大学の法医学教室での司法解剖による死体検案書では、それが一九八五年四月二十八日となっていた。

ところがそれを四月二十四日にできないかとの内密の要請が捜査本部の上層部からあった。おそらく捜査一課長、あるいは刑事部長の意向だろう。当時原田には捜査一課の管理官への栄転が取り沙汰されていた。そのため上層部の意向には逆らえなかった。

司法解剖を行った監察医は悪筆で、改竄は容易だった。改竄要請については捜査上の理由としか説明されなかった。司法解剖に至らなかったケースでも、捜査担当者から頼まれて多少の匙《さじ》加減をすることはよくあった。それに死亡推定日時はあくまで推定に過ぎない。多少の誤差は許容範囲だと、無理やり自分を納得させた。事件はけっきょく迷宮入りとなり、原田はとくに気に病むこともなくきょうまで過ごしてきた。

そのとき被疑者として浮上したのが、昨今ストーカー殺人容疑で話題になっている門井彰久の父親の門井健吾だったことを知ったのは、当時の捜査関係者だというある人物からの手紙によってだった。

原田が改竄した死亡推定日時に、門井はアメリカに出張していた。その四日後に門井と被害者の女性を目撃したという証言があったにも拘わらず、捜査本部の上層部がその死亡推定日時を根拠に捜査対象から外した。

その結果、二〇一〇年四月二十四日に事件は時効が完成した。しかし同年四月二十七日の新刑事訴訟法の施行で殺人罪の時効は廃止された。その改竄が行われていなければ、いまもその事件は捜査の対象になっているはずだった。原田はとくに気にもかけてはいなかったが、指摘されてみればそのとおりだった。

その手紙を寄越したのは、当時鴨川警察署で事件の捜査を担当していた村松謙介という人物だった。さらに驚いたことに、彼は門井の息子によるものとされるストーカー殺人事件の被害者の祖父だった。

その人物が門井健吾を狙撃した容疑で捜査対象になっており、伊予ヶ岳の山中に籠もっていると見られ、県警が大々的な山狩をしているというニュースに接して、これはただごとではないと感じた。彰久の事件の報道で、インタビューに応じた門井健吾のふてぶてしい態度には強い不快感を覚えていた。

さらに先日、その人物が門井彰久狙撃の容疑まで着せられて、県警の強襲部隊によって丸腰の状態で狙撃され、いま生死の境を彷徨《さまよ》っているという。そのニュースを聞いて、矢も楯もたまらず出版社に連絡を入れたと、原田はその手記で語っていた。

じつは西村は事前に原田から相談を受けていた。殺人捜査の初動を担当する捜査一課の現場資料班なら動いてくれると原田は期待したようで、たまたま電話を受けたのが西村だった。それを明らかにすれば門井健吾に対する捜査を再開できるかと西村は問われた。しかし現状で西村がそんなことを言い出しても、捜査一課内部で揉み消されるのは十分想像がつく。そんな事情を説明し、仮名で構わないからマスコミに流してくれれば、それを追い風に捜査一課を動かせるかもしれない——。そんな考えを伝えると、原田もがぜん興味を示した。

やったことは公文書偽造で明らかな犯罪だ。もちろんすでに時効だが、世間に恥を晒すのは間違いない。しかし信憑性を高めるには実名がいいと決断したのは原田だった。西村の読みは的中した。記事が出ると、他のメディアも門井健吾の自宅や会社に押しかけてインタビューを求めた。県警の捜査一課にも取材の申し入れが殺到した。

村松の狙撃事件で世論の逆風をもろに受け、青息吐息の捜査一課にすれば、ここで門井に甘い姿勢を見せたら屋台骨が吹き飛びかねない。村松の息子の則夫は特別公務員暴行陵虐罪の容疑で千葉県警を告訴しており、千葉地検はそれを受理してすでに捜査に乗り出しているという。一課長の意向を受けてやむなく伊沢庶務担当管理官も動き出し、西村のチームに初動の捜査を命じた。その結果、原田の証言は裏付けられた。

事件の被害者を解剖した大学の法医学教室は、研究用の資料として過去に行われた司法解剖の記録を数十年分保存していた。そのあたりが警察のような役所と違うところで、そのなかに三十五年前の鴨川市の事件の資料が残されており、そのとき判定された死亡推定日時は四月二十八日だった。それをもとに作成された死体検案書の日付を二十四日に書き換えたという原田の証言は正しかった。

捜査一課は新たに帳場を立ち上げて、当時の捜査資料を掘り起こし、門井健吾からも事情聴取を行った。もちろん門井は一貫して否認して、細部のことになると古い話だから記憶にないと言い逃れた。しかし被害者の遺族に事情聴取をしたところ、十年前に時効が完成したとき、継続捜査をしていた鴨川署から証拠物件の返還の申し出があったという。

その大半が死体発見時に身に着けていた着衣や靴で、遺族は娘の思い出に繋がるそれらを受けとり、いまも大事に保管していた。捜査本部は着衣に残っていた血痕からＤＮＡ型資料を採取した。

事件当時はＤＮＡ型鑑定の有用性が海外で注目されるようになったばかりで、日本では捜査技術としてはまったく認知されていなかった。いくつかあった血痕は血液型が同一だったため被害者本人のものと断定され、その後の捜査でもDNA型による再鑑定は行われなかった。

しかし捜査本部による鑑定の結果、血痕には二種類のDNA型が含まれていた。そのうちの一方は親子鑑定の結果、被害者の女性のものと認められた。もう一方が犯人のものである可能性が高い。そう考えた捜査本部は、身体検査令状を取得して門井健吾のDNA型資料の採取を行った。

そのDNA型は門井健吾のものと一致した。捜査本部は三十五年前の殺人容疑で門井を逮捕送検した。門井はいまも否認していて、古い血痕からのDNA型鑑定は正確性に欠けるとして、第三者機関による再鑑定を要求しているが、それも最後の悪あがきに過ぎず、検察は単なる時間稼ぎと見て、それには応じず訴追に踏み切った。

その弁護活動では当然しゃしゃり出てくると思っていたヤメ検の倉本は登場せず、あまり切れ者とも思えない若い弁護士が前面に出ているという。こんな状況に至ってより厄介な裏仕事に勤《いそ》しんでいるのかもしれないが、むしろ自分に火の粉が飛ぶのを惧れて、門井一族との関係を断ったと考えたほうが当たっていそうだ。

門井健吾と彰久の狙撃事件については、組織犯罪対策部の薬物銃器対策課が、いま鬼塚組のガサ入れの準備に入っている。本来なら暴力団事案が専門の捜査第四課の出番だが、そこは安房署の川口のいわば本籍地で、捜査情報が漏れる可能性が大いにある。しかし組対本部には、捜査一課主導の特捜本部にお呼びがかからなかった恨みがある。銃器事案は自分たちの領分だと考えて、動きの悪い捜査一課そこのけで、薬物銃器対策課が勇んで捜査に乗り出しているらしい。

彰久はICUに入っている。銃弾は心臓はそれたものの肺の損傷が大きく、いまも人工呼吸器が外せない。一時は逮捕状の再請求はまかりならんと息巻いていた安井県警本部長も、今回の失態で首筋が冷や冷やしはじめているらしく、とくに口を挟んでくる気配はない。山下たちは期限の切れた逮捕状を再取得して、病院側からOKが出ればその時点で逮捕状を執行する方針だ。

彰久が狙撃された部屋からは暴力団関係者のあいだで流通しているロシア製のマカロフが発見された。小塚たちが目撃した現場で水上が手渡したのがその拳銃だったのは間違いない。使用された形跡はなかったが、今後彰久の罪状に銃砲刀剣類所持等取締法違反の容疑も加わることになる。

いずれにせよ、倉本が背後で暗躍しなければ訴追へのハードルは低くなったといえる。神奈川県警もすでに逮捕状を用意しており、今後、埼玉や茨城で新たな死体が出てくれば、警察庁が広域事件に指定して、各県警が総力を挙げて彰久を追及することになるだろう。しかし現状では証拠の大半が状況証拠で、殺人事件では証拠の王様というべき物的証拠を欠いている。逮捕後四十八時間の取り調べで、送検に持ち込めるかどうかはいまも予断を許さない。

16

県警本部に戻っていた山下に村松の息子の則夫から電話が入ったのは、その記事が出た十日後だった。

「親父の意識が戻りました。山下さんと会いたがっています」

則夫は声を弾ませた。小躍りする思いで山下は問いかけた。

「大丈夫なんですか」

「意識ははっきりしています。言葉も比較的明瞭です。ただ右半身に麻痺《まひ》が残っているようです。先生の話では、リハビリで回復する可能性があるそうです。山歩きはもう難しいかもしれませんが」

どうやら奇跡が起きたらしい。命をとりとめたのはわかっていたが、村松と早く言葉を交わしたかった。

「すぐにそちらに向かいます」

山下はそう応じて、栗原を伴って君津市内の病院に車を飛ばした。途中小塚にも電話を入れて、病院で落ち合うことにした。小塚と栗原とともに病室に向かうと、頭部を包帯に覆われた村松は、点滴のチューブや脳波計のワイヤーで繋がれてベッドに横たわり、照れたように笑って山下たちを迎えた。

「どうも死に損なったようだね」

付き添っている則夫も妻も満面の笑みだ。やや呂律《ろれつ》が回らないところはあるが、則夫の説明では、意識が回復したのが三時間ほど前で、正常な人間でも寝起きの際は滑舌《かつぜつ》が悪いことがあるから、言語面での障害が残る惧れはないと医師は言っているらしい。

「生きていてくださったことが、私にとっていちばんの喜びです。お陰で重い荷物を下ろした気分です。あのあと事態は一変しました――」

山下がここまでの状況を説明すると、あらましはすでに則夫から聞いていたようで、村松は要所で詳細を確認しながら、満足げな表情で話を聞き終えた。

「門井健吾は追い詰められた。死に損ないの私でも、多少は世間の役に立てたならけっこうだ。しかし彰久といういちばんの標的を生きながらえさせてしまった。あいつこそ、私の手で地獄に落としてやりたかった」

山下は諫めるように言った。

「それは口にしないでください。その意思があったと認められれば、村松さんが殺人予備罪に問われる惧れがあります」

「しかし現状では、彰久の自供が得られない限り、訴追は難しいんじゃないのかね。下手くそな狙撃手のせいで生き延びてしまったが、私は命を懸けてでもあいつに引導を渡したかった。このまま取り逃がすようなことになったら、私は由香子に合わせる顔がない」

切ない表情で村松は言う。宥めるように山下は応じた。

「則夫さんの告訴を受けて、千葉地検特別刑事部が本格的な捜査に乗り出しています。ARTの隊員は職務命令に従ったまでですから、いま事情聴取を進めているのは、その命令を発出した捜査一課長から上の大物です。特捜本部を指揮した安井県警本部長も含まれています。さらに地検はそれとは別件で、警察庁のある大物キャリアと門井健吾の癒着にもメスを入れようとしているようです」

それは西村がキャッチした情報で、一課長の去就にも関わることから、捜査一課内部はいまその話でもちきりだという。

「大物キャリアというのは、関東管区警察局長の芦田警視監じゃないのかね」

「よくご存じで」

「門井健吾の義弟でね。そっちは館山の生まれだから、地元じゃよく知られた話だよ。訴追にまで持ち込めないにしても、今後の出世には大きく響くだろうな」

「本部長には左遷の噂が出ています。刑事部長も一課長も、その使い走りの理事官や庶務担当管理官もいまは戦々恐々です。芦田警視監も同様でしょう。県警の身内には、彰久を護れる勢力はもういません」

これで県警内部もいくらかはクリーンになるだろう。門井健吾の訴追はもちろんだが、山下たちの捜査の前に立ちはだかっていた分厚い障壁を揺るがせるうえで、村松の行動は大きな力になった。父親の健吾が収監され、ヤメ検の倉本も手を引いているらしい。そちらのほうでもいまは彰久を護る楯はない。

「ご安心ください。彰久には必ず報いを受けさせます」

不退転の思いで山下は言った。切ない口ぶりで村松が応じる。

「もう私が出る幕はなくなった。あとは君たちに任せるしかなさそうだね。せっかく生き延びて贅沢《ぜいたく》を言うようだが、あいつを死刑台に登らせるまでは、私は死んでも死にきれんよ」

そのとき山下の携帯が鳴った。県警本部にいる第三班の田島からだった。彰久の暗号ファイルの解読でいい仕事をしてくれた、生活安全捜査隊きってのサイバー専門家だ。

「さっき科捜研から連絡がありました。高木のスマホのロックが解除できたとのことで、いま受けとってきたところです」

その声が弾んでいる。

「なにかお宝が出てきたのか」

「お宝もお宝です。例のメールのあとに彰久からかかった電話の音声がボイスレコーダーに録音されていました」

あのとき取得した高木の通話履歴とメールのタイムスタンプを照合すると、メールを受信する前に五十六分、受信した直後に一時間十分の長電話があった。記録されている音声データのタイムスタンプはあとのほうの長電話と一致しているという。山下は問いかけた。

「会話の内容は？」

「まだすべては聞いていませんが、最初の五分ほどで本題に入っています。一回目の電話であらましの話は済んでいたんでしょう」

「その本題とは？」

「直前に送ったファイルの女性を殺害するように教唆する内容でした」

してやったりという口ぶりで田島は言った。

17

伊予ヶ岳の頂に花を手向け、村松は思いの込もった表情で合掌する。山下と小塚、中島もそれに倣った。

山狩騒動から三ヵ月が経っていた。村松の回復は驚くほど早く、入院後二週間ほどで退院し、わずかに残っていた右半身の麻痺もその後のリハビリでほぼ克服した。主治医の話によると、外国では頭部に銃弾が残ったまま何年も気づかずにいた事例もあるくらいで、村松のような例も稀だが必ずしもあり得なくはないという。頂上まで一時間ほどの道のりを村松は達者な足どりで登り切り、山下たちもついていくのに苦労したほどだった。

村松は山下たちを振り向いて、神妙な調子で語りかけた。

「ゆうべ夢のなかで由香子と会ったよ。今回の顚末を報告したら、自分のために死のうなんて考えないで、あと百年でも二百年でも生きて欲しいと言うんだよ。それじゃ化け物だと応じたら、生きていたときと同じような顔で楽しそうにけらけら笑っていたがね。当分死なせてくれるつもりはなさそうだった」

「そうですよ。彰久のような屑のために村松さんが命を擲っていたら、我々は由香子さんにこっぴどく叱られていたでしょう。しかしそれをさせないために、私たちはなにもできなかった」

忸怩たる思いで山下は言った。死を覚悟したあの行動で、村松が門井健吾や県警本部のぶ厚い障壁を打ち砕いてくれなかったら、果たして事件は解決していたか、それについてはいまも山下は心もとない。そしてもし村松があそこで死んでいたら、山下も死ぬまで心の重荷を背負うことになっていただろう。

彰久はあれから三週間ほどで退院し、臨時本部はそのタイミングで逮捕状を執行した。高木のスマホに録音されていた会話のなかで、彰久は何度も殺人教唆を繰り返していた。対価として支払うと示唆した数百万円の金は、想像していたとおり、高木が株やＦＸ投資で焦げ付かせた負債の穴埋めの資金だった。

動かぬ証拠を突き付けられて、彰久はほかの三人の殺人についても自供した。そちらはいずれも自らの手による犯行だった。村松由香子の場合、署長名義の警告書が出ており、由香子の警戒心も強く、接近するのが困難だった。それで思い付いたのが、金に困っていると聞いていた高木による代行殺人だった。

父親に殺されかけたショックもあったのだろう。彰久は観念したようにすべてを供述した。茨城県警と埼玉県警はその供述に基づいて現地を捜索し、埼玉県内の山林に埋められていた和田晶代と、茨城県内の空家に遺棄《いき》されていた高井春美の白骨化した死体を発見した。動機はいずれも自分から離れようとした被害者への身勝手な逆恨みだったが、殺人自体にも喜びを感じていたようなことをほのめかし、反省の色は皆無だった。

地検は精神鑑定を行ったが、責任能力に問題はないと判定され、和田晶代、高井春美、大場梨絵の殺人容疑および村松由香子の殺人教唆容疑で起訴された。父親の門井健吾の公判もそろそろ始まるが、いずれの事件にも倉本は関与していない。ここまであからさまな事実が出てきてしまうと、元高検検事長の威光をもってしても揉み消しようがないと見限って、尻に帆をかけて逃げ出したというところだろう。

村松狙撃に関わる特別公務員暴行陵虐罪容疑について、千葉地検特別刑事部は千葉県警上層部のみならず、関東管区警察局長の芦田警視監にまで捜査の手を伸ばしたが、警察官僚の自己防衛本能は鉄壁で、けっきょくＡＲＴ担当管理官一名の訴追で手打ちが行われたようだ。ただし県警から警察庁まで人事の面で激震が走っているのは間違いなく、安井本部長はもちろん、芦田警視監にも更迭《こうてつ》の噂が出ており、実質的に特捜本部を仕切った刑事部長や捜査一課長も首を洗って待っているという。

門井健吾と彰久の狙撃については、薬物銃器対策課が鬼塚組の事務所をガサ入れし、門井父子を狙撃した銃弾と旋条痕が一致するライフルを発見した。スコープや撃鉄《げきてつ》に残っていた指紋が水上卓也のものと特定され、現在全国に指名手配されているが、被害者二人が殺人容疑で起訴されているうえに、いまは県警捜査一課自体が浮足立っている。たかがヤクザによる半ば出来レースの狙撃事件に労力を割いている余裕はなさそうで、いまのところ帳場が立つような気配はない。

安房署刑事課の川口は、今回の事件での鬼塚組との過度の癒着と証拠隠滅の疑惑を追及され、先日依願退職したという。感慨を込めて村松が言う。

「百年、二百年は無理でも、もうしばらく生きてみることにしたよ。山下君や小塚君のような素晴らしい後輩にも出会えた。由香子にはもうしばらくあの世で待ってもらうことにして、与えられる限りの余生を楽しみたくなった。この世もそう捨てたものじゃないことが、この歳になってやっとわかったよ」

胸の奥に温かいものがこみ上げるのを覚えながら山下は頷いた。

「由香子さんも、天国で喜んでくれていますよ。自分の仇を討つために村松さんに死んで欲しいとは、彼女は決して望まなかったはずです。いまこうして村松さんと一緒にいられるのは、由香子さんの強い願いによるものだと思います」

死後の世界を信じたことはないが、村松の身に起きた奇跡ともいうべき出来ごとが、天国にいる由香子の深い思いによるものだという不思議な感慨が拭えない。

「そうだね。もし彰久を殺していたら、私は地獄に落ちて、天国にいる由香子と行き違いになっていたかもしれないね」

村松は穏やかな笑みを浮かべた。中島は満足げな表情だ。

「最大のワルはこれで間違いなく地獄に落ちるよ。私欲や保身のために村松さんを殺しにかかった県警や警察庁の有象無象もこれから生き地獄が待っている。あるべき正義を実現するうえで、おれも多少は役に立てたと思えば気分がいいよ。きょうまで人に威張れるような人生は送ってこなかったが、とりあえずこれで地獄行きは勘弁してもらえそうだね」

村松が小塚を振り向いて言う。

「なにより感謝しなくちゃいけないのは小塚君だよ。君が遺体の発見者じゃなかったら、由香子の件は自殺か事故で処理されて、彰久はまた新たな犠牲者を生んでいた」

それでも小塚は悔しさを滲ませる。

「彰久のストーカー行為を認知していたのに、凶行を防げなかった。彰久をもし取り逃がしていたら、僕は死ぬまで後悔を背負わされたことでしょう」

「そんなことはない。君はやるべきことをやってくれたよ。由香子だって感謝しているに決まっている」

村松はかぶりを振ってそう応じ、汗なのか涙なのか、手にしていたハンカチで眦《まなじり》を拭った。

晴れ渡った初秋の青空の下には南房総の丘陵地帯が伸びやかに広がり、一際《ひときわ》高い富山の双《そう》耳峰《じほう》を隔てて東京湾の海原《うなばら》が目映《まばゆ》く輝く。由香子も人生最期となったあの日、ここで同じ光景を見ていたはずだった。

最愛の孫娘が殺害され、自らも狙撃で命を失いかけたこの場所で、村松が心にふたたび希望の火を灯してくれたことが、山下にとっては望外の喜びだった。

解説

西上心太《にしがみしんた》
（書評家）

笹本稜平の白鳥の歌。

それが本書『山狩』である。「小説宝石」二〇二〇年七月号から二〇二一年十月号まで連載され、翌年の一月に単行本が出版された。その時の帯に「著者急逝。しかし小説は残る。」という言葉があったので驚いた。連載が終わり、年明けの刊行のため連載原稿の加筆修正を行っていた笹本さんが、急性心筋梗塞で十一月二十二日に亡くなられていたのである。訃報が公表されたのが二〇二二年一月半ばだったのは、単行本の刊行にあわせてのことだったのだろうか。ほぼ同時期に他誌で連載が終わっていた越境捜査シリーズの『流転　越境捜査』が三か月後の二〇二二年四月に刊行されているが、連載原稿から作者自身の手が入っている作品は本書が最後であると思われる。ともあれ笹本稜平の新作がもう読めなくなってしまったことは寂しい限りだ。

本書は笹本稜平のすべてが含まれた作品と言っても過言ではない。権力者への忖度《そんたく》を優先する組織の上層部からの圧力にめげず、市井《しせい》の人々の安寧のために凶悪事件の解決に邁進《まいしん》する警察官を描いた警察小説であり、南房総《みなみぼうそう》の山が主な舞台となり、最後は暴風雨に襲われた山中における闘いが描かれる山岳冒険小説の要素も加わるからだ。

警察官になって十一年目の小塚俊也《こづかとしや》巡査部長は、二年前に千葉県警安房《あわ》署生活安全課に異動になってから、再び山と向き合うようになった。千葉県は都道府県の中で標高五百メートル以上の山がない唯一の県だが、南房総には低山とはいえ侮れない山々が重畳《ちようじよう》している。これまではずっと千葉市内の交番勤務だった小塚は、南房総に来て千葉の山々を登ることの面白さと楽しさを発見したのだ。

休日に妻と子どもを連れて登った伊予ヶ岳《いよがたけ》山頂の崖下で、小塚は女性の遺体を発見する。その遺体はひと月ほど前に、小塚にストーカー被害を訴えていた村松由香子《むらまつゆかこ》という二十三歳の女性だった。小塚はストーカー行為を行っていた門井彰久《かどいあきひさ》に警告書を出し、それ以来つきまといは収まっていた。それもあって由香子は久しぶりに趣味の山行に出かけたのだ。小塚はまっ先に彰久の関与を疑った。山に慣れている由香子が、柵が整備されている山頂の崖から転落することが考えられなかったからだ。しかも由香子が家を出た直後、祖父の村松謙介《けんすけ》は家の近くで彰久を目撃していた。ところが安房署の刑事課はその証言に信憑性《しんぴようせい》がないと取りあわず、おざなりな捜査で事件性がないと結論づけ幕引きをしてしまう。

納得がいかない小塚は、千葉県警本部の生活安全捜査隊第一班主任の山下正司《やましたまさし》警部補に連絡を取る。生活安全捜査隊は、殺人など重大事件に至りそうな緊急性が高いストーカー事案に対処し、初動体制を強化するために新設された部署である。本部の事案だけでなく、各所轄署からの要請を受けての共同捜査も行うし、平時から所轄署の生活安全課と情報交換や捜査技術の共有を名目にした連絡会議を開いていた。小塚は着任してから日が浅いが、山下は会議などを通して意欲のある警察官だと思っていたのだ。

ストーカー事案は対応が難しい。かつて警察は「民事不介入」を盾に個人間の問題として門前払いしてきた。作中でも話に上るが、桶川《おけがわ》ストーカー殺人事件など、ストーカーによる凶悪犯罪が頻発して、ようやく警察もこの問題に本腰をいれるようになったのだ。だが地縁、血縁など濃密な人間関係がある地方では、相談を受けても所轄署が手ぬるい対応でお茶を濁すことが多い。さらに警告や禁止命令があっても即座に逮捕することは難しく、被害者側は常に受け身のままストーカーの影に怯《おび》え続けなければならない現実があるのだ。

ストーカー犯・門井彰久の父親の門井健吾《けんご》は地元のデベロッパー、房総レジャー開発の経営者だった。次男の彰久は三十五歳で父の会社で専務を務めていた。だが学生時代にはイベントサークルで集団わいせつ事件を起こすなど、曰《いわ》く付きの人物であることがわかってくる。山下と小塚は状況証拠を集め、彰久の聴取を進めようとするが、思わぬ横やりが入り捜査の行方に暗雲が立ちこめていく。

四面楚歌の中での捜査がたっぷりと描かれる。房総レジャー開発は地元で大きな力を持っている。社長の健吾と地元の暴力団鬼塚《おにづか》組の組長とは幼なじみであり、地上げなどで関係が深い。安房署の刑事課を牛耳る川口《かわぐち》は暴力団担当で、鬼塚組と癒着している噂がある。さらに所轄署の上層部は、房総レジャー開発と事を構えると定年後の天下り先にも影響があるので、耳を塞《ふさ》いでいるのだろうと見なされているような体《てい》たらくなのだ。現場の明らかな不作為とそれに棹《さお》さす上司たち。そのような状況の中で、刑事課が事件性なしと判断した事案にどのように関わっていくのか、生活安全捜査隊による、警察捜査の慣行の隙間を縫うような仕事の進め方がリアリティたっぷりに丁寧に描かれるところも読みどころの一つである。

やがて状況証拠だけでなく、山下たちは彰久が殺人に関与したと思われる証拠を得、ついに逮捕状を取ることができた。物語の中盤では生活安全捜査隊と安房署生活安全課チームの他に、県警捜査一課など他の部署がそれぞれの思惑で捜査に関与してくるなど、警察内部の綱引きという政治的な争いも白熱してくる。それと並行して杳《よう》として行方のつかめない彰久の捜索も描かれ、さらに単なるストーカー犯では収まらない彰久の顔も浮かび上がってくる。逮捕状の有効期限が迫り、山下たちの焦燥感もつのっていくのだ。彼らに同化した読者も、ページを繰る手が止まらなくなることだろう。

終盤になってにわかにクローズアップされるのが村松由香子の祖父の謙介である。謙介はかつて所轄署の副署長まで務めた人物だった。忖度や阿《おもね》りとは無縁の警察官生活をまっとうし、引退後は地元民の力になり、鬼塚組と癒着している川口の件を抗議して、安房署からモンスタークレーマーの扱いを受けるなど、権力の甘い汁に群がる者たちからは煙たがられる存在なのだ。また所有していた山林を房総レジャー開発に騙《だま》し取られたとして民事訴訟を起こしたが、これに敗訴した過去があった。由香子とは単なる祖父と孫ではない。自分の性格に似たためか、生きにくい人生を送っていた由香子を山に誘い、山野を歩き回るうちに互いに心を通わせ合える唯一の友になっていたのだ。謙介はそれまで壁を隔てて人と接していたが、そのような狷介《けんかい》な魂の軛《くびき》から解き放たれるきっかけになったのが由香子との交流だった。その大事な孫を殺された謙介は、見通しのつかない警察の捜査を見限り、ある行動を起こす。これが終盤の最大の読みどころにつながっていく。

笹本稜平とは不思議なご縁がある。笹本稜平は二〇〇一年に『時の渚』で第十八回サントリーミステリー大賞と読者賞をダブル受賞してデビューした。この時筆者は同賞の一次選考委員をしており、この作品を誰よりも先に読み二次に上げていたのだ。「新人」作家誕生に一役買ったのだと思うと感慨深いものがある。

「新人」と括弧でくくったのには訳がある。後年知ったのだが、笹本稜平は前年に阿由葉《あゆば》稜《りよう》名義でカッパ・ノベルスから『暗号—BACK-DOOR』という書下し作品を上梓していたからだ。二〇〇三年に『ビッグブラザーを撃て！』と改題され、笹本稜平名義で光文社から文庫化されたのだが、その際にご指名を受けて解説を担当したのも新人賞での関わりがあったからかもしれない。

新人賞受賞作の『時の渚』はメロウなタッチの私立探偵小説だったが、次作からエベレストを舞台に、クライマーが冷戦の遺物をめぐる争いに巻き込まれる『天空への回廊』（〇二年、光文社）、テロリストにハイジャックされた貨物船の乗組員たちの戦いと各国の思惑が交錯する第六回大藪春彦賞受賞作『太平洋の薔薇』（〇三年、中央公論新社）など矢継ぎ早に山岳、海洋冒険小説を発表し、一九八〇年代に興隆した後、当時やや下火になっていた国産冒険小説の新たな書き手として、注目と期待を集めたのである。

その後は『越境捜査』（〇七年、双葉社）に始まる越境捜査シリーズ、『素行調査官』（〇八年、光文社）からの素行調査官シリーズなど警察小説にも挑戦し、このジャンルでも人気と実力を兼ね備えた書き手の一人となり、映像化された作品も多い。

主人公が自分の職務をまっとうし、被害者側に寄り添い事件解明に挑むという点は、多くの笹本作品に共通している。権力者への忖度と己の保身に汲々《きゅうきゅう》とする上層部の姿に直面した山下は、被害者の祖父・謙介に向かい「もし彰久をこのまま野放しにして終わるようなら、まさしく警察の敗北です。その隠蔽に警察組織の一部まで関与しているとしたら、我々にとっては二重の敗北です」という言葉を吐く。己が属する組織をそのような惨《みじ》めな状態にさせないため、なにより被害者やその遺族の無念を晴らすため、山下や小塚をはじめとする心ある警察官は、あらゆる困難に立ち向かっていく。その姿に胸を打たれない者はいないだろう。

残念ながらもう笹本稜平の新作は読めない。しかしおよそ二十年にわたる作家生活で紡いだ五十冊余りの作品に触れることができる。本書を皮切りに改めて笹本作品を読もうではないか。ひとたびページを開けば、作家・笹本稜平はいつでもそこに存在するのだ。

初出　「小説宝石」二〇二〇年七月号〜二〇二一年十月号

※この作品はフィクションであり、実在の人物・団体・事件とはいっさい関係がありません。

二〇二二年一月　光文社刊

光文社文庫

山《やま》　狩《がり》

著者　笹《ささ》本《もと》稜《りょう》平《へい》

2024年10月20日　初版1刷発行

発行者　三宅貴久
印刷　堀内印刷
製本　ナショナル製本

発行所　株式会社 光文社
〒112-8011　東京都文京区音羽1-16-6
電話 (03)5395-8147　編集部
8116　書籍販売部
8125　制作部

ISBN978-4-334-10459-7　Printed in Japan

組版　萩原印刷

光文社文庫最新刊

山狩	笹本稜平
シェア　諍い女たちの館	真梨幸子
密室は御手の中	犬飼ねこそぎ
白馬八方尾根殺人事件	梓　林太郎
ご近所トラブルシューター	上野　歩